欧美名著精选丛书

THE CANTERBURY TALES

坎特伯雷故事

[英] 杰弗里·乔叟 著

罗玥 译

图书在版编目(CIP)数据

坎特伯雷故事 / (英) 杰弗里·乔叟
(Geoffrey Chaucer) 著；罗玥译. -- 南京：江苏凤凰
文艺出版社，2022.2
(欧美名著精选丛书)
ISBN 978-7-5594-6131-5

Ⅰ. ①坎… Ⅱ. ①杰… ②罗… Ⅲ. ①短篇小说-小
说集-英国-中世纪 Ⅳ. ①I561.43

中国版本图书馆CIP数据核字(2021)第141345号

坎特伯雷故事

[英] 杰弗里·乔叟 著 罗玥 译

责任编辑 刘洲原
特约编辑 郑嘉期
出版统筹 孙小野
出版发行 江苏凤凰文艺出版社
南京市中央路165号，邮编：210009
网 址 http://www.jswenyi.com
印 刷 石家庄继文印刷有限公司
开 本 880毫米×1230毫米 1/32
印 张 13.5
字 数 367千字
版 次 2022年2月第1版
印 次 2022年2月第1次印刷
书 号 ISBN 978-7-5594-6131-5
定 价 58.00元

目录

《坎特伯雷故事》导读

［法］哈菲·本·萨拉
（兰斯大学）

英国文学史上也有自己的但丁——杰弗里·乔叟。提起他的《坎特伯雷故事》，我由衷地对这位诗人、学者表示敬意。

这个出身于英国一户富裕市民家庭的小幸运儿，虽然出身并不高贵，但他那做了王室食品供应商的祖父和父亲却给他创造了良好的条件，使他能够自由出入于王室皇宫，并做了王室侍卫。而后来他所娶的那位高贵的妻子——一位爵士的女儿，由于有一个嫁给了摄政大公的好妹妹，所以，这个叫杰弗里·乔叟的人在他以后的岁月里过得既顺畅又惬意，只除了一件事让他不开心：他美丽的妻子菲莉帕在他们结婚到二十年左右的时候生病了。为了给妻子治病，杰弗里·乔叟做了许多努力，包括到著名的朝圣地坎特伯雷去朝拜，但是，正如我们所熟知的，任何人或任何事都不可能改变死神的意愿。因此，到1387年，那不幸的妇人去世了。

在为妻子朝圣的路上，乔叟遇到了一伙很有意思的人，他们来自不同的地方，属于不同的阶层，各自有各自的工作和生活方式，而且他们的教养和受教育程度也各不相同。这群人中有老人也有青年，有男人也有女人。虽然他们操着不同地方的方言，但他们的目的地却只有一个，就是那神圣的坎特伯雷。

从他们的言谈举止中，乔叟看到了很多有创作价值的东西，那活泼的英语方言启发了乔叟要用一种平民的语言，即英语而不是当时的官方语言拉丁语，创作一部属于平民的作品。这样就有了《坎特伯雷故事》的最初构想。后来，又经历了许多俗事以后，他终于平静下来，躲进自己的书屋，把这个思想变成了现实，从此，欧洲英语文学史上多了浓墨艳彩的一笔。

《坎特伯雷故事》，一部不朽的诗体短篇小说集巨著，无论是在15世纪的社会，还是在我们今天的世界里，都有它不可磨灭的光辉。这部诗歌体故事集，包括“总引”八百五十八行，各故事前后的小引、开场语和收场语共二千三百五十余行，此外便是各类的故事二十四篇，不仅保持了原来讲述人的风格，而且有深厚的生活真实性。那其中的人物，有的来自教会界，有的来自法律界，还有的来自医学界、商界、手工业界、自由农界、苦力界等等，几乎囊括了14世纪整个英国教会社会的全部阶层。他们讲述的故事，根据每个人的性格不同，身份地位的不同，以及职业、文化修养等的不同，各有各的内容，各有各的特色。如果从故事结构上来说，完全可以把它们都分为一种框架故事的代表。如骑士所讲的是“骑士传奇”一类的故事，女修道士所讲的是“圣母奇迹传说”故事，随从所讲的是“浪漫传奇的故事”，赦罪僧所讲的是“说教示例故事”，帕瑟妇人所讲的是“示例童话故事”，磨坊主、管家、厨师和水手所讲的是“短篇俚俗故事”，小地主讲的是“布列顿式短篇叙事诗”，教士所讲的是“鸟兽寓言”，第二个女修道士所讲的是“圣徒传”，学者、律师和商人所讲的是“民间传说”，还有其他人讲的“实际生活的讽刺故事”，等等。这些故事类型，在14世纪以前虽已经广为传播，但把它们总汇在一起集中表现的第一人却是杰弗里·乔叟。这些故事，从内容上说，完全符合每位讲述人的身份、经历和思想，因此，真实地反映了当时英国社会的礼崩乐坏。简言之，在中世纪文学的装腔作势、连篇累牍地演绎《圣经》、圣迹和《列王传》窒息人们心灵数百年之后，新鲜有趣的世情和社会主题作品在英伦的传诵，确实赋予了英语文学新的生命力。不能不提及的是，这部诗歌还关注到妇女的痛苦和压抑，这一重要探究早于薄伽丘一百多年。《坎特伯雷故事》语言独特，我是说它不同于以往的拉丁文作品；结构巧妙，比如那个旅店主人先生，虽然并没有完整的故事情节，但却从始至终存在于全文，让我们从他不时的议论或叙述中体会出他的性格；还有第三个特点就是那独特的寓意化风格，反讽、趣味、幽默和伤感的自然配合，充满戏剧性的对话和丰富的想象力完美结合，是乔叟一生中最后十年间对英国文学的贡献，也是他毕生创作的巅峰。该书那种节奏铿锵有力、风格雄浑宏大的“十音节双韵体”形式，后来演变成了著名的“英雄双韵体”，在以后的几个世纪里，成为英语文学的新古典主义诗体的典范。

《坎特伯雷故事》对后来的莎士比亚和狄更斯等人都产生过深远的影响。它的作者杰弗里·乔叟死后，被埋进了伦敦的威斯敏斯特教堂墓地，在此后，就形成了有名的“诗人角”，许多英国的著名诗人、小说家、戏剧家，包括威廉·莎士比亚、本·琼斯、约翰·弥尔顿、爱德蒙德·斯宾塞、托马斯·哈代、查尔斯·狄更斯等都被相继葬到这里。就连那些神学家和其他人物也以能在那里竖立雕像和纪念碑为荣。

故事开端[1]

当四月的骤雨赶走了三月里的干旱，赋予大地深处的根须以无限的生机；当漫山遍野抽出嫩绿的枝芽，花蕾开始在枝头绽放——太阳已经走过了半个白羊座[2]。睡了整整一夜的小鸟又开始睁开眼睛嘀啾嘀啾唱起春之赞美歌来，人们的希冀也再次被重新挑起，踏上朝拜的圣路。云游的僧人更是不顾路途艰辛，打点行装向着四方圣堂出发，而在英格兰所有的人最想去的地方，则是一个，那就是坎特伯雷[3]。因为那里曾经有过一位伟大的圣徒[4]，他以自己的生命给众人带来过幸福。所以人们希望去朝拜他，期望他的圣灵再次降福人间。

我也是其中最虔诚的一员，在大英国南岸的萨得克地区，正准备打点行装去往坎特伯雷。但夜幕降临时，我的路程还有那么远，因此，我只好先找家旅馆住下来。这是全英国最古老的旅店之一，它的名字叫泰巴德客栈，除我之外，还有另外二十九位朝圣者也住进了这里，虽然萍水相逢，却有一个共同的目的地——坎特伯雷。他们骑着马长

[1] 题目为译者加。

[2] 白羊座是太阳经过的黄道带星座的第一个（共有十二个星座，也称黄道十二宫），太阳经过白羊座边界的日期是3月21日至4月19日。

[3] 坎特伯雷在英格兰东南部的肯特郡。该城有坎特伯雷大教堂，中有托马斯的遗骸。

[4] 指圣托马斯·阿·贝克特。他1118年生于伦敦，原是坎特伯雷大主教，1170年12月29日遇刺，1173年被尊为圣徒，受信徒朝拜。

途跋涉，在某个十字路口偶然相遇，既然泰巴德旅馆有舒适的客房和宽敞的马厩，“我们何不投宿于此？”于是在太阳西下的时刻，他们走进了客栈，没有想到只用了一番短短的交谈，我们就已像老朋友一样熟识亲密。于是我和他们共同约定，来日早上相约为伴，齐到坎特伯雷。在出发之前，我有充足的时间观察了一番这二十九位客人，下面我就向大家简单介绍一下我眼中的这些客人，介绍一下他们是什么样的人——穿什么衣服，做什么事，处于何种地位，拥有什么样的身份等等。这样，我才好接下来说我们在路上的故事。

我们从那个勇敢的骑士开始吧。

骑士

这是一个真正勇敢而又极具骑士精神的男子汉。一切骑士所拥有的美德：正直、忠贞、英勇、儒雅，他都具备。就拿他的英雄气概来说吧，没有哪一个与他身份地位相当的骑士能够比得上他。在南征北战的多次战役中，他凭借对主子一贯的效忠以及对骑士荣誉的维护，不惜生命，处处留下了令人称赞的事迹，无论是基督教世界还是异教徒之邦，人人都对他推崇敬仰。

他参加过无数次战役，有攻占亚历山大城[1]之战，有立陶宛、俄罗斯之战，有阿尔赫西拉斯[2]围攻战，还有柏尔马利亚[3]、阿塔利亚[4]攻

---

[1] 亚历山大城是埃及重要城市，在尼罗河三角洲西岸。

[2] 阿尔赫西拉斯为西班牙海港，隔直布罗陀湾与直布罗陀相望，古时曾属格拉纳达王国，也曾被摩尔人占领。这次战事发生在 1344 年。

[3] 柏尔马利亚为古城名，在现今的摩洛哥境内。

[4] 阿塔利亚为古城名，在小亚细亚。这里指的战事发生在 1361 年。

坚战。在众多的骑士中，他就像是一颗明星一样脱颖而出，立下赫赫战功。因此，在普鲁士的庆功宴上，他当仁不让地坐上了首席的位置，俯视他身边其他各国的骑士。人们到处在流传着他的英雄事迹，流传他在地中海上是如何率领大批高贵的骑士出航。他曾十五次出生入死在战场厮杀，也曾三次在特莱姆森[1]比武场上勇敢取胜，杀死敌手，维护了我们的信仰。在帕拉希亚[2]领导的讨伐土耳其异教徒的战争时，他又凭借着其无比的力量获得了最高荣誉，受到君王的嘉奖。

但就是这样一个人，却如同姑娘般温和有礼。他对世事洞察得一清二楚，却从不对什么人妄加评论，更不会说出什么粗鲁的抱怨。有人说他的马很好，但他的衣着却并不奢华招摇——一袭粗布无袖长衣，从上面沾满的污迹，就可看出，他是远征始归，还未来得及歇息，锁子甲把衣服弄脏了，他却为了虚心朝拜而顾不得这些——可以说，这真是一个集所有的美誉于一身的完美的骑士。

随从

这个冷静的骑士却有一个热情的随从，就是他那年轻的儿子。二十一二的年纪，长着一头乱蓬蓬的卷发，小伙子充满了青春的朝气。为了博取心上人的青睐，他也曾像父亲一样，参加过许多次的战役。佛兰德斯[3]、阿图瓦、皮卡第，在远征的骑士团中他个头不算高，却在短短的时间里就留下了灵活有力的美誉。

[1] 特莱姆森现为阿尔及利亚西北部一省，北临地中海，西接摩洛哥。

[2] 帕拉希亚为古国名，在现土耳其境内。

[3] 佛兰德斯，一译佛兰德，为中世纪时的公国，在低地国家西南部，即今法国、比利时、荷兰接壤的地区。

这个年轻人穿着五颜六色的鲜艳衣服，整天不是吹笛，就是唱歌，衣服上的花呀蝶呀也随着他宽大的袖子上下飞舞，就像五月的天气，有着无穷的活力。除了擅于骑马，精于比武，他还通晓文辞曲赋音乐等等。为了胸中那腔爱火，他就像一只夜莺一样夜夜难眠。

不过，虽然这个儿子有点年轻有点好动，但总的说来，他还称得上是一个优秀的随从，一路上除了谦逊有礼，乐于助人，他还恭敬地在餐桌上为父亲切肉。

跟班

为了便于行闯，骑士还简单地带了一名跟班。这是一个自由农出身、拥有武艺的乡勇。黝黑的脸颊上一圈浓密的短发，绿衣绿帽中间，挂着一筒用孔雀毛作箭羽的利箭。一根根箭在乡勇精巧的修整下闪闪发光，配着他手中握着的那把硬弓，让人觉得很英勇。这确实是一个林中狩猎的好手，胸前挂着银白色的圣徒[1]像章，手臂上套有精致的护腕，身旁一边是坚盾利剑，一边是寒光四泛的匕首。一个护林人特有的号角正稳稳地挂在他绿色的肩带上。

修道院女院长

像所有其他修道院的院长一样，这也是一个受人尊敬的人，

[1] 这里的圣徒指的是圣克利斯托弗，他是林中居民的守护神。这个护林人出身的乡勇佩戴他的像章，是以此作护身符。

谦和纯良的笑容中饱含着温文有礼的高贵气质，我们都叫她玫瑰。

这位嬷嬷有一句最凶的诅语，就是“圣罗伊[1]作证”。我们偶尔听到她这么说，都忍不住要笑起来，但由此却对她更加尊敬。这位美丽的院长还有另一个特长让我们喜爱，那就是她在做礼拜唱圣歌时，鼻音很动人。由于她从未听到过一句很正宗的法国语，所以她说着另一种标准而流利的法语——斯特拉特福[2]腔调法语。

她还是一个处处表现出高贵宫廷礼仪的人：在餐桌上吃饭时，她会很小心地用手指捏着一块面包放进嘴里，既不让手指沾染上酱汁，也不会让任何一点食物掉到胸前。为了不让油腻沾染在茶杯上，她总是把嘴唇擦了一遍又一遍，这样，尽管已经喝了一口又一口，她的杯沿却还是光滑而又干净。这个以礼仪赢得人们尊敬的人，还是一个性格温和而又仁慈的人。虽然，可以看出来她属于那种活泼开朗型人，但如果她养的一只小狗或小猫死掉了或是挨揍了——她就会毫无顾忌地低低哭起来。甚至有一次为了一只被夹在捕鼠夹上的老鼠，她还伤心了好几天。她养了好几条小狗，整天喂给它们烧肉、面包和牛奶，在这些动物身上，她满腔柔爱怜悯的心表现得淋漓尽致。

这个头巾折得恰到好处的院长嬷嬷有一双晶莹透明的灰眼珠，上面是手掌般宽的白皙额头，下面是一张又红又小的娇嫩小嘴。手腕上一串珊瑚念珠，中间隔着一颗颗绿色的饰珠，有一个金光闪烁的胸针夹在其中，上面除了一个大写的 A，就只是一句拉丁文：爱，永无不胜。

[1] 据说圣罗伊原是6世纪末一金银匠的学徒，后成为珐琅工艺的奠基人。一说圣罗伊即圣埃利希乌斯。

[2] 这是指鲍河边的斯特拉特福，该地在伦敦以东两英里处，当地有一女修道院。

院长的同伴

院长嬷嬷还有四位同伴，一个是她的副手，也是位修女，另三个是与她同行的教士。

修道士

二十九位客人中有一位十分出色的修道士——你千万不要把他想象成一位严谨清苦的苦行僧，那样你就大错特错了，因为这实在是位极具才华的修道士，虽然眼下他只掌管一家隐修院的外部产业，但将来肯定会做到寺院住持的工作。

这位修道士骑着一匹很漂亮的栗色大马，马具上铃铛清脆地响着，就像他掌管的那家教堂的钟声。据说他的马厩中养着许多这样的马，他常常在风中疾驰打猎。虽然说经文上论述了打猎人的生活是如何不圣洁，有违我主的慈悲心理，但这位修道士却打破常规，认为陈旧的东西早该逝去。如果说一个不注意生活细节的修道士就是条离开了水的鱼，绝不能再称为光荣的隐士，那么，他认为这种说法的价值连一只苍蝇都不够——为什么我们必须遵守圣马乌鲁斯或老圣本笃[1]定下的陈旧而又严酷的规矩？难道我们除了在隐修院的书堆里钻来钻去钻得自己发了疯，就再也没有别的事可干了吗？既然圣奥古斯丁规定了做人的道理，那就让他自己去做。我们要做的就是自由自在地生活。他说这话时，我非常赞同地点了头。这位高超的修道士也是说到做到：

[1] 本笃，一译本尼迪克特，意大利人，天主教隐修制度和本笃会的创始人，创办意大利卡西诺山隐修院。1964 年，教皇保罗六世宣布其为全欧洲的主保圣人。马乌鲁斯是其弟子，将其 509 年创建的本笃会引入法国。

他唯一的娱乐就是骑着马带着猎狗在兔子后面乱跑，为此他获得了优质的灰色毛皮，镶在他衣服的袖子上，还有他高贵的帽檐上——那上面的兜帽上还别着个细巧的金别针，一头打着个同心结。

这是一位富态而有气度的修道士老爷，穿着考究，打扮细腻。光亮如镜的头顶中部看不到一丝头发，油亮的脸上一双眼睛，犹如炉中之火般活跃。烤熟的肥天鹅是他的最爱，柔软的靴子蹬在马的两侧，使他看起来更加体面。

托钵修士

一位放荡不羁的修士，却有着在自己区域内行乞的特权，这样的修士可真让人羡慕。他不是别人，正是那个托钵的修士。这个四教团[1]里的特殊人物，有着别人没有的魅力，不仅是他那小区域里所有小地主们所热爱的交往的对象，就是城里那些女富人也希望自己能得到他的青睐——因为他不仅会说那么多迷人的调情话，还随身带着许多美丽的小刀、别针什么的，只要他认为你值得和他亲热一番，他就绝不会吝于送给你。这个据说是教区里的台柱的人物为许多年轻的女子举办过婚礼，为此他得到了不少的酬费。但他却对人说，如果让他去当一个忏悔师会比现在的教士职位更能让人喜欢。因此他打了报告，得到批准，开始做起忏悔师来。做忏悔师要有一定的规矩，比如对人要和蔼可亲，要有怜悯之心，要让忏悔之人忏悔之后能得到心灵的安静——这一切，托钵修士做得很好，而且他还有另一套别人所没有的

[1] 四教团指的是天主教的加尔默罗会（12世纪时建于叙利亚加尔默罗山）、奥古斯丁会、多明我会以及方济各会。

好规矩，让人对他更加喜欢得不得了，在他看来，世上一切的罪过没有不可赦免的，只要你舍得从自己的腰包里掏出几笔捐款——当然，美其名曰是捐给贫苦的教团。这样，即使你在忏悔时不会哭泣，在祈祷时不会痛苦，你的罪也是可以赦免的。有谁可以说一个舍得对别人捐款的人是心肠很硬的人呢？当然没有！所以许多富人地主都喜欢找这个了解人心的修士做忏悔。这个皮肤白嫩、身体强壮的修士，弹着一手好琴乐，唱着美丽动人的歌曲，从富人的家里走进舒适的酒店旅馆，又从酒店旅馆走进豪华的富人家里，熟识了许多的老板侍女，却从来也没有认识过一个麻风病人。因为对他来说，帮助一个不能拿出任何有用的东西来的下等人，还不如去听一个暴发户的忏悔更有价值，并且，有体面有身份的人又怎么能去结识那些不知礼数的下等人呢？

这个修士凭着一套小狗般摇尾乞怜的本事，毕恭毕敬地听着富人们的忏悔，腰包逐渐地鼓了起来。为了能长久地保证这份可爱的工作由他一人承担，他特意花费了一笔不少的钱买到了上头的特权，这样别人就不能再进入他的领域，否则那就是侵权。我想这个修士行乞得来的财富，一定比他产业上的收入要多得多，即使是一个穷得连鞋都买不起的寡妇，他也会用他动人的嗓音引用《约翰福音》里的话，把她感动得热泪满眶，五体投地，从而心甘情愿地从口袋里掏出唯一的一个铜板交给他。

这个修道院中的头号人物，真的不同一般，即使是小小的裁定日[1]，也是他发挥自己才能的好场所。我们说过，他是一个放荡不羁、有自己规则的修士，在那样的时刻，他绝不会像其他修士一样也穿一件破旧的黑大衣，而是要用一袭精细高贵、刚刚浆洗过的挺括的法衣把自己装扮得像是一位教皇或是主教大人，再配上他咬着舌尖拼命想

[1] 裁定日指的是为解决纠纷而定下的一些日子。

要说得好听的英语说教，好一个有名的托钵修士——他的名字就是休伯。

商人

一撇浓浓的八字胡，一身昂贵的花色衣，一匹高大的马，这人用他的外形先昭告了世人他体面的身份。这是个爱夸口说自己如何有经商天赋的商人。他认为在这世界上，当务之急是要保证米德尔堡城和奥威尔港[1]之间通航的安全。发表这番见解时，他用手整了整佛兰德斯水獭皮做的帽子，还把脚上的靴子也扣得更紧，这样看起来那番谈话就是那么庄严。但实际上谁能知道，这个很会买卖金币、用外汇赚钱的体面人身上还背着一笔不少的债务呢！只是这个商人真的很有几分天赋，他能一边借债欠钱，一边又和人做着买卖。并且，从他那一副气派的言谈举止上，你还真不能不说这是个人物。只可惜，说实话——我怎么也没有把他的大名记住。

学者

这一位是牛津来的饱学之士，在逻辑学的研究上颇让人吃惊。穿一件经纬毕露的外套，人瘦得就像是一根火柴棒。他的那匹马如果站在马厩里，一个转眼，就会被其他马挤到了一边——人瘦马瘦的学士

[1] 米德尔堡在中世纪时为兴旺的商业城镇，现为荷兰南荷兰省省会。奥威尔港，在奥威尔河口，是英格兰萨福克郡的北海港口。

只是因为有一段时间没有拿到过薪水——他现任教会职务[1]。但这个崇尚哲学与教养的文化人却一点儿也不在乎自己的钱匣子里空无一物，在他看来，所有的东西都比不上拥有一屋子的书。他的床头摆满了红的黑的厚厚的哲学书，有亚里士多德的，还有一些出自柏拉图。这个靠朋友们接济过生活的人，把所有的钱财和精力都放入了对哲学与灵魂的研究。他除了热心地为帮助过他的朋友们祈祷祝福外，就是一门心思钻研怎样教授和学习道德和教义。他的研究使他成了一位饱含才识的学者，说起话来干净利落，没用的语言一字不吐，说出口的话都堪称一绝，但无论怎么样，他总是摆脱不了终生教与学的命运。

律师

在这个行业，这也称得上是一位大人物。曾经因为他的审慎和干练得到皇家重用，坐在巡回法庭的主位上，掌握着其他人的生杀大权。他有着很高的酬金，穿着华美高贵的衣袍，地位也相当不低，是著名的圣保罗教堂议事人员之一[2]。

为了干好本职工作，他显得非常忙碌，一会儿要记起从威廉一世[3]以来所有案例的经过和结果，一会儿又要签署地产契约。他起草的契约或协议，没有任何一点能让人有所挑剔，因此他总能如愿以偿地取得购置地产的所有权力，还得到人们齐声的赞扬。

[1] 当时牛津的读书人的出路就是担任教职。

[2] 当时律师常被邀至这个伦敦大教堂的门廊里商讨事情。

[3] 这位威廉一世指的是英格兰的第一位诺曼人国王（1066 年—1087 年在位）。他生于 1028 年前后，十五岁在其公爵领地执政，1066 年渡海打败英王，成为英格兰国王，把英格兰朝政交给主教掌握，并任命老友弗朗克为坎特伯雷大主教。

关于这个律师的衣着，我只想简单地说几句：除了丝质腰带上的一点金属装饰外，他穿着简朴布衣。

小地主

律师的身边有个小地主，是朋友也是旅伴。这个乐天的老头长着一大把花白的胡须，就像秋天里的雏菊花。他的早餐是面包浸酒，他的生命理念是做伊壁鸠鲁的信徒“快乐就是最大的幸福”。作为整个家族的掌权人，他总是敞开大门迎接四面八方来的客人，从酒窖里拿出珍藏多年的好酒，从池塘里捞出鲤鱼鲫鱼各色好鱼。他的厨师有严格的要求，要是该辣的不辣，不该辣的放了辣，或者是客人很多，餐具却不全，他就会遭到老头好一通臭骂，说不定还会有更倒霉的事等着他。大自然的四季在更替着，老头家餐桌上的东西也在变化着，无数的美味永远等着你，酒呀菜呀谁家的东西都没有他家的质好量多。

这个老头还是他那一郡的审计官和郡长呢——虽然这已经是很久以前的事了。他的腰带就像是刚挤出的牛奶一样雪白，明亮的匕首和鼓囊囊的钱袋总是随带身旁。经常出席本地区治安例会，还代表他的郡参加议会，这就是律师的朋友——小地主，没有其他地主比他更得意。

服装商、木匠、织工、染坊主人、织毯工

这是一群颇有资产的自由民。由于他们的能力——他们各自都有自己独特的才智——他们都是行会里首席的极佳人选。更由于他们各自都有一份足够的资产和收入，所以他们的妻子被人尊称为“夫人”，进教堂去做礼拜的时候，有人自愿跟在她们身后把她们那长长的斗篷后摆小心捧起。这一群光鲜体面的手工艺者和商人，穿着精细昂贵的服饰，戴着银制的而不是铜制的饰品，腰间围着引人注目的腰带和钱袋，个个神气十足。有这一群人陪同上路，我想我们的旅行肯定会更有趣。他们共同加入了一个著名的大行会。

厨师

生活已是很高贵的行会成员为了一路上少吃饮食的苦头，就自选自备地带了一名厨师。他把酸的甜的各色调味自行配制，加上生姜佐料制作出鲜美的鸡汤，在为主人们介绍菜名的时候，他还能一下子就闻出酿自伦敦的美酒。要说手艺这个厨师真的是没得挑了——能烧会烤，会煎会炖，做出的鲜汤馅饼香飘四方。但只有一点，我觉得实在可惜，要不是他眼上长了那么一个难看的疥疮，我想他烧的童鸡杂烩，味会更美。

水手

这是一个从遥远的西部——达特茅斯港来的水手。据说那里是以海盗出名，所以这名水手生得也很凶猛。一件粗呢子的长袍盖住他健壮的膝头，他正端坐在一匹劣马上头。垂着一张风吹日晒变黑了的脸，他边走边打瞌睡，一定是因为在从波尔多来的那段路上，偷喝酒商的酒太多了。一枚匕首用一根带子挂着，绕过脖颈直垂到他的胳膊下面，一把凶猛的胡须往四面八方长着。据这名水手自己说，他们在海上航行时和人打仗，打胜了就把对手进行活生生的“海葬”。这人要论良心实在少得可怜，但说到本事却真是不一般。他能通过水流速度和潮起潮落的时间，推断出即将来的危险。什么时候该起航，什么时候会有大风，在哪里应打弯，在哪里应放慢速度，他全都知道，全都精通。就是从哥得兰到菲尼斯泰尔[1]角的所有港口，从不列塔尼[2]到西班牙的每条河流，他也能随问随答，让你明明白白走过一路。这就是有名的水手，他的名字叫玛格德。

医生

与我们同行的还有一名医生。与别的医生不同，这是一名内科外科全都精通的医生。并且他还有一种独特的星象学见解，通过观察星象，能够确定该什么时候去为他的病人就诊，该什么时候用护符为病

[1] 哥得兰，一译果特兰，是波罗的海中的岛名。该岛现为瑞典的一省。菲尼斯泰尔为法国西北部省份，临英吉利海峡。

[2] 不列塔尼是法国古省和公爵领地，约相当于今日之菲尼斯泰尔。

人治病。为了研究医学，他读了许多书，有关于埃斯科拉庇俄斯[1]的，有关于迪奥斯科里斯的，还有关于鲁弗斯、希波克拉底、哈里[2]，加伦[3]、拉齐兹、阿维森纳、塞拉匹思[4]、阿威罗依[5]、达马辛、康士坦丁、伯纳德、吉尔伯特和加台斯腾[6]的书，他也通通读过。除了没有读过《圣经》，他可真称得上是一名医学界的学者。他知道每种疾病的类型，也许是热症冷症，也许是干症湿症，他也明白每种病患的起因结果。一旦诊断清楚他就会立刻开一副长长的药方，他那位友谊深长的药剂师于是就应声而来，带着所有你需要买下的药物，还不忘记在出门时反复叮咛一下，哪种是外用，哪种是内服。

博学的医生对自己的生活很节制，至今还存着大瘟疫时期挣的钱。他的衣服只是简单的大红或浅蓝服，只在里面才加一层丝绸或细绒。在饮食上，医生坚信少吃多餐才能消化好营养，所以他每顿只挑挑拣拣吃一点点。但在另一点上，医生却表现出浓浓的兴趣——据说黄金也有药用价值，作为一种兴奋剂，它深得医生的关心和喜爱。

---

[1] 埃斯科拉庇俄斯是传说中的医药之神及希腊医药之父。

[2] 迪奥斯科里斯（40—90）是希腊医生及药理学家，所著《药物论》沿用了16个世纪。鲁弗斯（Rufus）不详。希波克拉底（公元前460—公元前377）为古希腊医师，被称为医学之父。哈里（Hali）不详。

[3] 加伦（129—199）为古代科学史上重要性仅次于希波克拉底的医学家。拉齐兹（850—925）为阿拉伯名医。阿维森纳（980—1037）是被西方尊为“最杰出医生”的波斯人。

[4] 塞拉匹思疑为4世纪基督教高级教士。

[5] 阿威罗依（1126—1198）是最重要的伊斯兰思想家之一。

[6] 不详。

帕瑟妇人

英格兰西南部有一个地方叫帕瑟，那里有全英格兰著名的温泉浴，与我们同行的一个妇人就是那里的住民，虽然有点耳背，却有极其熟练的织造手艺，纺出的东西伊普尔[1]、根特的织工都为之惊叹。在她那一个教区，她是这方面的权威，没有人敢在她面前卖弄。要是哪一个妇人不识好歹想不通知她就随便奉献，准会遭到她好一番臭骂。她发起脾气来从不留情面，不把你吓得灰溜溜逃走决不罢休。不过，这名妇人长得倒还算是漂亮，眼睛大大的，脸蛋红润。一方头巾质地细密，只是看起来不下于十磅之重。脚上一双新鞋子皮质很软，露出的长袜颜色鲜红。就仗着这一副美丽的容颜，在教堂门口她曾同五个男人结过婚，而这其中还不算她年轻时的相好的。据这位妇人说，她到过许多地方，有布洛涅[2]、科隆和罗马，有加利西亚和圣地亚哥[3]，她脚下走过多少的山川大河，她眼中看过多少的奇邦异族。只是如今她的口中缺了几颗牙齿，所以说这些时有些含糊不清。

帕瑟妇人稳稳地骑着一匹温驯的老马，大的头巾一颠一颠。她的肥大的臀部外面罩着一条长裙，跨在马的两侧的脚上穿着带刺的马靴。一路上谈笑风生，说得最多的就是男人和女人。要是你不巧得了相思病，那你最好去问问她——在这方面，她确实是专家。

[1] 伊普尔在现比利时西佛兰德省，是中世纪时的主要纺织中心。根特是比利时最古老城市之一。

[2] 布洛涅在现法国北部加来海峡省。

[3] 加利西亚是中世纪西班牙西北部地区名，圣地亚哥是该地区的城市。

教区主管[1]

这是一名穷教士，却是一个大大的好人，凭着丰富的学问和对基督耶稣的无比忠诚，主管着他那一个小小的教区。他的行动准则只有两个，一个是仁慈，一个是热诚：如果有人不向他交税，他决不会冷心肠地将人家赶出他的教区，而是苦口婆心地先将我主耶稣的伟大善行向你教导一番，然后就拿出一部分自己的收益或别人的捐款来扶贫济苦。穷教士自己所求甚少，不贪福禄，不怕辛苦。哪怕是下着大雨，响着雷，如果真的需要拜访教民，他都会毫不犹豫地拿起拐杖走出家门。不管是住得近的富户，还是地处偏僻的贫民，他都一视同仁。在向教民们讲道的时候，他最爱引用的一个信条就是：行动优于说教。这是《福言书》里的一句话，意思是教士首先要为教民树立榜样。黄金都生锈了，铁还能是好的吗？教士自己又加上一句话，意思就是如果众人信赖的教士都堕落了，受教的教民品德还会高尚吗？这是一句真正实在的教育。羊群干净而牧羊人自己却肮脏透顶，这不是最最可恨的事情吗？这位高尚的教区主管知道什么才是教士的纯洁，什么才是教民的正当生活——把圣职卖给别人而自己却去伦敦的圣保罗教室任职，靠为一些人超度亡魂而赚钱或为行会主持宗教仪式而领赏，这绝不是虔诚的教士应该有的行为。上帝创造了他的信徒，就是为了能使他羊圈里的绵羊不受恶狼的攻击，而不是让人们拿他们去做交易。

有了这种种思想，穷教士在行教的时候，就决不会偏袒任何一方：如果你是一名贫穷的罪人，忏悔时也有可能得到教士温和的苦口婆心的劝导；而即使你是一个身份非常高贵的罪人，如果不能在忏悔时真心认识错误，他也会把你狠狠责骂。世上的教士再也没有比这位教士

[1] 教区主管是教区的负责人。

更好的了，他不追求虚无的浮华奢靡，不顾忌社会上的重重阻碍，只认准一个真理：基督是我们的主，教士是他的信徒，如果我们要为别人树立良好的品德，就要先从自己的行为做起。

农夫

与上面所说的那位仁慈的教士在一起的，还有位善良的农夫。他是他们教区里最最安分守己的一个人，生活平和而安定，乐于助人却绝不讲报酬，在教士的教导下，热爱上帝，热爱邻居，最后才爱自己。平常他不是为别人拉大车赶马，就是无偿为人们掘地打麦，掏臭水沟。每年有所收益后，就规规矩矩地到长官那缴纳什一税，从不会拖欠，也不会讲价。这位老农民身穿普通的农民服，骑着一匹母马，和另外一个磨坊主、差役、管家、修道院食堂伙计以及一个卖赎罪券的家伙，再加上我——这就是我们所有剩下的人，除此之外，再没有其他同行人了。

磨坊主

这是个有着“摔跤能手”美誉的粗壮的汉子。结实的肌肉、粗大的骨骼每次都能为他赢得比赛的头奖——一只羊。他的胡须长得有如铁铲那么宽，红红的，就像是狐狸或母猪的毛一样。鼻头上一个大大的瘊子也是红色的，上面还长着几根长长的毛。瘊子下面鼻洞又大又黑，高高朝上翘着，身子两旁也各挂着一把剑和一面盾牌。他拥有“金拇指”这样诚实的称号，却一路上张着那张大得犹如一面大炉子的嘴巴，滔滔地讲着些犯罪、偷窃的丑事。他善偷，偷的收益比挣来的还要多。不过这人也有一个优点值得一提：如果给他一支风笛，他就能熟练地吹出一支动听的歌曲。因此，一路上我们就这样和着他吹奏的曲调前进着。

食堂采办

这位法学院的小伙计掌管全院伙房的采购。如果你碰巧也是一位搞采办的人，那你实在是找对了老师——性格中的小聪明使得他在任何一桩买卖中都要精打细算，即使是一桩小得不能再小的三分钱的交易，他也能从中占到便宜。他的顶头上司总共有不下三十个人，都是博学的法律专家，但即使他们中的任何人都有资格能去英格兰的任何一位贵族家里当管家，靠着他们对法律和市场的了解，帮他们的主人运用各自的田地收益，使他们终生不受债务的困扰——他们的聪明也还是不及这个小伙房采办的一半。这是上天赐给我们的好礼物，他超过了一大堆的学者才子。

管家

小时候学过一门手艺，长大了却既没有当木匠，也没有搞建筑——这就是那总是跟在我们后面走的管家。这位管家名叫什么，我没记住，不过那匹毛色斑驳的灰公马我倒是记得清清楚楚：它的名字叫司各特。瘦长瘦长的管家先生就是穿着一件蓝外套，佩着一把铁锈长剑，骑着他的司各特从诺福克郡鲍兹威尔镇的家出发，去到坎特伯雷的。

司各特的主人脾气很大。刮得干干净净的下巴又尖又长，齐耳的短发修剪得如教士的一样，两条细细的腿上没一点肌肉，像棍子一样，在他那个地区，却没有一个人敢笑话他一句。他很懂得管家之道，独立掌管主人的一大家子，干旱的时候，他能凭种子的多少推断出收获的结果，几年内他就使主人家的牲畜圈里圈满了猪羊牛马。根据合同，从主人二十一岁起他就要把所有的账目随时汇报，而这一点他做得非常好。没有什么时候有过耽搁，也没人能对他的管理挑出一点毛病。除了主人，就数他的权力最大，事实上他比主人还要可怕，无论是羊倌、雇工还是其他管事，见了他都要哆嗦三下，任何的花招诡计莫想瞒过他。他买东西总比主人预计的便宜，他用主人的东西无偿奉献给主人，因此，他很得主人的欢喜和信任，不久就在牧场那片绿树成荫的地方建起了一个漂亮的家。虽然他穿着很是朴素，撩起的长袍塞在腰间，但谁都知道他的钱柜里积攒着一笔数目不小的财富。只是他有一个习惯，像那个托钵修士那样，总是走在人们的后面。

差役

同我们一路的还有一位法庭差役，火红的脸像戏中的天使。小小的眼睛细又长，一说话就成了两条缝。一脸红的黑的小脓疱，就是用水银、硼砂、硫黄或是酒、铅白或铅黄混合起来做清洁剂，也不能洗去。小孩子见了他害怕，他本人倒是满不在意，见了女人就像是一只小鸟，激动得叽叽乱叫。他爱吃的是韭菜、洋葱和大蒜，爱喝的是血一样红的烈酒。吃饱喝足之后拍拍肚皮打个饱嗝，就忍不住开始东一句西一句胡乱说话，但所有说过的话，加起来也不过是三句拉丁语——除了拉丁语,他不愿说其他语。这三句拉丁语都是从判决词里听的——

就像是一只鹦鹉听多了也会说一句“哈啰”一样，他的三句拉丁语说得比教皇说出的还好。其中有一句是“这是哪条法律规定的？”每当你考他露了底，他就会耍赖地反问你。不过这个家伙倒也还有他厚道的一面，只要你给钱，就是家里养了一年别人的妻子他也会不管。他经常说的一句话是“钱袋让教士下了地狱”，但我知道这是骗语。他教给他的所有朋友们不要在乎主教的诅咒，如果犯了罪就让钱袋去受苦。而这把人们通往天堂之地的真正道路都切断了，人们不再害怕进监狱，只要舍得出钱。在他那个教区，对于女人们，他还有一套好办法，通过运用一些不为人知的手段掌握了所有女人们的秘密，因此他就理所当然地做了她们的顾问，得到了她们送给他的一顶大花环。而此时，他还戴着那顶硕大无比的花环，手里拿着一大块足以和一面盾牌媲美的面包与我们同行。

卖赎罪券的人

差役有位朋友，就是从若望西伐[1]来的这位卖赎罪券的人物。我们不知道这是不是一位真正的卖券人，但他的行囊里确确实实装着一大袋的赎罪券。这个人和差役是很好的搭档，一个人高声唱着“亲爱的，快来到我身边”，另一个人就低声和唱，他们的声音加在一起，就是一只喇叭也及不上。卖券人长着一头乱蓬蓬的黄发，披在肩上像披了一件粗布亚麻的披巾，头戴一顶小便帽，兜帽被扎起来放行囊里，说是为了赶路方便。他们脸上光洁得没有一根胡子——连胡子楂也没有，

[1] 若望西伐是伦敦的一所医院，附属于西班牙若望西伐圣母修女院。当时有不少人自称获天主教会准许，有权卖赎罪券（或称赦罪符）以资助该医院，但也常有人揭露有些人并无这种授权。

眼睛转动着像兔子的眼睛。我觉得他更像是一名骟马的好手，可他说他是一位有权卖赎罪券的人。他的行囊里有个枕套，据他说这是圣母马利亚的遮面布。还有一块看起来是船帆的布，他说这是上帝的信使圣彼得航海时曾用过的。他还有个黄铜的十字架，镶满宝石，明眼人却一眼都能看出真假。一个瓶子里装着几块猪骨头——他把这些东西也称为是圣物。要是在乡间遇到一个虔诚的教士，他就把这些东西展示给他看，不出一天的时间，他就能把那个穷教士两个月也挣不来的薪水全都放进自己的腰包里。

他用花言巧语糊弄所有的教士和买赎罪券的人，不过，说句公道话，比起教会里的其他教士来，他还是最好的一个。无论是念经文、讲教义他都拿手，尤其是唱圣歌时更有一种动人的感情。因为他知道，不动舌头就不能赚来金钱，因此在这方面他十分卖力。

至此，我已如前面所说的，把这一群停宿在泰巴德旅店的朝圣者介绍了个遍，包括他们的衣着食物、身份地位，以及工作什么的。现在，我想我应该接着讲一讲那天晚上我们聚在一起后的情景，以及以后在朝圣路上的故事了。但在此之前，我得首先请求各位，不要因为我一言一行都照搬了原主人的模样——他们也可能说到一些粗俗下流的话语——就指责我也粗俗下流。正如我们平常所要求的，转述别人的话就要尽量保持原样，不要随意增删改变，如果不这样，那和撒谎有什么两样呢？就连基督也在他的《圣经》里说，这种做法并不下流，读过柏拉图的书的人，还会更明白一个道理，语言是行为的孪生兄弟——有什么样的行为就有什么样的语言。因此，我在此请求，各位不要因为我的转述有违道德或礼数就批评于我。而且，我还要请求大家谅解，如果有谁在我的转述里没有得到更完美的体现，那实在是因为我能力有限。

这时好客的店主人让人把晚餐送来了。有各色的上好菜肴，还有浓郁香醇的烈酒。店主人仪表不凡，谈吐幽默而且机智，是典型的契普赛德[1]高贵市民的代表。他看我们兴高采烈地吃饭谈话，就加进来给我们讲了一些有趣的小故事，所有的人都很高兴。在用完餐准备歇息之前，店主人又说道——这次他有些严肃，但绝不失热情。他说道："欢迎各位远道而来的贵客，你们能住宿本店，这是我极大的荣耀。说实话，小店自开业以来，还没有如此多的客人一起来小店住宿的情况。为了表达我对各位最衷心的欢迎和感谢，在此，我有一个提议，我想大家一定会很愿意听到的。

"你们去坎特伯雷的路还有很长，如果一路上所有的人都像石头一样只知道赶路而不知道弄些什么消遣的话，那这一路可真是无趣之极。因此，我以我父亲在天之灵为担保，为大家想了一个极好的消遣取乐之道。如果你们都愿意听从我的建议的话，我就把它说出来。"

我们都急不可待地催促他继续说下去，没有任何商量就取得了一致同意。于是，这位店主人又说道："各位客人请仔细听好了，我所说的主意就是，为了使大家旅途愉快，我们每个人在路上必须讲两个故事，我是说在去坎特伯雷的路上要讲两个，回来的路上也要讲两个，这样，一路上就会有许许多多奇异的事情与我们相伴。而且，为了奖励故事讲得最好最有意义的人，我们还要定出一个规矩，就是如果谁的故事得第一，回来后我们大家就要共同出资，在其他的地方为他备上一桌丰盛的酒菜。当然了，还有一条：如果有谁违反了我们的条例，就要接受惩罚，为我们一路上的花费付钱。诸位，你们是否同意我这个建议呢？如果同意，我就要去准备准备，计划和大家一起出发去坎

[1] 契普塞德现为伦敦城中的东西向大道。中世纪时是条商业大街，有很多豪华建筑及教堂。

特伯雷，自己付钱，给大家做一个免费的向导，如何？”

听了这个聪明又漂亮的人的提议，我们都很高兴也很感激，于是就提出一个小小的请求，让店主人千万要给我们一点面子，除了向导一职外再担任我们大家的裁判：记住谁讲的故事如何，为我们那顿晚餐定一个价格。反正无论事小事大，事是事非，我们全都听他一人指挥。

店主人满口应承，随口又叫伙计送上许多好酒，于是大家又开怀大吃，直到每个人都兴尽意足，这才纷纷爬上各自的床铺。

第二天，天才微亮，店主人就挨个把我们叫起，准时得连报晓的鸡都不及。出发上路后，大家谈谈笑笑就到了圣托马斯河。这时店主人把马勒住跳下了地，站立一旁对我们说道：“各位朋友，就像酒喝下肚就再也吐不出一样，我们说过的话就遵守。如果大家还记得昨天的规定的话，那现在我们就要把它兑现。我想了一个办法，就是用抽签来决定讲故事应该谁先谁后，你们看，连签我都准备好了——谁抽到最短的，谁就先讲。如果有人不遵守就罚他为我们负担一切费用。怎么样？”我们都表示同意，于是店主人又接着说道：“骑士先生，就请你先来抽一支吧，还有你，院长嬷嬷，不要害羞推辞，也来抽一支。还有学士先生，别再用功了——大家都来抽吧。”

转眼间所有的人都已经拿到了自己想拿的签。不知是命运决定还是巧合使然，第一个抽签的人——骑士先生——竟然抽到了最短的一支。对这个结果大家都觉得满意，没有等众人再说什么话，明智而又一贯遵章守纪的骑士也同意首先履行众人的诺言。他说：“既然上帝要让我来先给大家开个头，那我就恭敬不如从命了。请你们听好了，下面我就开讲我的第一个故事。”

听了这话，大家一下子静了下来，等待骑士讲述他的故事，内容如下。

本书总引到此结束，接下来进入正文。

骑士的故事

古老的雅典城邦，曾住着一位伟大的主宰者——忒修斯[1]。他征服了许多富饶而美丽的国家，凭着自己的智慧与武力，统治着著名的雅典。在他的多次征战中，有一项伟大的荣耀，就是占领了亚马孙的全部土地，取得了西徐亚[2]女王希波吕塔的腰带。他把女王带回自己的祖国，而且还更让人惊叹不已地把女王的妹妹艾米莉也带了回来。雄壮的军乐奏起来，庞大的军队跟随着他们英勇的王胜利而归。

各位，要不是这故事太长，说起来有可能就会剥夺掉同行诸位的机会，我真想详细地给大家先讲一讲忒修斯王是怎样和他的军队一起打败了亚马孙[3]人的。他们那场战争进行得惊心动魄，希波吕塔女王虽然美丽而且大胆，但最终还是被我们英勇的王所虏获。他俩举行了盛大的结亲礼筵，回国途中遇到过无数惊险——正如一头驽牛不可用来翻耕一大片土地一样，我真的不能把我的故事说得太长。每个人都应该有轮流的机会，下面我就从我刚开始说的地方讲起吧。

---

[1] 忒修斯是希腊传说中的大英雄，有许多斩妖除怪的事迹，后继承雅典王位并统一全国，还曾降服亚马孙女王希波吕塔并与之生子。亚马孙人为此入侵雅典，致使希波吕塔战死忒修斯军中。

[2] 西徐亚，一译锡西厄，是古代欧洲东南部以黑海北岸为中心的一个地区。

[3] 亚马孙指希腊神话中的女战士部族。当希腊人开辟黑海一带的殖民地时，那里被说成是亚马孙人的地区。据希腊传说，英雄赫拉克勒斯也曾率领远征队去夺取亚马孙女王希波吕塔的腰带。

且说刚刚我提到的那位勇敢的王，带着无限的喜悦，风风光光地朝着他那座城池驰来。但就在临近城邦的地方，在一座女神庙前，王却被一个奇怪的现象吸引住了。只见一排排成双成对的黑衣女人跪在离他不远的地方，正在哭哭啼啼朝他礼拜。那哭声凄凄惨惨响彻四周，那情景多少年来从没有见过。

王拉住缰绳，不耐烦地说道："女人们啊，为什么你们要哭泣？是妒忌我的荣耀，还是想扰乱我凯旋的好日子？或者，你们是有什么冤屈——有人侵犯了你们？如果真是这样，就说出来吧，说一说为什么你们都要穿黑衣？"

妇女中一位脸色惨白的站了起来，看得出她是众人中最年长之人，一张白色脸就像快要死去一样。她说："忒修斯，伟大的王！幸运之神垂青于你，给了你无比的荣耀和幸福，这一切我们绝不敢妒忌，更不会想要搅扰。只是我们听说你是一位仁慈的君王，因此才来把你相求。为了等待你的到来，我们已在这座女神庙前待了两个星期之久，感谢女神没有辜负我们日日夜夜所有的祈祷，把你降临到此地。伟大、英勇而仁慈的王啊，救救我们这群可怜的女人吧！把你的甘露洒一点点给我们，把这群也曾经是贵妇主人的女人们救出苦海吧！"

女人哭哭啼啼继续说道："现在你看我哭得凄惨，可知我从前却是一位高贵的王后。我的夫君就是卡帕努斯王，不久前战死于底比斯[1]城邦。我们这一群女人全都穿黑衣，不仅仅是因为她们的夫君也都阵亡，更为的是向世人展现那可恨的老克瑞翁的罪行。底比斯受到攻击，我的夫君战死，老克瑞翁却抢走了王位。他一味倒行逆施，把所有勇士的尸体堆积一起，不准我们施行火葬，更不准偷偷把他们埋起。他说他要报复他们，让他们经受所有的羞辱和泄愤，还把尸体扔给狗吃，

[1] 底比斯为古希腊中东部一主要城邦。

不让他们的灵魂得到安息。

“我伟大的王啊！”老妇人说完这句话便匍匐了下去，所有的女人也都跟着趴下，“愿你的心感受到我们的苦难，为我们报仇申冤。”

仁厚的君王听到这一番凄惨的倾诉，顿时觉得心中憋闷得难受。想她们也曾有着高贵的身份，而如今却落得如此下场，君王翻身下马，伸手把她们一个个搀起。温和的安慰话出自肺腑，君王向众女人承诺，他一定要尽一切力量为她们向克瑞翁报复。他还对着他的军队发誓：一定要让全希腊人民记住恶贯满盈的克瑞翁之死。说完之后，勇敢的君王就扯开大旗，下令军队不要休息，直接向底比斯开去。他要让克瑞翁早早下台，为此他把希波吕塔女王和她的妹妹艾米莉专门派人送回了雅典，自己却马不停蹄率领军队向前去。

各位亲爱的朋友，我本应再说说忒修斯是如何高举红色的玛斯[1]像攻占底比斯城的——那持枪执剑的红色图像在他白色的战旗上有如火一样光亮，指引了军队中千千万万的英勇之士向前冲杀——但我们还是长话短说，直接说一说忒修斯杀死克瑞翁占领底比斯之后吧。

忒修斯打败克瑞翁，杀死了他许多的部下，其余的仓皇逃走，忒修斯理所当然就占领了底比斯城。他把军队开进城里，下令收集那些被杀者的尸骨。收集好之后，他把它们交还给那些凄苦的寡妇，准许她们自由礼葬。妇人们万分感谢，看着具具正在火化的尸体泪流满面，随后就来向王辞行。忒修斯以极高的礼遇送走她们，就回来在战场上休息——他决意亲自把这个国家处理。

战胜的军队在尸体中穿梭，剥下一件件的盔甲做战利品，他们还偶尔在尸体上翻寻一下，看看能不能有其他的发现。事有凑巧，就在他们走到两具年轻的躯体前时，发现这两个人竟然还有一口气。两人

[1] 玛斯，是罗马神话中的战神。

伤痕累累的身体紧紧地靠在一起，共同的精美的纹章让人一看就明白，这二人是兄弟，而且纹章官果断地作出判断，他们是帝王之后帕拉蒙和阿赛特——底比斯家二姐妹的儿子。

兵士们不敢怠慢，当下就将两人抬到大营，呈现在忒修斯面前，忒修斯派人将兄弟二人送回雅典，不许接受赎金放归——他们将永远成为雅典军狱的囚犯。忒修斯自认是个胜利者，有权处决一切，他头戴桂冠率领大军凯旋，在雅典欢快体面地度过了他的一生——这一生是如此的欢快体面，也就再没什么意思可言。可怜的只是帕拉蒙、阿赛特两个兄弟，整日里关在牢笼中以悲愁的泪水洗面。

以后的日子就像脱缰的野马一样飞快逝去，不知不觉，又是一年的五月时分了。这时的艾米莉已经出落成一个人见人爱的美丽姑娘了。一个清晨，天色刚刚放亮，艾米莉就已穿戴整齐来到了花园里。只见她娇红的面颊比玫瑰还美丽，金色的长发编成辫子直垂到了脚后跟，身上的衣服新鲜又艳丽——这一切，使她看起来比绿叶衬托的百合还要美丽，就是五月里所有的花朵加起来，也不能超过了她。

艾米莉在花园里走着，五月的时光挑动了她的心，她采集了许多黄的白的粉的紫的各色鲜花，编织成美丽的花环，戴在头上，就像一个天使一样，边唱着歌边走过花园的一墙。

谁也不能想象，这墙竟连着一座城堡，在墙的那头，就是忒修斯王为着特殊的目的而修建的城堡。在这个天气晴朗的好日子里，城堡里住着两个悲苦的囚徒，就是帕拉蒙和阿赛特。可怜的囚犯帕拉蒙一早从睡梦中醒来就再也不能继续睡下去，得到狱吏的许可后，他开始和往常一样在高楼里踱步，透过牢房的宽大的铁栅栏窗口，他远望着雄伟壮大的城市，苦闷地自语道："天哪，你为什么要把我降临在这个世上？如果不能得到自由，如果没有幸福，我活着还有什么意思呢？"突然，就在万花繁茂的花园里，一个艳美的身躯吸引了帕拉蒙的视线，那正是我们可爱的艾米莉！他整个人一下子惊呆了，心上仿佛有根刺穿过一般，忍不住“啊”地大叫了一声。

另一个可怜的囚徒阿赛特从梦中惊醒，跳起来说道：“亲爱的表兄，有什么可怕的事发生了吗，你为什么大叫？是谁伤害了你吗？请告诉我！看你的脸色白得就如将要死亡的人的脸，这到底是因为什么？”

帕拉蒙好一阵没有说话，两眼盯着窗外的花园看。阿赛特就又继续说道：“如果是因为囚禁的生活不能接受，我劝你还是忍耐着吧——既然上帝要做这样的安排，那就没有人能够改变，除了忍耐，我们什么也不能做。”

听了这话帕拉蒙转过头来，说道：“亲爱的表弟，不是你想象的那样，没有什么人曾经伤害我，囚禁的苦难对我来说也不再是最大的伤痛。我大叫只是因为有另外一个身影进入了我的眼睛——就在花园那头。那是一个绝色美丽的姑娘，我想世上再没有人能比她漂亮。不知是维纳斯化身来到我的眼前，还是她真的也是如我之人！”说着，帕拉蒙朝着窗口跪下来祈祷：“美丽的女郎啊，如果你是法力无边的女神维纳斯，要化身这形象在我眼前显现，那就可怜我这悲苦的囚徒吧，请运用起你的法力帮我们逃离这牢狱之灾。要是命运注定我们将老死监房，那就请照顾我的家族，使它那饱经摧残的身体不再受到伤害吧。”

听到这番话，阿赛特也抬头朝窗外望去，就在万花争妍的花园中，果然有一个美丽的姑娘在闲荡。那天使般的容颜涌上他的心头，使他受到的伤痛比他的表兄还要重，他情不自禁嗟叹道：“天啊，这世上真有一见钟情的姑娘！她使我两眼发亮，情难自禁，如果无法得到她的眷顾和爱怜，我情愿死去。”

帕拉蒙听完他的表白，立刻火上心头，怒目而视：“亲爱的表弟，你的话是当真的吗？”

“那当然，上帝可以做证。”阿赛特说，“我句句真心，不是开玩笑。”

帕拉蒙皱起眉头:“表弟啊，如果是这样，那可就是你不对了。”他说道:“你是我的表弟，曾发下誓言要绝对忠诚于我，而我是你的表兄，也曾发誓与你同患难共生死。我们二人曾一起说定，即使是身受酷刑也不能互相出卖，即使是爱情也不能让我们分开。可是我的表弟啊，我把我的痛苦告诉了你，认为你会帮助我得到那美丽的姑娘。可谁知道，你竟然对我说，你也爱上了我爱的人。你这不是背叛吗——背叛最最信任你的人？这可不是一个勇士应该做的事。如果你不赶快改变心思，我将永远都认为你这是背叛。”

阿赛特傲慢地回答:“既然你这样指责我，那我就实话对你说吧:要说到背叛，其实你才是不讲信义之人。在一开始，你说你爱上了一个姑娘，但你却不知道她到底是人还是神，因此你的爱只是虚假的幻梦，不是真爱。而我从第一眼看见她时，就是把她作为一个实实在在的女人来爱，从这一点上说，我才是第一个爱上她的人。如果你还坚信先爱上她的人是你，那你难道没有听说过这样一句话吗？爱情高于一切！我敢发誓，在这世上人们制定了一切的法律，却绝对没有关于爱情的法律，因为没有任何法律能够缚住人们从心底里发出来的爱情，即使你爱上的是一个寡妇，有夫之妇，或是姑娘，没有法规叫你不要这样。人们总是因为爱情而打破了一切存在的法律，所以你也无法禁止我去爱上什么人。

“再说，我们都清楚，你已被判处了终身监禁，不能被赎，这样在你的一生中，又如何得到她的那种眷顾？当然，我也一样，我们就像两只互相争夺一只骨头的丧家犬一样，争来争去不能得到，最后却被一只鹰叼走。表兄，在天底下人人都为自己，尤其是在爱情上。我们既然谁也不能出去，就各自在心底里爱自己所爱的人吧，只是即使我们的爱如太阳般炽热，也不能熔化掉这牢屋上的栅门——我们听从命运的安排吧！”兄弟俩争吵一阵又悲伤起来，就这样断断续续时光又过去了很长一段。有一天，有位叫底里托俄斯[1]的君王来探看忒修斯。他们是从小的好朋友，曾经发过誓要同生共死。因此他们的感情很深厚，谁有什么困难另一方绝不会袖手旁观。这位老君王在底比斯时代就已认识了阿赛特，并且非常喜欢他，听说现在被忒修斯关在了雅典的牢笼里，于是就向他的好朋友请求能够放了他。忒修斯经过一番思考，答应了底里托俄斯的请求，并且还慷慨地不收赎金。只是有一个条件阿赛特必须接受，那就是：在今后阿赛特的一生中，不论有什么事故发生，他都绝不能再踏上忒修斯的国土一步，如果不幸被忒修斯的卫士抓到，不管是在白天还是晚上，他的脑袋都要被立刻砍掉。

获知消息的阿赛特万分痛苦。这对以前的他来说本是一件天大的好事，但如今却比死还让他难受。“天哪，你为何要这样对我，为何要让底里托俄斯认识我？”他悲苦地喊道，“你让我走出地狱，却又让我进入炼狱。我在这牢中关着还好，即使得不到她的青睐也还能整天看到。可如今你却只让我的表兄得此殊荣，而我却远远被放逐。亲爱的表兄啊，看来我们的争吵是你胜了，你待的这个地方如今不是地狱而是天堂。命运之神帮了你一个大忙，让你能待在她的身边，凭着你的机智勇敢和好运，我想总有一天你的愿望就能兑现。而我呢，却将永远地离开我的天堂，我既然已经把脑袋做了担保，就再也不能返回来。天啊，地啊，世上的万物啊！对我来说还有什么意义呢？它们谁也不能拯救我的灵魂脱离苦海。永别了，我的生命和灵魂的主宰啊，我的心中除了忧郁和哀伤再也装不下别的什么了！

“命运之神待人总是如此的丰厚，他给予人的往往比人想要的还要多。一个人如果获得了他没有想到过的幸福和造化，却仍不满足，

[1] 据希腊神话，底里托俄斯是英雄忒修斯进行各种冒险活动时的同伴和助手。有关他的最早传说可能是他与养蜂人布特斯的女儿希波达弥亚结婚。

还要不住地埋怨，这真是天大的错误！

“看看我吧！有的人想谋求发财，却不幸为这个缘故死于非命，有的人历尽艰苦方才出狱，却又在自己家里遭到侍从暗算——这世道真是风险无阻坎坷不平，就像喝醉了酒的老鼠找不到回家之路。我本来以为如果能挣脱这永世的牢狱之苦就是人生最大的幸福，可谁知从此后我就将再也见不到美丽的姑娘艾米莉了，那真是比死还不幸！”

内心受着煎熬的囚犯发出最后的感叹，而此时还在牢中的另一个囚犯帕拉蒙得知阿赛特的消息后，却更是悲伤不已。他不断在暗塔中发出痛苦的号叫，腿上的链条被他弄得哗啦直响。

“啊，”他说，“亲爱的表弟，我们不休地曾争论过多少个夜晚，而如今你取胜了。你能够重返底比斯，就能够重新召集军队，以你帝王之后的身份带领他们攻打这座城池。凭着你的勇敢和机智及上天的垂怜，你一定有机会能够靠着条约或其他什么机遇让她做你的情人和妻子，而我怎能同你相比——没有自由，只能如行尸走肉！老天啊，牢狱之苦已使我受尽折磨，为什么还要让爱情来使我更加苦楚？”

嫉妒之火在帕拉蒙心头熊熊燃烧起来，使得他的脸色顿时变得有如枯草般没有丝毫光泽。他愤恨地对着上天说道：“残酷的天神们啊，为什么你们要把人像羊一样的对待？你们凭着自己不变的意志统治世界，把所有的条令律例刻在坚硬的石头上，可为什么对于爱情，你们却一言不发？

“无辜的人受折磨，无罪的人被关进牢房，如果命运就是这样，那天意里还有什么道理可言？动物有了欲望可以随意发泄，可人有了欲望却要为了命运和道德而努力克制。有人听说过人死了灵魂还会哭泣，可又有谁听说过动物死了还会痛苦？在这世上诸多事情是如此的不公道——我看到过许多毒蝎子杀死人后还逍遥地向四方走去，可我们这些忠义之士却要忍受牢狱之苦——可这一切都是命中注定。土星[1]最不通人情，带着朱诺妒忌而愤恨的命令，把底比斯城邦踢得比草地还平。就连维纳斯也青睐阿赛特，要帮助他恢复自由，而我却只能等待死亡。”帕拉蒙情绪高昂，神情激动，不住地想到阿赛特的命运和自己的苦难——各位同行的朋友们啊，我真不知道他们两人哪一个最苦：一个是永远的囚犯，命运已经决定他要在牢狱中度过一生，而另一个则是雅典城邦的永久被放逐者，除非他不想要自己的脑袋，否则他虽然可以骑着马到处走动，却不可能在今生再见到自己心爱的姑娘。

不过，不管他们中的哪一个人受到的苦难更多，我们还是先继续我们的故事吧。

话说阿赛特回到底比斯后，就像换了一个人似的。以前英气勃发、气宇轩昂的样子再也找不到了。他整日里长吁短叹，茶饭不思，无精打采，没有过多久就消瘦下来。每一个见着他的人都为他而担心，小孩子见了他则会因为那一脸的苦闷相而害怕。他两眼深陷，颧骨突出，整日不言不语，只是一个人独自徘徊。要是他偶然听到哪里传来一阵乐器的声音——不管是忧伤的还是喜悦的——他都会不由自主地想起那美丽的姑娘，于是泪水就像小溪一样不断地流下来。

世上再也找不到第二个像他这样悲伤的人了！爱情的苦果已经把他折磨得神经紧张，濒于崩溃，整日就像一具行尸走肉般没有了知觉。就这样浑浑噩噩过了大约两年的时间，忽然有一天晚上阿赛特正在床上睡觉，蒙眬之间仿佛看见众神的信使、那位长着翅膀的墨丘利[2]来到了他的床前。他的手中笔直地握着一支催眠杖，一顶闪着光芒的帽

[1] 在占星术中，土星是“冷”星，是行星中最凶险的。

[2] 墨丘利是罗马神话中众神的信使，司旅行、技艺等。

子戴在头顶上。阿赛特心想：也许当年在他催眠百眼巨人阿耳戈斯[1]时，就摆的是这个姿势。这位神人开口对阿赛特说道："阿赛特，你听我说，痛苦的事情只有到痛苦的根源地才能解决——你必须再到雅典去。"说完神人挥动他的金杖一下子就不见了。阿赛特醒来，一跃而起下了床，对着自己的心说道："神人说得对！不管我可能会遇到什么凶险，我都必须到雅典去。如果不能见到我心爱的姑娘，那生死对我又有什么意义呢！"说完，他拿起一面镜子开始整理行装。就见镜子里出现了一个满面病容、枯瘦如柴的形象——这哪里还是昔日英俊的贵族青年呢？不过，这一点对阿赛特来说，却是极其有用的，就像有天神在一旁相助一样，这副面容不是正适合阿赛特化装到雅典去吗？他可以穿上穷人的粗布衣服，打扮成劳动者的样子，改名换姓混进雅典去，这样只要他小心谨慎不在行动上露出马脚，他就能整天看到他心爱的姑娘了。阿赛特不仅这么决定了，而且还带了一名随从，让他也化装成贫苦劳力的样子，跟随他来到了雅典城邦。

有一天，他来到了宫门口，看到宫中的管事正在招收杂役人员，他就自告奋勇地报了名。而且经打听那个管事还是专门为艾米莉招收服务人员的，所以他就去找这个管事，答应愿意承担艾米莉宫中一切的杂役活计。管事很爽快地把阿赛特带进了宫中，安排他在艾米莉的宫中服务。由于阿赛特年轻力壮，干事勤快又利落，对每一个人交给他的每一项任务都能毫不生气地接受，并且没有丝毫怨言就把它们做好，所以宫中的每一个人都夸他不错。这样过了一年之久，艾米莉终于把他选为了她的近身侍从。他对艾米莉撒谎说自己的名字叫菲拉斯特拉特，凭着自己的英俊外貌和温文尔雅的贵族气质很快就获得了艾

[1] 阿耳戈斯是罗马神话中的百眼巨人，奉朱诺之命看住朱庇特喜欢的姑娘，但朱庇特派墨丘利去唱歌，唱得他一百只眼睛都闭上睡觉后，终于把他杀了。

米莉以及她身边每一个人的欢心。他们都说，要是忒修斯不能给菲拉斯特拉特一个体面的职位，那么命运对他来说真是太不公平了。这句话很快就传到了忒修斯的耳朵中。忒修斯不禁对菲拉斯特拉特产生了好奇，就让人把他带到他的面前，他要亲自看看这个人有没有才能真的能够胜任他给予他的好职位。长话短说，总之这个菲拉斯特拉特的表现很令君王满意，于是他就把他加封为自己的内室侍童，给予高薪厚禄，让他待在自己身边服务。这样又平和地过了大约三年之久，菲拉斯特拉特越来越受到忒修斯的喜欢，得到他百般的信任和照顾。

我们暂且放一放这个菲拉斯特拉特不说，再来看一看这段时间里帕拉蒙的命运如何。

痛苦之神的双条枷锁锁在帕拉蒙的脖子上，一条是永久的牢狱之灾，这不是一年、两年或十几年的事，而是终其一生都得生活的事；另一条就是相思之苦，心目中有了自己理想的情人，却不能得到她，这种痛苦真把人折磨得生不如死，我不知道有哪位伟大的诗人能够把这种痛苦明明白白地说出来，反正我是没有这个能力。我只知道就在这样的情况下，帕拉蒙终于痛苦地过了七年之久。有一天，也不知是巧合还是必然，帕拉蒙的一位朋友给看守喝了许多的酒，这酒里面有香料，有蜂蜜，有底比斯最好的鸦片，也有大量麻醉剂。看守喝完就呼呼大睡了过去，就是用手推、用嘴在他耳朵边大声叫喊，他也不能一下子醒来。于是帕拉蒙就在这位朋友的帮助下逃出了牢房。他用尽全力地向前跑着，天已经开始放亮，在被人发现之前必须先找个地方躲起来，就这样，他来到了一片陌生的森林前。帕拉蒙小心翼翼地钻进树林子中间，心想：等到天黑以后再继续赶路吧，这样就不会被人发现了。在树林子中，帕拉蒙决定等他回到底比斯后，一定要招集所有的武士们攻打忒修斯城，他要通过武力和战争把艾米莉抢过来做他的妻子——这就是出狱后的帕拉蒙所有的心愿。

现在我们再回头来看阿赛特的情况怎么样了。满心欢喜的阿赛特不知道危险已经临近了他。

小鸟唱着欢快的歌迎接黎明，太阳在万物的期待中冉冉升起，火一样鲜明的光芒照在四方，世界露出了一天中最初的笑容。在花园里，在忒修斯的宫中，这时已经做了君王最主要的随从之一的阿赛特正在沉思。五月的美丽与生机激起了心中长久的渴望和激情，想到一些事他觉得心头很憋闷，于是就牵过自己那以暴烈著称的战马，骑上它走出宫外。他想到远一点的地方去呼吸一些新鲜空气，感受五月美好的时光。烈马在广阔的土地上奔跑，很快就来到一片小树丛中间。从这里走进去，就是我们刚刚所说的帕拉蒙藏身的地方。这是天意还是巧合，帕拉蒙躲在树丛中间害怕被别人发现，可谁知来到的竟然是他的兄弟阿赛特！当然，帕拉蒙起初并不知道来人就是阿赛特，而阿赛特也不知道树林子之中竟然躲着一个人，而且还是他那位和他共同出生入死过的兄弟。阿赛特唱着歌，从林中的枝条上折下一些鲜嫩翠绿的枝来，编成一个美丽的花环。他唱的歌是：“五月啊，美丽的时节！你带给人们绿色，也带给人们欢乐。我要把你编织成花环，永远戴在我的头间。”唱完以后，花环也编织完了，他就把它戴在头上，一跃跳下了马。他愉快地在林中走来走去，最后碰巧就停在了帕拉蒙藏身的地方。有句古话说得不错，田野会长眼睛，树木会长眼睛，可人有时却是不长眼睛的。命运就是会如此捉弄人：他让帕拉蒙躲身在了这片小树丛中，却又让阿赛特来到了这里。帕拉蒙静静地坐在隐蔽的树林间，担心会被人发现，这种谨慎的安静为他提供了聆听来人动静的好机会。只见阿赛特尽情地歌唱了一番，突然一下子就静了下来——这种情况在害相思病的人身上再是常见不过了。他们的心就像是受着一种无名的线索在牵引一样，一会儿高兴一会儿悲伤，一会儿想走一会儿想唱，有时候还会对着自己不由自主地说一些只有自己才能倾听的话——此时的阿赛特就是这样。他正在高声歌唱着，突然就由兴奋的极端一下子掉了下来，因为他想起了自己心目中的姑娘。

他静静地走到面前的一丛小树林旁，坐下来，长叹一声自语道：

“唉，命运啊，你为什么这样残忍，要把我出生在如此的时光！卡德摩斯和安菲翁[1]费尽心血才建起了伟大的底比斯城，你却让嫉妒的朱诺[2]一声令下，就把一个美丽富饶的城邦消灭掉。卡德摩斯是我们的祖先，我是他的直系亲属。我是底比斯王位的继承人，本该高高在上接受人们的拜礼，可你却让我化作了一个卑贱的奴役，匍匐在与我有不共戴天之仇的仇敌面前，做他的侍从。更有甚者，你还要让我受尽人世间的屈辱，因为我不敢说出我的真实姓名。阿赛特本是一个多么高贵的名字啊，如今却让位给了低贱的菲拉斯特拉特。唉，凶残的朱诺啊，你让你的怒气之神毁灭了我不幸的底比斯城，只留下了我和帕拉蒙，却为什么还要让丘比特的烈箭把我射中！我忠贞不移的心啊，好像生下来就已注定：要是不能得到美丽的艾米莉，要是不能让我为她做任何能够使她高兴的事，那我还不如死了的好。”说完，心力交瘁的阿赛特就像风中的稻草一样，毫无预兆地就昏了过去，过了好久才又清醒过来。

树林背后的帕拉蒙听到阿赛特的自白，看着他昏过去又醒过来，心中就像有一把冰冷的匕首刺过一样，又痛苦又激愤。他再也不能忍受有人当着他的面说爱自己心目中的姑娘，尤其这人还是他背信弃义的兄弟。于是就像是发了疯一样，他从树林后面冲出来，指着阿赛特的鼻子大骂道：“你这个忘恩负义的坏家伙！我是你曾经发誓要绝对效

[1] 希腊神话中，卡德摩斯是腓尼基王子，曾率人建起底比斯城并引进了文字。安菲翁则是宙斯之子，曾以七弦竖琴的魔力建起底比斯城墙。

[2] 朱诺是罗马神话中主神朱庇特之妻，因此也称天后，她因为朱庇特与多名底比斯王家女子私通而与底比斯为敌。

忠的兄长，可你却当着他的面说你爱上了他的姑娘，你这不是背叛是什么？亏得我还把自己的心事当秘密告诉你。你是个天大的骗子，不仅欺骗了我，还欺骗了忒修斯——欺上瞒下不敢用真名字。今天我就要和你来一个大决战，虽然我刚刚才从牢狱中逃出，但我不怕会重新被人发现。我要和你来个决断，不是我亡就是你死，因为艾米莉只是我一个人的，我不准你或是其他什么人也爱上她。”

听到这话，阿赛特已经知道是谁在这里。他不屑地拔出自己的佩剑也指着帕拉蒙说：“你这个天生的大傻瓜——你难道没有听说过，爱永远是自由的？你是我的兄长，我和你共同发过誓，但在爱情上我们是没有对与错，也没有先与后的。为了这份爱，我一定要和你做一次争断，让所有束缚我们的线索都折断。只是今天你既没有战马，也没有武器，我不愿意占你一点便宜。现在我就要赶回去，给你带一些上好的面包、甲胄和武器，还要带一床被子为你取暖——今夜你就在这里过夜，明天我再过来和你交战。我绝不让任何人知道此事。要是你能把我打败并且杀死我，那你就把我的意中人带走，像我一样永远地去爱她吧。否则，艾米莉就只能是我一个人的。”说完，他激动地看着帕拉蒙。

“完全可以，我同意你这么做。”帕拉蒙回答道。然后二人各自以自己的信誉做了担保，就分手离开了。

常言说得好，爱神丘比特的眼睛永远是瞎的。它看不清谁才是谁真正的爱人，让人永远也不会来把爱情独占。我们都知道，爱情就像是权力一样，是永远挣不脱的金苹果，没有一个人不渴望得到它，没有一个人愿意别人来和他分享。帕拉蒙和阿赛特深明其中的道理，所以二人没有再说什么话，就开始各自行动。阿赛特准备了两份好武器和两份好盔甲，第二天天还不大亮，他就把它们挂在了马鞍的两旁。没有惊动任何人，他悄悄地骑上马，向着昨天到的树林子奔去。就像是出生时没有人相伴一样，骑在马上的阿赛特孤零零地看起来真让人感觉孤独。不消一刻钟的时间,他就已经和帕拉蒙又一次相见。俗话说：“仇人相见，分外红眼。”帕拉蒙和阿赛特二人也是。他们从见面的刹那间，就脸色大变，没有说什么你早你好之类的客套话，拔出长矛就准备向对方的身上刺去。

色雷斯有位著名的猎手，我们都知道他就是那位手执长矛的英雄。每当他在林中狩猎的时候——他的猎物通常不是狮子就是黑熊——总是站在猎物的正对面。听着树枝树叶在猎物的碰撞下哗哗作响，这位猎手就会对自己说：“我的强大的敌人就要过来了。我必须做好完全的准备，用自己全身的力量来战胜它。因为二物相争，不是你死便是我亡。”帕拉蒙和阿赛特就是这样。他们两人就像是有深仇大恨的老对头般，虽然一见面的时候还互相为了对方的盔甲穿着不整而帮忙整理——那时他们看起来才真的像是亲兄弟，但一旦两人都准备好了，他们就立即把尖锐的长矛拿起，向着对方刺去。

帕拉蒙就像是草原上发了威的雄狮，异常凶猛；阿赛特也像是丛林中震怒的老虎，让人胆寒。二人在林中的搏斗就像是有千军万马在齐争，直打得天也为之昏，地也为之暗。他们浑身是伤，到处流血，却还在拼命相搏。

各位同行的伙伴们，兄弟相争没有什么好看的，我看就让他们在一旁争得个你死我活吧，我可要趁这个时机返回来说一说伟大的忒修斯王。就像全天下所有英勇的王一样，忒修斯王也是一个爱在林中驰骋的英雄。这一天，我们在前面说过，是五月里一个阳光明媚的好日子，忒修斯王像往常一样，早早就起身穿好衣裳，等待下人们侍候完毕，就准备要去皇家猎场。在他的所有生命中，除去征战、扩大疆土，最大的爱好就是狩猎了。在森林中，他可以带着大队的人马——有奴仆，有游伴，有猎人，还有机警的好猎狗——他可以带着他们在广阔的大自然中奔跑，呼吸王宫中呼吸不到的新鲜空气，体会王宫中不能体会到的征战者的胜利。他最大的心愿就是能亲手射死哪怕一头小鹿，这样就能为他所崇拜的战神和狩猎女神上供，所以在今天这样的好日子里，他发誓：绝不能错过。

忒修斯王召集他打猎的随从们，还让人给他漂亮高贵的希波吕塔女王和妻妹艾米莉穿上美丽的绿衣裳。他带领着他们，骑着一匹匹高头大马，向着皇家猎场浩浩荡荡地开过来。在走到离宫中不远的一片树林子边的时候，君王听说这里有一头鹿，于是就下令大家由此散开，大捕杀行动现在开始。忒修斯这位君王独自骑着一匹马，沿着一条小河追赶着鹿，不知不觉间就来到了一片空着的林中地上来。太阳之神已经从东方升起，驾着他的金车火马走到了人们的头顶上方，强烈的阳光刺花了王的眼睛，使他不由自主停下来，把手搭在额前向远处张望。这时，他忽然听到近处传来一阵兵剑相交的厮杀声，在熠熠阳光下还有武器的光泽在闪动。王随着声音驱马往前去，就看到在他的面前正有两个人就像是林中的猛兽般，进行着生死相搏。王为有人在他的领地里如此凶猛地相斗却没有通知他而生气，于是就大喝一声拔出了剑。他说道：“呔！那里是两个什么样的人，竟敢在我的林地角斗？你们要是再不听我一句话马上停下来，我就会用我的剑让他人头落地。你们要从实给我讲出来，是什么人准许你们在这里决斗，却没有一个公正的裁判站在身边？你们还要告诉我，到底是什么让你们两个如此年轻的人，不要命似的在这里相搏？”

听到王的呼喝，身为兄长的帕拉蒙首先停住了出手。他转过身来对着忒修斯跪下说道：“英明而公正的王啊，既然你已经发现了我们，并且问了我们话，我就把实话告诉你吧。我就是你牢笼中关着的死囚帕拉蒙，我们因为你的英勇，而不幸做了你的俘虏，被关在花园一角的堡楼中。这样的生活对我们来说很凄惨，活着比死了还腻烦。如果你真的是一个仁慈而又有怜悯之心的好君主，那请你现在就把我们杀了吧，多说任何一句话都已经没有用处，作为您的俘虏我们甘愿受罚，而不会有任何的怨言。但只是有一点，在你杀死我们之前我一定要告诉你，作为对你让我们死去的回报。站在我身边的这个人，王啊，他就是你的另一个死敌阿赛特。他因为你攻占了底比斯而和我一起被关进牢笼，又因为后来你的一句承诺就获得了自由。按照你们的规定，他是再也不能重新回到这个城邦中来的了，但他现在却又回来了——只因为他也爱上了美丽的艾米莉，所以就把名字改成了菲拉斯特拉特。他不仅欺骗了君王你，还做了你身边最信任的随从。就冲这一点，君王啊，他也是罪有应得。那么，现在就请你先把我杀死，再把他杀死吧，或者先把他杀死，再把我像他一样杀死。既然我们都是罪该至死，我们就绝不会有任何的怨言。不过，在我死前还有一句话要对艾米莉小姐讲，那就是，可爱的艾米莉啊，我爱你爱到了极致，我虽然刚刚从牢狱中逃出来，但能让我死在你的面前我却更感觉到温暖——这才是我最大的心愿，现在我就要去受死。”

恼怒的君王没有作出任何的思考便当即说道：“我没有用任何的逼供，你就已经说得如此清楚，就冲你说的这些事，你们也必须被执行死刑。我现在就以战神玛斯的名誉为证发誓，我一定要让你们都死。”

这时在一旁观看的女王和其他同行的贵妇都开始哭起来。这些崇尚爱情、喜欢为爱情而献身的勇士的妇人，被这两个高贵而又温文尔雅的青年的行为感动了。她们看着这两个青年身上不断流出来的鲜血，觉得要是让死亡这样悲惨的命运降临在他们头上，那真是一件令人难以忍受的残忍的事。于是，她们不由得一起跪下，对着君王恳求道：“伟大而仁慈的君主啊，就请看在我们这一群女人们的身上，把他们放了吧。”忒修斯看着面前一群几乎都要把嘴唇吻到他的脚面的女人，怒气渐渐地消了下去。他没有说话，却在脑中做着思考。他想到，虽说这两个人是自己的囚犯，又违反了他们之间的约定，要他们死是天经地义无可指责的，但命运之神啊，又有谁不知道，爱情可以让年轻人发疯。他们本来逃出了自己的牢笼，可以远走高飞了，但他们却为了一个女人而重返险境。他们是底比斯王室的子嗣，是自己的死敌，明知道一旦被自己抓住了，就再无脱身的机会。但爱神却让他们长了一双含混不清的眼睛，不顾生命的危险来到这里——世界上还有比这更蠢的人吗，我想只有爱情才会让人这样。而谁没有经历过爱情呢，就是我，不也曾经像他们一样为爱而疯狂？我知道爱神会拿什么来报答他的子民们对他的敬仰——除了痛苦与耍弄再没有别的什么。这两个自觉自己的脑袋是最聪明的脑袋的人，却不知道，他们所为之表演的姑娘竟也像我一样：对他们的爱所知甚少，对他们的争斗了解得就像杜鹃对他们的争斗了解的那样多。爱神总是很任性地拿着他手中的利箭乱开玩笑，把人们陷入不可挣脱的罗网而不自知。我也曾接受过爱神的奴役，就从我和他们这一点相同的地方来说，他们也是不应该被处死的。

王又想到，一个身为人君的人应该是一个仁慈而有怜悯之心的人——如果对待一个能够承认错误而又肯承担责任的人，就像对待一个自私而不知悔改的人一样，那这个君王不是也是一个昏庸的君王吗？这样的君王没有一点的识别能力，总是把傲慢与谦卑混为一谈。如果我也这样做，那不是就和他们一样了吗？

忒修斯想到这里，又看看他面前仍然匍匐着的一群女人，于是下决心般抬起头来，炯炯的目光一闪。他的语气平和，嗓音洪亮：“伟大的神哪，请你保佑我们吧。既然你让命运做了如此的安排，那我们就要照着你的吩咐来。这两个人本来是应该接受我的惩罚的，但这一次我就看在众人的面上把他们放过——就连我的美丽的爱妻和她的妹妹都跪在了我的面前，请求我不要对他们治罪，我还有什么话能说呢。

不过，在释放他们之前，我有一个规定，那就是你们俩必须对我发誓——以诸神的名誉——从此后，不论是白天还是黑夜，你们都不能做出对我国不利的事情。你们不能把我看作你们的敌人，而要永远都站在我这一边为我效忠。如果你们不能答应这个要求，那你们现在就要受死。”

帕拉蒙和阿赛特都同意王的这个决定，于是就在他的战马前，凭着诸神的名誉庄严宣誓。并且请求从今往后，能够得到王的保佑和庇护。王一口应承，随即又说道：

“既然你们的死罪已免，现在我们就再来讨论讨论你们的争端。我们都知道，凭着你们王室子孙的身份，再加上你们的财富，别说是我的妻子的妹妹，就是任何一个女王或者公主，只要你们愿意也都是有充分的条件去迎娶。但问题是——你们也知道——一个女人无论如何是不能侍奉两个男人的。不管你们两人怎样争斗，艾米莉只有一个。你们其中的任何一个人，不管愿意不愿意，总是有可能要一生都站在她的窗下吹笛或唱着孤独的歌。现在我为你们想了一个办法，如果你们愿意，倒是可以在这里听一听，我想如果听从我的安排，你们中的一个人总会如愿地做了艾米莉的丈夫，而另外一个人也会心甘情愿地退出。”

众人听到这里齐声恳求王快点说出他的计划，帕拉蒙和阿赛特也露出急不可待的神情。于是王清一清喉咙顿声说道：

“我的计划就是让你们二人公平竞争。如果你们都同意，就可以不付赎金从这里出去，各自选定一个自己想去的地方，不管这个地方是在陆地还是海上。只要你们出去五十个星期后——不多不少整整五十个星期——能够各自带回一百名装备齐全的武士，你们就有资格在我的比武场上决斗。我将以神的名誉发誓，我就把场地设在这里。并且我还要自荐做一个公正的评判人，在这里看着你们各自的一百名武士互相争斗。我是说，这些武士也要像你们一样互相参战，直到一方的人能把另一方的人全部杀死或全部赶出比武场。不管是你还是另一方，凭着你们各自的本事，你们将受到神的怜悯：胜利的一方就将是艾米莉的丈夫。如果不是这样，你们中的任何一方都将不能得到我的宽恕，更不用说和我讲条件，请求我退步。你们看看这个决定如何，如果没有异议你们现在就要开始行动。”

阿赛特听了高兴得一下子蹦起来，帕拉蒙听了也迅速地展开了笑容。在这个世界上再也没有比他们更高兴的人了，不仅刚刚从死神的手中解脱了出来，还获得了如此公正的评判。就连王身边其他的人也都高兴得通通跪下来，感谢神明赐给他们如此英明的一个王。长话短说，底比斯的兄弟俩，就像两个刚刚采过蜜的蜜蜂一样，在拜谢过王的恩惠以后，就都各自告别众人，跨上马回到了他们在底比斯的古老的家。趁帕拉蒙和阿赛特兄弟俩准备的当头，我们再回过来看看忒修斯王在他的雅典城——我觉得，对于一座花费了巨额经费才建造起来的比武场我们实在值得说一说。

自从为爱而争斗的兄弟俩离去以后，权威的雅典王便开始着手修建供五十个星期后使用的比武场。他首先下令给全国的能工巧匠，只要是精通数学和几何学就要来王宫报到。对于擅于雕刻和绘画的技师，忒修斯供给充足的饮食并付出工资。在他的摆布下全国的能人巧士从四面八方涌来，没有用多长时间就把一座雄伟的场地修完。圆形的外围总共有一英里长还要多，六十英尺高的看台上，座位林立，没有任何能挡住人们视线的东西。要说到它的气派非凡，我看世界上再没有任何其他地方可与之相媲美。

这个场地共有两个门，东面一处，西面一处，全是巨大的白云石。为了便于举行祭祀仪式和向诸路神人供奉，他们还在每处大门的上面各建造了一个精致的祭坛和小巧的祈祷房间。西门上供奉的是战神玛斯之像，东门上则是女神维纳斯，为了表达他们对贞洁女神狄安娜的崇敬，在北墙还特意辟出一个小神殿，装饰了富丽堂皇的红色珊瑚还有雪花石膏。三个神殿各有各的精美，在雕刻和绘画方面却是同样的高超。首先，我们到维纳斯的宫殿里看一看，你就会发现：这里除了与爱情有关的一切，包括男人、女人、美丽的花朵等等，就再也没有其他什么。爱神维纳斯头戴金冠，身穿华服，在悠扬的乐声中高歌起舞，但受到她奴役的人们却匍匐在她的脚下苦苦呻吟。他们白日里吃不下饭,夜晚又久久不能入眠。想起的是昔日里的海誓山盟、美貌青春、欢乐和希望，忍受的却是无穷的相思之苦。欲望和财富、奢华和铺张充满了画面,背后还有那美丽的维纳斯居住的地方——西塞龙山[1]。那里有安静的山河园林可供人们休憩之用，还有漂亮而懒惰的看门汉。这里古代的美男子应有尽有，有干尽傻事的喀索斯[2]和聪明的所罗门，还有力大无比的赫拉克勒斯[3],有凶恶的图努斯[4],还有当了杂役的富人克罗伊斯[5]。所有这些虽然不是勇猛无常就是法力无边,却都逃不脱爱神维纳斯的掌握。她给了他们美貌和力量，却又对他们施行诡计，在她的爱情罗网里，人们不是叹息就是哭泣。这样的画面这里应有尽有，在此我们就从简择优。

再来看看人们敬仰的维纳斯本人，她的雕像看上去十分辉煌：裸

[1] 西塞龙山是希腊山脉，是举行酒神节和祭祀赫拉的胜地。古时，从雅典到底比斯的大道穿过山上的隘口。但这里作者误把此山当作维纳斯居住的基西拉岛(在希腊南部)。

[2] 喀索斯是希腊神话中的美少年，因拒绝山林水泽仙女厄科的求爱而受到惩罚，死后变为水仙花。

[3] 赫拉克勒斯的妻子名叫德杰妮拉，她觉得即将被丈夫抛弃，便把一件她以为有魔力的衬衣给丈夫穿，目的是让丈夫永远爱她；不料这衬衣把赫拉克勒斯烧得遍体鳞伤，使他自杀身死。

[4] 图努斯是罗马神话中卢图利人之王。

[5] 克罗伊斯（？—546）是吕底亚的末代国王,后被波斯人俘虏,在波斯宫廷任职。

着的身体半浸在碧绿的海水中，手中握着一把弹琴；头上的花环美丽又芬芳，引来一群群的鸽子围着她起舞。她的儿子丘比特，正如往常人们所见的，站在她的身旁，一双翅膀在肩头处伸出，一筒金箭正挂在腰的一头。他给予了人们许多的幸福也给予了人们许多的不幸，这一切只因为一个原因——他早已是双目失明。

看过了爱神的神殿，我们再进入到那伟大的红色战神玛斯的神殿，就会发现这里也画满了各色的肖像。一个阴森恐怖光秃秃的森林里，正是战神的住地。那里没有居民也没有野兽，残枝断干在冷风的吹动下发出呜呜的吼声。一个小山的山坡下有个山洞，洞口又大又深看起来很吓人。冷风不断地刮进来，把大门撞击得叮当作响，实际上你却不用担心它们会被损坏。因为这里就是神的大殿，门都是用刚玉做成，上面还包裹了厚厚的硬铁。为了使这个神地坚固又牢稳，里面还支撑了几根大铁柱，都有酒神的窖里的酒桶那么粗。这个地方的四面还有许多窗户，只是因为照进来的是北极光，所以通过它们并不能辨别出黑夜和白昼。就是在这里，我首次看见了罪恶的深渊和人们丑陋的一面：发怒的大火比太阳的光芒还要灼人，卑贱的贼子苍白着一张脸；满面笑容的人斗篷里可能藏着匕首，温暖的床上也可能就存在有大逆不道的谋杀；营地的马厩里黑烟四起，悲凄冲天，广阔的战场上人声喧闹,血染刀剑。这里除了有绝望的自杀者,冰冷地躺在血泊中，还有暴君发动的肆虐，把整个城池毁灭。噩运之神耷拉着一张脸坐在神殿的中央，就这样看着一切事情在发生。有野熊掐断了猎人的喉管；有母猪吃了摇篮里的婴孩；宫廷的厨师尽管用了长勺来舀汤，还是不小心被烫伤；赶车的人自已驾了马，却在一个泥泞的山路上被受惊的马颠下车，车轮子在他身上碾过，从此后他就再也没有能站起来。

在这里，我还看到有一把长剑挂在前方，就在胜利之神的头顶上。它是被两根细细的绳子牵挂着，代表着胜利的一方。比如说英雄的恺撒、伟大的尼禄[1]，还有罗马的卡拉卡拉[2]，他们的胜利就是靠了这把剑的帮助，他们的死亡也在这把剑的意愿——它是人们吉凶命运的预测者，而它的主人就是战神玛斯。全副武装的玛斯气势汹汹地站在战车上，一只吃人的狼红着眼睛站在身旁。他的头顶上有两个星座，据说是普韦拉和鲁贝乌斯[3]，它们的光芒也是那么冷艳，充满了对人生命运的嘲弄——壁上的画就像是真的人和物一样，鲜活地代表着人们对光辉玛斯的敬仰。

这样暴力而又充满力量的画实在不忍再看下去，现在我就带大家到猎神狄安娜的神殿转转。在这里又是另外的一幅景象，但还是逃不脱生命和死亡。由于宙斯的罪孽，卡利斯托[4]被变成了熊，而后又成了北极星；与她一样可怜的还有皮内乌斯的公主达佛涅，为了逃避太阳神的求爱而变成了月桂树。亚克托安由于下流地偷看了女神的洗澡，被毫不留情地变成了一只公鹿，昔日的猎狗再也不能认出它的主人，呼叫着扑过来，狠狠地咬下他的一块肉。除此之外还有梅利埃格[5]之猎，借那个机会狄安娜使许多人遭遇了不幸。

高高在上的女神决定了这一切。她脚踏月亮[6]，高举箭筒，朝远处

---

[1] 尼禄（37—68）是公元 54 年—68 年间的罗马皇帝，在位数年后便转向残暴统治，后被处死（一说自杀）。

[2] 卡拉卡拉（188—217），罗马皇帝，211 年—217 年间在位，因嗜杀成性，后被臣子刺死。

[3] 普韦拉与鲁贝乌斯是泥土占卜和标点占卜的术语。

[4] 卡利斯托是希腊神话中的人物，是狄安娜手下居住在山林水泽中的仙女，被主神宙斯（或朱庇特）爱上并受其引诱后，狄安娜（一说赫拉）将她变成了熊。后又被变成大熊星座，而不是北极星。

[5] 梅利埃格，一译墨勒阿革洛斯，是希腊神话中卡吕登国的英俊王子。该国国王因祭祀时忘了狄安娜，她便使一头凶猛的大野猪蹂躏该国。王子召集所有猎手来捕杀野猪，结果野猪死在他手里后，他和其他很多人都遭到了不幸。

[6] 罗马神话中的狄安娜即希腊神话中的阿耳特弥斯，她既是狩猎女神，又是月亮女神。

张望：遥远的冥府幽界，普路托主管着阴间的一切；一位临产的产妇，由于疼痛，高呼着：“鲁西娜[1]啊，救救我！”

画上的一切实在是栩栩如生，比真人真事还要更让人看得清，它们花费了忒修斯王一笔巨大的财富，所以显示出无比的庄严和雄伟。场地完工后，忒修斯王看了很满意，现在就只剩下留在他的王国里耐心地等待底比斯兄弟的归来了。

再说帕拉蒙和阿赛特两兄弟，既然仁明的君主给他们出了如此公平的一个题目，有关他二人的生命和爱情，二人就要想尽一切办法来把它完成。他们各自到了一个或几个地方——现在已经没有人能说得清——在那里招兵买马，各自准备了一百名士兵。这些武士都是装备精良，在他们的地方很有名。他们有着最忠贞的武士精神，认为为了爱和荣誉而战可以使自己声名远播，那场面看起来也肯定会无比壮阔。就像帕拉蒙的那一队一样——他们各自穿着自己所喜爱穿的盔甲：有的穿着铁锁甲，手中拿着长矛和盾，有的只挂着两片能保护胸膛的钢甲；有的喜欢把双腿包裹得严严实实，有的只在手中准备了棍棒和斧。总之，他们各按各的爱好，全副武装追随帕拉蒙而来。其中，有著名的色雷斯大王利库尔戈斯[2]，他的脸上长着长长的黑胡子，一双眼睛奇异地闪着红黄光；两道剑眉如霹雳，一双眼睛有鹰之光；浓浓的头发梳得展展滑滑撇向后面，比乌鸦的羽毛还要黑；他的肌肉结实，两条胳膊比树木还粗。手臂上戴着沉甸甸的金冠，上面镶满了各色珍珠和明钻。他的战衣上没有任何的纹章，只是一件黑乎乎的大熊皮。二十多条大如牛犊的猎犬紧紧跟在他身边，由于脖子上有金色的铁环，所以它们不能走远。这位大王带领着一百多名贵族来参战，而只有他自

[1] 鲁西娜是罗马神话中司生育的女神，有时认为她就是狄安娜。

[2] 古希腊有两位著名的利库尔戈斯，但都不是色雷斯国王。

己才站在大车上，那是一架由四头白色的战马拉着的车，看上去有一种威风凛凛的模样。帕拉蒙的队伍是这样，阿赛特的同伴也很不一样。我们从记载古事的书上看到，与阿赛特同行的人有印度帝王埃梅屈武斯一行，他们也是公侯与君王相随，全都披盔戴甲威风凛凛。印度王骑着一匹枣红色的马，身穿缀着白色纹章的短斗篷——鞑靼丝是它的用料，红宝石是它的点缀。就连马身上还都披着金丝织的马衣。这个王年龄大约只有二十五，一头卷曲的头发黄又亮。他的脸色红润，鼻子高高，有丰满的红嘴唇，还有洪亮的好嗓音。这样一个王，头上戴着金桂冠，肩膀上还栖着一只凶猛的大猎鹰。你们可以想想，当这支浩荡的队伍在几百头驯养豹子和狮的开路下，开进雅典城的时候，那情景是怎么样的一种壮观。总之，在约定的时间即将到达的时刻，帕拉蒙和阿赛特的两支队伍都已经开到了雅典城。

世界上再也没有比伟大的忒修斯王更权力无边的王了。在他的布置下，雅典城早早就作好了迎接的准备。他们把客人们让进雄伟的宫殿，献上美味的食品和烈性的酒，还让人把那些漂亮而又娇媚的舞女叫来，为客人们表演唱歌和跳舞。忒修斯高高地坐在他的王位上，再没有人比他看起来更高贵了。他俯视着眼前这一切的英雄和美女，脸上挂满了满意的笑容。为了节约时间，这一切我们就不再细细叙说，单把话题放到大家期待的主战场。

那是一个星期一的凌晨。天还没亮，无法入眠的帕拉蒙就已兴奋地穿衣起床，他不是为了要早早地赶到战场——距那个时刻还有很长一段时间——他的目的地是敬奉着强大的基西里娅[1]的神庙。在那里，他怀着一颗极其虔诚而又卑贱的心向着神像跪倒，口中发出真诚的祈祷："我的女神维纳斯啊，这天上人间最美丽的人！你是伟大的朱庇特

[1] 基西里娅是希腊神话中的爱与美的女神，即罗马神话中的维纳斯。

之女，是伍尔堪[1]的妻。你的法力无边，可以让西塞山上的人们生活愉快[2]。你也曾爱过美丽的阿多尼斯[3]，那你一定能够了解我对艾米莉的心。我在牢笼中已经受尽了折磨，只是为了爱情我不想述说那一切。今天我这么谦恭地跪倒在这里，只是想请求你一件事。

“我的英明的女神啊，愿你能够看到并体谅我对艾米莉的一片情。为了她我食不能进夜不能眠，就是付出生命也无有所怨——愿你能看在我对你的一片忠贞与虔诚上，把她赐给我。

“如果你能垂怜我受到的可怜的伤害，如果你能把她赐给我做我的爱，女神啊，我将永生做你忠实的奴仆，为你献上天下最丰厚的祭礼。我不求今天在战场上能把阿赛特打败，让我的英名传播到远方；我也不在乎自己是否武艺高强，能把人们崇拜的对象来担当。女神啊，我只有一个心愿，那就是得到我可爱的姑娘。

“我知道你在天庭里虽然不像战神那样凶猛，但你却有足够的威力能令所有的人都服从，如果你能如我所愿答应我的请求，我的女神啊，我将永远做你庙宇里的朝拜者，无论每到一个什么样的神庙里，只要有你的祭坛在，我就会为你点燃一团圣火，并且为你上供。

“女神啊，如果你不愿意这么做，那么我请求你，在今天的战场上就赐给阿赛特一支锋利的长矛吧。让他把它刺进我的胸膛，这样他就可以得到他也爱着的姑娘，而我——痛苦也罢，羞辱也罢，死了就什么也不会在意了。

“这就是我的祈祷啊，女神，愿今早的你更加美丽，愿仁慈的你能够听见！”做完祈祷的帕拉蒙又再次倒地拜头，虽然神情凄然但心底却是无比虔诚。就在这时，供台上的神像忽然动起来了，就像有人

[1] 伍尔堪是罗马神话中的火与锻冶之神。

[2] 作者在这里误将西塞山当作维纳斯居住的基西拉岛。

[3] 阿多尼斯是希腊与罗马神话中的美少年，为这位爱与美的女神维纳斯所眷恋。

正在推动它一样。满心欢喜的帕拉蒙知道，这是神告诉他他的话她已听到，由于为他的诚心所感动，所以答应在争斗中一定会帮他的忙。帕拉蒙不由自主又拜了几拜，然后就高高兴兴回到家中。

时间大约过了三个时辰，太阳升起来了。这时刚刚从寝室里清醒过来的艾米莉也计划到神庙里去拜祭。她让侍女为她准备了干净的祭拜服，还有香火和祭炉。在角质容器里她装填了甜美的蜂蜜汁，在穿上祭服以前还把身子洗得干干净净。她让人从花园里新鲜的常绿橡树上采下柔软的枝条，亲自编成一个美丽的花环戴在头上，然后就领着一群侍女来到了狄安娜的神庙。在这里，她先把圣火点上，然后就拜跪在地虔诚地向女神祈祷。她的祈词是这样的：

“贞洁的女神啊，你住在绿树成荫的森林之巅。山川和河流尽收眼底，你看得透人世间的一切。你是普路托冥王的王后，法力无边的处女神，所以也一定知道我心底里的想法。我是和你一样的处女啊，我的愿望也是终生做一个贞洁之女。我不喜欢嫁给一个什么样的男人，更不喜欢为他们生儿育女；我的最大的喜好就是和你一样，在山川田野里游荡，哪里有猎物就奔向哪里，得来的战利品就把它献在祭坛上。

“我知道帕拉蒙爱我爱得发狂，阿赛特爱我爱得心都痛——人们都这样说。但三重形象化身的女神啊，你可知道我心中根本就没有对他们的爱！我所爱的人只有你一个，我愿意做你终生的侍奉者，但愿你能体谅我的这一切，开开恩，不要把我嫁给他们中的任何一个，也不要嫁给其他男子中的任何一个。我愿意你把他们所有对我的爱互相转移到对方身上——让他们互相爱对方！我愿意把我所有的欢笑和眼泪奉献给你，还有我最最贞洁的处女之身。女神啊，但愿你能听到！

“如果上天注定了我必须要嫁人，那么，女神啊，就请你为我挑出最爱我的一个吧，这样我的眼泪就可能会少往下流一些，我对你的眷恋也就会更多一些。

“女神啊，但愿你能听到我所说的一席话，希望你能赐福给我！”

艾米莉说完正要往圣火里再填上些香料，忽然就在这个时候，华美的神坛上出现了一些异象：一个本来烧得很旺的火焰在刹那间竟然熄灭掉了，而另一个本来就要死亡了的火焰却在闪了几闪之后，突然又烧得更旺。这个异象惊吓了艾米莉一跳，她不知道这代表什么。尤其是那个熄灭了的火焰，在毕毕剥剥几声爆响之后，还流下了几滴似血非血的红液，这把艾米莉惊得不由得尖叫，还流下了胆怯的泪水。

就在这么哭泣的当头，一身猎装的狄安娜降临在她身后。只见她手里拿着弓，对着艾米莉说：“我的女儿不要哭。你们的命运早已经在天庭里注定，这不是能靠一些祈祷就可以改变的。既然他们中的一个人为你吃尽了生命的苦，那你就必须要嫁这个人。刚刚我的圣坛之火已经向你显现了这种征兆，只是那人是谁我还不能告诉你。你只有回家去静静地等待，而不是在这里继续哭泣。”说完，女神晃了晃她手中的猎箭隐去了身形，只留下惊异的姑娘还在那里思索。只是无论她怎么猜测，神的意志总是她所不能知道的。面对这种情况，可怜的姑娘只有对自己说：“神啊，无论结果会怎样，我就把一切都交给你吧！”说完，姑娘也回去了自己的宫殿。

这里我们已经说完了为了这次争斗，帕拉蒙和艾米莉两人各作了什么准备。如果不也说一说阿赛特的情况，我想这对于各位听众来说，是极不负责的，而对于阿赛特本人来说，也是不公平的。所以接下来，我也要不厌其烦地说一说阿赛特所做的祈祷了。

阿赛特祭拜的神不是别的神，而是红色的战神玛斯。他也带着充足的牺牲和祭品来到神庙里，对着玛斯的神像，以异教徒的虔诚和方式跪下：“居住在那寒冷的色雷斯的战神啊，所有国土和征战的主宰！你手里握着胜利的神剑，意愿中控制着征战双方的命运。如果因为我的年轻和力壮，有幸能得到你的垂青，做了你忠实的侍从者，那么就请我的主人可怜我这一腔悲苦的情绪吧。

“我知道你也曾像我一样爱过，就是那美丽的女神维纳斯。你把她抱在怀里，抚摸着她的丰姿，那时你是多么的幸福啊，但我知道你也曾遭到过打击——伍尔堪不是把你套在了网罩中吗——只因为你和他的妻子在一起。这种相思的痛苦你也曾尝过，我相信你一定能了解我此时的心情——爱而得不到的生命是多么苦恼啊，愿你看在我们共同的遭遇上而怜悯我。

“我非常清楚，要是我仅仅凭靠现在的力量，绝对得不到美丽的艾米莉姑娘，因为即使我是这么爱着她，在她心中我却还不如一根羽毛那么重。我的生死浮沉她全不放在眼里——这就是人们所说的单相思之苦。因此，我只有在战场上胜得了这次征战，才能够得到她对我的垂青。——仁慈而英勇的战神哪，为了你当初也曾受到过的煎熬，就请降福给我吧，让我胜得这场战争。

“我将为你把所有的礼物奉上：把我的光荣归于你，把我的英勇归于你。我将终生在你的殿堂里挂满旗帜，还有我所有的战士的纹章。为了能做你的奴仆，我愿意把我从出生到现在还没有经受过刀剪修剪过的头发和胡须全都奉献给你，只愿你能接受我的请求和意愿。”

刚强的阿赛特刚刚把祈词说完，猛听得神庙上的门一阵叮叮当当的碰击之声，就像有什么人在使劲用手摇晃一样，神庙的各种饰品都开始颤动。阿赛特惊奇地退后一步，就见圣坛上的火焰忽然照得通红。在一片刺眼的光亮之中，一股奇特的香味四散传开。在阿赛特的耳边，一个含混的声音掠过，听起来好像是“胜利”二字。阿赛特不由得心花怒放，对着神像又报以最崇高的敬礼，随后也回到了他投宿的地方。

帕拉蒙、艾米莉和阿赛特三人的祈祷好像都有了显现，这可急坏了天庭里不同的神。一方面是美丽的朱庇特之女维纳斯，另一方面则是凶猛的战神玛斯。他们二人各自联结不同的神组成队伍，在天帝的面前展开了争论。最后，一位年老的神走出队伍，对他们两个各自说：“争吵不是解决的办法，现在最主要的是要有一个平和的心情。”俗话说，年老人的经验多，虽然这个年老的天神萨杜恩[1]在体力上已不如战神玛斯，也不如爱神维纳斯，但要是论起计谋来，这二人却不得不甘拜下风。萨杜恩为了平息这场神的争斗，就对维纳斯说道：

“我亲爱的女儿啊，不要在那里争吵。你知道，我是法力无边的农神，我的本事远远超过了人们所能想象的空间。我可以毫不费力地隐藏在大海的深处，也可以悄无声息地消失于森林小屋；我可以制造出人世间的犯罪，令邪恶的人走上绞刑架，也可以运用计谋，使得亲如手足的弟弟与哥哥的妻子一起，把兄长谋杀；只要我还占据着我黄道上的宫殿位置，我就能随心所欲地发号施令，让房屋高楼为之倒塌，让森林树木无端焚烧；在我的权力范围内，我管辖着的疾病与瘟疫，可以给人们带去许多的痛苦，还可以把一个城池完全毁灭。总的说来一句话，只要我愿意，我就能使你也得你的满意。我将会尽我的所有的力量，帮助你把你的心愿实现，虽然玛斯也许下了他的诺言，但我却只会让你一人满意。所以，亲爱的女儿啊，不要再哭啦！”

天庭里的事情我们无人知晓，只知道从此后他们还是互不满足，每天争吵。对这些事我们只要知道个大概，我想也没有人会非得刨根问底，问问最后结果怎么样了——最主要的结果还是两个底比斯人的战争吧，我看我们现在就应该来说说他们。

欢快的雅典城就像是正在举行集会一样，到处是一片喜气洋洋、载歌载舞的景象。五月的天公作美，给了人们喜气的心情，尤其是明天两队底比斯武士要比武的消息，更是令所有的人都异常兴奋。为了

[1] 萨杜恩是罗马神话中的农神。就像玛斯（Mars）和维纳斯（Venus）分别是火星和金星一样，萨杜恩（Saturne）就是土星。

能早早起床观看比赛，人们在夜幕刚一降下的时候，就纷纷上了床睡觉。第二天，太阳神刚刚打了一个哈欠，所有旅馆的大门就已经敞开。来参加比武的贵人们以及外地来的观众们成群结队、络绎不绝地走出大门，吵吵嚷嚷奔向比武场。在这里，你可以看到各种样式的武器和胄甲，有亮晃晃的盾牌和钢帽，有金灿灿的盔甲和马饰，有锋利的匕首和长矛，还有织工精细的斗篷和纹章。端坐在马匹上的武士们精神抖擞，气势威武，频频向对他们欢呼的市民们举手致礼。就连他们的奴仆和随从们也都披盔戴甲，士气高昂，作为他们坚实的后盾，计划在场地的边缘各自为自己的主人呐喊助威。宫廷里的乐师早早就准备好了，看到乐官的手势划下，万管齐奏，鼓号声、喇叭声，还有军笛声，声声响亮，声声充满了杀气。王宫的门外，到处是集聚的群众，兴高采烈三五成群地挤在一起，讨论这场比武的胜负。有的说："我看那个大胡子厉害，一身的肌肉，满脸的凶相，一看就不是好惹的。"也有的支持那个个子高高、脑袋秃顶的人，说："这人看起来顽强又凶险，光他那把大板斧也不下二十磅重。"还有的说："为了爱情，这场争斗很值得，但是看到这两个漂亮的人中，总有一个要败在或死在另一个人的手中，真是让人看着就心痛。"

喋喋不休的猜测，再加上越吹越起劲的号角声，这一切不用人报告，就已经自己传到了王宫的里头。还在寝室里的忒修斯被喧闹的声音惊醒，从床上爬起来，呼唤侍者为自己穿衣洗漱，然后就端坐在王殿的顶端，等候两位底比斯青年的进觐。早已等候在门外多时的两队武士的领导人被带进了王宫，只见在他们面前的高殿上，稳稳地坐着一位君主就像神一样。他的脸色温和，目光却很威严。

从四面八方来的人们听说君王升殿，纷纷涌来观看，他们朝着一个方向挤着，伸长了脖子还是不能看见。大殿里人声鼎沸，最多的话是向这位伟大的君王问候致意。

君主向身边的人一个示意，传令官就开始高举他手中的旗帜：“请大家肃静，现在开始宣读王的旨意。

“我们伟大而圣明的王，有着神一般仁慈的心肠。他为两位高贵的青年主持了这次比赛，却不愿意看到他们中的任何一位因此而丧生。为了爱情而争，这是武士的荣誉，但让许多无辜的人就此而流血牺牲，却不是一位仁慈君主的初衷。高贵的血不能白流，比武者的荣誉应该得到保障。为此,我们的王重新做了安排,他要对原先的规定有所更改。下面就是王的新的旨意。

“任何进入比武场的人，除了正式参加者外，一律不准带匕首或者其他可投掷的武器。如果有谁不遵守规定，他就要当场被处决于赛中。比赛者双方只许使用没有锐尖的长矛，冲刺的次数每人只能有一次。如果一方战败或落于马下，胜利者不能继续追杀，要赶快住手，否则另一方就可以做出猛烈的回击。你们都看到在场地的那边有一个竖满了桩子的地方，那就是战俘应该待的地方。胜利者要把失败的一方押到桩子前，失败的人就再也不能重新出战。如果一方的主帅被杀害或被擒住，争斗就算结束。

“比赛的双方听好了，如果你们没有什么异议，现在就可以开始上场，用你们的勇气和手中的武器把对方打败，愿天上的神保佑你们。”人群中爆发出一阵欢呼，声声都在颂扬王的仁慈。刚刚停止了的锣鼓战号声也适时而起，乐声中一队队排列整齐的人马开始出场，他们要追随到比武场观看的君王，还要负起保护他的职责。

威风凛凛的君王坐在马上，身后就是美丽的王后和艾米莉。所有的武士按照地位的高低分成两列，一列站在他的右面，一列站到他的身左。他们井然有序地出了城，来到比武场上，君王先在高贵的地方坐下，其他人才开始各归各位。群众高声叫着拥挤着也纷纷在有利的位置上坐上来。

一声爆响，比武场西门的玛斯神殿下的大门打开，阿赛特带领着他的一百名武士出了场，他们手中都举着一面鲜艳的红旗。又一声爆响，东面维纳斯的大门也打开了，在一面面白色旗帜的掩映下，帕拉蒙带着他的一百名武士骑着马涌了出来。我从来没有见过世上哪里还有过如此相当的两支队伍，他们有着共同的高贵气质和武士的英勇精神，排列得整齐端正，都是百里挑一的好手，我想，要不是他们此时是共同出现在战场上，那么他们真的会成为亲密无间的好兄弟，但爱情之神的职责总是让父子反目，兄弟成为仇敌。两支队伍在传令官的指挥之下,各自汇报了各自的姓名,以免有人在数目上进行欺骗。然后，大门一关，命令大声传过来:“高傲的武士们，尽力打吧！”传令官退回了自己的位置，开始坐下来观看。君王和所有在场的观众都停止了说话和议论，引颈向前。只见东面西面两队武士各自把自己手中的长矛和盾牌向前一递，马儿嘶鸣，战斗真正开始了。

天上的神们也按捺不住各自心中的好奇，按下云头，站在天之顶端向下观看。有的战马向前奔跑，有的战马嘶叫着高高抬起前腿；有的人擅于猎骑，有的人擅于格斗；有的人感觉到冷冰冰的斧头从自己肩上滑过，带起一面血雨，有的人手中的长矛猛地一震飞向天空；有的人剑还没有出鞘，头盔已经成了碎片，有的人被受伤的马狠狠地摔下马背；人群一会儿分散，一会儿密集，没有过多久地上已是血河一片。

有的人倒在了地上，号叫着打滚，有的人站在那里用断矛抵抗；有的人转眼之间被人打昏，有的人受伤后不幸被对方的人马捉住，送到了远处的木桩处——虽然他们都不愿意这么做，但先前的规定却是没有什么人敢于违反。再来看看王室的那两位好兄弟：世上再也没有比他们更凶猛的人。阿赛特就像是一头红了眼的老虎一样，即使是一只失去了母亲的幼兽也不愿意放过；帕拉蒙也像是受了伤的狮子一样，遇到哪怕是一只饥饿的恶狼，也要把它追到再也没有力气逃跑。嫉妒的火烧坏了这二人的心灵，使他们各自在对方的身上留下了一道道的伤口，地上还有摊摊鲜血。

时间飞快，任何战争到了一定的时候总要有个结果出来。就在争斗的最紧要当头，勇猛的埃梅屈武斯国王杀到，他在帕拉蒙的大腿上狠狠地砍了一刀。帕拉蒙吃痛，不由自主弯下了身子，埃梅屈武斯趁此机会，使出二十个武士才会有的力气，把帕拉蒙拖出了战场。帕拉蒙的朋友利库尔戈斯大王看到这种事情，用带着刺的马靴在马的肚子上一顶就冲了过来。然而，虽然力大无穷的利库尔戈斯把埃梅屈武斯拖离了战马差不多有二十多英尺远，阿赛特的二十多个手下却赶了过来。他们共同把帕拉蒙按住，然后就把他拖到了有木桩的地方。

此时的心情，有谁的能比帕拉蒙还悲伤啊，他虽然努力挣扎，却还是逃不脱被拖到木桩下的命运。捉住了就要待在那儿，这是规定，帕拉蒙也不能违反，所以他只有满含着悲苦的泪水，呆呆地站在那个地方。高台上的忒修斯看到一方的首领被打败，就判定战斗已结束。传令官在看台上高高举起手中的旗帜，大声宣布说:“不要再打了，统统都住手。作为这场比赛的公正的裁判者，我现在代王宣布：阿赛特赢得了这场比赛，艾米莉将成为他的妻子。”

人群中爆发了一阵阵的欢呼，纷纷涌向胜利的武士，以各种方式向他致敬。美丽的天神维纳斯在天空中看到这种结果，不由得痛哭流涕，泪水竟都流到了比赛场上。“他们一定会笑我言不守诺，从此我的圣坛上将少了许多的供奉。”女神哭泣着扭过了脸，就看到那个年老的神萨杜恩正站在她背后。萨杜恩对女神说道:“我亲爱的女儿不要再哭，既然我说过了会帮你那就一定不会食言，现在这种结局还不是最后的结局，待会儿奇迹发生，你的武士就会遂了愿。”

下了战场的阿赛特好不威风，好不得意！他在嘹亮的号角声中脱下战帽，面向全场露出心满意足的微笑。然后他把帽子往高处一举，在马的两侧稍微用力，骑着马绕场一周。做这个动作的时候，他还不忘记抬头向高台上望去，在那里有一个美丽的姑娘正露出了幸福的笑意——还不知道谁才是自己真正的爱人的姑娘们，总是首先倾向于能在战场上取胜的英雄。

所有的人都为年轻的骑士骄傲——当然帕拉蒙一行是除外的。但他们不知道，就在他们欢呼的那一刻，更大的麻烦已经来到。应萨杜恩的请求，冥王普路托派出了他的得力助手——恶魔。这个长相凶恶，让人一看就会感到胆战心惊而不由得要窒息的怪物，就是动物看见了也会为之失色。他径直地穿过人群来到场地边缘上，对着阿赛特的战马一挥手，就见这匹刚刚还是威风凛凛不可一世的战马，猛然间一扭头，往旁边一跳，就把他的主人阿赛特摔下了马背。

人们不知道发生了什么事，惊叫着拥上来。忒修斯的卫士们把他们拦住，走到阿赛特落马的地方一看，只见躺在地上的阿赛特就像死了一样，满脸灰色没有任何的表示。沉重的金色马鞍从上面砸下来，把他的肋骨和胸腔砸烂了好几根，有一些还从前心插过穿透了后心。鲜血染满了阿赛特的战衣，虽然他很痛苦，人们却不得不把他抬起来，送到忒修斯的王宫。在舒适的软床上，士兵们把阿赛特的战衣脱下来，发现他依然活着，并且神志还颇为清醒，他大声叫着艾米莉的名字，说，要在最后的时刻再看一看自己的妻子和表兄。

率队回城的忒修斯心中十分高兴，虽然阿赛特发生了意外，但有人已经向他报告说，阿赛特不会死掉，他的伤很快就好。这次比武，严格遵照了他先前定下的规矩——就是人人要尽量避免不必要的流血牺牲，所以虽然有很多的人断了胳膊伤了骨头，但却没有一个人被杀死。忒修斯下令对受伤的武士要尽力医治，用草药的用草药，用断骨膏的用断骨膏；还下令对于那些没有受伤的武士要好好款待，把礼物都按照各自等级身份的不同分成许多份，派人送给他们。

整个设宴大庭里觥筹交错，笑语不断。人们都觉得忒修斯王很仁慈也很慷慨，这一次的比武虽然有人获胜，却也没有人失败。因为帕拉蒙是不小心落马，又用了二十多个勇士才把他拿下。俗话说，一个英雄的力量总是抵不过十个醉汉，所以，即使阿赛特得到了艾米莉，这对帕拉蒙来说，却一点也无损于他的武士名誉。

鉴于这种共同的思想，忒修斯王特意请人宣布，这一次比赛，不分高低，双方都取得了胜利。今后所有的武士，包括前来参战的其他国的君王，都要以兄弟相称和平共处，不得互相结怨和报复。在座的宾客们听完后齐声欢呼鼓舞，纷纷说着“你好！你好！”“祝你好运！”之类的话。

整整三天，雅典城就像过节一样，到处都是一片喜气洋洋。三天之后，各路宾客开始告辞回家，他们纷纷向忒修斯表示他们的尊敬，还感谢他这几天来对他们的照应。忒修斯让人把带来的礼物分发给告辞的人们，对一些君王，他还要亲自送出城。这样一走就是一天，直到有一天兴尽而归，有人来向他报告说，阿赛特恐怕快不行了。忒修斯听了非常着急，没有说任何话就向阿赛特休养的地方急急奔来。

阿赛特死灰着脸躺在床上。他感到心底里很是痛苦，但却没有力量爬起来。他的胸部积满了腐水，用任何的药草都不能排掉，人们给他吃一些东西，让他上面吐下面泻，但都没有什么功效。他的肌肉从胸部以下开始烂起，他的血液在关节的地方多处淤积。这样他自然的机能已经濒于死亡，所有的毒气和腐朽都已无法治疗。人们看着这个曾经风驰电掣在沙场上的勇士，感到十分悲哀，却只能无能为力地看着他等死。阿赛特也感觉到了死神的呼吸离自己不远了，因此在最后的时刻，他希望能再见一见他美丽的妻子，还有，他要人们也要去请他的表兄过来，因为他有话对他说。

悲伤的帕拉蒙和艾米莉听到召唤，急急忙忙来到阿赛特的床前。就见阿赛特双眼直直地望着艾米莉，说道:“亲爱的妻子，美丽的艾米莉！我今天请你来这里，是因为有些话想要对你说。你知道，你是我心中最至高无上的形象，我对你比对自己的生命还要珍惜。为了你我愿意做所有不愿意做的事，包括和我的表兄决斗。

“我本以为如果我取胜了，就能如愿以偿地把你娶回家，但命运却让我在最后的时刻受了马的惊吓，摔到了地下。我不知道这究竟是怎么回事——我求神明保佑得到了你，却不能真正让你做我的妻子。这世界是为了谁才高兴，这命运是为了什么事才会降福？前一刻我还在看着我美丽的情人，下一刻却就要赶赴阴冥。在这最后的分离时间，我甜蜜的情人爱人艾米莉啊，我有几句心里的话还想对你说。

“过去的很长一段时间里，我由于对你的爱和对我表兄的妒忌，曾经一度心中充满了怒火和仇恨。虽然我们俩同是王室的子孙、发过誓的好兄弟，但爱情却让我们分离。只有最仁慈与英明的神才能明白我对你的爱有多深——我敢用我作为武士的忠贞气节和名誉，以及我作为王室子孙的高贵血统来发誓，我对你的爱绝不比你对你自己的爱少。我把你奉为心中的神，为了你和帕拉蒙决斗。但是实际上——我现在已经明白——在这个世界上除我之外，还有一个人也疯狂地爱着你，就像我爱你那样，他就我的表兄帕拉蒙。

“现在我就要离开这个世界了，我的灵魂已经进入了朱庇特的领地，但我不愿意看着我心爱的姑娘从此伤心流泪，所以我要用尽我全身的力量对你说——”说到这里，阿赛特看到一个冷冰冰的死神来到了床前，他的胸口开始麻木，双手和双脚早已失去了活力。他感到心中一阵空荡荡的孤独，拼着一股痛苦的力量继续说道:“在我死后，如果你还要选一个为你效劳的人，请你一定不要忘记你身边的这个，你要嫁人，就一定要选他做你的丈夫——这是我最后对你的忠告。”说完，阿赛特就开始呼吸紧促，手脚抽搐，蒙眬中他看到自己的灵魂轻轻地飘了起来，一直向着一个自己从来不知道的地方飘去——既然这个地方他都不知道，那我们当然也不会知道了。所以，对于阿赛特我们已经没有什么好说的了，就一起来看看帕拉蒙和艾米莉怎么样了吧。

看到曾经与自己发过誓要生死相依、最后却为了爱情而反目为仇的兄弟的灵魂已经离开了这个世界，帕拉蒙的心就像是上了绞刑架一样痛苦；不久前还欢天喜地地听从神的旨意，准备要嫁给这个世界上最爱自己的人的艾米莉，看到自己的未婚夫还没有享受众人的道贺就已经先她而去，也不由得放声大哭，不一会儿就昏了过去。这时，忒修斯刚刚从外面赶来，看到这种情况，虽然他的心里的痛苦比起他们来并不少多少，但他还是急忙走过去把妻子的妹妹扶起来，说："天下的女子在她们的丈夫去世之后，总要哭得连自己都会得病——但这样对于死去的人，对于我们自己又有什么好处呢？要让悲哀在心底渐渐化去，这样才是对于死人最好的报答。"虽然如此说话，但谁都能看出来：这位仁慈的国王为了这样一个英勇的武士的去世感到真正的悲哀。

整个雅典城的人民在听到这个消息后，也一下子由欢喜的气氛转入了悲哀的情绪。男女老少都在为雅典城失去了这样一个英勇的年轻朋友而哭泣。尤其是女人们，一想到这样一个痴情的青年已经逝去，就不能再继续她们手中的活，而是跪在神像前为他祈祷："为什么命运如此不公，要把他带走？愿神保佑他在另一个世界能幸福地生活。"

很长一段时间，忒修斯的王宫里弥漫着低沉的气息。忒修斯饱经风霜的老父亲看到儿子整天唉声叹气，于是就来劝说他，给他举了许多诸如此类的好例子。这是一个洞察世事、有着丰富的生活经验的老人，所以他说出来的话含意很深。他说："人生在世，难免不了一死。生是什么，死是什么？生不过是灵魂的一次旅行，死不过是旅行道路上所有痛苦的终结。"听了这话，忒修斯思考了半天，觉得非常在理，于是就停止哭泣，准备为阿赛特举行葬礼。

阿赛特的葬礼要适合他的身份，还要最能表达人们对他的尊敬和爱护，所以忒修斯就选定了一个地点——阿赛特和帕拉蒙为了爱情而第一次决斗的地方。因为这里不仅是阿赛特抒发自己的思恋，把自己缠绵悱恻的情意和火一样炽热的爱表达的地方，也是注定了他为爱而死亡的地方。忒修斯下令，要为阿赛特砍伐最好的树木，做成最优秀的棺木，在棺木里要为他铺上最华丽舒适的锦缎，还要为阿赛特穿戴适合他身份的衣服和佩饰——这些东西包括：洁白的手套、鲜绿的桂冠，还有他生前使用过的锃亮的剑。阿赛特被放进棺木，只露出一张苍白的脸，忒修斯为了让别人能瞻仰他的遗容，还下令把棺木先移入王宫大厅，到晚上再送回到林子中。

忒修斯的哭泣还没有停止，又来了悲伤的帕拉蒙。他穿着一身黑色的丧服，胡须和头发又长又乱。在他的身后是艾米莉，自从阿赛特死后，她就没有停止过哭泣。

葬礼显得很隆重，也很庄严。三匹白色的高头大马，是忒修斯亲自为阿赛特挑选的，它们身上都披满了华贵的绸缎，还有黄金的饰品。三个拿阿赛特遗物的人骑在马上，一个手中是长矛，一个手中是厚盾，还有一个背上背着土耳其弓和箭囊。雅典城最最有身份的贵胄亲自为阿赛特抬灵柩，他们一边走，一边不停地哭泣。送葬的队伍从城市最主要的大道上通过，道路两旁站着身穿黑衣的市民，还有特意从乡下赶来的人们。黑色的绫布从王宫门口一直铺到了下葬的林子里，就连道路两旁的房屋也从上而下被用黑布遮起来。灵柩的两侧跟着忒修斯王和他的父亲，手中托着美酒、牛奶、蜂蜜和血，身后就是拿着火把的艾米莉。当队伍到达森林中时，展现在他们眼前的是一个巨大无比的木材堆——拉开了可以伸展到一百英尺还要多，从下往上看，望不到顶。我不知道人们是从什么地方如何把这些高大的树木砍伐下来的，也不知道它们都有些什么名字。当火堆燃烧起来时，林中的鸟兽为之惊吓，纷纷逃窜，久不见阳光的地面也为之震撼。人们往树木中投掷绫罗绸缎、各种香料、珍珠宝物，还有无数的花朵，林中散发出浓浓的奇香。艾米莉按照习俗，点燃木堆，然后就昏了过去，忒修斯让人把她扶下去，就开始和老父亲一起，往火堆中倾倒酒、牛奶、蜂蜜和血。阿赛特的遗物也被投进了火堆，连同他的遗体一起被燃烧成了灰烬。人们还绕着阿赛特的骨灰转了三圈，妇女们还要大叫三声。之后，就是为阿赛特守灵，自愿报名的人太多，最后还是忒修斯亲自点命。这一切我都不想太多叙述，让我们还是回到主题看看以后的结局是怎么样的。

随着时光的推移，多年以后，人们终于停止了哭泣，抑下了悲哀。有一天，雅典城的王公贵族一致同意，在这个大好时光里应该召开一次会议。会议的主题没有什么，除了解决一些日常事务外，就是研究如何彻底征服底比斯人。忒修斯想好了一番话，特意让人去请那位至今还穿着黑色衣服的帕拉蒙，以及他的妻妹。

忒修斯看了所有人一眼，长叹一声才开始了他的发言：

“造物主创造这个世界的时候，颇费了一番心血。他让空气随着他的法则运转，让土地按着他的心愿行事。他还创造了爱的枷锁，套在人们的灵魂上，让所有的人为它而生活呼吸，这样他就掌握了整个世界。就如树大会死，路多会损，人的生命到了一定的时段也应该会结束。年轻与年老不可兼得——不是年轻就是年老，除此之外就是死亡。国王再高贵，也有死亡的时候，乞丐再低下，也有消失的时候。只是有的人死于战争，有的人却死在床上；有人死于陆地，有的人却死于茫茫大海之上。

“大河在它细小的地方干枯，城市在它繁盛的时刻毁灭，人们应该在什么时候走向死亡呢？我认为：聪明的人应该选在他得了盛名的时候。如果一个人带着荣誉死了，人们会永远纪念他，而一个人即使是年轻的时候有过辉煌，但他却在碌碌无为的老年时去世，那么对于世人来说，他也不过是一个平凡的人。所以，我们何必要固执地为死去的人而悲伤呢？

“阿赛特这位武士中的勇士，在他获得人们的尊敬和赞扬的时候，离开了世界，这对他来说，是再好不过。但他的妻子和表兄却不能从沉迷的悲哀中清醒过来，这有什么好处呢？它能叫死人的灵魂得到安息,能叫我们所有人转悲为喜吗？不,不能。我在这里特别向大家提出：既然爱艾米莉的阿赛特已经死去，为什么与他有着同样爱情的帕拉蒙不能得到他应该得到的爱情呢？帕拉蒙对艾米莉的爱情，我们所有人都知道，并不比阿赛特的少，为了艾米莉他吃了那么多的苦，到现在还依然爱着她。作为怜悯和仁慈的人，我们不是应该给予他同情和帮助吗？我认为，无论从家世到年龄，从相貌到感情，帕拉蒙与艾米莉无一不般配，因此，他们应该结成幸福的一对。”

忒修斯说到这里看了看艾米莉对她说：“如果你要让你的夫君得到安心，你不是最应该嫁给帕拉蒙——他的表哥吗？这可是他临死时候的遗言。而且，对于如此一个甘心为你效劳的人来说，你不是也应该给予他你们女人的同情与怜悯吗？”忒修斯又转到帕拉蒙一边说：“如果你同意并接受了我的意见，而且你也能保证你至今以及以后，都能像以前一样爱着艾米莉，那么，就请你伸出你的手上前握住你面前那位女士的手吧。”

从悲哀中露出笑容的帕拉蒙走上前，伸手握住了艾米莉的手。这时，大厅里一阵欢呼，人们都为一对有情人终成眷属而高兴。

高贵的神啊，愿你保佑这一对人间的楷模幸福欢快吧——从此后，他们二人相敬如宾，白头偕老，男子温柔，女无怨言——阿门！

骑士的故事至此结束。

磨坊主的故事

骑士的故事刚刚讲完，所有的人就拍手鼓掌，说这个故事真是既高尚又感人。旅店主人，就是那位给我们出主意并自愿做众人裁判的旅店主人说：“看来我的主意不错。既然骑士先生已经给我们开了一个好头，那么接下来我们就要把故事讲得更精彩。我说，修道士先生，是不是你也为我们讲一个有趣的故事呢——我记得你抽到的签长度仅次于骑士先生的。”

修道士先生还没有说话，那位喝得醉醺醺的磨坊主开口了。他苍白着一张脸，在马上坐都坐不稳，却逞能地操着一口彼拉多[1]的语气，连帽子都没有脱一下就说：“凭神的名誉起誓，我现在正有一个非常精彩的故事要讲给大家听。”

店主人一听，马上很有礼貌地对着磨坊主稍一欠身说道：“万事都要有个礼数和先来后到，既然轮到了修道士先生，那么，我的朋友，你就稍候一下再讲吧。”

“不行！我肚子里既然有了故事，那就必须讲出来才舒畅。否则，凭上天之灵起誓——我们就各走各的路吧。”话既然已到了这种地步，旅店主人只有说：“那你就先讲吧——真是魔鬼附了身，说话做事都不讲究规矩和礼数了。”

---

[1] 彼拉多（？—36）：罗马的犹太总督，曾主持对耶稣的审判并下令把耶稣钉死在十字架上。

磨坊主说道："各位听好了——我现在要讲的是关于一个木匠和他妻子的故事。这个木匠吃了一个读书人[1]的亏，他的妻子却另有分说。这个故事我知道——既然我喝多了一点酒，就难免带有了一点酒气，所以，如果有什么地方大家觉得不太妥当或不合心意，就请你们能够体谅并且不要怪罪于我——要怪就怪那些萨瑟克酒好了。"

听到这里，管家有些不服气地站出来说道："既然你已经知道自己的故事会有不妥之处了，那你倒还不如不讲了的好。再说，你的事情还会牵扯到人家的妻子和一个读书人，这不是极不合道德的吗？"

"你怎么能说我的故事不合道德呢，我亲爱的兄弟加朋友？既然有人能够做出那样的事来，我就不能讲出来吗？再说，你也知道，这世界上的女人们，一千个中也才只有那么一个是好的。既然一个人有了老婆，就难免会有机会当王八——这种事谁也知道。当然，这并不是说你，我和你一样，都有一个好老婆。凭着上帝的名誉发誓，我的老婆绝不会做出什么有损我的名誉或让我戴绿帽子的事来。既然这样，还有什么可怕的东西能让我们不要讲这些故事呢？"

这个磨坊主，自以为思绪清楚，道理正确，才不管人家会不会说什么，就要往下讲他的故事。既然这样，我也没有什么话好说了，只除了按照他所讲的把故事复述下来。如果他讲得很粗鄙，又下流，我也只有复述得很粗鄙很下流——如果不这样，那和白酒里掺假又有什么区别呢？如果有人觉得这样的故事实在有损自己高贵的耳朵，那么尽可以把这一章故事翻过去另找一个，后面有的是高贵而又圣洁的故事，千万不要在一根绳子上吊死，更不要因为这样一个粗鄙下流的磨坊主就把我来埋怨和责骂。

[1] 中世纪时的这种读书人，指大学学生或受过大学教育的人，而受教育的结果往往是担任圣职。

下面就是磨坊主的故事。

从前，在牛津有一个木匠，他有着一门好手艺，还有着几间小房屋以租赁，所以资产倒也颇丰厚。在他的租客中间，有一位是来自某个学校的穷学生，靠着亲友和家庭的支持，日子过得还不算糟糕。

这样一位学生模样的人，报了文学的课程，却对星象学有着浓厚的兴趣。在他的书桌上，有关语法、修辞、逻辑这样的书不多[1]，测量天体高度的星盘和用来做运算的算盘却堆了很多。如果你要想知道哪一天会下雨，哪一年会干旱，那就去问他好了——在这方面的推算上，他倒是还没有出过错。

这位学生名叫尼古拉，有个外号叫“特殷勤”。除了对星象学有一点了解外，最拿手的就是对女人心事的猜测和偷欢作乐。他靠了一张白白净净的面皮和一副温温顺顺的性格，获得了许多女人的欢心——其实，对于他的内心，谁又能知道是不是也那么温顺呢？他从木匠那儿租来一间小小的房屋，里面布置了些鲜花芳草，一方红丝巾罩在衣柜上，上面还放了一只索尔特里琴[2]。每到夜晚，夜深人静的时候，这位独居的学生就拿起那把琴，放开歌喉，先唱一首优美的赞美歌，再唱一首流行的小调子。整个大街都能听见他那悠扬的歌声，每到这时，女人们就会在心底里默默赞叹几句。

话说这位木匠不久前刚刚娶了一位新娘。新郎虽然已经是上了年纪的人了，新娘却还是个年轻的姑娘。生就的一副小巧娇羞的身材，无论谁看了都会喜欢。面皮就像刚开了的梨花般娇嫩，小嘴比樱桃还要好看。姑娘穿着一袭白色的裙子，上面扎一条丝绸织成的腰带。衣

[1] 当时文科学生学的七门课程中，前三门是语法、修辞、逻辑。

[2] 索尔特里琴是中世纪的一种拨弦乐器。

领、衬里上都绣了小花，黑线白底对比得比春天的花还艳。她的帽子上有几条缎带，是根据衣领的颜色和形状来搭配的，再加上那高高束起的头发，使她整个人看上去很妖媚。姑娘还有一双漆黑如夜的眼睛，配上红色的樱唇，看着就让人感到舒心。如果说她是伦敦塔上的金币，或者说是春天刚到时的第一只报春鸟，那绝不是夸张的语言。尤其是这位姑娘还有一副很清爽的歌喉，唱起歌来时就像夜莺在嬉戏。这是人们口中的小宝贝，无论哪一个富人都想把她娶回家。

木匠不知道从哪里飞来的运气，竟然讨到这样的好老婆。整天如同母羊后面调皮嬉戏的小羊一样，那低垂的胸口直惹得男人们往她身上看。而这个老年、没有多少知识文化的木匠先生，虽然不知道加图[1]先生曾说过“婚姻应是门当户对的”这句话，却也知道自己娶回的是一朵娇艳的花。他爱她就像爱自己的生命一样，恨不能整天把她装进自己的口袋中，因为他知道自己这样的人很容易就戴绿帽子，总得想个法子把她圈在笼子里。

我们先不说木匠作了哪些打算——我想这样的打算每个男人都知道。单来看一看他那位十八岁的新娘是如何做的。

有一天，那位木匠去了奥斯纳，留他妻子一个人在家。住在他们隔壁的小伙子尼古拉跑过来，搂着新娘的细腰说：“啊，亲爱的，你可知道我有多么多么地喜爱你吗？为了你我可以不吃又不喝。爱情之神将他的箭射中了我，亲爱的，如果你不能答应我的要求我就会死去。求求你了，现在马上就爱我吧！”

小伙子说着就要去动手，这时新娘子把腰用力一扭，就像马儿不愿意被人家捉住钉上铁掌一样，从小伙子手中挣脱出来。她用手指着

[1] 这位加图似指狄奥尼西·加图，他生活在3～4世纪。中世纪时有一本用作识字课本的谚语集据传是他的作品。

小伙子的额头说："尼古拉，你没有这种权力这么做。我决不会吻你，你也绝不能碰我，否则我就要大声喊救命，让所有人都来看看你是个什么样的人。"尼古拉见状，单腿跪地向着姑娘苦苦哀求，说尽了世上一切最好听的话语。姑娘最后没有办法——她被小伙子的深情深深打动，于是就答应以后如果有机会，一定愿意照着他的意思去做——当然，这种机会要姑娘亲自通知小伙子他才能知道。因为姑娘的丈夫是个很有醋心的人，如果被发现，姑娘的命运必定会有很不寻常的改变。

小伙子抚着姑娘的手说："这有什么可担心的，如果一个读书人连一个老木匠斗不过，那他还有什么脸面继续活在这个世界上呢？"姑娘听了满心欢喜，于是就和小伙子一阵亲热以后，各自发了一个海誓山盟。小伙子临末还为姑娘弹唱了一曲，曲调优美又富有挑逗性——二人玩得非常尽兴。

这以后有一个礼拜日，姑娘要到她那个教区里的教堂去，她先把家里擦洗得干干净净了，就把自己也打扮得光鲜亮丽。这个教堂有个人名叫阿伯莎郎，一头黄金般的卷发从中间分开梳下，一双灰色的眼睛像远处的天空。他是教堂的管事，诸如替人放血、剪头发、刮胡子都归他负责，有时还替人写写地契和租赁文书。平日里穿件短的蓝外衣，穿在身上不大不小不肥不瘦，很招人喜欢。但到了做法事或礼拜的时候，他就会在上面加上一件雪白的法衣。

阿伯莎郎的风度整个城市都知道，你随便到哪个店铺酒馆的侍女跟前问一问，她们都会对你说："阿伯莎郎最聪明，富有绅士风度。二十几种舞步他都会跳，六弦琴、三弦琴他也会弹。随便一首歌你挑出来他都能唱出，只是说话做事有些小心翼翼——就连放屁也要看看周围人的脸色。"

阿伯莎郎的另一个风度是每到圣日为女客教徒熏香完毕后，他从来不收女人们的钱。他总说为女士效劳是他心中所愿，出于礼貌和尊敬他决不能收她们的钱。尤其是到了那天木匠的妻子参加圣日活动时，阿伯莎郎的人简直就像是久枯的树木看到了春天。他的眼睛流露出深深的爱意，倾注在姑娘的身上久久不愿离开。但姑娘对这一切好像很不在意一样，也许她是真的没有看见。

这样，到了月亮高升的时候，不能入眠的阿伯莎郎就拿着那把六弦琴，出发来到了木匠家的窗户前。报晓鸡已经叫过第一声，阿伯莎郎摆好姿势，在那扇拉着的窗户前用深情的声音唱道："我亲爱的姑娘，请你听听上帝的声音吧，他正在为一个可怜的人儿而叹息。"

歌声吵醒了睡在床上的木匠，他翻个身问妻子道："艾丽莎，你可曾听到有人在外面唱歌吗？怎么好像是阿伯莎郎的声音？"

艾丽莎回答道："是阿伯莎郎的声音，天哪，他想干什么！"说完后，娇小的身体翻了个，继续睡她的觉，可怜的阿伯莎郎却还在窗外不停地唱着。就这样，日复一日，艾丽莎听了阿伯莎郎的歌声毫不动情，阿伯莎郎却渐渐消瘦了下去，他想办法让人把他买到的最好的礼物给姑娘捎去，还亲自下厨为她做美味的糕点、馅饼。要想得到就必须有所付出，他这样鼓励自己说，却不知道美丽的姑娘心中只有俊俏的尼古拉先生。阿伯莎郎费尽了心思不能得到姑娘的青睐——有一次他还试图以在舞台上扮演一个角色来吸引姑娘的目光，可这一切给他带来的只有耻笑和讥讽。人们都说，阿伯莎郎就像一只猴子一样，却不知道艾丽莎的身边有了情人。

艾丽莎和尼古拉商量，要找一个好的时机把愚蠢的丈夫好好捉弄一番，这样，说不定他们从此以后就可以整天混在一起，晚上也可以互相搂着睡觉。他们把这个日子定在了一个星期天，那天木匠又要到奥斯纳。木匠走后，尼古拉就让艾丽莎把许多的食物和水偷偷地送到他的房间——这些东西足够他在里面吃上几天，然后吩咐，如果木匠回来后问起他，就说不知道他去了什么地方，也不知道他现在怎样。

说完他让艾丽莎赶快出去自己就从里面把门插上。

艾丽莎回来后待了不久就让用人上去喊尼古拉先生下来，说有事找他。用人回来汇报说，尼古拉先生的房门紧锁着，里面没有任何的声音。就这样过了一个星期天，小伙子在屋里偷偷地待着，吃点艾丽莎为他做的新鲜点心，再翻上一会儿他的书。黄昏时刻终于来临，木匠回家后许久不见尼古拉，就问起住客的情况，妻子和用人一问三不知,这让木匠很怀疑。“真是怪事,”他想,“难道他是病了？愿上帝保佑，千万不要让他出什么事。上个星期我才看见有人被抬到教堂，这个星期难道又要让我遇上一桩？不行，我得派人去看看。”他吩咐用人上楼去敲敲房客的门，再喊几声，可用人下来报告说楼上一点动静也没有。木匠慌了手脚，于是就亲自跑上来查看。他知道在楼上房间的门锁下有一个小洞，可以往里看到房间正对面窗口处的一切，于是他就轻轻走到房客门前俯下身子，正好看见那个叫尼古拉的青年坐在一张椅子上抬头往天上看。他膝上摊着一本厚厚的书,两眼发直,嘴巴大张，就像魔鬼附身一样一动不动。

“我的天，他不会是痴了吧！圣菲德斯怀德，救救我们！我知道读书的人不会有好下场——上帝已经告知了我们一切，他却偏偏还要去自己研究什么，这不是和上帝作对吗？俗话说，天机不可泄露，窥探天机就等于违背上帝的意旨，这不报应已经来了嘛！

“不行，我得去叫醒他。凭上帝耶稣的名誉发誓，告诉他一定不能再做什么书呆子——看我们不读书的人不是也吃得好穿得暖更有福气吗？”想到这儿 ，木匠吩咐仆人去拿一根棍子来。他力大无穷，把棍子插到门下一撬就把门给卸了下来。尼古拉依然大张着嘴巴坐着不动。木匠冲过去抓住尼古拉的双臂使劲摇晃，大喊道：“醒醒吧，尼古拉,不要再犯痴呆研究什么天文了,想想耶稣受难,把头向地上看看吧。我会替你驱除邪魔鬼怪的。”说完，木匠推开用人冲到门口，对着门前的耶稣像大声祈祷道:“圣耶稣基督,救救我们吧。不要让魔鬼前来附身,不要让邪魔侵入人心。”

终于,那位“痴呆”了的尼古拉长出一口气开了口:“唉,难道真的要毁天了吗?”

木匠说:“什么?你说什么?靠了上帝耶稣的圣灵,求你醒醒吧!”尼古拉动了动身子,急切地说道:“亲爱的房东先生,给我点东西喝吧,喝完我有重要的话对你讲——你一定要听,这是有关你我性命的重要大事。”

好奇的老房东急切地想知道他将会有什么有关性命的大事,于是就派人下楼赶快取点他柜子里最好的麦芽酒来。二人各自喝了一碗下肚后,尼古拉站起身子走到门边,向四周看了看,就退进身子紧紧地把门关上。

“我尊敬的房东先生,我敬你是一个善良而又诚实的好人,所以有一件秘密要和你分享。这是上帝给我的旨意,不过,你要先发誓绝不会泄露给其他人知道,我才会把它告诉你。否则,你就要遭到天打雷劈,受上帝耶稣的惩罚。”

木匠一改想教训人的口气,用庄严的神情发誓道:“我主在上,要是我有一句半言泄露给别人,包括我的爱人知道,就让我死后不得升入天堂。”又说道,“我向来就不是一个爱闲聊的人,有什么事我绝对会守口如瓶的,就请你快说吧。”

于是小伙子说道:“你知道诺亚时代,上帝曾经降过一场大雨吧!那场大雨把整个世界淹了个片土不露,人类只剩下了诺亚一家。

“这几天,据我观察,天边有一颗预示大雨的星星竟然陨落,这说明不久后我们现在的世界也将会有一场大暴雨,它的厉害程度只怕比诺亚时的大雨还要大——那时这星星不过是暗淡了许多,可现在它竟然不见了。你说这是不是一件人命关天的事啊!”

木匠大惊失色地叫起来："哎呀，我的天哪，那就是说我的妻子、美丽的艾丽莎也会被淹死吗？"

"毫无疑问。"

"天哪！我最最尊敬的尼古拉先生，您能推断出这会是什么时候的事情吗？"

"据我计算，下一个星期一晚上九点，总会发生。"

"哎呀呀，我主在上！"木匠都快被吓瘫了，只知抓住尼古拉的肩膀大声问道，"您可有什么呼救办法？"

"凭上帝起誓，"尼古拉说道，"办法当然是有的。就像上帝预告诺亚一样，你是一位善良老实的好先生，自然上帝会照顾你的——如果你能保证按我说的去办，连你的仆人也不知的话，你自然会被得救。

"事情很紧急，你现在就去找三只木盆吧——一定要大得能够浮在水面装下一个人才行，还要准备三个人一天吃的充足的食物——据我推断，这场洪水到第二天早上九点就会退下去的。

"等你为我们准备好三只大木盆后，就要把它们悄悄挂在椽子上，这样人们看不出我们用它的动机，也不知道食物就藏在里面。这一切都做好以后，你还要准备一把斧头在手边，等到一见有洪水，就要立刻把拴盆子的绳子砍断。

"在花墙朝马厩的地方你要打个洞，等到洪水一退下来时我们就能自由返回自由畅游。到时候连着你的妻子艾丽莎，我们就是整个世界的新主人。

"不过有件事我要特别提醒你，就是到那天晚上任何人都要保持静默不准说话，上帝听见了会让艾丽莎回头，她就要变成了一堆石头。还有，你和艾丽莎的盆子要距离远一些，免得到时情难自禁，胡作非为，染污了上帝的眼睛——就是眉目传情也不允许。

"好了，我该说的已经说完。俗话说，对聪明的人你不用交代得太清楚,他就会明白,我想你已经完全明白了我的意思。千万不要泄露秘密,现在就去准备吧。愿上帝保佑我们——救命要紧——阿门。”

愚蠢的木匠离开后就开始长吁短叹起来。他的妻子艾丽莎假装好奇地问他是怎么回事，他向四周看了看，再上前把门闭紧，就把秘密泄露给了妻子。

“哎呀呀，上帝保佑，我的夫君啊你听我说，我是你明媒正娶娶进来的老婆，我对你体贴又关心，你可千万要听从尼古拉的忠告，救我啊！我亲爱的夫君。”艾丽莎装出一副吃惊而又恐慌的神情催木匠赶快依计行事去，木匠领命而去。唉，幻想这东西真让人不可捉摸。它让木匠的眼前不断出现洪水冲垮一切的景象，还让他美丽的艾丽莎在水中挣扎着喊救命。一想到艾丽莎将会有生命的危险，木匠就加快动作制作了一架梯子。他爬上屋顶把找来的三个面盆好好地挂在椽木上，里面还放上了足够的食物和一把斧子。做这一切的时候，他把家里的奴仆和女佣一起放了假，告诉他们一家要去伦敦旅游，这段时间不会在家。

时间很快就过去。到了星期一夜幕降临的时候，三个人悄悄顺着梯子爬上了屋顶，摸索着坐进面盆里，每个人都紧闭嘴唇。木匠把耳朵竖得比任何时候都直，想提前听到洪水来到的声音。做这事的时候，他还一边在心里对上帝祈祷说:“万能的主啊，求你一定要救艾丽莎和我。”说着说着，木匠的眼皮不由地往下掉着，没过多久他的木盆里就传出了一阵响亮的鼾声。

尼克拉和艾丽莎心里窃喜，没有商量就各自顺着梯子爬下了地。二人一言不发进入屋里，转眼间就搂着上了木匠平时睡的床。兴高采烈地欢呼、呻吟和动作，尼古拉、艾丽莎这对男女不顾屋顶的木匠，只忙着寻欢作乐。直到远处报晓鸡叫了一声，教堂上的大钟敲响了黎明的警钟，木匠的屋里还传来阵阵欢声笑语。

我们再来说说那位教堂的管事阿伯莎郎。自从遭到艾丽莎的拒绝，他备受人们的奚落，日子一天一天过去，他的身形也一天一天瘦了下去。有一天他到奥斯纳的朋友那里去做客，又想起艾丽莎来。他想，今天是星期一，艾丽莎就住在这里，不知道木匠在不在，不在的话我就要再去向她求求爱。滴落的水可以穿石，经久的行动可以打动她的心。主意打定了他就出发到奥斯纳去，先找那位修道院的朋友，向他打听木匠的情况。

“从星期六到现在我都没见到他的影子，我想一定是院长派他到外地做些事，每个星期一他都做相同的事，就是替修道院购置木材，如果天气晚了他就在那些地方住上一宿，到第二天中午才能回家。”

阿伯莎郎一听心头高兴，寻思着自己这几天悲伤终于有了个头。“既然木匠从晚上到第二天早上都不会在家，那我何不好好把握这个机会。我要到艾丽莎的墙下敲敲她的窗，向她诉说我对她的相思病。如果她不能像爱木匠那样爱着我，至少我可以求她亲亲我。这样从上帝的角度来说，对人才公平，也可以解了我多日来的欲念之火。怪不得昨天梦见吃鸡吃鸭，嘴巴香喷喷，原来今天上帝赐我一个好福分。”

色迷心窍的阿伯莎郎越想越开心，整理装束不到天亮就来到了艾丽莎的家外。他先把几片成双草的叶子放在口中嚼了嚼，这样就能喷出香喷喷的口气，然后他来到了艾丽莎的窗前。那面窗户在墙的正中间，高度还不到阿伯莎郎的胸间。阿伯莎郎用手敲敲窗棂，把耳朵贴在窗口，小声地叫道：“亲爱的艾丽莎，我最最甜美的小宝贝！夜色是所有情人行动的幕帐，求你现在就听我诉说衷肠。我爱你爱得茶不思饭不想，却为什么得不到你的回应，难道你看不见我浑身淌着的热汗，就像饥饿的小羊想着母羊一样，急切地想着你。”

“滚开，傻瓜！”艾丽莎隔着窗口说，“我爱的人已在我的床上，不要让乱言秽语污了我的耳朵。如果你不听劝告离开这里，我就要大声喊人让你做不成教堂管事。”

“这可真是伤了我的心。”阿伯莎郎说道，“我对你的爱就像耶稣对你的爱一样，你却一点都不知道。至少你应该给我一个吻，安慰一下我受伤的心吧，否则，我就搅扰到你不能入睡。”

“给你一个吻你就会离开，并且发誓不会再来吗？”艾丽莎对躺在床上的尼古拉悄声说道：“快起来，亲爱的，我让你看一个笑话，保准你会开怀大笑。”说完她又对着窗外说道：“那你闭上眼睛不许偷看，吻完了就要快点离开。”

阿伯莎郎已经双膝着地，焦急地等待，“我的心肝宝贝，求你发发慈悲快点来，我发誓我的眼睛会紧闭得像盲人的眼睛一样，什么也不看。”艾丽莎匆匆把窗打开，挪动身子把一个部位探出去，“快点吧，邻人们看见了我就要没命。”阿伯莎郎把嘴唇擦了个干干净净，闭着眼睛往前一探。温温热热碰着了一个东西，阿伯莎郎使劲用嘴咂吧了一口。站起身来退后一步，还在回想刚刚的滋味，猛然间就觉得哪里不对。“女人的嘴唇怎么会有胡须，而且还粗粗糙糙那么长？”窗内的艾丽莎听了嘻嘻一笑，便把窗关了个死。

“女人的胡须？哈——哈哈！”尼古拉明白了是怎么回事，捧着个肚子笑得直打滚。

阿伯莎郎气得身体发颤，昨晚的欲火像被冷水浇了个遍。“我竟然为了个女人受人侮辱，此仇不报我枉称男子汉。”有了这念头，对艾丽莎的相思病飘然而去，阿伯莎郎就像换了个人似的又有了精神，他径直来到镇上打造铁器的铁铺前，小声敲门把维斯师傅喊醒。

“天哪，这么早你不在教堂里布餐来我这里干什么？可是有哪个骚货让你睡不着，你想找我聊一聊？”

此时的阿伯莎郎对所有的打趣听而不闻，直接走到铁匠炉前那把烧得通红的犁刀前，“把这个东西借给我，不用多会儿我就会把它归还。”

“要借金子银子我不怪你，借一把犁刀我实在觉得好奇。”

“这种事情你不用管，明天我告诉你，你自然就会明白。”说着，阿伯莎郎拿起那把犁刀的柄就离开铁铺直奔艾丽莎家。

来到艾丽莎的窗子下，阿伯莎郎学着刚才那个样子甜蜜地叫着艾丽莎，说：“我的母亲留给我一个大大的金戒指，我要把它献给我最亲爱的人，如果你能让我再吻一下，我就把它送给你。”

尼古拉听了，心想再捉弄阿伯莎郎一番，他想好了一个主意，让艾丽莎答应着把窗口打开，他自己却把屁股伸了出来，还尽力地往后面蹭着，希望能好好地感受一下那种滋味。

“说话呀，亲爱的，我看不见。”阿伯莎郎又低唤了一声，尼古拉听了，心里一激动不由得就放了一个大大的响屁。臭气把阿伯莎郎熏得差点昏过去，不由得怒火从心底里涌起。举起手中的火犁朝着暗夜中的东西刺过去，这一捣不偏不倚正中尼古拉的屁股中间。两边的皮各被烫掉一半，尼古拉痛得差点死去，大声叫唤艾丽莎：“水！快点！水！”屋顶上的木匠猛然间从梦中惊醒,听得有人发疯似的喊“水”！顾不得左右看看更不敢互相叫唤，操起身旁那把斧头，对准了系在橡木上的绳子就砍了下去。“叭！”还没有等他反应过来，连人带盆就全都掉到了屋顶下，只摔得木匠头晕眼花心轰鸣，两腿一蹬就昏死了过去。

尼古拉和艾丽莎听到声响，惊得一下子跳下床，打开门一看，二人张口就喊“救命”。

四邻八舍围过来看木匠，就见他躺在地上，口吐白沫不省人事。尼古拉和艾丽莎向着众人说，可怜的木匠得了可怜的幻想病。“他说诺亚时期的洪水又要来了，这个世界今夜就要毁灭。为此，他买来了三只大木盆，要让我们各坐一只离开这儿。凭上帝的名誉发誓，他一定是得了幻想症。”

惊慌的众人平息下来，开始讥笑木匠的胡思乱想。女人们大声祈祷，希望上帝降福给这个可怜的木匠，他想干出点不平凡的事来想疯了。从地上清醒过来的木匠张口想辩论，可惜尼古拉和艾丽莎的声音不比他的低。再说，人们也没有心情再去听一个疯子说什么话，只是互相传告镇子上的人说：“他真的疯了。”

从此以后，木匠虽然醋心依旧，可却是有苦难言。他把老婆关在屋子里不让出来，可谁知她在屋子里就和人睡觉。她让阿伯莎郎吻了她的那个地方，还让尼古拉为她烫伤了屁股。你们说这个故事有趣没趣，到这里它就全部结束。

——愿上帝保佑我们每个人不要做了那个木匠和阿伯莎郎。

管家的故事

磨坊主的故事听了让大家发笑。虽然各人有各人的看法，但所有人对那个木匠都报以讥讽。这让在场的一位听众下不了台，他就是与我们同行的那位管家先生。我们前面说过，他做管家以前，就先做的是木匠的营生。

“听我说，各位先生。虽然可恶的磨坊主讲了这样一个下流而且卑鄙的事情，但这不表示我就没有比他更厉害的故事。现在我就要还给他一个更可笑的命运，以报复他对我的不敬和讥讽。

“你们大家都可以看出，我的年龄已经过了青春的时候。睁眼胡闹变成了冷静思考，我的头发也由乌黑变成了雪花，剩下的几根只不过是秋末的干草，或者说是过了季的韭菜，枯得没有了活下去的力气。而我的心就如我的头顶一样，在经过青春到它花白的时候才成熟起来。当然，就像是桃子成熟了就预示着它快要腐烂了一样，心成熟了也就离死亡不远。

“以前，人们一吹响笛子，我们就开始跳舞，现在已经没有那份活力了。但身体的衰弱并不等于心灵的枯竭，蠢动的欲望仍然在我们心头激荡。

“年轻的时候，我们的生命就像是一桶酒。上帝在把我们放在这个世界上的那一刻，就把桶塞给拔掉了。随着时光的飞逝，生命之溪也在流淌。到如今，我这个桶已经没有了大杯大杯香甜的美酒，却还有几条没有干枯的细流在桶沿滴下。还有，人们口中依然还有一种余香在回绕，这就是对以往生活的回顾。

“年轻给年老留下了四点余火：添油加醋的吹捧、不知羞耻的胡说、无缘无故的发怒和没有节制的贪婪。现在，我就要用我剩余的欲火和还没有枯烂的舌头对你们说一说这类的故事，请大家仔细听好了。”对一个老人啰里啰唆说了这么多，我们的店主人有些不耐烦了。他用一种仲裁者的口吻对管家说:“我们的旅途已经进行了这么多，看，先生们，马上就到德普福了。现在是九点钟，如果你有什么故事就赶快讲出来吧，这样我们就可以边听着边走到格林尼治去。难道你在家读《圣经》读得多了，非要在这里以魔鬼的名誉给我们说教吗？”

“店主先生，你实在是冤枉了我。我不想浪费大家的时间，但有一个声明要提前：磨坊主先生刚才以一个故事来讽刺我，现在我就应该以牙还牙也给他讲一个。我主有言说‘为什么你只看见你兄弟眼中有刺，却看不到自己眼中有梁木呢’[1]，磨坊主就是这样。所以，我要讲一个故事来给大家听，希望上帝准许我报复他。”

管家的故事现在开始。

这个故事不是发生在牛津，而是发生在剑桥。它是一个千真万确的事情，主人公就是那个名声昭著的磨坊主先生，地点就是我说的离剑桥不远的那个特鲁平顿地方。

这是个吹笛、钓鱼、织网样样都精通的家伙，除了磨面还会摔跤、射箭。由此，他就有了吹捧自负的资本，对人狡猾又不客气。虽然他长得并不怎么起眼——光溜溜的脑袋上没有一根杂草，圆圆的脸好比

[1] 语出《新约全书·路加福音》

是一张大石板——但在他那个地方却是个有威势的人。他的身上经常带着一把磨得锃亮锃亮的大腰刀，在口袋的皮套里还有一柄锋利的匕首。与人说话有了气，他就会拔出别在长袜里的那把设菲尔德[1]刀。所以全镇上没人敢招惹着他，即使他又耍偷又会抢。人们都叫他蛮横的西姆金，说他这堆臭牛粪倒是娶了朵好鲜花。

磨坊主的妻子是镇上牧师的女儿，论出身倒也还算是个千金。结婚以前磨坊主说过："要是找不到一个有教养的好女人，我这一辈子倒还不如不结婚。"牧师听了很高兴，说这样的男人有志气。结婚的时候奉送给了丰厚的嫁妆，既壮了女婿的家财，也抬高了女儿的身价。

牧师的女儿与磨坊主真的是一对很好的搭档，刚出修道院的时候也高傲得像喜鹊一样。结婚后每当去参加圣日活动，总是男的走在前面，女的跟在后面。女的身穿一身红色的长裙，男的脚上也套一双红色的长袜。一路上人们见了他们总是恭敬地叫一声"西姆金先生"和"夫人"，没有一个人敢想着去撩逗——西姆金是出了名的大醋坛，身上有刀又有剑，除非你是活得不耐烦。再说那个女人名声也不好，碰着她就等于阴沟里翻了船。她摆出一副受了极好教育的高贵样子，只因为是从修道院里出来，就要等着其他人家的女人来给她请安。

这对夫妇除了有一个二十岁的女儿外，还有一个刚刚半岁的儿子。他们的女儿长得很结实也很俊俏，生就的高鼻灰眼饱胸脯，一头金黄的头发最惹眼。她的外公见外孙女生得如此漂亮，将来少不了来求婚的高官贵族，于是就想让她继承他的产业，包括他在教会的所有不动产。为此他不惜把神圣教会据为己有，还放出话来说，达不到要求的条件，就别想来向他的外孙女求婚。

毫无疑问，从此后磨坊主家的生意又好了许多，人们从四面八方

[1] 设菲尔德为英格兰城市，中古时即以冶铁著名。

把麦子送来让他们磨。就连离他们很远的那个索雷尔馆——剑桥的一个大学院，也把他们的东西送来交给磨坊主，只是那时还有一个管事的人在旁相助。磨坊主心里高兴手上可没软，趁着没人偷了麦子又偷面。对着人家他还说自己从来都是清清白白做人、诚诚恳恳干活，不偷不抢只凭着良心生活，“这不是上帝的意旨吗，我们是他老人家的良民，自然要按他老人家的话去做”。

话说修道院里有两个调皮的穷学生，据说生于斯特罗镇一个不知名的小地方。看到伙房管事人生了病，磨坊主竟更放肆地百倍偷起东西来，于是就请求院长答应让他们去治治那个人。仁慈的院长不答应，两个学生就三番五次地胡闹哀求，终于院长受不了他们的蛮缠，答应让他们去看看磨坊主是否真的有作假行为。两个青年夸下海口说，要是不能把磨坊主的罪行揭露出来，他们就不会活着回来。这两个青年，一个叫约翰，一个叫阿伦，在我们以下的故事中将会占主要地位。

阿伦和约翰准备好了两袋麦子，挂在各自的马前就出发了。他们带了刀和盾牌，因为认得路也没有请向导。不久后，就到了小溪边磨坊主的家，二人把麦子卸下，走进屋里和主人打招呼说：“早上好，亲爱的西姆先生。你的生意还不错吧。”

“是什么风把你们二人吹了过来，我代表我的妻子和女儿向你们表达最衷心的欢迎。”西姆金一脸笑容迎了上去，边说还边帮他们把麦子放好。“俗话说，别人不干的事自己就要干。我们院里因为管伙食的人牙疼得快要了命，所以院长就派我们来请你帮忙，把这些麦子磨一下。你能马上就替我们干起来吗？”稳重的约翰说。

“当然可以。只是在我磨面的时候，你们二位可还有其他贵干？”

“没有了，西姆先生，”约翰说，“不过，我听说磨面的过程很是有趣，所以我打算站在料斗旁看一看麦子是怎样进去又怎样出来的。凭着上帝的名誉发誓，这种事情我从来也没有见过。”

阿伦见约翰开了口，也急忙紧跟着说:“凭着我父亲的在天之灵发誓，西姆先生，这种情况我也像约翰一样是个外行。所以我打算也站在磨斗的下面，看一看粗陋的麦子是怎样被灌进麦槽，又是怎样变成细细的面粉筛出来。”

精明的磨坊主人一眼就识破了他们的诡计，奸诈地一笑在心里想道:“两个乳臭未干的小子竟然想来算计我？论学问你们虽然比我读的书多了一点点，要论才智和聪明你们却还不及我的一半。既然你们想要我出丑，我就要你们更不好过。那种事情只需要个手段就可办成，我要把面粉换成麦麸让你们带走。”

磨坊主不动声色地应付着两个青年走进磨棚，显出很卖力的样子把他们的麦子倒进磨斗。磨面的过程中他瞅准一个机会溜了出来，走到两个青年拴马的地方——那是他们家屋后的几棵绿树地，两匹高头大马正拴在其中的一棵上。磨坊主手脚麻利地把缰绳解开，两匹马儿就像解放了的黑奴一样飞奔而去。干完这一切，磨坊主仍旧回到磨棚中，一边往磨斗里加着水，一边就把粗糙的麦子磨成了雪白的面粉。他还和两个青年一边闲聊着，一边帮他们把袋子扎牢。两个青年心里窃喜，以为真的把这偷面粉的贼的气焰消灭了，高高兴兴背着面粉走出屋子，一边还和主人说着告辞的客气话。可等他们走到屋后的时候，就发现他们的马儿不见了。

“亲爱的阿伦，我的兄弟快来看，我们的马儿去哪里了？”约翰惊慌地喊道，“那可是院长最喜欢的两匹马！”

“我看见你们的马儿挣脱缰绳，朝着沼泽地的方向跑去了，因为你们两人中的一个没有把它拴好，而它又恰巧听见了沼泽地里母野马的嘶叫。”磨坊主的妻子跑出来说。

“阿伦，你这个大傻瓜，为什么不把马儿好好拴牢，却给它机会到处乱跑！现在我们必须带上刀和剑到沼泽地里去追，愿上帝保佑它们不要跑得太远！”约翰一边大声埋怨着阿伦，一边飞也似的冲出门外，阿伦紧随其后，两人刚才的机智与精明都已不见了踪影。

磨坊主看他们的身影越来越远，直到再也看不见，于是就走回来从他们的面袋里挖了两斗面出来。“你去把它和成面做成点心放在门后，我相信这两个傻瓜回来一定找不到任何破绽。”磨坊主吩咐他的妻子道，说完他们就各自去干各自的事情了。

再说两个倒霉蛋一路跑来一路互相埋怨，约翰说：“我真是命运不济，想要治治别人却选了个你。”阿伦说：“你早先冲动夸下大话，现在回去一定会遭所有人笑。我们只有把马抓住了，才会减少一点这样的羞辱。”于是二人又拼命追起马来。

马儿跑到了沼泽边，约翰和阿伦也追到了沼泽边，马儿抬起后腿向后踢，阿伦不幸被踢翻。二人费了好大一番力气，最后终于在一条小沟边把两匹马都捉了起来。

“看天色已经不早，只怕我们今天不能回到学院了。”快走到磨坊主家时满身湿漉的约翰开了口，阿伦也抬头看了看天：“我已经没有任何力气再往前多走一步了，所以我们今晚只得借住在磨坊中。”

二人回到磨坊主家时，发现主人正坐在热乎乎的炉子边。阿伦恳求他看在上帝的面上，留他们住上一宿，并且供给食物和水。磨坊主不紧不慢地说道：“按照上帝的旨意，我本是应该留你们一宿的，但是你们二人自己看看，我的家就这么大一间房子，除了我的妻子和我外，还要睡下我们的女儿和儿子。没有空地留给你们，你们总不能凭着读书人的嘴把一间说成两间，把我的无奈说成吝啬吧。”

“神灵在上，我们绝不敢这样子说您和您的房间。”约翰又哀求道，“只是天色实在太晚，而我们又没有了力气。俗话说得好，‘没有不付酬金就得来的美味’，因此，我们情愿给你大量的金钱，只要你能让我们住下，并供给我们吃喝。”

磨坊主一听，马上让女儿去镇上买些烤面包烧肉，再买些上好的酒来，还吩咐他的老婆去把马儿重新拴好，免得半夜再跑。他亲自到自己的房间为两位青年把被子和毯子拿出来,铺在地上,旁边就是他的床。而他女儿的床铺则是在离他自己不远的地方——房间就这么大，要想所有人都睡下去就只能这么办。

三个人在一起烤火喝酒说了许多话，直到夜深人静了才决定上床。磨坊主先上了他的床，因为他今天心里高兴，难免喝得多了一些，到现在已经醉得不成样子了：满脸不是发红而是煞白，光秃秃的脑袋还泛着青光。他一边说着含混的、谁也听不清的话，一边栽倒在床上。他的老婆也有了点飘飘然，于是就紧随其后上了床。在她的身边就是他们刚刚一岁半的儿子，小东西躺在摇篮里正等着睡到半夜他母亲起来给他喂奶。他们的女儿见父母已经上了床，不顾客人也爬上了床，客人见主人都已经入睡，也就上了自己的床。总之，一家人夜深人静的时候，都已经占据了各自的地位。

睡得像死猪一样的男主人发出马嘶般的鼾声，在他的旁边是妻子的伴奏。女儿离父母稍微远了一些，所以发出来的声音只能算和声。这一切的声音加起来，比一场音乐演奏会的声音还要大，我想就是一英里之外的夜行人也能听见。

阿伦碰一碰约翰问道:“睡着了没有？你知道这是什么声音吗——他们不会是在做晚祈祷吧？但愿野火烧到他们的身上，让他们停止这种演奏，但愿睡神降临这屋子，给我一个好梦。只是我们今天丢了面粉又倒了大霉，我心里不痛快，所以只怕是睡神也不能让我痛快入睡。

“约翰，我想到了一个法子可以让我们乐一乐。你听说过有这样一条法规吗——要是你在什么地方受到了损失，你就应该在什么地方找到补偿？我们今天正好就是在这个地方受到了磨坊主的欺侮，还要给他付出金钱，所以，我们是不是也应该在这个地方得到补偿呢。我现在就要去和他们的女儿快活快活，这样我的心灵才能感到舒畅，约翰，你觉得这个主意怎么样？”

“阿伦，你难道不知道那个男人是个非常厉害的人，如果他从梦中醒来，只怕你我都要倒大霉。”约翰回答道。

“我才不怕他呢——而且我也会做得让他一点都听不见。好了，我现在已经决定要这么去做了，没有什么能拦住我。但愿上帝在天上，能够保佑我！”阿伦说完，起身来到了姑娘的床边。

姑娘正仰面躺着，微微的鼾声传过来表明她睡得已经很熟，不知道身边有人躺下，也不知道有人正要爬上她的身子。等到她感觉到一切有异，想张口大叫时，可惜为时已晚：二人已经合二为一。

只剩下那个约翰静静地躺在那里，竖着耳朵倾听声音，提心吊胆地为自己的朋友祈祷，可是过了大约有一刻钟之久，除了听到一小声欢愉以外，他却什么也没有听到。于是他在心里嘀咕道：“你看我，可真是一个大傻瓜呀！我们今天一起受了别人的气，阿伦却用他的冒险为自己取得了补偿——此时他正抱着人家的女儿睡大觉呢。可是我呢，却因为自己的谨慎和胆小而像一堆没人要的垃圾一样躺在这里，还为别人而祈祷。这事要是传出去，别人不会说我是一个懦夫，一个傻瓜，还会说什么呢？不行,我也得起来做点什么事才对——常言不是说‘没有尝试就没有成果’吗！也许我的运气比阿伦的还好呢。”于是，他也轻轻地爬起来，走到磨坊主的床边，把那个婴儿的摇篮提起来，放到了自己的床边。

这时，磨坊主的妻子因为尿急停止了鼾声，爬起来摸着黑出去小便。等她回到床边时想摸摸摇篮在哪里，可谁知伸手却摸了个空。“天哪，我好险！差点就走错路上了学生的床，那样岂不是自己出了个大洋相。”想到这儿，她转身朝另一个方向走去，摸来摸去，终于摸到了摇篮的边儿。再伸手朝床上再一摸，正好摸见一个空出来的位置。

于是她长舒一口气，什么也没想就爬到了上面。

约翰感到有个人躺到了自己身边，隐约中看出好像是磨坊主的老婆，他什么也没有说，猛地一下子就压到了这个人身上。磨坊主的老婆好多年没有感到过自己的丈夫有这种激情，于是也不顾死活地配合起他的行动。直到鸡叫三遍了，二人还在那里狂欢。

黎明时分，阿伦有些疲累了，于是就对床上的小女人说："亲爱的，我的玛琳，你是我的心肝宝贝，我是你终身的男人。只是现在我不能再待在这儿——天就要亮了。再见吧宝贝，愿上帝保佑，你和我一样交到好运。"

"亲爱的阿伦，我的守护神。好好地去吧！这一生我再也不会有其他奢望，只愿能再和你在一起。不过，我知道我的父亲是个什么人，要是被他发现我们俩在一起，那倒霉的肯定不会是他而是我们自己。所以我不想也不能挽留你——只是在你走以前，有一件事告诉你：在你经过我们家的磨坊前时，请务必到磨坊门的后面看一看，那里有我的父亲偷的你们的面粉，我的母亲把它做成点心放在那里了。"说着，姑娘开始哭起来，抽抽咽咽放开阿伦的手，重新躲到了被子里头。

阿伦趁着天还未明，主人还未清醒，想悄悄地摸回到床上去，可是等到他走到朋友身边时，却不小心碰到了一个摇篮。"天哪，我主保佑！喝酒喝得我晕晕乎乎，做事又做得我眼花缭乱。我怎么能受到魔鬼的引路，走到磨坊主妻子的身边。幸好现在机会还来得及，我一定得赶快返回去。"想着，他又摸来摸去，终于摸到了一个没有摇篮的空床旁边，只道是这一回定然没错，谁知道却躺到了男主人身边。阿伦搂住对面人的脖子小声地说道："约翰约翰快快醒来，我有一个最好的事要讲给你听。你可知道这一夜，我有三次爬到了那个魔鬼的女儿身上，而他自己却睡得像一头死猪！你真是一个胆小鬼，害怕之神让你不能享受这种人世间最最美的事情。"

“是吗，这么说你这个无赖是恩将仇报了？”磨坊主恨恨的声音传出来，把阿伦吓了一跳。“我帮你用我的磨斗磨好了面粉，你却要来败坏我女儿的好名声。今天我要是不教训教训你这个不知羞耻的魔鬼，我就枉称是磨坊主西姆金。”说着，磨坊主朝着阿伦打了一拳，阿伦也还了他一掌。

二人从床上打到床下，不是你跌倒，就是我趴下。突然间有一拳头不长眼，一下子就打到了磨坊主的鼻梁上。鲜血顺着他的嘴巴流到胸膛，又流到地上。磨坊主一脚踩在自己的鲜血上，不小心打个滑就压到了他老婆身上。

“哎呀，天哪，我的妈！有什么东西掉在了我身上，有什么魔鬼不想让我活下去。是两个人在打架吗——我想一定是那两个穷学生。我亲爱的，西姆金，快快起来救救我，上帝啊，我快要被他们给压死了！”

约翰一惊，从床上迅速爬起来，想找一根棍子给朋友帮帮忙。可谁知，要论起对这屋子熟悉来，再没有人更能比得上磨坊主的妻子了。只见她先是躲到墙角处，摸出一根不粗不细的棍子来，然后又小心地走上前，想对着两人中的一个狠狠地来一下。窗外皎洁的月光透过屋顶上的天窗漏进来一点点，正好照在一团白影身上。“这一定是那个穿着睡袍睡觉的学生，我想我最好是对着他来一下。”女人举起棍子狠狠地砸了下去，却听得一声惨叫：“天哪，杀人啦，救命啊！”原来是她丈夫的声音。只因为他的头顶太光滑，在月光下就像个会发光的玻璃杯。

两个青年听声音知道机会来了，于是就各自奔回床边，匆匆忙忙穿好衣服，打起行装，临走时，还到磨坊门后把他们的点心取上。二人策马加鞭回到学院不说，我们只来说说这个磨坊主。

磨坊主因为做下的恶事太多，所以就连上帝也来帮这两个青年，使他们鬼使神差上错了床，和磨坊主的妻子与女儿一起狂欢了一夜，还把被磨坊主偷走的面粉也取了回来。而磨坊主真叫作是偷鸡不成反蚀一把米，赔了夫人又折兵。不仅给两个人磨好了面，供给了食物和住处，还被人家把妻子和女儿偷了去，临走又狠狠地挨了一拳头。这真是“善有善报，恶有恶报”，有的人欺侮了别人，总归自己也没有好结果。现在我讲这个故事就是因为磨坊主侮辱了我，所以我也要讲一个来作为回报。如今我的故事讲完了，愿上帝保佑，我们不会遭到此种下场。

管家的故事至此结束。

厨师的故事

伦敦来的厨师紧接着管家的话迫不及待地开了口。他说："老兄你可真是会开玩笑，我长这么大还没有听说过哪个磨坊主会遭到这么大的教训呢。虽然所罗门有句话叫'不要轻易为陌生人打开你的房门'，但管家先生，你讲的故事也太离奇了吧，哪有人会遭此大难又受此污辱？倒不如我也来讲一个故事让大家听听，看到底谁的故事更真实有趣。"旅店主人第一个站出来附和。他说："罗杰，我们听说你做的馅饼很是一绝——既没有油水，又没有鲜肉，冷冰冰中带着一股腥气，而且，据说里面偶尔还会吃出一只苍蝇来。很多人因为买了你的东西，整天跑茅厕，更不用说你的烧鹅肉了。不知道到底有没有这样一件事，不过，不管它有没有，只要你能讲一个好故事出来，我们就相信它没有。"厨师先生回答道："好故事在我心中有的是，只是你说的话也很有点道理。有一个地方的人常说一句话：'真亦假来假亦真'。就冲着你刚才说的话，我也要讲一个内中有旅店老板的好故事。哈利·贝利先生[1]，你不会在意我这样做吧？"

旅店老板说决不跟厨师先生一般见识，于是这位先生就开始给我们讲了他那个关于城里人的故事。

[1] 哈利·贝利为旅店主人的姓名。

厨师的故事现在开始。

在我们那个城里，曾经有这么一个青年，他是粮油铺里的小学徒，却有个外号叫风流的帕金。他头发长长，皮肤黑黑，身材像小木桩子一样结实。谁家的姑娘遇到他，就像遇到了摆不脱的蜜蜂一样，他会拿世界上最好听的话来说给你听，还会把心中永远用不完的爱情之蜜奉献给你。

这样一个人，不仅会唱歌，会跳舞，还会掷骰子。谁家有婚宴他就去谁家，在婚礼上他会跳最好看的舞，直到婚礼结束他还没有结束，接着再到最近的酒店逛逛。所有的姑娘他都喜欢看，爱酒店绝对胜过爱那个有师傅的粮油铺。酒店出来后他常常会再到赌场里去，在那里他比谁的手艺都要高，比谁的手气都要好，就是整座城市的学徒加起来，挣的钱也没有他挣得多。因此，在那一帮朋友中间，他的慷慨最是出了名，他的阔气更是谁也看得见。谁要是没钱赌光了本，他就会从自己的腰包里拿一些出来，给人时还说上一句“不用还了”。

只是，这样的好机会并不是长久都能有，有时候他也会输得没有了办法喝点酒。这个时候他就想起了那个粮油铺来，俗话说“放纵总是和罪恶相连着，忠实遇到贫穷和放荡就会变质”。他的那个老实的师傅供着他吃供着他穿，供着他住宿，还供着他学习，可谁知店铺的钱柜子却因为他的这个风流徒弟而越来越干瘪了下去。直到有一天，师傅查账目，发现出多入少，账目含糊不清，于是就把徒弟叫过来大骂一通，把他投进了纽盖特监狱[1]。

过了不多久，徒弟出来了，对师傅的话不放在心上，对自己的教训更是没有记住。追姑娘追得依然欢心，掷骰子掷得依然很勤。这样，

[1] 伦敦一著名监狱。该监狱已于1902年拆毁。

有一天，师傅又要查账了——他坐在木椅上，就想起了一句谚语来：“一个烂苹果会染坏一筐子的好苹果，不及时把它剔除，就是给自己留下祸根。”同样，师傅想到，如果不能把这样一个胡闹的徒弟赶快开除，他的坏行为就会给其他人树起一个榜样。想到这儿，师傅就把徒弟叫进来，让他收拾收拾东西赶快离开。

徒弟带着犹豫和感伤离开了店铺，最初几天还很低沉，可没过多久就忘记了从前的一切，无人管教的日子最是惬意，胡闹和通宵达旦的赌博成了他的生活。做贼的人自会有分赃的朋友，一个会花钱的人也会有会赚钱的朋友。这个学徒最后把铺盖卷了卷，到了一个平素里分过他赃款的人那里。这个人没有其他本事……

作者让故事未完而结束。[1]

[1] 这个故事在乔叟的所有稿本中都不完整。也许是讲三个同样性质的故事太乏味，或许是未来得及完成。

律师的故事

厨师的故事讲完了，旅店主人看了看天。他知道今天是四月的第十八个日子，五月马上就会来临。在他的前面有一棵树，它的影子和它本身的高度是完全地相等，由此旅店主人在心里推算——根据太阳所处的经度和纬度，再根据今天这个日子在一年中的位置——现在是上午十点不到，离吃饭的时间已经很近了。于是他猛地一下勒住了马，对各位朝圣者说：

“亲爱的朋友们，我想有一件事情很需要提醒大家，现在的时间是上午十点少一刻，不用多久，太阳就要升到最高顶了。为了上帝，为了我们自己，诸位要尽量抓紧时间。

“记得塞内加[1]曾经说过，时间好比生命，失去了就再也不能补回来。这比黄金还要珍贵的东西，在我们睡着的时候悄悄流走，在我们醒着的时候也决不手软。就像高山上的流水，就像女人的处女膜——你让它倒着流回是不可能的，你让它破了再好一回也是不可能的。所以，我们一定要珍惜时间，不要在睡梦和不知不觉中让自己腐烂。

“我说律师先生，根据我们的诺言，你是不是也应该讲一个故事来给大家听？这样既可解了大家一路上来的疲劳，也能尽了你的义务。”律师听了说：“尊敬的哈利·贝利先生，你说得非常对。俗话说，

[1] 塞内加（公元前 4—65）：古罗马哲学家、政治家和剧作家。

欠债还钱，许下了诺言就要实践。按照我们先前规定的，到现在本该由我来给大家讲个故事，但是，我以我父亲的名誉发誓，我真的很想讲一个故事，只是怕这个故事不大合大家的口味。

“你们都知道乔叟先生吧，他能用他很粗糙的音节来写出许多美丽的故事，我却没有这个本事。我记得他曾经写过赛伊和奥瑟的故事[1]——那是在他年轻时。还写过卢克丽丝和提斯巴等人的故事。在他的那本《烈女的颂歌》中，他记述了狄多被埃涅阿斯抛弃后的痛苦，也记述了得莫丰、菲丽丝以及她那棵树；还有海伦的眼泪、勒安得耳的死亡、德安尼拉与赫米恩的悲情故事，以及美丽的王后美狄亚是如何帮助伊阿宋取得了金羊毛，最后却遭到丈夫的遗弃——为了报仇，她把自己的儿子先杀死，最后再把自己杀死。

“这一切的故事包含了一个道理，就是世人应为那些圣洁的女人唱赞歌。至于像卡纳斯那样，爱上自己兄弟的放荡女人，在乔叟的书中你找不到任何一点踪迹。他的书一本又一本，却没有哪一本记述过那位把自己的亲生女儿奸污并摔倒在地的国王安条克斯。

“罪恶与不贞让人听起来就觉得生气，乔叟怎么会去记下那些事呢。而我，虽然处处都赶不上乔叟，有一点却是和他相同，那就是我决不愿意也去讲一个那样的故事。

“但是，不讲那样的故事我又讲什么故事呢——在我的脑海中实在想不起来有什么好的、有益的故事可讲。奥维德的女人们为了和缪斯比个高下，被变成了可悲的动物[2]，我绝不敢和乔叟有什么比较。既然诸位非要让我讲个什么出来不可，而这也是我所许诺下来的，那么就让我想一想吧。”

[1] 赛伊和奥瑟是乔叟早期作品《公爵夫人之书》中的人物，后面的几个人名大多是希腊、罗马神话或传说中的人物。

[2] 奥维德的一个故事中，皮厄鲁斯的女儿们想与缪斯一争高低，结果被变为喜鹊。

律师想了一会儿，然后开口说了一席话：

“贫穷可以带给人苦难的处境：饥饿、寒冷，以及心灵的折磨。如果没有钱财来买到生活的必需品，那么这种人除了乞讨，就只能去偷去抢。而他们在做这些事情的时候，还会一边说着：‘愿上帝开开眼，看到人世间的不平。财富分配出了差错，邻人相处没有经过选择。穷人们应该睡上温暖的床铺，富人们应该放在烈火上煎烧——这样他们才能知道什么叫伤心，什么叫痛苦。’

“其实要我说，聪明人有一句话说得很不错。他们说：人穷了志就短，不仅天天受活罪，就是朋友也会给你翻白眼；这样的日子倒还不如不过，到了阴间也许还能摊上个好运气。所以当心，别让自己活着的时候也落得个如此结果。

“穷人们享受兄弟对他们的耻笑，富人们却在赌场上掷骰子赚钱。他们的手艺永远高明，他们的骰子永远是停在有钱的一格；即使不这样，靠了武艺他们也能够赚到钱——难道你没有听说过，在陆地和海上寻找财富，在各国争战的时候敛到金钱？这样的故事当然我不会讲，不过曾有一个商人给我说过另一个事情。

“要是诸位不嫌弃，我现在就把这个故事讲给大家听吧——但愿它至少能够作为一个小小的点缀，放在乔叟的故事前面，给诸位的旅行添点乐趣。”

律师的故事正式开始。

古老的叙利亚有这么一批富商，他们的品行高尚而严谨，行为端正而诚实。在他们所经营的丝绸和香料生意上，远近的人们都愿意和他们交往，并且会把自己最好的货物卖给他们。

这批富商中有几个喜欢到处周游的首领，他们去过许多地方——

有时是为了谈生意，有时是为了纯粹观光。但有一个地方他们这许多人却都没有去过，那就是遥远的罗马城。据说那里是一个繁华的国度，人们的穿着、生活很有特色，为了了却自己周游世界的伟大愿望，于是这几位首领就商量着到罗马去走一趟。他们没有派任何的信使到那里联络同行的朋友，就悄悄地上了路。一路上经过了许多的陆地和大海，终于到达了目的地。在那里，疲惫的商人们什么也没做，先找了一家合众人口味的旅馆住了下来。

这些商人漫无目的地住在那里，除了到处看看走走，就是听人们说罗马的故事。这其中他们听到最多的一个人物是康斯坦丝，关于她的故事人们百说不厌。她就是现任罗马皇帝的女儿，也就是罗马城高贵的公主。据说她有两个最值得人们称赞的优点，就是美丽和德行。她的容貌是全罗马最最漂亮的，她的行为高贵却不骄横；她的品性谦逊但不谄媚，行事仁慈而不做作；她是全罗马城女人们的楷模，也是她们的一面镜子——她的高贵能映照出你的卑下，她的圣洁能对比出你的污秽。她是全罗马人最喜欢的女人，他们整天都在为她祈祷："愿上帝保佑我们美丽的康斯坦丝，使她不仅是全罗马的公主，也成为全欧洲的女王。"总之，她是他们心中的神。

也许你会觉得我说话有些夸张了点，但我不得不说："实际上那些叙利亚商人听到的就是这样。"他们在罗马住了很长一段时间，直到把所有美丽的地方看过，把所有关于公主的事情听完，才在自己的船上装了满满的货物，返回到家乡。

这些人回到叙利亚后，先是和往常一样工作和生活了一段时间，然后就迎来了国王的召见。这些人原本都是叙利亚国有头有脸的人，因为他们的阅历非常丰富，所以国王经常把他们叫进宫去了解外面世界的情况，包括哪个国家有战争，哪个国王有功德，哪些奇特的地方有奇特事情。这些商人把自己往返罗马途中所看到的和听到的一一说给国王听，其中特别提到了那位美丽的公主，说她既有美丽的容貌又有高尚的德行。国王对一切新鲜的事都表示出浓浓的兴趣，尤其是对康斯坦丝公主的事情。美丽的容貌勾起了他对她的向往，国王在心中发誓今生一定要娶到这位姑娘。

我们都知道，人的生命是由上帝创造的，人们的命运也自然由他来决定。在他那本掌管人间世界的天书上，一切都有定因：何时出生，何时发财或者何时遭噩运，以及人们何时何地会因为什么而死亡。并且，人们死亡的记载总是先于生的记载而出现在那本书上，就像希腊的英雄在他们出生以前已经决定了何时要死亡，底比斯城在建立以前就注定了要成为毁灭战场。每个生命、每个事物都有一个星宿与他们相对，当这个星是亮着的时候，就是他们兴盛的时期，当这个星暗下去的时候，就是他们遭噩运的时期，而当它悄悄隐去或滑落的时候，他们的死亡就降临了。同样，叙利亚国王的命运在天上也有一颗星预示着——他将为爱情而死亡。可惜的是，人们的智力太愚钝，不能看透其中的玄奥，否则许多事情都可以避免。

话说这位国王派人去请来了他最得力的助手宰相，告诉他自己爱上了一个人，今生如若娶不到她，那他的生命也将燃尽。宰相召集了其他大臣一起来商量，大家各抒己见、众说纷纭。有的说国王可以派使节去求亲，有的说国王可以通过战争来订立条约，还有的说如果有魔法师或者耍计谋也能得逞——总归一句话：如果真的危及了国王的性命，那就一定要把公主娶过来。

可是最大的问题还在后头：罗马是信基督教的王国，而叙利亚人则是穆罕默德的子民。没有一个伊斯兰教徒愿意娶一个基督徒为妻，更没有一个基督徒愿把女儿嫁给穆罕默德的信徒。信仰问题是最大的困难，大臣们因为这个事情一筹莫展。最后国王说：“没有爱情我的生命便没有了意义，为了娶到康斯坦丝，我情愿改信基督耶稣。”于是大臣们就开始为国王的婚事奔波劳走：他们先派使节通会了罗马，又选定日子进行了商榷。最后还送去大量的金银珠宝——到底有多少，我也说不清。这些长了基督徒的志气，灭了穆罕默德的威风，却倒也征得了罗马国王的同意。

他派出大量的亲兵护送公主入叙利亚国，那场面宏伟壮观，罗马人至今都记得。街道两旁全站满了王公贵族和大臣，还有千千万万来相送的群众，人们高声欢呼祈祷着，祝愿她一路顺风。康斯坦丝公主从早上凄凄惨惨地起了床，就一直哭个不停，因为此后她将离开自己所有的亲人，去到一个完全陌生的地方，还要和一个自己从未见过也从不了解的人生活一辈子。且不说距离之遥远，她这一生将孤立而过，但就女人们出嫁后的命运，就让她难过——女子一旦为人妇，就要努力恪守清规戒道：不能与男人相嬉戏，更不能违背丈夫的旨意。

康斯坦丝公主上车的时候，对她的父母说："我伟大的父亲和亲爱的母亲啊，你们生我养我爱护我，论恩情，除了基督外，没有人能比你们的更大，但你们为什么要把我嫁到那个野蛮的国度呢？从此，我们将遥遥相望而不可见，我还要忍受一个妇人不幸的命运。如果说这是上帝的旨意——他非要我去受男人的拘束，那你们就为我祈祷吧，祝愿我能平平安安。"说完后，公主开始哭起来，整个罗马城也开始哭起来。

我从来没有见过哪个人的哭声比康斯坦丝公主的哭声还要悲惨，我也从来没有听说过哪个地方人们的哭声比罗马人们的哭声还能震天。当皮洛斯[1]攻进特洛伊，底比斯成为俘虏场，或者汉尼拔[2]三次大

[1] 皮洛斯是希腊神话中的人物，他在夺取特洛伊城时杀死了特洛伊国王普里阿摩斯。

[2] 汉尼拔（公元前247—公元前183）为迦太基统帅，曾率大军远征意大利，因缺乏后援而撤离，后多次被罗马军队击败而自杀。

战罗马人，打得他们七零八落，我也没有听说过他们的哭声能比那天的还痛苦还可怜。但是哭泣归哭泣，这婚礼还是得进行。康斯坦丝公主强装笑脸对众人挥挥手，就登上车子开始了旅行。

在这里，我要先说一说伟大上帝的无端意旨：上帝啊，你创造了世界万物，却为什么又要去毁灭它？你让美丽而地位显赫的公主远嫁，却在天上又让那颗众星之中最亮的一颗突然陨落。火星的心理实在太坏，可怜的月亮啊，你远离了对你有利的地方，所到之处却又不能把你接受。公主的父亲——罗马皇帝啊，你也太是轻率：你的王宫里有那么多学识渊博的星象学家，可为什么你偏要让人选出这么一个凶险的日子把女儿出嫁？还没上路，天上的星宿已经预示了她的命运，在那不知是什么样的国度，她一定会遭到无情的打击——这不幸不是来自别人，而是叙利亚苏丹的母亲。

却说这位万恶的母亲、撒旦的化身，听说儿子为了一个女人竟要抛弃他们的信仰，于是就召集自己手下的谋臣，对他们说："我们的祖先、圣灵、先知穆罕默德，给我们留下了一部伟大的《可兰经》，这是我们的信仰，也是我们的生命。可如今我的儿子竟然要为了一个基督徒而抛弃他固有的信仰，这种行为我们怎么能容忍？

"新信条[1]给我们的能是什么——除了桎梏、羞辱和悔恨？我们所有人都将成为耶稣的奴隶，穆罕默德的叛徒，生着没有好名声，死了还要令子孙蒙羞。为此，我想了一个计策来救大家，如果同意就请所有人紧闭嘴巴不要出声。"

王后的谋臣们都静悄悄地表示了自己的赞同，后来得到允可还发誓说要团结合作同甘共苦。于是王后说道："我的想法是先稳住国王，

[1] 这里的"新信条"指的是，如果苏丹和他的臣民接受洗礼，他们将奉行基督教信条。

再暗下毒手。康斯坦丝的肌肤再白，也经不起鲜血的染红，我们要假装为基督徒接风洗尘接受他们的洗礼，然后再施行我们的计谋。”

这就是可恶的苏丹之母，塞米勒米丝[1]第二说的话，她的口气令所有在场的人都倒抽了一口气，令所有听这个故事的人怒火中烧。自从上帝把撒旦驱逐出伊甸园后，他就把仇恨暗怀在心。他最擅长的就是引诱女人上当，或者隐身为女人向世人施行报复，苏丹的母亲就是他的工具，她受了魔鬼的控制，要对新来的王后暗下毒手。所以她不惜亲自跑来对国王说，为了儿子的幸福着想，她情愿放弃原有的信仰。并且，为了表达她的诚意，她要在宫里举行一个盛大的宴会，为所有的基督徒接风洗尘。

国王一听大为高兴，吻了吻母亲的手说：“您有什么命令，我一定执行。”随后就兴高采烈地送母亲出宫，直等到康斯坦丝公主的队伍到达的时刻，又派人赶快通知母亲。

罗马人的队伍好壮大，前前后后、连人带车总有几英里长。和出城迎接他们的叙利亚队伍相合后，那场面，我想，就是卢坎[2]笔下的恺撒凯旋回城时也不曾有过。

国王的母亲亲自来迎接儿子的妻子，她衣饰华丽，满面笑容，张开双臂时的热情就像亲生母亲的样子，进城时还故意叫牵马的兵士放慢脚步。这之后不久，英武的苏丹王也亲自来迎接新娘，他穿着如何，说了一些什么话，我想就不必说了。总之，他在把公主迎接进宫后，就按照母亲的意旨举办了一次盛大的宴会。

所有的基督徒，包括男的女的，老的少的，都来参加宴会。他们

[1] 塞米勒米丝是古代传说中的亚述女王，以美丽、聪明和淫荡闻名，相传为巴比伦的创立者。

[2] 卢坎（39—65）是生于西班牙的古罗马诗人，作品有拉丁史诗《内战记》。因密谋暗杀罗马皇帝尼禄之事败露而自杀。

精心打扮,吃的是少见的山珍海味。和叙利亚人一样,他们都兴高采烈、互相道贺,却不知道一场大的灾难已经降临。就像人们常说的:“悲伤是欢乐的孪生姐妹,灾难总是跟着好运走”,这场盛大的宴会就是许多人性命的终结之处。

为了节约同行诸位的时间,以及满足大家强烈的、想知道结果的好奇心,我就长话短说把结果给大家做个交代吧——总之,苏丹的母亲在宴会上布置了大批的武士,在宴会正进行到关键的时刻冲了进来,他们见到人就杀——不管是罗马来的基督教,还是叙利亚国王的亲信,最后竟连国王自己也被他们在脖子上抹了一刀,为的是国王的母亲要独断专行称霸朝廷。但在大屠杀中却有一个人没有遭到噩运,这就是美丽的康斯坦丝公主。

国王的母亲下令把这个异教徒赶上船只——就是她来时所乘的那只,然后把她带来的珍宝和食物分别装了一些,就下令让她自己驾船出海,回到她原来的地方。

可怜的康斯坦丝,从出生时起就众星捧月、娇生惯养,哪里懂得如何驾船出航?她的船在海浪中漂来漂去,接受了一次又一次的风吹雨打。饥了就吃些粗糙的食物,冷了就躲进船舱,太阳东升又西落,不知过了多少轮岁月。每当有幸躲过一次劫难,满面忧伤的康斯坦丝就用手在胸口画着十字祈祷说:“哦,光明的神灵,庇佑众生的十字架!你用基督的血把人间痛苦洗去,又用魔鬼的血把罪恶放下。只有你才配享受圣坛上的供奉,只有你才能做我的庇护者。但愿你能听到我的祈祷,伸出仁慈的双手,引导我逃离这人世间最大的不幸。”

船只在海上漂流了一天又一天,经过了一个又一个国度和海滩。就在它流离颠沛的时候,再让我们来说一说上帝吧。

是谁让康斯坦丝没有被杀死?是谁让康斯坦丝没有被淹死?除了

我们万能的主啊，还能有谁。但以理[1]只身入狮窟，而安然幸存；约拿[2]在鱼肚子里生活了三天三夜，又回到了尼尼微；五块面包两条鱼，救活了五千人的生命（这是《福音书》上说的）——这一切除了万能的上帝，有谁还会有如此大的手段？

他既然能驾驭风雨雷电的四大精灵，使他们不致侵扰海洋和陆地，他就能使希伯来百姓免于被淹死的危险，安全渡过红海[3]；他能使埃及玛丽[4]在沙漠中有吃有喝，不会死去，他就能使我们的康斯坦丝公主也逃过所有的危难。这不，在一个清新明丽的早晨，他终于使康斯坦丝的船只搁浅在了一个岸边，任凭多么凶猛的潮水也不能把它重新冲下海洋。这是一个叫诺森伯兰的地方，那里有一个不知名的城堡。这个地方的长官一早起来听人说在城门外的海滩边有一只破旧的船只靠上来，于是就带人上来查看。他们发现了一个满面愁苦的姑娘，还有一些金银财宝，可是问姑娘是哪里人，为什么来到了这里，她却一声不吭只是哭泣。于是，这位仁慈的长官就把姑娘带上了岸，安排她在自己的家中帮妻子做些事。

好在康斯坦丝会说一些不太流利的拉丁语，时间长了人们也能懂得她说话的意思。她说自己在海上受了很多的惊吓和风险，所以有许多事情想不起来，如果人们再拿一些情况去逼问她，她情愿以生命来作出拒绝。康斯坦丝在城里干活勤快，手脚麻利，说话温柔又大方，所以当地人都非常喜欢她，还说她的脸就是一副天使的容颜，看着就

---

[1] 但以理是《圣经》中的人物，据说他因为笃信上帝，虽被抛入狮子坑而安然无恙。

[2] 约拿为《圣经》人物，事见《旧约全书·约拿书》。据说他曾在一次航行中被人们作为驱除风暴的祭品抛进大海，耶和华安排一条大鱼吞下约拿，让他在鱼腹中待了三日三夜。

[3] 以色列人过红海的故事见《旧约全书·出埃及记》。

[4] 埃及玛丽又称埃及的圣玛丽，据说是5世纪的人，早年生活放荡，皈依后遁入约旦附近的沙漠47年，遂获正果。纪念日为每年的4月9日。

让人舒心。长官的妻子赫曼吉也非常喜欢这个外地来的姑娘，她对她比对自己的性命还热爱。在和康斯坦丝长期相处的日子里，她受到了上帝的指引和康斯坦丝的感化，就抛弃了自己原来的信仰，改信基督教。这在她那个地方是件非常危险的事情，因为那个地方的人不准许信基督的人踏上这片国土。其实那里原是布立吞人[1]的领地，因为被异教徒攻占，所以许多的基督教徒就从海上逃出去到了威尔士。如今这里只剩下了三个基督徒，其中有一个还是盲人。他住在靠海滩的城堡下，不用眼睛而是用心灵和上帝做着交流。

这一天，是个天气晴朗、阳光明媚的日子，长官和他的妻子不想浪费掉这大好时光，于是就约康斯坦丝一起出来到海滩上散步。他们走着走着，在离城堡不远的地方遇到了那位盲人。“凭基督的名誉起誓，”他说，“请保佑我重见光明，赫曼吉女士。”一听这话，赫曼吉夫人吃了一惊：她怕丈夫知道了自己改教的事会断送她的命。但康斯坦丝却大胆地鼓励她把所有的事情，包括上帝的显现和功德，向她的丈夫说一遍，于是她们两人就对那位长官进行了开导。到天快黑的时候，她们终于凭借着上帝的帮助让长官消了气，还说服他也加入了基督教。从此以后长官一家再加上康斯坦丝，生活得很高兴也很美满。

但我们都知道，邪恶的撒旦总是不喜欢人们生活得太幸福，而要努力找机会报复人。她让康斯坦丝由于美丽和能干，名声越来越大——人们都说赫曼吉家有一个公主般高贵的人儿——又让其中一名年轻的武士对她产生了邪念。这名武士对康斯坦丝展开了热烈的追求，心想哪怕是在她身上只遂一次愿，这生命也就没有了遗憾。但贞洁的康斯坦丝拒绝了他的请求，于是这名武士就怀恨在心，想出个计策来报复。有一天，长官受国王的召见去了宫里，这名武士就趁赫曼吉睡熟的时

[1] 布立吞人是古代居住在不列颠岛南部的凯尔特人，他们是信奉基督教的。

候溜进了她的卧室。他把赫曼吉的喉管用小刀子割断，最后把凶器放在了康斯坦丝床边。由于临睡前做祷告做得太累了，两个女人睡得听不见一点动静，所以最后一个被惨烈杀死，一个被诬作杀人凶犯。

长官从王宫回来，见到妻子的尸体，悲伤不已，哭得昏了过去，醒来后就把康斯坦丝押进宫里，交国王审判。这位国王不是别人，正是那个征服了苏格兰的阿拉王。他治理国家很英明，也很有手段，一颗心更是如上帝耶稣般仁慈。听了长官的叙述后他虽然表示难过，但看到那位女子后，却滋生了同情和怜悯——实在是因为她看起来又温柔又高贵，不像一个杀人犯。

国王让百姓来做证，人们都说康斯坦丝是一位美丽善良的姑娘，受过许多的苦难，但却不忘记时时帮助别人，这样的人绝对不会是杀人凶手。其中只有一个人不肯这样说，他就是那个被撒旦引诱了的武士。国王心想，这人心中必定有人们所不知道的东西，我必须做一些事情才能让他说出来。

不幸的康斯坦丝和一群脸色苍白、已经被判决要执行死刑的罪犯一起跪在地上，她向上帝祈祷说："神圣的玛丽亚啊，在你的儿子出生以前，天使高唱'我们祈求被拯救'，如今，我也跪在这地上向你祈求说'救救我吧！'我是你最忠实的信徒和子民，和苏珊娜[1]一样受人诬告，但愿你能用你的法力让人们明白：我是清白的。"

有谁能想到，这位泪流满面的姑娘就是昔日里最最高贵的罗马公主、叙利亚国王的王后？当那些公爵夫人和贵妇人们正在自己的家中享受人世间的荣华富贵的时候，这位皇帝的女儿却在这里受尽人间凄苦。上帝啊，愿你能看到这一切，并阻止魔鬼的肆虐！

[1] 苏珊娜为《圣经·旧约》的《次经》中的女子，被诬告犯了通奸罪，幸有希伯来先知但以理为其辩护，恢复其清白。

国王心里对这位姑娘表示同情，但由于并没有证据能够证明她的清白，那就只剩下一个法子了——让上天来评判。他让人们取来一本布立吞人的《福音书》，眼里含着眼泪说："如果这位武士敢于对着这本书发誓，说是这女子杀了人，那我们就要对她判以极刑。"那武士伸出胳膊正要把手按在书的封面，忽然无端中生出一只手，照着他的脑袋就打了一拳。鲜血从他的额头上汩汩地流下来，他的眼珠子也迸了出来。这个情况把在场的人都吓了一跳，不知道发生了什么事，就只康斯坦丝一人知道，这是上帝在对众人显灵。

就听得空中有一个人说道："你这个不知羞耻的无赖，竟敢诬蔑一个忠实的基督教信徒，还妄想对着我的书发誓——这就是对你的教训。"说完声音消失，头骨迸裂的武士也倒在了地上。

惊恐的人们议论纷纷，于是康斯坦丝就站起来对众人讲述了耶稣受难的事情，以及他的种种圣灵。由于亲眼所见，再加上康斯坦丝说得诚恳，于是阿拉国王当时就同许多人改立信仰，入了基督教。国王下令，对于卑鄙的武士要处于死刑，在上帝的指引下，还宣布他要同这位女子结合，娶康斯坦丝为王后。

所有城堡的人都喜气洋洋互相庆贺，这其中只除了那位心思歹毒的国王母亲王太后。她不能满意自己的儿子竟然会娶一个外邦女子作为妻子，就像那位叙利亚太后不能容忍一个异教徒媳妇一样。但是生米已经做成了熟饭，国王的戒指已经戴在了康斯坦丝的指间。

做了人家的妻子，天经地义就要和人上床生子，到了夜间，那种圣洁就必须为妻子的义务退避忍让，所以过不了多久，康斯坦丝就怀上了一个孩子。

这时，阿拉王正要出兵打仗，于是就把康斯坦丝留在王宫，交给主教和那位长官照顾。没有过久，一个小男孩降生了，在行洗礼的时候，主教给他起名字叫莫里斯。举国上下为国王新得贵子而高兴，那位长官于是就写了一封报喜信派人给国王送去。

信使出了长官的门，没有径直去战场却去了国王的母亲多纳吉的王宫。他怀着一种不可告人的目的对王太后说：“恭喜太后，我们的王国得一贵子。现在我就要去把这个情况报告给国王知道，如果您有什么话要对国王说，就请现在吩咐。”太后想了想说：“我有许多话要说，只是一时想不起来了，不如你在我王宫里住上一宿，等明天我想好了再告诉你。”于是这位信使就在太后的王宫里住了下来。

晚上的时候，太后派人给信使送去了许多的菜和酒，还把那封信也偷了出来。回到住所后另写了一封信装进信使的腰包，第二天天还没亮就催促他上了路。

国王收到信后展开一看，只见上面写着：我们的王后是个魔鬼派来的妖精。她使用法术来到了我们的地方，还生下了一个吓人的大怪物。现在城里的人都在往外迁徙，说不敢和一个妖怪同处一城。

国王看后觉得非常悲伤，心想：不知我做错了什么事情，命运要如此捉弄我。但这些悲伤他又不能对别人说，只好提笔给长官写了一封信。信的内容是：“我既已把自己的生命交给了上帝耶稣，我的一切就由他来决定好了。不管我得到的是一个高贵的王子还是一个妖魔，都等我回来再说吧。我相信，由于我对上帝的虔诚，上帝一定不会忘记我。”他强忍心中的疼痛，把信封好口交给信使，让他迅速回去。

啊，魔鬼啊！你化作酒神让人们神志不清，更让这个信使一再做出蠢事。你看他回来后又先到了王太后那里，被人灌得脸色发白，两腿打战，呼吸急促，还像一只不受人欢迎的乌鸦一样把一切事情都说了出来。迷迷糊糊中他不知道自己的腰包又已被人调包，却还大声喊着：“我没醉！”

可恶的多纳吉啊，你早已不配称王太后！你的身体虽然尚在人间游走，但你的灵魂却已经交给了魔鬼撒旦。你就像一个狠毒的老巫婆一样，运用你的阴险狡诈和魔鬼手段让信使着了魔，还要把可怜的康斯坦丝送上绝路。

像醉鬼一样的信使第二天快到中午时才醒来，仍然摇摇晃晃地走到王太后跟前告辞，就骑马来到了长官的家门口。怀着满腔喜悦正在翘首期盼的长官把信拆开，不由得发出了一声凄惨的叫声。只见信上写道："康斯坦丝是一个不祥的征兆，必须把她连同她的孩子，以及她来时所带的一切通通赶到船上，给她一些吃的喝的，让她再回到她来时的地方吧。这件事必须在三天之内办妥，否则将被处以极刑。"老巫婆的信震撼了长官的心，它令康斯坦丝就是在睡梦中也感觉到了那份危险。这封信很快传遍了整个城堡，老百姓们听到这个残忍的命令时，全都痛哭流涕。他们仰头对着天空说道："命运哪，你为什么这么不公，要对善良的康斯坦丝施以这种苦刑！"长官也流着泪对康斯坦丝说："我最最尊敬的王后，虽然国王下达了这个命令，但我的心中是多么不愿意执行啊！只是要违背了国王的意旨，就得以脑袋和生命来付出代价，所以我不得不把你现在就送走。"

长官命令人把非常多的食物和用具搬到船上，还把小王子莫里斯也交给了康斯坦丝。接受上帝意旨的康斯坦丝不知道她的丈夫为什么这么无情，她跪在海滩上对着天空说："我主耶稣啊，既然你如此引导我，我将以最大的自愿接受。你曾经保佑我躲过了一场凶残的杀戮，又使我摆脱了海上的灾厄，但愿你也能像从前一样，做我的航行帆和引路星，保佑我再次在海上平安度过。"

这时她的孩子在怀里哭了起来，康斯坦丝把孩子的衣物整了整，从头上取下自己的头巾蒙在孩子眼上，说："我的孩子不要哭了！让梦神带你离开这种悲伤吧。"接着她又对着天空说道："圣母马利亚啊，最最贞洁的女神！虽然我们女人曾因为受到诱惑而犯下大错，但你的儿子已经以生命换取了赎罪。你亲眼看到他被钉在十字架上，我想人世间的痛苦再也没有比你的痛苦更大的了。你是女人的同情者、保护神，如今我的儿子也将遭受厄运，请你看在同是女人的分儿上，怜悯我保护我，不要让我的儿子受到伤害吧。”

她又对着儿子说：“啊，我最最无辜的孩子！不知道你的父亲为什么如此无情，要把你也推上死亡之路，但愿神灵能在暗中保护你脱离凶险。”她转过头来对着长官请求说：“请你看在上帝的分儿上，把孩子留下吧——你也知道海上的风浪有多大，危险有多少。如果你为了国王的意旨而不能接受，就请你以他父亲的名誉吻吻他吧。”

最后，她站起来在胸口画了一个虔诚的十字，朝着船上边走边说道：“我无情的丈夫，永别了！”就登上船开始了她的又一次旅行。

海滩上的人们远望着船只在顺风里——这肯定是上帝的圣典——越来越远，都大声地痛哭着为她祈祷说：“愿这个善良的女子能平安地到达彼岸。”

过了不久，阿拉王打了胜仗班师回城，他下马后第一件事情便是去看自己的妻子和儿子，可谁知长官却对他说：“王啊，既然你已经下了命令，我就只有照着做了——他们早在很久以前就已经离开这里了。”说着还拿出了那封信来。国王一看，就明白是有人在中间捣乱，于是就下令把那位信差抓来拷问。信差不敢撒谎，一五一十对国王说了送信的经过，国王终于明白：是自己的母亲在中间使了奸计。再看那信上的笔迹，确实是王太后的手迹。愤怒的国王于是就下令把那个恶毒的女人处以极刑——她终于受到了上帝的报应，而这种报应比起她所耍的手段来也还不及一二。

从此以后，这位国王日日以泪洗面，思念他的妻儿。他却不知道，这以后的五年来，在上帝的保佑下，他的妻子和儿子历经了一次次的凶险，终于又到达了一个不知名的城邦。

这许多的凶险我就不一一细说了——没有上帝的指引和帮助，她怎么能平安地躲过呢？想当初，没有盔甲而且年纪尚幼的大卫能把身高力壮的歌利亚[1]打败,不是上帝的杰作吗？他还让孤寡的犹滴[2]生出无穷力量把奥洛菲努杀死在帐篷中，从而救了全城的人民。这种种事情真叫是有惊无险啊！就像这一次康斯坦丝来到这个异教地一样，首先是全城的人都出来观看，接着管城的长官来了——这是个有着丑恶的淫欲的贼子，是背叛了耶稣基督的叛徒。他看到康斯坦丝孤零零一个女子，风霜又遮不住她天生的美丽，于是就在心里生了恶念，想要占康斯坦丝的便宜。他趁着半夜无人的时刻，悄悄地摸到康斯坦丝的船上来，但康斯坦丝却受了圣母马利亚的保佑，奋起反抗，终于使这个贼子一个失足就掉进了深深的大海里淹死了。这真是：为了一时的冲动和乐趣，不但坏了好不容易才挣来的名声，又送了一个人只有一次的性命。这是上帝的又一次杰作！

我们先放下进城了的康斯坦丝不说，再回头看看早先那个罗马皇帝。自从他把女儿嫁出去以后，就在宫中高高兴兴地等待消息。可谁知从叙利亚传来的消息却是，国王的母亲使恶计，自己的兵士被杀害，女儿也不知被流放到了不知什么地方。这个皇帝听了大为震怒，马上就钦点了几万的大军，派几个大臣和将帅带领攻打叙利亚城。大臣和将帅们领命而去，他们所到之处，人们无不望而生畏，没过多久，就胜利回师。大臣们的船只在海上航行，忽然有兵士进来报告说发现了一只孤独的破船，船上没有舵也没有帆，只有一个抱着小孩的女人。大臣们把这个女人救上船来，问她是从什么地方来，又要到哪里去，为什么船上只有她一个人。他们不知道这站在面前的愁苦姑娘就是他们日日思念的公主，而康斯坦丝因为害怕也紧闭嘴巴不透露一个字。

[1] 歌利亚为《旧约全书·撒母耳记上》中的非利士族巨人，为大卫所杀。

[2] 犹滴为传说中的古犹太寡妇，据说她杀了亚述大将奥洛菲努，从而救了全城。

大臣们见这个女人气质非凡，于是就把她带回了罗马，并安排在一个大臣的家里。这是上帝又一次彻底地解救了康斯坦丝。她在这位大臣的家里不仅生活愉快，与大臣的妻子相处融洽，共同行善，而且还知道了很多的国事。其中一件就是据说有一位阿拉王要来访问。

阿拉王为什么要来罗马呢？说来话长，我就简单地给大家做个交代吧——比起结果来，我想大家更渴望知道的是后者而不是前者。

阿拉王自从把母亲杀掉后，虽然泄了心中之愤，却不能弥补他对康斯坦丝的悔恨和思念。他认为是自己的疏忽害了康斯坦丝，也害了自己的儿子，于是就决定亲自到罗马去，向教皇请罪，请上帝惩罚他或者饶恕他。阿拉王要来的消息震惊了整个罗马，因为他们与他并没有什么瓜葛。但作为一个国王亲自来访，这事可非同一般。那个大臣作为主要的接待者，为了表示自己以及整个罗马城对来访国王的尊敬，准备了宏大的仪式，还带了大批的随从，其中就有那位在自己家中安居的女人的儿子——他已经长成了一个漂亮的小伙子。

在欢迎仪式结束后，晚上在王宫里举行了盛大的宴会。阿拉王注意到有一个奇怪的小伙子一直在注意自己——临行时他的母亲曾经嘱咐过他要站在阿拉王的面前好好看他的容貌。于是阿拉王就问大臣这个孩子是谁。大臣诚实地对阿拉王说："凭着上帝的名义起誓，我真的不知道他是谁。我们在大海上航行的时候救了他的母亲，但对于他的父亲是谁，她却宁愿让刀架在脖子上也不肯说。根据她的高贵的举止、不俗的谈吐和贞洁的行为，我敢断定：她肯定是哪位大富人家的小姐，只是受到了极大的伤害，所以对往事一概不想谈起。"阿拉王听了，对着那个孩子细细看着，他的容貌让他想起了一个非常熟悉的人的面孔——那面孔他几乎每天都要在梦里看见一回。但他却对自己说："我真是想入非非得了幻想症。世上哪会有这么凑巧的事，让我在这里碰见我的妻子和儿子？再说一个女人和一个孩子独自在大海上这么长时间，哪还有生还的道理。”于是，阿拉王长叹一声离了席。

这随后的一段时间，阿拉王常常想起那个孩子的面容。他对着上帝祈祷说：“也许就像她第一次到达我的国土一样，神灵啊，你也保佑她漂洋过海来到了这个国家。”于是他就请人告诉大臣说，他想到大臣家做客，并希望能见见这位孩子的母亲。大臣很尊敬这位国王，马上就安排了一切的事宜，还让人把康斯坦丝请到了他的家庭舞会上。

心潮起伏、激动万分的康斯坦丝哪有心思跳舞啊！从孩子回家对她说起阿拉王的一切，她就预感到要发生什么事了。她努力抑制住自己隐隐发软的双腿来到舞会上。阿拉王从见面的那一刻，就认出这个女子正是他日夜思念的妻子。他流着泪对她说自己是如何想念她，并为他当年的轻率行为而道歉。他的面容，我相信，任何人看了都会受感动，但康斯坦丝想到自己经受了这许多的磨难，儿子跟着她还差点没命，于是就又心痛起来。她哭一会儿，悲伤一会儿，不禁昏晕了两次。

最后，阿拉王对着上天说：“我主在上，请你饶恕我的罪过吧！想当年我因为远在战场，不知道这一切全都是我母亲所为。为了这无边的罪行，我杀害了我的母亲，还忍受了许多年的思念之痛。如今，终于又让我见到了我的妻子和儿子，就请上天做证，为我澄明清白吧，如果我言语有诈欺骗了她，那就让魔鬼现在就把我的灵魂带走。”

圣明的上帝听到了他的祈祷，于是就让康斯坦丝醒过来，并让她听完了阿拉王对她的解释。康斯坦丝想到当年的事情并非是因为自己的丈夫绝情，而完全是由于他狠毒的母亲从中作梗，于是就原谅了他。二人抱头痛哭，互相倾诉自己这许多年来所经受的事情和相思之苦，并且当众亲吻不下一百次。我想，那种感伤的场面，就是让我们再重活一次只怕也不可能见到。他们重归于好，为世人的美满婚姻树立了楷模。康斯坦丝极谦恭地对阿拉王说，这么多年来她一直没有见她的老父亲，希望阿拉王能设一次宴，请他来让他们父女团圆。阿拉王爽快地答应了，修书一封亲自送到了王宫。有人说，这封信是他的儿子送过去的，我觉得这种说法不可信——对于这么一个大国的国王，又是自己妻子的父亲，阿拉王怎么会这么冒失地就让一个小孩子去呢?

老罗马皇帝非常高兴地答应了阿拉王的邀请，还设宴款待了他。席间，他特别注意到了坐在阿拉王身边的那个孩子，他的容貌让他也想起了自己不知下落的女儿。“要是我的女儿有了儿子，只怕也有这么大了——你看他长得和她多么像啊！只是天下不可能会有这么凑巧的事，让我在这里就见到了她们。”老国王悲伤地想道。

第二天，阿拉王夫妇一起骑马到大街上去迎接罗马皇帝。当这位帝王的车子刚刚出现在街道的一头时，康斯坦丝就翻身下马跪倒在地上说:“我尊敬的老父亲、罗马的帝王啊，你是不是早已经忘记了自己还有个远嫁他乡的女儿呢!

“想当年我被您一声令下就漂洋过海到了遥远的叙利亚城，在那里,被人逼得独自上船出海,经历了许多的风险,多亏上帝耶稣的保佑,才得以和您重见。

“求父王开恩，不要再把我送到什么地方去了，我情愿和您一起，生活到老，还有我好心的夫君。”

老皇帝一听，大吃一惊，走下车来仔细地把康斯坦丝看了看，又把阿拉王和他的儿子看了看，最后高兴得差点昏过去。三人顾不上赴宴吃饭，就抱头痛哭起来，一边还各自诉说了自己的情况。

各位，我想：就是现在把我们所有人的幸福和欢愉加起来，恐怕也不及当时康斯坦丝和她父亲、丈夫、儿子在一起时的欢快多；就是把所有能作诗、会唱歌的文人请来，他们也不可能就用几句话把这一家四口苦尽甘来后的幸福说完。所以，我要简短一点地只把结果给大家做个交代。康斯坦丝的儿子莫里斯长大后，成了一个虔诚的基督徒。他继承了外公——老罗马皇帝——的王位，做了罗马的新皇帝。执政期间，他为人仁慈、英明果断，办下了许多大事——如果各位有兴趣，可以到那些古书中去找一找，我相信，在那里一定会有满意的回报。

康斯坦丝和她的丈夫在罗马幸福地生活了一段时间后，就选最近的海路返回了英格兰。他们本以为以后会有更幸福的日子过的，可谁知阿拉王的阳寿却已经到了头——一年后，他安静地去世了。

死神真的是对世人再公平不过了：他不管你地位高低，也不管你是男是女，既然给了我们各人一次生命，就会再把它收回去。对于贫穷，有的人可以拿金钱来交换，对于喜悦，有的人可以因痛苦而中断，可是对于死亡，却没有人能够拿任何东西来改变。阿拉王的死让康斯坦丝很悲伤，她决定离开这个地方重回罗马。在那里，她见到了她的年迈的老父亲，痛哭一场后就相依为命生活在了一起。他们共同积德，共同行善，直到死神再次降临他们头上以前，就一直这样生活着。

诸位，我的故事讲完了，愿耶稣基督能保佑我们，不受此等苦难——阿门！

水手的故事

律师的故事比较有趣，听完后众人半天没有说话，沉浸在对那种命运和报应的回味中。这时，旅店主人在马上伸了伸腰说："各位，这个故事对我们很有益。他警诫我们做事要凭着对耶稣的忠诚，不能做出有违良心的事情来。现在，根据我们先前的约定，就请教区主管先生再为我们讲个故事吧——先生，开口吧，凭着上帝的名义起誓，你肚子里一定有许多好东西。"

教区主管先生没有好气地说："上帝有眼，看看这个人是如何乱发誓吧。"

旅店主人说："怎么，翰金先生，你要给我们说教了吗？我闻到了风中传来的罗拉德[1]的气味——又是上帝耶稣受难的那一套吗？"

"千万不要，"在一旁的水手插话说，"我早已听烦了那些千篇一律的长篇大论。我们信奉同一个上帝，他的事情我们所有人都知道。要是必须在劳苦的旅途中还要听一次枯燥的说教的话，那倒还不如让我来给大家讲一个故事。我没有什么严肃的拉丁文语言，也没有什么拗口的医学或法律学术语，不过，我却有快乐的铃铛，可以让大家轻松一下。"

于是，所有人都赞成，并竖起耳朵听水手给大家讲故事。

[1] 罗拉德是当时反对天主教会的一个英国基督教教派的名称。

水手的故事开始。

我们都知道，男人和女人的不同就在于，女人是天生的获得者，而男人却是倒霉的付出者：结婚以前，男人为了得到女士们的青睐，在她们面前点头哈腰，大献殷勤——这在女人们来说，只要抬抬眼就可以得到；而结婚以后，为了不让别的男人有机会再来对自己的妻子献殷勤，男人就必须时时跟在她们后面，为她们买漂亮的衣服，还要陪她们跳舞花钱。在圣但尼[1]城就有这么一家。

这家的丈夫是个非常有钱的商人，由于有钱，人们也说他很聪明。他的妻子是城里有名的贵妇人，人长得好看，更喜欢在家里举行舞会。城里人都说他们热情好客，又说他们慷慨大度，因此他们家几乎每天都是高朋满座。从四面八方聚来的人当中有一个修道士最是引人注目，他不仅有着王子般的面孔、绅士般的风度，还有着其他男人所不具备的超人胆识。这个人是这家里最常见的客人，据说他和他们的关系亲密无间、非同一般，首先是因为这家的男主人和他是同一个镇子里出来的。他们在第一次交谈中——那次修道士是慕名而来——就都互相了解了对方。男主人认为修道士先生是个十分招人喜欢的人，所以看见他就打心眼里高兴，只要他说什么话，就一定替他办到。

其次，这修道士还有另一个招人喜欢的地方，就是他很慷慨大度。每次来这家，他都会带着丰盛的礼物，先是漂亮的女主人，接着是热情的男主人，还有奴仆杂役等等，一律可以得到他特意从其他地方带来的稀罕精巧的东西。所以对于这个人，不仅是两位主人家喜欢，那些下人们没事了也会悄悄嘀咕一句："约翰修士怎么好久不来了呢？"

话说有一天，这位修道士先生得到了商人的一封信，说他在离开

[1] 圣但尼是巴黎附近一地名。

圣但尼城前往布鲁日城前，希望能够邀请修士先生到家中游玩几天。布鲁日城是比利时的名城，那里以买卖商品而出名。商人要去采购一批货，估计会走好些日子，所以先派人到巴黎送信给修道士，说希望在走之前能够陪他在圣但尼玩几天。

修道士得到信息，马上找院长请假，由于他是修道院粮库仓房的执管者，很有需要经常出去巡视检查，所以院长没有说任何一句不必要的话，就批准了修道士的要求。修道士先到镇上买了一些上好的野味，又到修道院的酒窖里取了两瓶好酒——一瓶是珍贵的马姆齐酒，一瓶是陈年的意大利名酒，然后就直奔商人家而来。

至于主人和客人是如何高兴消遣，喝酒猜拳，我想大家都能想象到那种场面，也就没有什么必要再费口舌了。单说到了第三天早上，商人起床后忽然想起，应该在出发前算一算自己的账，看看这一年自己的生意是赚了还是赔了，财产是增加了还是减少了。于是他吩咐家人说，没有什么必要的事不要来打扰他，然后就关上门，上了闩，把账本和钱袋等等东西都放到了桌上——这真是一个富有的商人，他靠着自己的才智与运气，在生意场上聚敛了大量的财富，光那些账单与钱袋就花费了他不少的时间，从早上到中午还没有整算完。

却说这段时间，也就是从早上起床后开始，那位修道士先生先是虔诚地祷告了一番，然后就起身到花园里准备呼吸些新鲜空气。这时，迎面走来了商人的妻子，身后还跟着一个小小年纪的侍女——这种侍女的好处就在于：主人家说东她不敢往西，主人家说揍她就得挨打，所以当时很多有钱的女人都喜欢雇这样的奴仆，商人的妻子也不例外。她见到修道士从对面走来，就吩咐侍女在旁边待着，没什么事不要过来打扰她和修道士的谈话，说完就走上前向修道士打招呼说："早上好，亲爱的表亲！昨晚睡得好吗？"

"早上好，亲爱的表妹！我睡得再舒服不过了。你呢——我看你好像脸色并不愉快！让我猜猜看：是不是昨晚你那位亲爱的丈夫折腾了你一夜，让你不能合眼呢？啊，要我说，结过婚的人真是走在狩猎边缘的人，玩着猎狗追兔子的游戏不罢不休，到第二天，却像一个八十岁的老人一样，没有了力气爬起来。所以说啊，你现在最好再回去睡一会儿。”修道士自以为说得很幽默，于是就不由自主地笑了起来。

那位美丽的妇人摇了摇头，说道：“上帝有眼，他看到的可不是这样一种情况。亲爱的表亲啊，你不知道：这世上有一个不幸的女人，她有痛苦却不敢讲给别人听。要是上帝没有给予她足够的勇气，我想她可能很早就已经不在这个世界上了。”

修道士一听，把两只眼睛牢牢地盯在这女人身上说：“亲爱的表妹啊，有什么事令你如此烦恼？要知道你的丈夫可是城里有名的富商，你的容貌可是女人中的骄傲。如果你想到了什么不应该做的事，那对上帝来说，可真是一种巨大的损失。听我说：把你的痛苦和烦恼统统告诉我吧——凭着我对手中这本《福音书》的忠诚，我向你发誓，你所说任何一句话我都不会泄露给外人听，包括你的丈夫在内。而我作为一个局外人，也许还会给你提供一些你想象不到的忠言或帮助呢！”

“亲爱的表亲啊，我知道你是最善解人意的一个男人。”妇人说道，“虽然你和我的丈夫有着亲密的亲戚关系，但是凭着我对你的关爱的情谊，我相信，就像你说的一样，你绝不会把我所说的任何东西讲给别人听，尤其是我的丈夫。而我，凭着上帝的信任，也决不会把你所说的任何一句话泄露给外人听——求你给我一点启示吧！”

修道士走上前，抱着妇人的脸亲了亲说：“天哪，凭着我修道院院士的名誉发誓——我说实话吧：我和你的丈夫根本不是什么亲戚！我之所以和他攀上这种关系，完全是因为你。你知道吗，你是我所见过的女人当中最美丽的女人，我爱你就像爱上帝一样，你是我最想亲近的女人。有什么话你就快说吧，免得待会儿你的丈夫下来了。”

于是，女人就向她的爱慕者娓娓说道:“亲爱的表亲啊，我也知道，上帝是不容许一个女人在背后说她丈夫的坏话的，尤其是对着另一个男人，说的还是包括床笫之间的事在内。但我实在是憋不住了——愿上帝原谅，你不知道我的心里有多苦。

“我的丈夫是一个富豪，这谁都知道，但又有谁知道，他还是一个吝啬鬼呢——除了他的妻子以外，我想再不会有一个人更了解一个男人对钱财的看法了。

“我们女人都有六个心愿，就是希望自己的丈夫既聪明又英俊，既勇敢又豪爽，在外面对妻子温柔有加，在床上又要如猛虎下山。但我的丈夫呢，我实在想不出他有哪一个优点。

“但是，凭着为我们流血受难的基督说，我既然已经成为他的妻子，就不能再去想这些事情。为了让他脸上有光，我特地买了漂亮的衣服穿给人看，可谁知它们竟然花去了我一大笔钱——到下个星期要账的就来了。

“亲爱的约翰表亲啊，你不知道，要是我的丈夫知道了这件事，他准会要了我的命，而要是我不告诉他，讨账的人就会把这一切都告诉别人，到那时，坏了名声丢了脸不说，我一个女人家活着还有什么意思。

“所以，我想要了结自己。不过，亲爱的表亲，约翰先生啊，要是你能借给我一百法郎的话，我就可以不用忍受这种灵魂和身体的痛苦了。你知道，约翰先生，如果你不借我这笔钱的话，我是必死无疑的。请求你借给我这笔钱吧，我以上帝的名义起誓，我对你的感恩将是一辈子。不管你要求我做什么，只要我能做到的，我都会尽一切力量让你满意的。否则，就让上帝像惩罚夏娃一样惩罚我，或者我就是第二个加涅隆[1]。”女人说完低低抽泣了起来。那位最最文雅、最最温柔的

---

[1] 加涅隆，一译冈隆，是法国《罗兰之歌》中的叛徒，出卖了英雄罗兰，后被四马分尸。

修士走上前来抱住她的腰肢，一边亲吻她的脸一边说道：“我最最亲爱的女郎，只要你有吩咐，我一定照办。我向你发誓，只等你的丈夫出门到了佛兰德[1]，我就把一百法郎给你带来。”说完，他又在她的耳垂上亲了几下，低语道：“现在回去吧，亲爱的，轻声一点。看日头，恐怕有九点多了，我可还没有吃早饭呢。”

“我这就去让人给你备饭，请你稍稍等一下。”女人快活得就像一只吃到了骨头的狗一样，摇着尾巴快步走到厨房，吩咐厨师们赶快把饭准备好，然后就到楼上去敲她丈夫的门。

“谁？”商人在门里不耐烦地吼道，“我不是说过不要人来打扰我的吗？”

“亲爱的圣彼得,你不准备吃饭了吗？”女人把门敲得咚咚咚直响，“上帝赐给你那么多的账本和账目，我看总有一天会要了你的命。打开门吧，看看日头已经要过了那棵树的头顶了！你把约翰先生独自丢在那儿不管，这就是你的待客之道吗？”

“女人啊，你真的是不知道我们做生意的人有多难！”丈夫在门里回答道，“上帝赐给我们这许多的机会，但十个人中总不会有超过两个人能把它把握住。有的人一生幸福，到头来却可能变得一无所有，有的人终生受穷，但由于有圣埃夫的保护，所以在一个不知道什么时候，就会突然发了大财。所以，我们做生意的人就要时时观察世事，检查自己的收支情况。虽然我们笑着迎接每一个客人，但谁知道我们心里头的紧张呢？要是不能做到这些，我看这生意人也就不能再称什么生意人了，而不如叫作食客或者朝圣者。”

说到这里，商人把桌子上的账本账目收拾一起，打开门对妻子说道：“我亲爱的妻子啊，你是一个大方而有礼数的人。我明天一早就要

[1] 佛兰德即佛兰德斯，为西欧一地区名，布鲁日为其中一城市。

到佛兰德去了，在我不在的时日里，你要照看好这个家：对待客人要谦和有礼，对我们的财产却要保守秘密；你口袋里有足够的零用钱，我相信你也会穿得光鲜体面，不丢我们的脸。”说完吻了一下妻子，关上门，商人就下楼来招呼修道士开始享用那丰盛的早饭。

约翰修士吃饭完毕，用纸巾擦了擦嘴，趁商人的妻子到楼上换衣服的时刻，他把椅子拉到商人的跟前说道：“亲爱的表亲啊，我知道你明天就要到布鲁日去了。在出发以前，有两件事我要对你说，一件是：出门在外不容易，你要小心照顾自己。天热了不要喝凉水，天冷了要记住披大衣；骑在马上要留神道路的崎岖，饮食方面要有节制。作为你最亲密的表亲，虽然不能和你一同去，但我会在清晨和晚上都为你祈祷，请求上帝保佑你不要出什么意外——如果你有了什么急事，请一定要记住设法通知我，我会完全按照你的意愿帮助你。

“另外还有一件事，是我要请求你帮忙的一件事，但愿你不会拒绝。你知道，在我的修道院中刚刚建好了一个大马棚，所以院长派我顺便买些马。来的路上我早看好了几个大卖主，只可惜身上带的钱却不够。不知表亲你能否先借我一点——我想，有一百法郎就足够了。我会在两个星期里还给你，绝对一分都不少。”

修士的话音才刚一落，商人就露出谦和的神态道：“表亲你说哪里话，出于对上帝的忠诚，我怎么会拒绝你。一百法郎对我来说，不过是小事一桩——我的钱就是你的钱，只要你需要尽管拿好了。就是我所有的货物，也静待你派遣。

“虽然人家都说钱财是商人们的命根子，但凭着你上帝信徒的身份，我相信你是一个有信用的人，说好了什么时候还，就会什么时候归还的。只要你手头方便，随便什么时候都行。”说完，商人匆匆上楼拿了一百法郎下来交给修道士。修士先生说着感激不尽的话，还请主人务必为他保密，因为这件事情今晚就能办妥，知道的人多了，难免会影响到修道院的声誉。这场悄无声息的交易完成后，二人又喝了一些酒，然后修士就骑着马办他的事情去了。

商人在家中住了一宿，第二天一早出发去了佛兰德城。在那儿他访到了许多宗好买卖，连商人们常做的喝酒掷骰子等事情也赶不上做，就马不停蹄地奔波起来。这样的事情也不值得多说，我就来讲讲那位大家最想知道的修道士先生。

商人出发后的第一个星期日，这位先生又骑着马来到了商人家。奴仆们见了他满心高兴，因为他又给他们带来那么多的好玩意儿。但他们谁的高兴也比不上商人妻子的，当这个下巴刮得光又亮、衣服穿得新又展的人一出现在她面前时，她就知道再也不用为一百块法郎的债务而担惊受怕了。

女人欢天喜地地接待了他，作为交换条件，修士先生让商人的妻子陪他过上一夜。女人欣然同意，他们在商人的床上共赴云雨，快活了一夜，直到天大亮，修士才骑着马儿回到了修道院。商人的妻子在大门口笑脸相送，看他们那彬彬有礼的样子，谁也不相信昨晚发生了什么事。这样相安无事又过了几天，商人从比利时回到了圣但尼。他在餐桌上和妻子边谈边笑，说这次到布鲁日收获很多，尤其是有一桩大买卖，做成了能赚不少。只是他手头上并没有现成的两万克朗，因此他得亲自到巴黎去，向朋友们筹借一点。说到做到，在家里停留了一夜，商人就又动身到了巴黎。

在这里，他首先到修道院中拜访了约翰修士，因为他们不仅是朋友，还是最最好的亲戚。修士高兴地欢迎他的到来，带他参观了巴黎城，还像商人对自己那样，热情地把他款待。席间，二人谈起分别后的种种情况，不由自主就扯到了商人的生意问题上。商人说："感谢上帝，给我争得了一桩大买卖，只是我本金不足——还差两万克朗——不知道什么时候才能筹上。"

修士说:“我亲爱的表亲啊，你能平安回来，我万分感谢上帝。而对你的处境，我深表同情，因为如果我有这笔钱，我一定也会像你那样，把它慷慨地借给你，可是我确确实实没有这份福气。所以我只好向上帝祷告，祈求他降福于你，早日让你得到这笔款子。不过，我要提醒你，你上次借我的一百法郎我可是如数还给了你的夫人——我想她一定也跟你说到了吧——我把它放在你的账上，请她回来务必转告你。

“还有，我最最尊敬的表亲啊，有一件事我不得不说，由于院长有事要出城查看，所以我现在必须随他而去。因此在这里，我斗胆向你告辞，请原谅我的招待不周，并请代我问候你的妻子。”说完，修道士告辞而去，商人于是也策马回到他住宿的旅馆。

我们在前面说过，商人是一个在生意上很聪明的人，所以没有多长时间，他就从一些朋友那里筹到一笔款子，很快把这个买卖做了下来。商人在心里粗略地一算，知道除了一切的开销，以及还债外，净赚有一千多块，于是就高高兴兴地返回了家里。

妻子站在门外的台阶上迎接他，等不得和妻子说一些温存的话，商人一把抱住她就进了屋里。二人在床上兴奋地玩了又玩，一直到第二天清早，鸡已经叫了第三遍，商人觉得意犹未尽。于是他的妻子就在床上埋怨道:“你有完没完？”商人道:“你不要抱怨，要说到不满，我还有一肚子的话要对你说呢！

“上次我出门到布鲁日之前，曾借给约翰修士一百法郎的钱，并答应替他保密。这次到巴黎去——你知道，我并不是去向他要钱。但当我和他谈到我那笔生意需要用钱时，他却说他早就把那一百法郎交给了你。请问，我亲爱的妻子，可是有这件事没有？

“我看得出来，约翰修士对这件事很恼火，因为任何一个人都不愿意别人第二次再把他当一个欠债人来看待。但只有上帝知道，当然你也知道，我到巴黎去绝不是想向他讨债来着。

“所以我说，夫人哪，如果以后再有什么人趁我不在的时候还钱给你，请你务必要通知我一声，免得人家把我当一个吝啬鬼看待，也免得我不经意中就得罪了人家。”

商人的话还没有说完，他的妻子就一蹦从床上跃起来——丈夫的话既让她吃惊，更让她生气：“这个坏了心肠的修道士，但愿上帝让他下地狱去。他确实是给我拿来了一百法郎的钱，但他既然没有说是还你的钱，那我怎么能想到要跟你说起这件事呢？我还以为他只是看在我们亲戚的分儿上，以及我们平时款待他的分儿上，拿来让我维持你的体面呢！这个不知羞耻的坏坯子，我要诅咒他，让他永远不能升到院长的职位，也永远不能升到任何高一级的地位。

“既然我处在如此受屈辱的地位，我就不如实话对你说了吧。对你来说，我远没有你那些债务人更令人讨厌。我是你的老婆，为了能维持你的体面——而不是其他男子的体面，我给自己买了漂亮的衣服穿——你上次不也是这样说的吗？只是我不知道它们竟需要那么多的钱，我真的不知道！为了想着要还你钱，我天天祷告上帝，可我主有眼，我去哪儿弄那些钱呢！

“我是你的老婆，一心想着你的利益，所以这些钱实在花得不算浪费啊。再说，即使我还不起你的钱，我还是你的老婆吧，我可以在床上让你得到满足，得到人世间你在哪儿也得不到的快活，你总可以了吧。我亲爱的丈夫，就请消消气，翻过身来看看我吧！”

商人见事已如此，只好作罢。因为有人说得对：“和自己的老婆生气，那是傻子的行为。”所以他只好说：“我警告你，下不为例。”说完，就猛地一下翻身压在了自己的老婆身上。

我的故事讲完了。愿主保佑我们——阿门！

修道院女院长的故事

“受苦受难的我主耶稣啊，请允许我替您诅咒这个可恶的修道士吧！”水手的故事刚讲完，旅店主人就代我们说出了心里的话。“这个故事告诫我们，千万不要相信那些和你攀亲结贵的人，更不能把年轻的修道士带回家中。圣奥古斯丁[1]也会受屈辱——他的老婆曾被人戏弄，更何况是我们这些人呢！愿我主圣明，惩罚那个可耻的罪人吧！——水手先生，你讲了一个很好的故事，愿主保佑你以后在海上一路平安！接下来该哪一位呢？”

说完这句话，旅店主人对着所有人看了一眼。见大家都沉默着不作声，他于是就把目光停到了那位高贵的修道院女院长的身上，“尊贵的院长女士，请恕我不敬，不知您能不能为我们讲个故事呢？”

“嗯，好吧！”院长女士矜持地点了点头，先开口说出了下面一番话，“主啊，我圣明的主！你的英名世人皆知，就连那些还在襁褓中的孩子也对你表示敬意，更不用说我们这些卑下的奴仆。我要尽我的全力来赞美你，不是为了要为你散布声名——你本身就是一切荣誉和辉耀的总和——而只是想表达我对你的爱和尊敬。

[1] 圣奥古斯丁（？—604）是罗马本笃会圣安德烈隐修院院长，593年率传教团到英格兰，使英格兰人皈依基督教，同年任英格兰坎特伯雷首任基督教大主教，故又称坎特伯雷的圣奥古斯丁。还有一位圣奥古斯丁（354—430）是基督教哲学家。

“你有一个圣洁的母亲，虽然生下了你，却还是一个处女。她就像一朵洁白的百合花一样，因为谦卑和善良，感动了天父，所以能让摩西看到未燃树木的燃烧的天父，凭着其无穷神智把圣光照到了她的胸间，于是，我伟大的主啊，你就脱胎于她的腹中！——为这一切，主啊，我要竭力赞美她！

“圣母马利亚，你是贞洁和仁慈的化身！在人们还开始有所作为以前，你已经凭借着你的爱心为我们做了祈祷，而当我们一旦有所行动时，你又以你的仁慈和慷慨把我们引导到你的儿子身旁。你是谦虚和力量的化身，我主耶稣之母、圣母马利亚啊，我要尽力赞美你！

“我知道，我的力量如大海里的一滴水珠般弱小，为你效力、替你传道对我来说，责任未免重了点。但仁慈的圣母啊，我知道一旦我开始唱歌，你就会在暗中把我引导！

“所以，我现在要开始讲我的故事。”

女院长的故事由此开始。

从前在亚细亚的一座城池里，有一个特殊的区域，它是领主亲自同意划定，出于利益的考虑，专门供犹太人居住的地方。这地方的不远处有一个学校，基督徒的子女们几乎都在那里上学。由于领主有规定，基督教人可以自由出入犹太区，所以每天上下学，许多孩子都会抄近路从犹太区穿过。这样，事情就出在这条犹太人居住的大道上。

事情是这样的。在这个学校里有一个七岁的小男孩，在唱诗班里上学——由于孩子尚且年小，所以在这里，他们除了唱歌就是认字。这小男孩是一位寡妇的儿子，从小受他母亲的教诲，要热爱圣母马利亚。所以在学校里，他每逢看到有一幅圣母的像，就要跪下来磕一个头，天天如此。有一天，他听到旁边年纪较大一点的孩子正在学唱一首歌，那曲调舒缓而优美，有几句好像还是在颂扬圣母马利亚的。于是他就像圣尼古拉一样，怀着满腔的热情去仔细倾听，还着了迷地想要学会——这样就能在圣诞节的时候唱给他的母亲听了。

但是，这首歌是用拉丁文唱出来的，所以他只能先请那其中一位交情较好的同伴为他用英语解释下来。他为这事甚至不惜给那位同伴下跪，终于听得他说："我也不能完全明白这首歌到底写的是什么意思，不过我会把我所知道的告诉你——我曾经听人家说过，它的意思就是要让我们终生记住圣母马利亚的恩情，因为她是那么圣洁而且仁慈。如果我们一辈子都歌颂她，那么在死的时候，我们就能祈求她救一救我们了。"

"这么说来，它真的是一首颂扬圣母的歌了？"孩子兴奋地问道，"我的主啊，我一定要把它学会。以您的名义发誓，哪怕是因为它我的成绩会下降，我一天会挨三次揍，我也要把它学会。"

从那以后，每到放学回家的路上，他就请那位同伴教他唱这首歌。过不了多久，他就能非常熟练地把它唱出来了，而且唱得既大声，又动听，和唱诗班的同学比起来，一点都不逊色。

我们前面说过，这个孩子回家、上学都要经过一个地方，就是那个被划定的犹太区。由于他每天至少要把这首歌唱上两遍——一遍是上学的时候，一遍是放学的路上，他唱得是那么专心，那么快乐，所以他的行为就惹怒了一个怪物，它就是魔鬼撒旦。

撒旦用它曾经引诱过我们女人的祖先的蛇嘴对犹太人说："啊，希伯来人哪，看吧！你们竟然允许一个其他宗教的、与你们的信仰为敌的孩子每天唱着他们的歌穿过这条街，我真为你们而羞耻。快快起来吧，阻止这种事情的发生。"

于是，犹太人就聚集在一起策划了一个阴谋，他们让一个杀手埋伏在那条犹太人的道路旁，等那个孩子放学回家的时候，这个人就窜出来把他抱住，然后掏出锋利的小刀，在这个孩子的喉管上割了几刀。为了怕被别人发现，这个凶手还把那具小小的躯体就近扔进他身后的一个大坑里——就是那个犹太人盛放污浊的排泄物的地方。

啊，主啊，你的虔诚的小小子民就这样在希律王[1]式的暴行中丧生！他的灵魂有如天国的羔羊般纯洁，他的身躯有如拔摩[2]笔下的童子般贞洁，在唱着伟大的圣母马利亚的歌声中他被人杀死了，难道我主可以容忍这样残忍的事吗？

——不！任何的作恶与犯罪总会有暴露出来的那一天，无辜的鲜血总会有获得偿还的那一刻！所以，我主在天上睁开他愤怒的双眼，先是目睹了这一切的事情，然后就把诅咒和圣灵降了下来——他诅咒凶手会受到应有的惩罚，他降下圣灵则是让那个孩子的身体在粪坑里浮起，面部整洁，像是一颗珍宝一样仍旧唱着歌。

所有经过此地的人，包括基督的和犹太的，都被这样的奇迹惊呆了，他们纷纷围到坑边观看，还派出人赶快去通知领主大人。

而此时孩子的母亲，就是那位可怜的寡妇，却在家中焦急地等待着孩子的回来。“眼看天色已经不早了，为什么我的儿子还不见踪影呢？”她在心里向上帝祷告的时候问。她的脸色因为担心而苍白起来，她的声音因为害怕而颤抖起来。终于，她决定亲自到学校去找一找她的儿子。她向每一个认识的或不认识的人打听她的儿子，有人告诉她好像在犹太人的那个地方见过他，于是她就一路跑着到了犹太人的地方。她又向每一个见着的犹太人打听她儿子的下落，他们却说没有看

[1] 希律王指犹太国王希律大帝之子及继承人希律·阿基劳斯，后被罗马帝国剥夺王位，流亡高卢。据《新约全书·马太福音》说，他准备杀死幼小的耶稣。

[2] 拔摩为爱琴海中一小岛，面积二十八平方公里，位于萨摩斯岛西南。罗马统治时期为流放地，最有名的流放者是第四福音的作者约翰。他曾写道：“那保持童贞的男子在羔羊前唱歌。”

见。这个女人不知道该怎么办才好，于是她就悲凄地放声叫起她的儿子的名字来，并一路哭叫着，一路就走到了那个有人围观的粪坑旁——这定是上帝的意旨引导了她，使她终于看见了她儿子的尸体。

那时，基督徒们正在粪坑边把这个孩子的躯体捞出来，他们边哀哭着，边唱着赞美给予人类辉耀的圣母马利亚的歌。领主已经来到，命人把所有的犹太人都抓起来，还让人给这个孩子准备了最好的棺材，下令把他抬到教堂去。

孩子的母亲哭倒在棺材旁，像拉结一样[1]。人们还没有把她拉起来，她又昏了过去。于是领主下令，要把参与这项谋杀的所有犹太人施以极刑：先把他们拴在野马的后面拖到死去，然后再把他们吊在树上以示警诫。然后，领主又下令，让所有的基督徒都来参加这个小孩子的葬礼。他们先把孩子放到那个宽阔的主祭坛上，然后所有人唱起歌为孩子做弥撒。当教堂最高的主事把圣水洒在孩子身上的时候，不想那孩子竟又唱起了歌。

"我的主啊，凭着三位一体的圣灵说，谁能告诉我被割断了的喉咙怎么还能唱出人们所能听见的歌？"教堂主事震惊地跪倒在地对着天空问道，其他所有人也为这个奇迹而震惊得纷纷跪倒在地。这时，就听祭坛上一个声音说道："我的喉管是被割断了，但我对圣母的赞美却没有被隔断。我一向颂扬我主基督伟大的母亲、所有贞洁和仁慈的化身，圣母马利亚，所以在我死的时候，灵魂得到了她的施恩。

"她来到我的身边对我说：'我的孩子，不要害怕，我不会抛弃你。你是我忠诚的传播者，所以我要让你仍旧唱下去，让世人皆知我的存在和威力。我在你的舌头上放了一颗麦粒，直到他们听到你的歌声，

[1] 拉结为《圣经》中的人物。希律王为除掉刚出生的耶稣，下令将伯利恒城及四境所有两岁以内的孩子尽数杀死，结果无数的孩子被杀，拉结为一受害儿童的母亲，她"号啕大哭……不肯受安慰"。见《新约全书·马太福音》。

把麦粒从你的口中取出时，我才会来引领你奔入天堂。’”说完，孩子又大声唱起那首他最喜欢的歌来。

教堂主事的眼泪已经从脸颊流到胸衣，又打湿了他面前的那一小片地面，但他好像全然不知，站起来，走到孩子的身体旁，边唱着赞美圣母的歌，边拉出孩子的舌头，把上面那粒麦子取了出来。

歌声停止了，所有人都看到一个平和的灵魂从孩子身上飘起，直飘出了教堂大门，向着天空而去。于是人们又忍不住低低哀哭起来，然后边唱着赞美歌，边把孩子的身体抬起来，放到那个用最光洁的大理石做成的墓穴里。

——愿上帝恩准，将来也让我们在那个地方与那个孩子见面。

我的故事讲完了，愿那些凶恶的犹太人永远受到人们的诅咒！也请仁慈的主对我们格外关照。

女院长的故事结束。

乔叟自己的故事

一、关于托帕斯爵士的故事

院长的故事结束了好半天，所有人却都还静静地沉默着。他们为那个可怜的孩子而悲伤，各自在心里诅咒着那可恨的犹太人。这时，旅店主人打断了这个静默，他用故作轻松的口气对我说——这是他第一次和我打趣——他说："旁边那个面容洁白、身材不高的人啊，听说你是个很有才华的人，是不是呢？这一路上走来，你不哼不响，老是盯着个地面，是不是想发现些别人不小心丢掉的金银财宝呢？或者，你正在心里为我们构思你美妙的故事？

"如果真是我说的那样，你何不打起精神，露出笑脸，为我们讲一个有趣的故事出来呢——我敢以圣灵的名誉发誓，在你的心里定有不一般的故事存在。"

"老板啊，你实在高看了我！"我赶紧为自己辩解道，"其实我是个最没有才华的人，在我脑子里至今都还没有想起一个能让大家都感兴趣的事呢！"

"没有关系，也许你那些没有兴趣的事正可以让我们换换口味呢！你们说，是不是啊，各位？"旅店主人将目光转向其他同行诸位看了看，然后又转回来对我说："请不要谦虚，为我们讲一个吧。"

"好吧，既然这样，我就为大家诵读一首我以前记过的长诗吧——

它是我所能记住的唯一一首诗。”

乔叟的诗现在开始——

在遥远的佛兰德，在波林，
有一个很有名望的领主，
他的慷慨让上帝赐给他一位儿子，
生得英俊高贵而又勇猛，
人们都叫他托帕斯，
后面还加上两个字：爵士。
这个青年长着一头红色的头发，
长得一直到达腰际。
他的肤色嫩白，好比婴儿的面容，
他的嘴唇亮红，好比树上的樱桃。
还有一个高高的鼻子配在那张白里透红的脸上，
我敢发誓：他是你们所能想象的最漂亮的人。
他穿的皮靴是用
从很远地方运来的兽皮制成，
一双袜子也是派人到布鲁日买来，
精致的服饰穿在他身上
总有一种玉树临风的感觉，
据说每件都要花费一大笔杰尼[1]。

托帕斯爵士最大的爱好就是狩猎，

[1] 杰尼是一种热那亚的铸币，14 世纪时流通于英国。

他常常带着那只苍鹰出游。
他的箭术非常高明，能射下高空中飞着的大雁，
在角力场上又总是公羊的得主。
无数的女人们梦想着要是能够嫁给托帕斯做妻子多好，
可谁知他却像个姑娘一样，
不挑逗女人、不参与赌博，把自己紧紧锁在洁身自好的原则中。
那是不是说托帕斯是一个不结婚的圣徒呢?
——这样说可真是冤枉他!
原来他的心中早已有了一个人，
除却那个姑娘
他谁也不想见，
谁也不想娶。
这个心事是他在林子里
对着大树发问时说的——
那时，他正骑着一匹灰色骏马
手握他最常用的长矛，
东奔西簸
走了很久后才偶然说出。
他说:“圣母马利亚啊，请保佑我!
树林中有鸟儿在歌唱，
它们听起来是那么欢快，
可我的心为什么如此烦闷?
看那些花儿，它们开得也是那么舒畅，
有甘草、有豆蔻，还有紫罗兰，
可为什么我的心却不能像它们一样有颜色?
我让马儿在田野里狂奔，

是想解除我心灵上的困扰，
我让自己的身体疲惫，
是想让心灵忘却一个影子，
可老天哪，为什么她还是时时出现在我的脑子中？
昨晚我做了一整夜的梦，
见到一个美丽的仙女来到我的床上，
她对我说要做我的妻子，一生和我相随，
她引起了我满腔欲火。
在这城里再没有别的女人能比她长得美丽，
也没有人更能比她令我发狂。
我一定要把她找出来，让她嫁给我，
哪怕就是需要翻山越岭也在所不辞
——望主保佑！”

说完后他重新策马向前
不知走了多少个日日夜夜。
这一天，终于来到一个偏僻的地方。
那里有山有水有花有草，还有美丽的歌声。
他知道：这就是仙女们居住的地方。
因为只有在这样的环境里
人们才不会轻易来到，
仙女们的生活也才不会被打扰。
他的对面走来一个巨大人物，
按着长相我们就叫他大象。
据他说他是这里的守门人，
听着仙女们的吩咐，不欢迎外面的人，

他要青年赶快出去，
否则
他就要抡起手中的象牙棒
把他从马上打下。
青年不服气地说道：
“凭着上帝的名誉发誓——
为了爱和幸福，
我要和你进行大战，
只是战场不在今天，
因为你穿戴整洁，而我却缺盔少甲。
我们相约明天此时此地再相见怎么样？
我要用长矛把你打得遍体鳞伤，
还要用它刺穿你的胸膛。”
托帕斯说完，不等巨人开口就走，
大象在他身后悄悄摸出弹弓。
套上最大的石头，
他朝着托帕斯拉开了弓，
但上帝有眼——
他让青年在机灵的躲闪中
赢得了第一次交战。

托帕斯怎样骑着马飞奔下山
翻过一道道梁又走过一道道沟
——这些我们就不再细说。
只谈谈他回来后是如何冲进自己的场所，
招集所有的人马

准备应战。

“我忠心的歌手、小丑们，

都出来吧！

不要让时光在静默中悄悄流去

让我们在做准备的过程中

听听你们的歌声，

或者故事吧——男人的、女人的、市间的、宫廷的，都可以

只要不让我们的耳朵闲着。”

在小丑们为他表演的时刻，

其他仆人也忙忙碌碌地为主人做着准备。

他们先给他端来了盛有蜂蜜和甘草的饮品

又把最上等的酒水捧到他的嘴边。

他贴身的奴仆把精细的麻布衬衣给他穿在衣服的最里面

——他看起来像个圣洁的天使。然后他们又为他套上盔和甲，

这些东西包括：

他胸前的锁子甲——

那是最机巧的犹太匠用精钢做成，

上面还有鲜明的纹章，是百合模样；

金黄色的盾牌，上面除了凶猛的动物头像外，

还镶有一颗红宝石；

还有精革做的护腿、象牙做的刀鞘，

以及一柄长而锋利的柏木长矛

——它们不是为了和平的人们出游做准备，

而是为了贡献给一场生死的战争。

有人说，为爱情而献身是英勇的骑士的作风

为女子，男人们就要像贝维斯、霍恩、希波特以及里波斯一样。

但是不管这许多的英雄多么勇猛，
托帕斯还是比他们多了另一个优点，
就是：他是他们当中长得最漂亮的一个。
他骑在他那匹灰色的斑点马上，
头顶戴着一朵吉祥的百合花，
安静时像是王子一样高雅，
行动起来却如火星那样迅捷。
他就这样穿戴完毕，策马向前
累了倒地就睡——盔甲是他的枕头；
渴了就喝山泉——当年帕齐法尔[1]就是如此，
终于有一天……

——旅店主人在这里把乔叟的话打断了，他说：“我主耶稣在上，我请求你，不要让这个人枯燥无味的故事再侵扰我们的耳朵了吧！他说的是什么啊，既不是韵体诗，也不是白话故事，简直是最低等的打油诗。我请求你，让他停止歌唱吧，这完全是在浪费我们宝贵的时间。”

“老板啊，为什么你这么不公平？”我着急地说，“别人讲故事的时候，你不但专心地听了下来，还为他们拍手叫好过，可是轮到我的时候，你却这样让我无疾而终，难道是我有什么地方曾经得罪了你吗？”

“不，绝对不是！我敢对天发誓：我对你的行为非常满意——你是一个可以令人信任的人，但只除了你现在正说的这首什么诗。”旅店主人说道，“你难道看不出来，我们所有人都因为这首诗而感到难过吗，它是那么荒唐，又那么无聊！

“难道你就不能想出一个更好的故事来取悦大家吗，比如说白话

[1] 帕齐法尔是亚瑟王的一名骑士，最后找到了“圣杯”。

的，或者有教育意义的？”

“好吧，既然你这样要求，那我就只有遵从了。我心里正有一个警世的故事，讲出来你们大家也许会感到满意。不过，咱们丑话可是要先说在前面，在这里我有一个小小的请求。

“大家都知道，对于我主耶稣受难的事情，我们每个人都耳熟能详。但如果讲出来，恐怕又各有各的特点。马可、马太、路加和约翰[1]，在他们的《福音书》中都讲述了许多相同的事实，但在耶稣受难的事情上，却还是各有说法。所以说，各人讲的故事，有各人的东西在里面。因此，我要请求大家，本着这一个无法更改的规律，如果我的故事中也出现了一些大家熟悉，但听起来又好像不像的东西，或者干脆是一些大家从未听说过的警句或格言，那么请大家务必原谅，只要我的故事的主旨没有更改，就请由着我把这个故事讲下来吧。”

乔叟的第二个故事开始——

二、关于梅比斯的故事[2]

很久以前有一个年轻人，他的名字叫梅比斯。由于有钱他的势力很强大，不知不觉中就结下了不少的仇家。有一天他要到外面去办事，就在走前告诫妻子和女儿——他的妻子叫普鲁登丝，女儿叫索菲亚——“要把门锁好，千万不要让盗贼进来了。”说完他放心地出去了。

有三个仇敌早就在他家的门外窥探许久，看到他出门，就搬了把

[1] 这四位圣徒在《新约全书》中都有以他们命名的“福音书”。

[2] 这个故事是乔叟的一篇散文译作。它最早的原作是13世纪一位意大利法官用拉丁文写成的《训子篇》，乔叟译文所根据的则是该文的法语译文。

梯子顺着墙爬进了他们家里。普鲁登丝和索菲亚奋力抵抗，怎奈女人力量小，人数又不多，最后被这三个人捆起来，狠狠挨了一顿揍：普鲁登丝被打昏在地上，索菲亚则受了五处重伤——一处耳朵，一处是嘴巴，一处是鼻子，还有两处是手和脚。仇人们以为索菲亚已经被打死，不敢久留，就匆匆忙忙跑了出去。

等到梅比斯回来看到这种情景，他不由得扯着自己的衣服和头发，痛苦地大哭大叫起来。这时，普鲁登丝醒了过来，看到自己的丈夫正悲伤得快要发疯，于是她就发挥自己善良贤惠的本性对丈夫劝告着。但不说话还好，她一说话，更引得她的丈夫悲伤起来。

这时，她想起了奥维德在《爱的教育》里的一句话："不要愚蠢地劝阻一位悲伤的母亲停止哭泣。等她哭个够后再好言相劝吧！"于是，她就静静地坐在那里等待丈夫停止哭泣。过了一会儿，丈夫有点平静了，普鲁登丝就瞅准时机站起来说："亲爱的丈夫啊，你实在不应该这么悲伤。难道你没有听说过塞内加的一句话：'明智的人会选择耐心地等待和忍受，而不是为了子女的死亡而过于悲伤'？我们的女儿受了伤，我们应该赶快给她请大夫医治——有上天保佑，也许她很快就会好起来呢——而不是让你在这里哭泣得伤了自己。"

她的丈夫听了，马上回答她说："你难道也没有听说过一句这样的话吗：'悲伤之人的眼泪是最多的'？连我主耶稣都会为了他的朋友拉撒路的死亡而哭泣，你又怎么能不让我为我们的女儿而哭泣呢？"

普鲁登丝说道："悲伤的人总要以眼泪来发泄他的悲伤，这一点我当然知道。圣徒保罗曾经对罗马人说过：'与人要忧乐同享。'[1]但这并不是说我们的哭泣就要毫无节制。根据塞内加的告诫：'朋友的死亡不可以让你泪流满面，你也不能点滴不流——让泪水涌上来吧，

[1] 语出《新约全书·罗马人书》。

它不会滚到我的面颊下的！’——根据这，我们知道，朋友去世后要及时地控制住悲伤再找一个，那才是聪明人的做法。

“西拉之子耶数[1]曾说过：‘快乐让人幸福，忧伤让人消亡’，还有‘忧伤是许多人死亡的根源’。所罗门也曾说过：‘羊毛在不知不觉中坏了，那是因为它们当中有了蛀虫；树干在不知不觉中死了，那是因为它们当中有了蛀虫；同样，一个人在不知不觉中消瘦下去以致死亡，也是因为他们心中有了蛀虫，那就是忧伤。’所以，如我们想做一个理智的人的话，就要学会克制，不管是丢失了财物，还是丧失了子女，都要忍耐再忍耐。”见丈夫不出声，妻子又接着说道：“想想那和你有共同遭遇的约伯[2]是怎样做的吧！他说：‘生是我主，死是我主，主的意愿会告诉我们去做什么，他永远是圣明的！’”

这时，梅比斯说道：“亲爱的妻子，从道理上说，你说得非常正确。但从现实上说，我就是克制不住心中的愤怒和忧伤，你说我该怎么办呢？”

“把你平日里信任的亲戚和朋友请来吧，让他们那清醒的头脑为你出出主意。不是有这样一句话吗，‘听人忠言，走正确之路。’（所罗门语）”梅比斯的妻子说道。

梅比斯想了想觉得在理，于是就听妻子的劝告，去了一些他平时最与之交好并且在他看来都是聪明人的人家里，说是请他们共同帮他解决一件大事。于是，这些人就在一个约定的日子里都来到了这位受难者家中。他们当中有严谨的内科医生、外科医生，能言善辩的酒肉朋友，还有如今已与他修好的往昔仇人，有对他有着建立在惧怕基础上的尊敬的邻居们，还有自认为聪明能为他出谋划策的律师先生。梅

[1] 耶数：《次经传道书》作者。

[2] 参看《旧约全书·约伯记》第 1 章第 21 节。本书中，乔叟引用的《圣经》文字常与后来的“钦定本”《圣经》有所不同。在此情况下，按乔叟的文字译。

比斯在众人都坐定后，清清嗓子，用他忧郁的声音给众人讲述了他所遇到的不幸事件，讲完后，任谁都能看出他已经因为激动和愤怒而涨红了一张脸。

最后，他引用了他妻子说给他的那句所罗门的话，对众人说："我不希望因为失去理智就干出什么愚蠢的事来，所以特地请大家来，帮我出出主意。"

话音刚落，众人开始纷纷议论起来，经过一阵商讨后，他们推举出了一位外科医生。他站起来说道："亲爱的朋友，对你的遭遇我们深表同情。但就我们医生者的立场来看，有病还是要及时医治。不管是你的女儿也好，还是你的仇人的女儿也好，只要求医，在我们这些人眼中就没有什么分别。'救死扶伤'这是医生的天职，亲爱的朋友，我敢对天发誓，只要经过我们的仔细治疗，再加上上帝保佑，您的女儿很快就会复原的，这一点请你务必放心。"外科医生的话得到了内科医生的大力赞同——他只补充了一句："治病要对症下药，交往也要冤愁有报。"但却受到了其他人的批评。他们都以为这个平素里就以严谨出了名的医生能说出他们各自心里的话，可谁知他说的却是狗屁不通。于是，那些急于表白自己对主人关爱和同情的酒友朋友就站起来说："亲爱的朋友，你的家势既然这么强大，又有那么多交好的朋友，何不强硬地和他们干到底呢——我们相信，以他们那些连踩死一只蚂蚁都要费很大力气的力量来说，绝不是你的对手。"那些住在梅比斯家旁边的邻人们也不甘寂寞，站起来说话，但他们的话里明显有忌妒。还有那些和他和好了的朋友，虽然表面上说得和他有多么地友好，但我们知道，他们心中都在幸灾乐祸。

这时，梅比斯请到的律师中的一位站起来说道："各位，请听我说，既然我们现在讨论的是一件有可能牵涉到了法律和犯罪的大事，那么就要充分考虑到它们的后果。鉴于双方势力均衡，不可能一时一地就有完全的解决，所以我提议，先让我们作出两步计划。一步是，先请梅比斯先生充分认识到他目前处境的危险——既然坏人有了第一次行动，就有可能再出现第二次。因此，我们向你建议：现在就毫不迟疑地实行自卫性保护，在你的家人、住宅旁都布置上警卫和密探，同样，你本人也要接受保镖的照看。这样，敌人就再也没有机会实行他们的第二次报复了。

“至于第二步嘛，我想大家都听说过一句话，就是‘急于求成，麻烦在后’。也就是说，我们对下一步举动要作出细致的考虑和周密的布置，这就需要很长时间。一个明智的法官总是在弄清情况后还不急于下结论——他要等等看是不是还有什么地方没有想周全，我们也应该这样子。对于一个严重的事件来说，长时间不是浪费而是必然。我们的主耶稣有一次接受了一次考验，人们把一个犯了罪的女人推到他跟前，请他作出判断，他当然知道自己心中想的是什么，但他却不说话而是沉默了很长时间，后来在再一次考虑清楚之后，耶稣才弯下腰来，分两次在地上写出他的预言。大家看，鉴于这种经验，我们是不是也应该花费一定的时间来周密地布置一下我们的下一步呢——梅比斯朋友，只要给我们时间，这样就能在神的指导下，为你作出正确的判断，提出可行的方案。”

一群充满热情的年轻人不耐烦律师的这种长篇说教，于是就大呼：“不要迟疑，要报复，坚决报复！”对这种冲动的言语，人群中一位年长的智者说道：“唉，年轻人只知道要打击报复，却不理解这句话真正的含义。这就像是一个张开的网一样，跳进去了，就很难出来。我们都知道，有多少人为了这个‘打击’或‘报复’已经丧了生，他们中有老人，有小孩，有男人，有女人，甚至还有没有出生的孩子。所以，我们应该听从律师先生的话，对我们的行动作出认真的考虑和策划。”为了证明自己的观点是多么正确而明智，这位老人还想举出一些例子来论证，但年轻人却不再给他机会。他们大叫着教他闭嘴，把这老人的声音压了下去。这真是应验了西拉之子耶稣说过的一句话：“哀悼时的喜乐比哀悼本身更让人难以忍受。”老人的说教就像是乌鸦的叫声一样让年轻人感到心烦。“没有听众的演说最好赶快结束。”所罗门这样说，因此老人虽然还很不情愿地说着“忠言总是会遭到许多阻碍”，却不得不住了口。于是，人们又各自争辩起来。有的当面对梅比斯说了一套，私下里又说了另一套，到最后，也没有得出一个统一的结论来。于是梅比斯就综合了大多数人的意见，决定不惜一切代价以牙还牙。

他的妻子普鲁登丝见状，就劝丈夫说：“亲爱的梅比斯，听我一句忠言。彼得·阿方索说过：‘长时间的等待，可以让朋友对你更钦佩，也可以让敌人对你更胆寒。’你为什么不听他一句话，暂时不要有所举动呢？‘行动到最后，才是最有力的打击。’聪明人是不会轻举妄动的。”

梅比斯回答他妻子道：“亲爱的妻子啊，我也有一句话要送给你，所罗门说过：‘一千个男人当中总可以找到一个好人，无数个女人当中，却找不出一个好女人。’男人要是事事听女人的话来行事，那不就是所说的‘让女人牵着鼻子走的男人’？权力不应该让女人来掌握，对女人和孩子，男人与其做她们温顺的奴仆，不如让她们做男人的奴仆。再说，我所决定的事是一群聪明人所决定的事，我如果不执行，人们岂不是要说我是个傻瓜？

“还有一件事，我要对你解释清楚。人们常说：‘要秘密行事，就不能让女人知道。’既然我已经作出了这个决定，如果我听从你们女人的建议，岂不是在等待让你们泄密去坏我大事？所以，其他的话不要再多说了，我已经决定要报复。”

普鲁登丝耐心地听完了丈夫所说的话，没有发怒也没有生气，而是越发谦逊地恳求她的丈夫道：“亲爱的丈夫啊，请你允许我为你刚刚所说的几个原因作出一点辩解，如果我的话你觉得能够接受，那你尽管按你说的去做好了。但如果你对我的话不能提出异议，那就请你听我一次劝告吧。

“首先，对于你所说的第一个理由。你说，女人当中没有好女人。请问对于这句话，你可曾考虑过所罗门真正的意思没有？《圣经》上曾经有言：‘贬低一个人，等于得罪了一类人。’

“塞内加也曾有言：‘贬低别人不是智者的行为。乐于传道授业或不耻下问才是智者的本性。’我们且不说这点你做到没有，单就你所说的女人都是坏人这句话来说。我主耶稣是浩浩宇宙中最英明的神灵，他既然允许自己从一个女人的肚子里出来，又在复活的时候，第一个向女人显灵，那么就是说，他并不和你一样，也认为女人是坏人，相反，还特别地看重女人。而所罗门所说的这句话，谁又能证明他不是站在神的角度来评说人呢？神才是至高无上的一切美德的集合，在他们面前，又有哪个凡间的女子敢自称是完美的人呢？再说，假使所罗门真的没有找到一位完美无比的女人，可事实不是证明，还是有很多男人找到了好女人吗？

“现在，再来看你所说的第二条理由：男人不应该听女人的话，否则就是被女人牵着鼻子走。事实上，情况并非如此。一个做事的人可以听人家的劝告，但决定权却在他自己手中。他既可以按照人家说的去做，也可以不按照人家说的去做——只要他愿意。一个人不能永远只听支配者的话，那样他就成了被支配者，一个人也不能永远不听被支配人的话，那样他就失去了忠告。就像雅各听从了他母亲的话一样，他不是很顺利地取得了他父亲的祝福和权力吗？这样说来，听女人的话有时也并不错。

“你的第三条理由是，你所听从的是一群聪明人的意见，如果不按他们所说的那样去做，就会显得你愚蠢。事实上，这逻辑一点都不正确。先生你想一想，真理难道不是只掌握在一小队人的手中吗——大多数的人可不一定就是正确的。他们各自按照各自的意愿对你大叫大喊，其实并不是尊敬你，而是为了尊敬他们自己。再说，一旦情况有所改变，方法也要改进，这并不是愚蠢的行为。《圣经》上说过：‘明智的人改善方法并不算违约。’既使你和众人约定了，甚至发过了誓要按照某种方法去做事，可一旦这件事对你是不利的，我想即使你改变了初衷，也不会有人说你是不讲信义有违誓约的，因为我们都知道：自己的事情，决定权是在自己。

“你还担心如果你暂且按下不动，我就会把你定下的计谋泄露出去，对于这事，亲爱的夫君，我想你真的不应该这样想。我并不敢说女人当中没有长舌的人——其实这种人为数还不少，但是，所罗门也曾说过：‘没有住到荒漠里的男人，是因为他有一个不吵闹的妻子。’由此看来，女人中也有能保守秘密的人。丈夫啊，从我的平时言行中你难道还不能肯定，我就是那种能经受住秘密考验的人吗？

“也有人说，女人出的点子中，坏点子总是多于好点子。丈夫啊，如果你真的也这样想，那就听听我下面所说的这些话吧。犹滴凭着她的勇气和有力的说辞，从奥洛菲努的手中救下了她的整个修利亚城；亚比该以她的智慧和言辞，从大卫手中救下了她丈夫拿八[1]的性命。女人当中也有帮助她们丈夫成事的好女人，女人的言辞和主意也有超出男人的地方。如果你凭借着一句‘女人出的都是馊主意’就把女人一棒子打死，那么请问，上帝在造人的时候说，男人啊，有了你，还得有一个好帮手，这又是为什么呢？上帝既然也认为女人不会是好人，为什么还要把她们造出来呢，还称她们是男人的好帮手？还有，如果女人都是坏人，那么那首诗‘没有什么比智慧更好，智慧没有女人好’，

[1] 见《旧约全书·撒母耳记上》第25章。

又是怎么来的呢?

“所以啊，我亲爱的丈夫，有很多的理由能让你明白，有时听从女人的话也未必不是一件好事。如果你能接受我的劝告，我敢发誓，我们的女儿不仅会很快地好起来，我还能帮你把事情更体面地解决掉。”

梅比斯听完妻子的话，想都没想，就完全接受了她的意思——因为在这件事上，梅比斯再没有听过有哪个人比她说得更明白细致的了。所以他说:“你说的话完全在理，就像甘甜的蜂蜜一样对人有益。我完全相信你的人品，所以也愿意接受你的建议。”

“好吧，先生，”夫人说，“如果是这样，那我就对你提几条建议。首先，你要相信主的力量。多比[1]曾经教导儿子说‘赞美主吧，他会给你指引道路’。圣雅各也说‘智慧来自天主’。所以，你要永远在心底向上帝祈祷，祈求他来指引你的行为。

“做到这一点后，你就要向你心里的三样魔鬼发起进攻，它们是愤怒、贪婪和急躁。

“首先，愤怒的人绝不会把事情做好。他们或者会把不能做到的事自认为能做到，或者因为愤怒而失去听从他人规劝的理智，这样就不能从旁观者那里得到清醒的判定。还有一种可能，就像塞内加所说的‘盛怒之中的人，说话最易伤人’。一个人满腔怒火，难免在不知不觉中就会惹得别人生气。

“同样，先生，你还得排除心中的贪念。俗话说‘拥有得越多，越想拥有’。贪婪是人人不可避免的一种心理，稍不注意，它就会侵蚀我们的心。圣保罗说过，‘贪婪是一切罪过的根源’。所以，先生，

[1] 多比是《多比传》中的主要人物(《多比传》是基督教《圣经·旧约》中的《外典》之一卷)。

你绝不能有贪婪之心，为了达到自己的目的，失去冷静的思考和判断。还有，先生，你也听说过‘急躁的后面是悔恨’这句话吧？做事情如果仅凭一时之念，总会失去细致和周全，因为如果我们对某一个突然来到你脑中的念头稍加思考，就会发现它可能是在某个时候是好的，或者在达到某个目的上是好的，但要论起大获全胜来，却还差得远。

“先生，考虑问题重在自己，你要靠自己的思考去寻找答案。要是你感觉已经找到了某种最好途径，那么此时你要做的就只有一件事：保密。西拉之子说过：‘对别人诉说自己秘密的人，人们不会当面驳斥他，但背后会瞧不起他。’有一位作家也说过：‘很难有人能真正保守秘密。’《圣经》上也说：‘当秘密在你心中时，它才是秘密；一旦你说了出来，它就成了征服你的武器。’所以，先生，对于自己的想法，你要先学会保密。除非这个人是已经被证实了可以信任的人，否则，你就得去求他不要说出去。塞内加有一句话说得好：‘连自己都不能保守秘密的人，又怎么能要求别人不要讲出去呢？’不过，话又说回来了，秘密的事总有一天需要说出去。如果你肯定说出那些话会对你有利，或是很必要的，那么你就说给人家听，只是要遵守一些原则：第一，就是要不露声色地说出。让那些溜须拍马、投人所好的人不明白你心里正在想什么，你打算要做什么，这样他们也就无从给你传播秘密了。第二，说话的对象要分清。秘密的事只能说给那些忠诚、明智的真正朋友，否则就不说。

“所罗门有言：‘朋友的劝说是一剂香料，能使人心灵愉悦。’还说：‘忠实的朋友才是真正的宝藏。’所以，先生，你应当把你那些忠实而明智的朋友们请来商量事情。《圣经》上说：‘向明智的人请教也是一种明智。’所以，你应当去找那些明智而谨慎的朋友，请他们为你出主意。当然，他们还应该有其他两个条件，就是要忠实而富于经验。《圣经》上说：‘年老的好处是知识丰富，经验老到。’图利马斯也说：‘成功离不开两样东西，明智的选择，知识和权威。与体能不同，他们是随着年龄的增长而增长的。’因此你就应当去请教那些阅历丰富、办事老练、享有策划者美名的朋友。还有，先生，对于这一点，我最要提醒你的是：不要把秘密说给所有朋友听。因为所罗门有言：‘朋友可以很多，能做你老师的朋友却极少。’你也许只把秘密说给一个人听，但他为了请教别人，可能还会把它说给另外一些他自认为是自己的朋友的人，这样，知道的人就越来越多。

“当然，先生，我们可以肯定的一点是成功的事情是多人智慧的结晶。所以，在任何情况下向朋友请教总是没错。所罗门说过一句话：‘不要相信傻瓜的主意。’先生,这一点你也要记住,因为《圣经》上说：‘傻瓜总是自以为是地认为别人都坏，自己最好。’

“还有一点，就是：你也要警惕那些只会说奉承话而不是讲真话的溜须拍马之人。图利乌斯[1]有言：‘谄媚是友谊的最大危害。’《圣经》上说：‘真言并不可怕，可怕的是甜言蜜语’，可见，谄媚的人是最应该远离的人。所罗门说过：‘谄媚者的话是天真的陷阱’‘甜言蜜语的背后是伤人的利剑’，所以图利乌斯说：‘不要相信阿谀奉承。’加图也说：‘远离甜言蜜语。’

“先生，下面还有几种人，你也不能相信。

“《圣经》上说：‘重归于好的敌人是不可相信的。’伊索也说：‘不要过于相信那些先前的敌人。’因为，正如塞内加说的：‘大火经过的地方，总会留下一些热气。’你的仇敌现在可能在你面前已经低声下气或谦逊有礼了，但谁能知道他们是不是为了自己的利益或因为胆怯才伪装成这样的呢？——争斗并不是唯一获利的手段，交好有时也是有效的陷阱；而对于胆怯的人，正如一位哲人说的：‘不会产生忠

[1] 图利乌斯似即古罗马最著名的演说家马库斯·图利乌斯·西塞罗。

实。’或者如图利乌斯说的：‘爱戴而不是恐惧，使得帝王的统治强大而持久。’

“醉鬼的品性也不值得信任。因为所罗门说过：‘醉汉的心中没有秘密。’所以，先生，你要同这种人保持距离。

“对于两面派的人物，你也要有所警惕，因为卡西奥多鲁斯[1]说过：‘表面一套背后一套是耍花招，是有所破坏的表现。’

“《圣经》上还有一句话，‘坏人的劝告是猎人的圈套。’所以听从大卫的：‘要想有好运，就不要接受坏人的建议。’当然，对于易冲动、考虑事情缺乏耐心和成熟的年轻人你也要尽量远离，不要让他们的品性与行为暗中影响你。

“先生，既然我已经告诉你应当如何选择可信任的朋友了，那么接下来我就要教你如何从众多意见中选出对自己最有利的意见。这有三条原则，首先就是对自己的要求。要想真正得到有利的建议，你先就得把事实的一切因果缘由向众人交代清楚。在众人听完事情的真实情况，加以思考，对你提出建议后，你需要做的就是把众多的意见加以对比选择。你要根据自己冷静的思考，来看它们是否有道理，是否符合自己的情况；是否是大多数人的意见，或者它们带来的结果是仇恨、合作、利益还是损失呢——你要考虑到所有这些建议产生的原因及结果，然后选出最好的一条来，而摒除其他的。加图说过：‘不量力而行也是一种负担。’所以，在完成上面两个原则后，接下来要做的就是考虑自己的能力。看看自己是否真的有能力能按照选定的意见去办事，如果可以，就放下一切包袱，全力去干，否则就宁可保持沉默与忍让，也不能让它再加重自己的负担——这就是我对你说的三大原则。

[1] 卡西奥多鲁斯（490？—585？）是古罗马的史学家、政治家和僧侣，曾建立寺院并为保存罗马文化而努力。

“一个人在做事的过程中，难免会有改变初衷或现行手段的现象发生，那么，先生，在什么情况下我们的改变才不会受到人们的指责呢？法典上曾经这样记载：‘不同的情况要采取不同的对策！’塞内加也说：‘秘密被泄露，就要改变原来的对策。’所以当你发现你现行的对策存在许多不是或差错，或者带给你的将不会是成功而是损害时，你就要坚决改进自己的对策和方法，不要被成规束缚住自己行进的步伐。

“世上有一种最糟糕的意见是：不能应付任何突发事件的意见。对这种僵化的东西，先生啊，你可要记住千万不能采纳。”

听完这席话，梅比斯说道：“亲爱的普鲁登丝，你的话我听得很认真，也觉得很正确，可是从具体的方面来说，我还是有些不明白，比如对于我们目前已经选好并已奉献了意见的那些人，你又是如何认识的呢？”

“我的先生啊，如果你真想听到我对这件事的看法的话，那么你就要有一种心理准备：我说出来的话不一定会是你想听到的东西。不过，”普鲁登丝谦和地说道，“有一点你总是不会怀疑的吧：我说这一切，无论中听不中听，都是为了你好。

“在我看来，你的做法有很多不妥之处。首先就是你不应该一下子请那么多三教九流的人物都来听你的事情。我们说过，秘密只能说给少数人听。可你却不分等级，不分好坏，一股脑儿叫来了那许多人。他们中有冲动的年轻人，有假情假意的马屁精，有口蜜腹剑的旧日仇敌，还有因害怕或其他原因而表面上尊敬你的人。年长而又明智的人实在没有几个！他们说的话让人心烦而又费解，对你的事情却一点好处都没有。

“你做错的另一点是——我们说过，不要把愤怒、贪婪和急躁带进商量对策中，也不要对那些给你出主意的人轻易表露自己的意向。

但你却不仅在一开始就把那三项最坏的东西带进了聚会，还很明显地就向他们表露了你的心思。你因为愤怒而想要进攻，所以那些人就顺从你的意愿支持你进攻——与其说他们是为了你的利益，倒不如说完全是为了自己的利益。

“你做错的另一点是，你很容易就听从了少数几个人提出的少数几条建议，而没有想要征求更多、更好的东西。

“我们说过，对于提出建议的人以及所提到的建议都要详加筛选和检验，但这一点你也没有做到。你没有看出哪些人才是真正关心、想要帮助你的人；哪些人是年长而有阅历、行事又谨慎周密的人，而哪些人是与这一切相反的人。你倾向于听从大多数人的意见，认为这种意见的正确率总是一大些，但你却忘了‘真知灼见总是属于少数人的’‘世上的傻子大大多于聪明人’这两句话。所以，我的丈夫啊，你的行为大大不妥。”

“照你这么说来，我真的得承认我错了。不过，亲爱的普鲁登丝，你不是也说过，发现了不妥就要及时改正或改进吗，那么对我来说，及时更换出主意的人和得到新的主意，也是不为过了。”

听了丈夫的话，普鲁登丝夫人说道：“那我们就一起来回顾一下你那些朋友们所说的话吧。首先从第一个发言的外科医生说起。他说‘治病救人’是医生的天职，在医生眼中，人人平等。丈夫啊，这句话很是在理——医生就应该凭借他们手中的医术救治每位受伤的人，不分他们是男是女，是高贵是卑下，是朋友还是仇敌。所以，为了这种高贵的品质，我觉得你真的应该重重酬谢，一方面表示你的尊敬，另一方面也是为了我们的女儿——你总听过这样一句话吧：‘世上没有白出力的事。’我相信，因着你的慷慨大度，他们定会全力救治我们的女儿。

“对于那个外科医生的话，你是怎么理解的呢——这一点我倒是很想知道。”普鲁登丝接着问丈夫。

梅比斯回答说："我相信他的意思是说，对于伤害你的人，你也要伤害他，对于报复你的人，你也要报复他。"

"我的上帝，这就是你相信大多数人的结果！"普鲁登丝夫人说。

"其实，在我的理解完全不是这样。使徒圣保罗曾有言，'不要冤冤相报，而要以德报冤'——伤害的反面不是伤害而是友好，报复的反面不是报复而是帮助！善良与邪恶，报复与容忍，伤害与谦让，分歧与一致，它们才是针锋相对、相辅相成的。

"我们再来看看你那些律师朋友的建议。那些聪明人首先建议你要注意自身的防卫，对于这点，先生，我觉得他们的话还是有道理的。'行事谨慎，多加防备'这是所罗门说的话。塞内加也说，'恐惧危险导致躲开危险'，都是告诉我们要提防一切可能存在的暗算和危险，《圣经》上还说'针小能扎痛，狗小能逮住野猪'，奥维德也说'老鼠虽小却能战胜大象'。这表明，即使是最小的东西也可能是致命的武器，所以我们一定要严加防守，提高警惕：对不说实话的人，你也不能说实话；对和你搭话的陌路人，先观察他们的一言一行，再决定怎么对待他；走在有佩剑的人身旁，你要努力走在他的左边，如果他有长刀，那就要走在他们的右边。《圣经》上说'不要同出言不逊的人为伍'，即使是'出言不逊'这种微不足道的小事，我们也要全力注意，千万不能掉以轻心，否则危及的是我们自己的安全和利益。

"当然，我这样讲，并不是要每个人都做一个胆心怕事、行事谨小慎微的缩头乌龟，俗话说：'害人之心不可有，防人之心不可无。'我们一定要时时祷告上帝保佑我们平安无事——你那些朋友说要保护你自己以及你的家人，还要防卫好你的屋子，这世上还有什么比上帝的开恩和保佑还更有效的保护方法呢？大卫说：'没有上帝的照顾，就是所有兵士彻夜不睡也不能保护城地。'先生，你祈求安全的首要办法就是要时时刻刻、真心实意地祷告上帝。

“另外，依靠知心朋友也是必不可少的。先生，对于你那些第三种谋士给你说的‘要加大房屋周围的防卫’，你是怎么看的呢？”

“我想就是要在我们的房子外加盖城墙、塔垒，再雇些警卫人员吧。”梅比斯回答。

“加图说：‘朋友的帮助比药物的效用还要重大。’一切物质的保护怎么会比朋友的保护还有效呢？即使我们在屋外修建了高大的堡垒，派驻了英勇的武士，但这一切如果不能得到一些明智而忠实的朋友的帮助掌管，又怎么会发挥出它们的作用呢？图利乌斯说：‘最坚固的堡垒是人民的爱戴。’一个人要想维护他自己以及家人的安全，或者财产的安全，必须依靠下人的尊敬、邻人的爱戴和朋友的真心帮助才能做到。

“我们再来看看那些长者和亲友的劝告。他们说做事情要充分准备，不能仓促出战，我觉得已符合图利乌斯的另一句话‘一击而中，在于以前长时间而充足的准备’。

“现在我们再谈谈另外一些人的建议。他们包括你的邻居，旧日仇敌，两面派朋友，以及一些易冲动的年轻人。我们前面说过，根据图利乌斯的原则，一下子请来许多良莠不分的朋友共商大事是不可取的行为。现在我们具体看看不妥在哪儿。几乎所有人都清楚伤害我们的是谁，有几个人，用了什么方式，所以对这些我们不再详加叙说，单说图利乌斯的第一个‘赞同’原则：看看你泄露了自己要报复的意图后，有多少人赞同你的意见？他们是些什么人？又有多少人不赞同你的意见？他们是些什么人？或者，有多少人倾向于你的仇敌？他们是些什么人？——毫无疑问，那些立刻就附和了你的意图的人或倾向于敌人的人，绝不是你真正的朋友。

“你能相信的朋友很少。这其中最大的一个原因就是你的家族结构单薄。你虽然有庞大的财产，但除却一个女儿外，你却没有什么其他近亲，像兄弟姐妹、表兄弟、堂兄弟等。这种情况使得你的对手即使想要把你置于死地，也不会有所忌惮。并且，与你比起来，他们的情况要好得多：他们有三人，各自都有自己的孩子、兄弟、远亲近邻等。就是你杀死了他们，你还得担心有一天他们的亲戚会找上门来报复。而与他们的亲戚比起来，你的那些远亲们除了希望能在你死后分得微薄的财产外，又有谁会为了你而卖命。所以，从这一点上说，选择打击报复并不是一个好办法。

“另外，无论是打击，还是报复，都是需要一定的特权批准的。就像法官判定人有罪一样，他们是依靠法律规定来办事的，而不是自主自愿，想做什么就做什么——没有任何规定说明，人有任性地去干坏事或不合理的事的权力。所以，在决定打击报复前，我们一定要先看看自己有没有这种权力。

“还应当考虑的一点是，这样的决定会造成什么样的后果。这是图利乌斯的第三个‘赞同’原则。他认为报复的结果就是无穷无尽的伤害和风险，还有他所说的‘衍生’——一轮报复的结束就是第二轮报复的开始。这样做的后果将是无穷的生命苦难和财产损失。

“先生，现在我们来讲讲图利乌斯关于一切事物‘起因’的原则，学者们把它称为 Oriens 和 Efficens，或者 Causa longinqua 和 Causa propinqua，[1] 即远因和近因。它们具体地划分有六个终极：远因即是了解的主，他是一切事由的主宰；近因则是你的三个仇敌；间接因是往日铸下的仇恨，直接因是你女儿的受伤害，表面因是他们爬梯子进入了你的房间，即他们行为的方式；终极因是他们要伤害女儿的欲望。说到他们的终极因，我不知该怎么说，但有一点可以肯定：‘教会集’上说‘坏的起因不会有好的结果；即使有，也是得不偿失的结果’。

---

[1] 拉丁文。

“说到远因，我也不知道该怎么说——上帝怎么会允许有罪恶的事情发生呢？但圣保罗曾说过‘没有人的智慧与判断能超过我们全能的主’，所以我相信主的意旨总是有它自然公正的道理的。也许我们可以从你的名字上得到一些启示。‘梅比斯’原意是‘喝了蜂蜜的人’，我猜想，是不是正如所罗门所说的‘喝蜂蜜过了头的人，感到的不是甜美而是恶心’，正因为你为享受了上帝赐予你的恩惠太多太过，从而就忘记或忽视了全能的主，因此上帝才会让三个恶徒来报复你呢？上帝是照顾每个人的，否则他就不会代替人们去受那么多的苦，但如果你让肉体、魔鬼、世俗这三个人类的大敌肆意在你身心里流动的话，那么毫无疑问，上帝是不会容许的。你的女儿受伤害，也许就是证明。”

梅比斯说道：“你这些道理我觉得很让人信服，但还有一点我不大明白：难道说报复就一点好处也没有吗？生活中我们不是常常可以见到一些人因为害怕报复而不敢对他人做出什么不当的事吗？而且通过报复，我们还可以区分出哪些人是好人，哪些人是坏人。”

对此，普鲁登丝夫人说：“我刚刚说报复是一种不可取的手段，并不是指任何的报复。就像法官，他们就有权力对坏人作出审判。所以我们要报复他人，也应该把这项特权交给法官，让他来制裁敌人。当然，正如塞内加说的‘不能给坏人定罪的官不是好官’，如果一个法官不能秉公执法，那也就和犯罪无异，对这样的法官，我们也是不能信任的。”

“唉，照你说来，我所想要施行的报复完全是行不通了。可我的心里真的很不愿意这样。希望从小就保佑了我的幸运神能再帮我一把，帮我报仇雪耻。”

“不要相信幸运女神！塞内加有言‘幸运是不可靠的’‘侥幸的人办不成什么好事’，所以我说，如果你寄望了幸运女神，那你还不如寄望于一个傻瓜。因为塞内加还有言：‘只有傻瓜才会相信幸运女神。’

“既然你希望能施行报复，又不愿意由法官来执行，那么我奉劝你一句吧，把一切交给万能的主，因为他曾许诺过‘我会把报应降在那些坏人头上’[1]。”

梅比斯答道：“我也有一句话说给你听：‘如果受到伤害的人不采取行动，就会告诉所有人你最好欺侮。’如果照你所说的话，我岂不是就是这样，再说，人们还说：‘你不找事，事要找你。’越是忍让，就越会有难以忍让的事发生。”

普鲁登丝说：“这是对法官们说的，而不是对你。因为只有法官才有惩处他人的权力。如果他不能适当地对伤害人的人作出判定，那么他才是真正的犯罪，是暗示甚至命令他人犯罪。这种人由于不能及时采取措施，最终的结果会是导致坏人越来越多，最后连他们也受到伤害。”

普鲁登丝接着说：“我说了这么多，先生，如果还不能消除你报复的念头的话，那我们就暂且假定你有这种特权吧，看看在这样的情况下，是不是你就有非常便利的条件实行你的报复行为呢。我们刚才已经说过，要论起家族情况，你的条件远远不及你的对手的条件。俗话说：‘和比自己力量强大的人争斗，是自讨苦吃；和与自己势均力敌的人比较，是无聊；和比自己力量弱小的人较量，是残忍。’所罗门也有言：‘分析利弊是人类的尊荣。’所以我劝你，与其打一场没有把握取胜的争斗，倒还不如迅速让自己从这种仇恨中脱身出来。塞内加说：‘冒险就是自己把自己置于死地。’加图也说：‘有力量伤害你的人，也有力量来拯救你。’所以，我们何不把一切怨恨忍耐下来，而让敌对变成友和呢。

[1] 本译本中所有引自《圣经》的语句都译自乔叟原作。而现在通用的《圣经》中译本根据的则是由英格兰国王詹姆斯一世任命五十四位学者定稿的“钦定本”，因此两者在文字上不尽相同。例如这一句在汉译《圣经》中为：“主说：申冤在我，我必报应”（见《新约全书·罗马人书》）。

而且我也知道，世上没有不能忍受的事情。就拿我们自身来说吧，不正是由于你的疏忽和不敬——这的的确确是你的不对——才惹怒了上帝，使他派出了三个仇人来报复你吗？对于上帝的旨意，难道你也有什么异议吗？有一句人人都知道的话是这样说的：‘一个人一旦理解了痛苦的原因，就应该能够忍受这种痛苦。’还有一句话，是圣格列高利说的：‘如果一个人认为自己的痛苦能够忍受，那么他就能忍受；反之，如果他认为这是最不能容忍的，那么他就会越发觉得痛苦。’先生，你看这是不是有道理呢？

“圣彼得在他的书中曾这样记载我主基督，说他‘从来没有犯过罪，从来没有说出过恶毒的话，对于人们的咒骂，他采取了沉默，对于人们的欺侮，他置之不理’。你看，这不是我们应该效仿的好榜样吗？再说今天，就在我们的教堂里，不也是有许多正在受苦受难的圣徒吗，他们没有犯下任何的错，却为什么甘于忍受这种折磨呢？当然是因为他们认识到，受过磨难得来的幸福才是永恒的幸福。经受磨难可以训练人的意志力和耐心，使他们的灵魂坚强起来，不会受到魔鬼的诱惑，这样的人，也才是真正称得上有良好教养的人。所罗门说：‘忍耐力是一个人智慧和教养的表现。’还说：‘急躁的人让事情越来越大，平和的人让事情由大化小。’‘武攻的力量总是弱于心灵的力量。’就连雅各也说过：‘忍耐力是一种值得称赞的完美德行。’”

梅比斯听到这儿，打断了普鲁登丝的话说：“夫人，我承认你所说的话非常有理，就是‘忍耐力是一种值得称赞的完美德行’。但你所说的这些，都是些完人圣人才会有的品德，而不是我们这些平凡的人所能做到的。我想，我的敌人在报复我以前一定也想到他们这样做也可能会带给他们一些不利的东西，比如说我的报复，但他们最终却还是做了，并且完全达到了他们的目的，让我尝到了最大的痛苦，由此看来，要是我也像他们一样实行我的报复，那么结果对我来说，也可能完全是像我的心所希望的那样。”

“不，不会是那样。”普鲁登丝说，“卡西奥多鲁斯说过：‘报复的人同施暴的人一样恶劣。’如果你要是那样做了,那么你也就是在犯罪。我们的法律有所规定，说当一种暴行正在实施的时候，我们有权力为了维护自己不受伤害，而做出相应的反抗。但这只是说打击的行为应该是在对方正在施暴的时候。我们都很明白，你的情况完全不是这样。所以，如果你要那样做的话，就也成了一个残暴的凶手，那样有理也就成了没理，没有人会来同情你。所以，我们听从所罗门的话，‘让忍受带给我们最后的幸福’，对自己的行为有所节制。”

“不错，”梅比斯说道，“为了一件与自己毫不相干的事情而大动肝火，这实在不受人们的称赞。就像一个人没事找事去掐狗的耳朵一样，最终他会让这只狗反过来咬一口的。参与别人的事，总是自己的不对，但是，我亲爱的妻子啊，你我都明白报复这种事不是与我们毫不相干的事，而是关系到我们切身利益的一件事。它就像一根鱼刺卡在了我的喉咙眼一样，弄得我吃不香，睡不好。我想，凭着我们比他们更强大的财势和力量，不一定会报复不成功的，就像人们所常说的一样，‘有钱就能办成一切想办的事’。”

普鲁登丝听到自己的丈夫因为有钱有势就扬扬得意的口气，于是就回答他说：“不错，先生，我承认你的钱财和资本是要比对方强一些，而且也承认，在很多情况下钱财是有非凡的能力。正如我们的肉体不能脱离物质的供养一样，没有钱财一个人就无法生活。潘菲留斯[1]曾经说过：‘一个丑陋的牧羊女如果有了一大笔财富，那么她就可有一千个丈夫供她挑选。’还说：‘穷人有了钱也会高贵。’由此看来，钱财确实能带给我们很多的好处。比如说有了钱，你就有了可以结交很多朋

[1] 潘菲留斯（？—309）是古罗马时期的基督教作家。

友的资本，而没有钱，所有的朋友都会离你而去。钱财与贫穷比起来，简直是一种万能的力量。彼得·亚方色说：‘人生最大的羞辱就是从前有钱，而现在却不得不靠敌人的施舍过活。’卡西奥多鲁斯把贫穷称为‘一切堕落的根源’。英诺斯[1]在他的一本书中写着：‘乞丐的悲惨在于他别无选择。如果不要饭他会饿死，而如果他要饭，就又会失去尊严。’所以，所罗门说：‘这样的生活，不如他样的死去。’

“但我主又说过，正当的钱财才是永恒的钱财。与一切不法行为的所得相比，以辛勤劳动和诚实做事得到的钱财，才是一种可以期盼的好东西，否则就不如没钱。对于这种诚实劳动得来的钱财，既然是一种好东西，那么，先生，我在这里就要趁势也对你说一说怎样才能获得钱财，以及钱财的最佳用途。

“首先，致富的最大隐患是贪婪和急于求成。一个人如果对钱财的期望过急过高，那么就难免会想出一些不正当的手段来达到自己的目的。所罗门说：‘骤敛的财富没有清白的。’又说：‘最容易得到的钱财也最容易飞走，点滴积累起来的钱财才最可靠。’所以，先生，我要劝你对钱财不要过于热衷，千万不要让钱财主宰了你的心灵。这样很容易会干出有违常理和法律的事来的。图利乌斯不是有言‘害怕死亡并不可耻，可耻的是为了自己的利益而损害他人’吗？

“当然，话又说回来了，我们对钱财不能过于热衷，并不等于我们在赚取钱财的时候就可以拖拖拉拉，没有激情。所罗门说：‘懒散可以坏了许多大事。’又说：‘辛勤劳动产生面包，懒惰游闲导致死亡。’所以一个人不可以因为别人比他更有钱，或者更容易得到钱，就不把自己挣钱的事看得重了。人们常讥笑懒汉说，他们的借口就是夏天太

[1] 英诺斯疑指某位教皇或其中的英诺森一世，因为到乔叟的时代，已有过多位叫英诺森的教皇。

热，不宜干活；冬天太冷，没法干活。我们可不能成为这样的人啊。

“加图说：‘罪恶在沉睡中滋生。’圣哲罗姆[1]也说：‘魔鬼的奴仆都是些无所事事、闲得无聊的人。’所以我们绝对不能成为这样的人。

“对钱财的贪婪一方面是指对钱财的渴望，另一方面也是针对花钱这种事来说的。先生，我主和先知们告诫我们赚钱要靠正当的行为和良心——这一点我已经向你详细说出，现在我们再来看看他们对花钱之道有何看法吧。加图说‘花钱要有节制’，‘钱袋已鼓、内心还贪婪固然可耻，大手大脚花钱的败家子也是可耻。’先生，照此说来，我们在花钱的时候就一定要注意，既不能让自己成为一个贪婪钱财的守财奴，也不能让自己成为一个毫无节制的败家子。一个聪明的人给一个守财奴写了一首诗，其中有两句是：‘生是孑然一身，死是孑然一身，何必把钱财当生命。’是啊，是什么让他对钱财如此迷恋？还不是内心的贪婪吗——贪婪使他变成了被人们骂作吝啬小气的那种人。圣奥古斯丁说：‘贪婪是灵魂的地狱，吃下去的越多越饥饿。’所以，先生，我们应该努力避免自己的心灵被贪婪小气的恶魔侵蚀。

“当然，同时也不能成为一个挥霍无度的败家子。因为一个人一旦没有了钱财，就会生发出许多罪恶的心态来，以求得再次谋到钱财。

“图利乌斯说：‘我们既不能成为悭吝的守财奴，也不能把自己的钱财当作公共财物。’正当的花钱之道应该是‘钱财为同情和善意而使用’，这就是说，当有人急需金钱时，我们是完全有必要资助他们的。这样既符合了神对我们的要求，也为我们争得了好名声——在获取财物和使用财物的时候，我们一定要在心里记牢三件事情：神的意旨、良心和同情心，以及好的名声。所罗门说‘我情愿做一个拥有神

[1] 圣哲罗姆（347—420）是早期西方教会教父，《圣经》学者，通俗拉丁文本《圣经》译者。

的爱而缺少钱财的人，也不愿做一个拥有很多钱财却失去了神的恩典的人’，就是因为他认识到我们的生命是神赋予的，所以我们决不能做什么让神不快的事情。圣保罗说：‘人生在世最值得颂扬的就是良心可以为我做证。’还说：‘心灵上的清白才是最大的财富。’这是对我们说，在获取财物或使用财物的时候，完全要凭良心的要求来办。我还要进一步对你说说名声的重要性。先知说：‘同情和怜悯之心为我们赢得好人的名声，钱财却买不到。’圣保罗说：‘对一个人来说，好名声比钱财更有用。’‘钱财是短暂的,名声却是永恒的。’卡西奥多鲁斯说：‘德者的标志之一就是热爱而渴望好名声。’先生，这一切都是告诉我们，比起钱财来良心和名声要重要得多。良心是我们自己心灵的安宁剂，好名声则是为了外在的亲戚朋友。所以圣奥古斯丁说：‘良心和名誉是一个人的生命必需。’——没有良心，这个人是罪恶的；没有好名声，这个人则是粗鄙而卑贱的。

“先生啊，我已经对你讲了这么多，难道你还想要通过自己的财富来和对方打一仗吗？我知道你自以为自己的钱财很多，足够来一次体面的战争，但你忘了那位哲人的话了吗——‘对战争来说，钱财永远是不够的。’所罗门也说：‘钱财越多，花钱的事就越多。’先生啊，我劝你不要为了自己的几个钱财，就和对方打上一仗。你可以供养起很多的追随者，却不一定能支付得了一场战争，为了个人的名誉和利益着想，和平相处要比武力解决强得多。

“还有一个原因就是，战争胜负的决定权并不在钱财的手中掌握着，而是在万能的神、我们的天主耶稣手中。他曾经通过犹大·马加比[1]的口对我们说出这一切，他说：‘战争的胜负不在兵多兵少，而在我主。’

[1] 犹大·马加比（？—公元前161）是犹太游击队领导人，曾抗击塞琉西国王的入侵，使犹太免于希腊化，胜利后修复耶路撒冷圣殿，争取犹太人宗教信仰自由及政治独立，后战死。

先生，我们不能确定神什么时候会给我们降下恩惠，当然也就不能确定神什么时候会让我们倒霉。所以说，对每一场战争来说，双方都是有胜利的希望，也有失败的可能的，我们怎么能凭自己的一时冲动就去冒险呢。而且，正如《列王传》中所说的：‘战争的偶然性是必然的，每一个人都有可能在战争中被矛刺中而丧生。’参加战争的人，在一踏上战场的那一刻，便把自己的命运交给了机会女神，对我们个人来说，这不是最不明智的吗？我们完全有可能通过其他一些手段来达到所需要的结果，却为什么要去做一个所罗门口中的人呢——他说：‘喜欢危险的人也将受害于危险。’”

听了夫人的一番话，梅比斯觉得好像心灵上忽然见了太阳，于是他说道：“夫人啊，我可以听从你所说的不要开战的一类事，但是，依你说，接下来我到底应该怎么办呢——这一点你还只字未提。”

“如果你能听从我的劝告，我就要对你说，和你的敌人修好吧。圣雅各在他的书信中写道：‘团结和睦创造财富，争阋斗角败坏家产。’我们的主也把热爱并且追求和平与团结的人称作是他的儿子，先生，你为什么不能去向你的敌人求和呢？”

“啊哈，原来你是要我放弃自己的荣誉和声望去向敌人屈膝投降？夫人啊，你这不是在轻视我吗？谁都知道是他们先向我发起进攻，并且伤害了我们的女儿，你不主张让他们来向我赔礼道歉，却让我对他们低头，夫人哪，要是那样别人会怎么看我呢？他们会说：‘这是一个贪生怕死的懦夫。’而且，我们的敌人也会认为我很软弱，很容易欺侮，于是他们以后就更会骑到我脖子上来了。”

这时，普鲁登丝夫人开始有点生气了，她说：“先生，你明明知道对于你的名誉和利益来说，我的关心并不比你自己的关心少，你为什么还要这么说呢？我说的一切都只是为了你好，并且你刚刚也已经承认了：它们并没有不对或者不讲道理的地方。难道你没有听说过一句有名的话‘让团结首先从自己做起’？先知也说过：‘抑恶扬善，是为了追求平和人生。’而且所罗门还特别指出过：‘性格过刚，必将吃到性格过刚的苦。’你的性格是很硬的——这我知道——你自然必不会为了我而去做一些事。只是我所说的请你去向他们求和，并不表示我就认为他们不应该来向你道歉——正如你说的，争端首先起于他们。”

听到夫人这种带了恼火气象的话，梅比斯赶忙说：“夫人，如果我刚刚的话有什么让你生气的地方，请你一定不要在意，因为你知道先知们曾经说过：‘愤怒使人失去理智，恼火让人眼睛变瞎。’刚刚我实在是让愤怒蒙蔽自己的心灵，不知道说了什么做了什么。其实我很相信所罗门对我们的教导：‘指出你错误的人远比在你面前说一切都好的人可信。’夫人，就请你对我提出一点建议吧，我一定会心甘情愿地遵照你的吩咐去做的，否则我就是世界上最大的傻瓜。”

于是普鲁登丝夫人说道：“世上有两种人，一种是当面对一个傻瓜说你做得很对，背后却对人讥笑说他真是一个傻瓜；另一种是虽然知道这个傻子有可能不会接受，但却还要很用心地把自己所知道的道理讲给他听。二者相比，我情愿做第二种。所罗门说过：‘就是傻子也会依照他面前人的脸色来判断他该听哪一个，而不该听哪一个。’先生，你至少应该比这个傻子更聪明吧。

“既然你让我提出我的建议，那我就对你说：遵从神的意愿吧！我在一开始就已经给你讲明，你的行为完全是脱离了神的指导，或者说是忘记了神的指导的，因此神才会允许——也许还是亲自派出——你的三个仇敌来向你报复。所以，在你采取任何的措施以前，先向我主祷告吧，祈求他能看在你付出的代价的分儿上，在暗中保护你。并且我相信，只要你的心灵够诚恳，上帝一定会让你的仇敌也来向你求和的。

“我请求你允许我去做一件事，就是为了你的体面和最后的和解，请让我先去私下里见一见你的那些仇敌吧。我会装作你事先并不知道的样子去了解一些情况，然后我们再决定该怎么办。”

“好吧，既然我已经说过听从你的安排，那我就将自己的一切荣誉和生命交给你吧——祝你办得成功。”

于是普鲁登丝夫人就开始在心里算计什么样的方法才是最好的方法。她有一天趁自己的丈夫出去办事的机会，私下里请人到那几个仇敌的家里说，为着大家共同的利益和声望，她希望能私下里和他们见一见面。三个仇敌很好奇，但还是来了。于是普鲁登丝夫人就将对丈夫说过的一些话又对这几个人说了一遍，并说虽然他们确实在很大程度上伤害了梅比斯先生以及他的家人，但普鲁登丝认为和平与团结才是天主的圣意，也是他们共同的利益。因此，她希望他们能在各自利益的基础上考虑一下和解。

三个仇敌为普鲁登丝夫人伟大的品德和高尚的情操而感动，于是为自己先前行为而觉得羞愧。他们对普鲁登丝夫人说：“高贵的夫人哪，您才是上帝派来指引我们行事的使者。为了我们犯下的不可弥补的错误，您亲自来向我们说明一切，这对我们来说是极大的羞愧——我们已经知道我们侵犯并且伤害了梅比斯先生和您一家，这本来是应该由我们先去向您道歉的，可谁知您那宽宏大量的胸怀却使您已忘记了我们先前的罪行，并到这里来开导我们，这对我们来说，实在是不可饶恕的第二个罪过。夫人，铸成的伤害已无法挽回，没有来到的伤害却可以避免，就请您看在我们已经悔过的分儿上原谅我们吧。

“我们知道梅比斯先生一定极为生气，所以他是不可能愿意听到我们的道歉的，夫人，在这件事上，就请您再发挥您女性的仁慈和慷慨帮我们一回吧——去向梅比斯先生说，我们都已经认识到自己的错误了，并且愿意按照梅比斯提出的要求去救赎我们的罪行，或者，夫人，如果您有更好的办法，我们都愿意把自己的一切权利和义务交由您来决定。”听到丈夫的仇敌用极其谦卑和尊敬的口气说出这些话，普鲁登丝夫人很高兴，于是她说：“所罗门说过：‘请相信我吧，人们。不要让自己的儿子、妻子、朋友或亲戚来掌管自己的生命。’但你们却不顾忌这些，还把自己的一切权利和义务都交给了自己的敌人，这在事实上已经说明了你们的悔过之心。塞内加说过：‘悔过的人就已如同无辜的人。’所以，为了你们这一份理智和高尚，我要尽全力帮助你们和我的丈夫求得和解。我知道，我的丈夫是一个很仁慈并且宽宏大量的人，他既没有什么想害别人的坏心，也没有什么要独霸一方的野心，我相信在这件事情上，他也会听从我的劝告消除怒火的。就让我们为着共同的目标祷告上帝吧——阿门！”

普鲁登丝夫人愉快地回了家里，正好她的丈夫也刚从外面回来，于是她就对他讲了他的仇敌是如何低声下气地已经认了错，并且祈求梅比斯先生能够原谅，他们愿意和他重修于好。梅比斯听完，又问了一些细节的地方，然后开口说：“塞内加说‘承认并为自己的罪行惭愧的人是可以饶恕的’，所以我决定听从你的安排和他们和解。只是我认为对于这种我们俩人的商量是不是也应该征求一下朋友们的意见呢？”

普鲁登丝夫人说：“你的这个想法未必没理。既然先前他们曾给你出主意，要你对你的敌人实行严厉的回击，那么现在你就有义务先通知一下他们你的新决定。不是有句俗话说‘解决问题的最好办法就是交给提出问题的人’吗？”

普鲁登丝夫人说完就去张罗请他们那些朋友来她家聚会。这些人中有阅历的长者，有以聪明和睿智而出名的人，还有他们一些忠实而可靠的亲戚。普鲁登丝夫人对他们细细说了一切事情的缘由，并把对丈夫说的那些话也给他们说了一遍。她的话是那么有条有理，让人信服，于是那些人在沉思和商量了一番后说，他们非常赞同普鲁登丝夫人的话，这样做既遵循了我主的意愿，也显现了我们的慷慨大度，因此，梅比斯先生应该毫无异议地接受并遵行。

于是满心欢喜的普鲁登丝夫人说道：“有一句话说得好：‘做好事永远不嫌早。’既然我们大家都取得了一致意见，就让我们现在就开始实行吧。”她提出可以让几个沉稳而机智的人到对方家里说明，如果他们具有真心实意的悔改之心和求和之心的话，就请他们现在就到梅比斯先生家里来。众人听从她的意见，选出了三个这样的人。他们来到那些对手的家里的时候，那几个人正在为自己犯下的不可弥补的错误而懊悔，而且也为普鲁登丝夫人向他们建议的事而担心。一见对方派出了三个在这地方上很有名望、完全可信的人来到后，他们立即向这些人表示，愿意听从梅比斯先生的任何要求，并且会为了自己铸下的后果而承担一定的责任；还向这些人表示感谢说，非常感激他们能在梅比斯先生和他们的事情上尽力帮助，愿上天保佑他们个个平安幸福。

说完后，他们就随这些使者一同来到了梅比斯先生的家，当然，还有几个他们自己的知心朋友——这些人一方面可以为他们做保证，另一方面也可以当人质。梅比斯对他们的到来先是没有任何表示，过了一会儿后才说：“你们无缘无故地闯到了我的家里，又伤害了我的妻子和女儿，这种罪行是任何人都看得到的。所以，我要问问你们：你们是不是已经真正地认识到了自己的错误，并且愿意为了这种错误而付出相应的代价？或者，对于我和我的妻子提出来的任何判定，你们都愿意遵守？”三个人中最聪明的一个回答说：“尊贵的梅比斯先生，我们郑重地为我们所犯下的不可饶恕的罪行而向您道歉。我们知道，我们粗鲁地闯进您的家里，并且残暴地殴打您的妻子和女儿，这是上帝最不能容忍的事，由此，我们早已经没有了权力再次踏进您高贵的府门。

“只是，梅比斯先生，我们听说您是一个非常具有仁慈之心和宽爱之心的好人，所以我们情愿把自己的一切都交由您来裁决。希望您能看在我们真心悔过并愿意承担责任的分儿上，宽恕我们的罪行。上帝说：‘对人仁慈的人，会有更好的报答。’”

听了这话，梅比斯舒展自己额上之眉，用平和的态度把他们搀起来。然后又是听取了他们为自己的求和所许下的种种誓言，以及种种保证后，梅比斯对他们说：“我将和我的妻子普鲁登丝一起考虑对你们的判定，希望你们在听到我们的召唤之后再来吧。现在你们可以各自回自己的家去了。”

这些人走后，普鲁登丝问丈夫他将如何运用他们交给他的权力。梅比斯说：“我要让他们拿出全部的财产来偿还我们所受到的伤害，还要让他们接受被永远流放的命运。”

“天哪，我的丈夫！你这行为和报复有什么两样呢？人们早就说过：‘对于人家赋予他的权力滥用或错用的人，我们应该剥夺他的这种权力。’所以，虽然那些人自愿把他们的权力交于你，你却没有权力对他们如此严厉。你已经有了足够的钱来花，还要没收他们的财产干什么呢？难道你想让人家说你是个既凶狠又贪婪的人？你忘了我对你说过的话‘良心和好名声比钱财要重要得多’。一个人如果没有足够的钱财并不遭人讨厌，但如果一个人坏了自己的名声，却会受人唾弃。与其让没收财产来隐没你的名声，何不让你的宽宏大量来增强你的好名声呢——要知道，因为你愿意讲和，他们都已经对你另眼相看呢。而且，人们还说：‘不继续努力，就是好名声也会褪色。’你何不在饶恕他们财产的基础上再饶恕他们被流放的命运呢？这样就符合了先圣和哲人们的话——有记载说：‘仁慈可以让人从心里服从他。’塞内加也说：‘克服自己的好恶，你就有了双倍力量。’还有图利乌斯，他说：‘仁慈宽宏的国王才是最受人尊敬的国王。’所以，先生啊，我劝你不要实施那样冷酷的命令。你应该永久地放弃你想报复的念头，还要为得到人们对你的称赞而继续努力。这样，你就能够既保全自己的好名声，又能在最后的审判日[1]时得到上帝的宽恕和照顾。”

梅比斯听了妻子合情合理的劝导，再考虑到她情真意切的感情，于是就逐渐在心里和她达成了共识，最后终于决定要按照她所说的去做了。这一天到来后，那三个敌人恭恭敬敬地来到他们的跟前问好，梅比斯请他们坐下，然后这样对他们说：“你们的罪行是明显的，你们品性中的粗鲁和莽撞也是显而易见——就是由于这一切，你们对我及我的家人犯下了不可饶恕的大错。但是既然上帝已经让你们自己为这种行为而极其懊悔，而且愿意听从我们的发落了，那么我就按上帝的意旨办吧——我相信这是上帝的意旨——我不再计较你们对我们造成的伤害了。

“我之所以有这样的想法，一方面你们要感谢我有这样一个贤惠而明事理的妻子；另一方面我也只是因为想在人世间的时候多做点好事，这样就能在最后的审判日时，得到上帝的宽恕了。毫无疑问，我主耶稣基督正在上面看着这一切的事情发生，谁该有罪，谁可以得到从轻发落，他的心中是非常明白的——愿上帝能感受到我们对他的尊敬和信仰，在我们的肉体消失的时候指引我们进入他的天堂——阿门！”

乔叟的故事至此结束。

[1] 根据《圣经》中的说法，到了世界末日，上帝要对所有已死的人做最后的审判。

修道士的故事

“凭圣母马利亚的圣体起誓——”我的故事刚刚结束，旅店主人就迫不及待地露出了他的激动，“乔叟先生给我们树立了一个完美的偶像！普鲁登丝是所有男人心中的标准，但愿我的老婆能够听到这个故事。

“诸位，乔叟先生，你们听说过我的老婆吗——她在我们那个地方可是鼎鼎有名，因为她的泼辣——不怕诸位见笑，确实如此。”旅店主人耸了耸肩膀又说道：“我的老婆是男人的克星、女人的变种——怎么，你们不信？那我就给你们细细说说吧——就拿上次的事为例。那次我还没有动手打我的伙计，她就已经递过来一根棍子说：‘打死他们！打死这些偷懒的家伙！’怎么样，普鲁登丝会说这样的话吗？而且，还有——每次我们到教堂去时，只要有哪一个女人或男人没有对她行礼问好，回到家里她就会对着我大喊乱叫：‘你的老婆受了侮辱，你应该去报仇！拿着刀，拿着棍子，或者是剪子，快去！怎么，你不去？——啊，我的命好苦啊，怎么就嫁了你这么一个没有骨气的胆小鬼、懦夫、孬种！啊！啊！呜！’然后，她就哭起来了——怎么样，各位？我想至少你们的老婆不会是这个样吧？

“唉，其实我的命才叫苦呢！上帝让我娶了这样一个老婆，却又让我听到普鲁登丝的故事，这不是存心要我的命吗？各位，你们不知道，有时我还真是想要去陪上帝呢——每次听到她又哭又叫的声音，我就恨不得有个老鼠洞能钻进去，或者干脆就用她递给我的剪子或刀子了结了算了——当然，我是绝不敢和她对着干的。不瞒诸位，我的老婆长得腰圆臂壮，就我这身材，我想，只怕再来三个也不是她的对手。所以，各位可想而知我的生活有多么窝囊了。我想，总有一天，我会用我手中的东西去干掉一个人的，不管是男人女人，我的愤怒总有一天会让我失去了理智——但愿我主能让我逃脱法律的制裁，阿门！”

旅店主人越发显得激动了起来，于是众人就安慰他说，男人生来就是为女人服务的。又说我们的老婆也不比他的强多少，有的人还决不避嫌地也为他列举了自己老婆的好事。于是，旅店主人就逐渐平静了下来。过了一会儿，他终于恢复了原来的状态，说道：“真是抱歉，我差点就容忍魔鬼撒旦耽误了大家宝贵的时间。现在，我们再接着讲故事吧——喂，修道士先生，不要那么无精打采！你是不是也该为我们讲讲你的事情呢——你看你面色健康，衣着华贵，气度轩昂，定是有着不凡的身份。也许是你哪个教区的主事？或者是主教大人的近侍？凭我父亲的在天之灵发誓，我猜你定然有着不菲的家财，大片的土地。唉，也不知道是哪个该遭诅咒的灵魂竟然把你召进了教堂的大门，这对我们男人来说，不是最大的损失吗——你那良好的体魄显示你一定是个精力旺盛的大种马，只要一次，你就会让任何女人为这个世界再增添一个灵魂。不过，也真是庆幸，要不是教皇大人让你们这些人通通成为孤家寡人，那我们这些小树苗型的男人岂不是讨不到了老婆？不过，也正是因为教皇大人选中了你们这些身强体壮的人做他的圣徒，才使得女人找教士，男人戴绿帽子——世界将因此而完蛋。”

旅店主人的话引得所有人都笑了起来，就连那位修道士也忍不住面带笑容，说：“笑话虽是笑话，却可以听出一定的道理。既然轮到了我讲故事，我就要尽全力给大家讲一个好故事。只是——以我主的名誉发誓——在我脑子中有太多的情节在流动，不知道大家是想听悲剧呢，还是喜剧？我知道爱德华的生平，也知道许多古代名人的事情——

他们总是先兴盛后衰亡，最后又悲惨地死去。这样的故事情节曲折，形式多样——有的人用诗体来记述，有的人用散文来写出，所以最为我所喜爱。不过，不管怎样，它们中总是离不了教皇或王帝，虽然顺序可能有所不同，但却无伤大雅。现在，我就选一些这样的故事给大家讲讲吧——暂且命名为《高贵的苦难》，愿诸位不要因为我的才疏学浅而影响了自己对故事的判断。

“我喜欢悲剧，是因为从它们中可以看到幸运女神的任性。她总是凭着自己的好恶来做事：一旦看中了你，就会从天上给你降下无穷的福泽，可一旦有了新欢，又会把你忘得一干二净。多少的名人贵士因为她富了又穷了，最后不得不陷入最难拔的境地，所以我要把他们的故事说出来，警告大家：不要轻易相信这个女神。”

由此，修道士的故事正式开始。

鲁齐弗尔[1]

谁说幸福女神不敢碰撞天使？鲁齐弗尔不就是个好例子！他本是我主上帝身边的一个小天使，却因为偶然犯罪而被判入了地狱。从此后在那个黑暗的地方不得出啊，鲁齐弗尔你可曾想到：以前在天庭里有许多的富贵可享，如今却成了人人唾骂的恶魔撒旦？

[1] 鲁齐弗尔是音译，是早期基督教对堕落前的撒旦的称呼。意为明亮之星、早晨之子或金星。

亚当

人类的先祖啊，这世界上的第一人！上帝因为要在这土地上降下生命，又要找一个看管果园的人，于是就亲自按照他的形象塑造了人——这在最初是没有考虑到人类生命的繁衍的——可谁知他却背叛了上帝、那创造他的人。一棵禁树结束了他无忧的生活，从此后他所面临的只有苦难和折磨。

参孙

所向无敌的参孙是上帝眼中的宠儿，他的出生是受天使的引导，出生后又受上帝的恩惠，拥有巨大的力量。他能赤手空拳打死一头雄狮，而这发生在他去参加自己的婚礼的路上。他娶了一个漂亮的女人为妻，谁知却成了他致命的祸根。

这个女人喜新厌旧，爱上了敌营里的一个青年，为此，参孙大发脾气。在三百只狐狸的尾巴上系上稻草，参孙亲自点燃并把它们赶到了敌人的营帐。一路上所有的树木和庄稼全都燃尽——有葡萄树、橄榄树等等，还烧着了许多兵士的衣裳。有六千个敌兵向参孙冲来，他仅靠着手中那根驴子的骨头就把他们全都杀死。

战胜了的参孙口干舌燥，差点死去，于是就祈求上帝看在他受了侮辱的分儿上降下甘霖。万能的主运用他的法力让那根驴子的骨头里流出汩汩的清水，喝饱了的参孙不由地跪下去向我主谢恩。你要是不相信这个事例，可以到《士师记》[1] 里去查查，我敢以我主的名义向你

[1] 事见《旧约全书·士师记》第 15 章，但在一些具体的说法上两者略有差异。

保证，你一定会有满意的结果。

参孙的力大无穷不是因为他爱喝烈酒或葡萄酒——了解他的人都知道他从不喝这两样东西，也不沾诸如此类的东西。他之所以能够为了显示自己的伟大，而在非利士人的注目下，把他们的城市——加萨城——的城门用一个肩膀的力量就卸下来，并扛到山上去，是因为他有着上帝的恩惠：我主曾在他出生后的一个夜晚，派天使去到他的梦里面。他被告知一个重大的秘密，就是在他的有生之年如果他能不让一刀一剪损坏他的头发，那么他将永远拥有上帝的力量。从此后参孙过了二十年，打败过许多的敌手，做了以色列的王，却没有一个人知道他的秘密——直到他结婚娶了那个女子。

那个女子就是我们所说的那个爱上了敌人的女人，她听了参孙的秘密后就跑去告诉了她的情人。敌人给她策划了一个阴谋，这个女人就带着它来到了参孙的帐篷。女人假装悔过的样子骗取了参孙的信任，于是就在他睡在自己怀里的时候，把他的一头长发全都剪了下来。在外接应的敌人冲进来，不费吹灰之力就把这个以前的英雄捆了起来，还从他的脸上把眼睛挖出来。之后他们送他到一所地下磨坊里，让他当畜生磨磨，可怜的参孙既不能再像从前那样威风，整天里就只有以哭泣来祈求上帝。

这就是一类上等人物的结局，他们总是由上而下摔得再也站不起来。往日的荣华富贵只是过往云烟，无穷的苦难才刚刚开始。不过，参孙还是幸运的宠儿，他虽然失去了双眼，却还没有忘记向我们仁慈的主祷告。结果就是主赋予了他一个不可再得的好机会，借助敌人之手把他带到了一个筵席上。那些人本来是想显示自己的功劳，请一些人来观看，以便羞辱这个被他们抓住的囚犯，可谁知参孙得了上帝的帮助，竟然就在那个大殿里恢复了他的力量。他摇动大殿的两根支柱，让殿堂在刹那间倾倒了下来，连同他，连同那些王公贵族、文武大臣，以及所有的兵士，就一同被埋到了那人殿下面。

生命在顷刻间化为灰烬，留下的只有一个长久流传的告诫：有些秘密是不能告诉别人的，就是你的妻子，也可能会置你于死地。

赫拉克勒斯

伟大的英雄赫拉克勒斯，让我们歌唱他的业绩吧！作为力量的象征，据说他有十二项无人能比的功德。凶狠的猛狮在他手中成了一堆残缺不全的尸骨，半人半马的怪物在他面前也不得不屈从。他还杀死了那个像人又像鸟的东西，为了得到金苹果，他不惜独闯龙潭。在地狱的门口，他把那三只守卫的犬儿偷了过来，因为要报复，还对暴君布西里斯[1]下了毒手。他不让人们用钱赎回布西里斯的尸体，而是赶来一群猎狗把它吃了个精光。随后，他又做下了六件大事，杀死喷火的蛇、把阿刻罗俄斯[2]的牛角掰下来、从山洞中揪出偷了牛群的卡科斯[3]并把他杀死、大战巨人安昔乌并取得胜利，还有，他曾经杀死危害人类的大野猪，为了不让天塌下来，他用自己的肩膀把天柱顶住。

这一项一项的伟大的事迹仅靠嘴巴是说不完的，各位如果有兴趣，可到希腊神话中或其他的什么书中去看。如果你找对了对象，我相信还有更多的有趣的事情可以让你兴奋，在这里我们就单表赫拉克勒斯的死——有谁知道，这位英雄的命运竟也完结在一个女人的手上。

---

[1] 布西里斯是希腊神话中的埃及国王，因为想把赫拉克勒斯用作求雨的祭品，被赫拉克勒斯杀死。

[2] 阿刻罗俄斯是希腊神话中的河怪（一译阿谢洛奥斯，也是希腊一条河的名称）。据说长有人头牛身。

[3] 据神话中说，卡科斯是火神之子，生性邪恶而能吞烟吐火。他因偷了牛群藏在山洞中而被杀。

话说这个威名显赫的人物有一个妻子，叫德杰妮拉，生得就像五月的鲜花般美丽。她对丈夫有了异心，于是就把一个内里装有毒物的衬衫送给他穿。这贴身的东西一挨着赫拉克勒斯的肌肤，就生出无穷的力量，把他的肉一块一块地燃烧，到最后，竟然把一个威猛的英雄折磨成一堆烂肉。

有人为这个女人辩护说，她是受了奈苏斯的骗才会把衣服送给丈夫穿[1]，发生了这样的事再没有别人比她更悲哀。但不管怎样，我们可以看到有一个事实存在，那就是赫拉克勒斯这位英雄虽然在战场上所向无敌，虽然在各个王国里都享有盛名，并且据特罗菲[2]的话，他还在世界的两极建造了两根大柱子——以顶替他的肩膀，但这位英雄最终却受不了肌肤一块一块往下掉的痛苦，于是就在最不能忍受的时刻，他命人燃起一堆干燥的柴火，把自己进行了了结。

人都说命运之神是最值得信任的女神，可要我说啊，她才是人类最可怕的恶魔：你对着她哭，她却让你笑，你对着她笑，她却能让你永远都哭。所以，我奉劝各位啊，千万要把自己的双眼擦亮，不要相信任何人或任何神——只除却我们伟大的上帝耶稣，他才是我们一切万物的真正主宰——阿门！

[1] 据说德杰妮拉并不是有意要害死丈夫，所以在丈夫死后，她也因痛苦和绝望而自尽。

[2] 特罗菲，先知，居住在古迦勒底。

尼布甲尼撒[1]

有谁能说出这世上比尼布甲尼撒还富有的人？我想没有！在遥远的巴比伦，他是万人之上的王者，是权势、威力和财富的象征。他曾经两次把耶路撒冷收归己有，还霸占了那里所有的法器和财物。为了安于享乐，也为了羞辱他的敌人，他把所有以色列王室的子子孙孙，以及稍有联系的人家的小孩，都命人抓了起来，并且割去他们用以繁衍后代的东西，就这样送进他的宫里，供他使用。

他还命人建造了一座全金的自身像，为的是让他攻占的城池的所有百姓都时时刻刻俯耳听命。在那高六十肘[2]、宽七肘的金像下，有卫士在监管，所有经过这个地方的人都要跪下来磕头，否则旁边那烧得通红的火炉就是他们的葬身之处。

这其中只有三个小孩始终不肯屈跪，他们就是但以理和他的两个伙伴。但以理是所有被抓孩子中最富有智慧的一个，由于他有别人所没有的解梦法力，所以很受尼布甲尼撒国王的喜爱。但是尼布甲尼撒不允许有任何一个人违抗自己的命令，更何况还是敌人的孩子，于是他就下令要严惩那三个违抗者——正在这个时候，谁也没有想到，他竟然突然一下子就变成了一个牲畜，有牛的身体，还有牛的习性，跑到野外吃着泥土地上的干草，狂风暴雨下也只是躲进牛棚。

——我想，这就是上帝的仁慈：他让不听命于他的暴君得到了应有的下场。尼布甲尼撒在野外待了几年，与其他野兽为伍，头发逐渐变得像鸟儿的羽毛那样脏乱，指甲里也沾满了令人作呕的东西。每天

[1] 这里指的是巴比伦国王尼布甲尼撒二世（公元前605年登基）。他侵占叙利亚和巴勒斯坦，攻占并焚毁耶路撒冷，将大批犹太人掳到巴比伦。他和下文中伯沙撒的故事均出自《旧约全书·但以理书》。

[2] 肘是古代的一种长度单位，指的是由肘到中指顶端的长度，等于18至22英寸。

夜里他想起自己以前的荣华富贵、威力无比，就会想到自己的凶暴，于是他在后悔中祈求上帝宽恕。

我已经说过，这世上最英明的是我们的主，最仁慈的也是我们的主。但以理是他所喜欢的人，为了他，也为了尼布甲尼撒对他的不敬，他让尼布甲尼撒变成了一只牛。多年以后，在天庭那雄伟宽阔的地方，他听到了尼布甲尼撒的悔恨和祈祷，于是就产生了怜悯之心，让他恢复了原形。从此后尼布甲尼撒虽然又过上了他原来的生活，但却从此再不敢忘却我们伟大的主——直到他生命消亡的那一刻依然如此。

伯沙撒

人们都说："有了第一次教训，就不该犯第二次错误。"可这世上总是有那么一些人，不相信上帝的威力，只信任自己手中的权力。这种愚蠢而又自大的人物通常没有好的下场，伯沙撒就是一个例子。

他就是上面我们所说的那个人的儿子，在父亲死去后，继承了王位。虽然他的父亲曾有过令人羞耻的教训，可这个儿子却是个不能吸取教训的傻瓜。他不但把王宫修建得比他父亲在世时还要豪华，而且下起命令来也比他父亲先前的行为更骄狂。他认为在这个世界里，只有他是最勇敢而且幸运的人，除了上帝没有什么可以做他的信仰。可是他对上帝的忠诚是愚蠢地建立在他的自大与自满之上，所以他不知道这已经触怒了万能的神。

有一天，这位国王召集全宫廷的文武大臣，说："为了感谢我们的主赋予我们的这一切土地和权力，我决定要在神庙里举行一次庆祝与祭祀。把我的父亲从耶路撒冷收集回来的法器全搬出来，我要用它和我的王妃们喝酒碰杯。"于是，这位国王就拿着神的器皿当作自己的酒杯，和所有的王妃大臣喝了个烂醉。

最后，在所有人都欢天喜地的时候，他忽然抬头看见了对面墙上有一个人在写字，睁大眼睛却怎么也找不见那人的身形，也看不见他的胳膊。这位国王吓得大叫一声从王位上摔下来，卫士们把他抬入后宫后，就请但以理来解字。

但以理一看墙上的字就明白了是怎么回事——当然，他也知道其他人是无论如何看不懂的，因为他们没有他的这份能力。于是，他就对国王说道："王，你看，这墙上写的是'弥尼''提客勒''法勒斯'几个字。它们的意思是'你已到了最后的时刻，不能再称王称帝，你的国土将会分裂，一半归玛代人，一半归波斯人'。"

国王听了大惊失色，脸色白得比死去的人还要厉害。不过没过多久他又想，也许这是谁在和他开玩笑，用了看不到的法力在墙上乱写字。于是但以理就又进一步对他说明道："你的父亲曾经也是一个国家的王，却因为所行无道遭到了上帝的惩治。他把他变为一个人面牛身的怪物，和其他牲畜一起生活了那么多年。后来，因为他认识到了自己对上天的亵渎，并诚心地进行了悔改，上帝才又还给了他王位、声誉和财富。这本当成为你的一个教训，可你却转眼之间就把他忘记。

"你用神的器皿当作自己的酒杯，还在神的大殿里肆意狂欢，你把自己作为与上帝同等的人看待——要知道这世界上没有哪个人的力量或威望能超过我们万能的主，所以你必将受到惩治。"

果然，就在但以理预言的那一个晚上，大利乌冲进了伯沙撒的寝宫。他把他杀死在一堆王妃的尸体中，最后没有举行任何仪式就宣布代替了他的王位。

各位，我们在前面说过命运女神是不可靠的。一旦你在不小心或不忠诚中触怒了上帝，他就会派她把你所有的财富和权力取走——不管你是国王，还是教皇，都不能抗拒这种剥夺；他还会剥夺走你所有的朋友，让他们与你反目成仇——我想这样的例子就不用举了。

诸位，就让我们记住一句话吧：我主是万能的，千万不要亵渎他。

芝诺比亚

命运女神总是把人间的兴衰荣辱玩弄于掌上，波斯人书中关于巴尔米拉女王的记载就是见证。

她的名字叫作芝诺比亚，身份极其高贵，是波斯王室的正宗血统。论修养，全巴尔米拉的女人没有一个能比得上她——她熟读各种各样的书籍，精通各地风情和礼仪，还具有高尚的道德和宽宏的心。论财富，在许多的征战中，她理所当然地取得了最好最值钱的财物，包括各种各样的法器、金银珠宝，还有男男女女的俘虏，等等。要说到她的容颜，在巴尔米拉，所有男人都希望夜夜梦中能看到这个影子，除此之外，还有她那副健壮匀称的身材——这是她从小在山间田野游荡而不躲在闺阁深楼的结果。

她有着矫健的身姿和娴熟的武艺，当一天中读书的时间过去以后，她就会跨上大马独自到林间去狩猎。据说，所有的麋鹿都不可能从她箭下逃走，就是碰上狮子或豹子，凭着双手她也能把它们战胜。为了证实自己的力量无人能比，她在角斗场上与男子角斗，赢得礼物，然后就不带一兵一马去闯猛兽的洞穴。在巴尔米拉，男人们尊敬她，喜欢她，仰慕她，却没有一个人敢向她示爱，因为她认为女人一旦结了婚，就成了男人的奴隶、生孩子的工具，所以她拒绝任何的求婚。

在过了很多年后，由于年龄越来越大，而且根据上帝造人的原则，女人就该为这个世界努力增添人口，于是她产生了嫁人的念头。在许多人的撮合下，本国的王子渥登那克[1]有幸做了她的丈夫，二人的婚礼办得既气派，又盛大，连一些离她们很远的国家也派使者送来了礼物。婚后二人出人意料地生活美满，只除了一项不为人知的规矩：女王循着她那高尚的道德认为，一个女人如果不是为了得到孩子而容忍她的丈夫干那事，那么这个女人就是个淫荡的女人。所以，婚后她非常谨慎地和丈夫做了几次那样的事，等得到两个孩子后，就再也不允许他上她的床。他们把两个男孩教养得非常有礼貌，完全继承了皇家的风范，而且还亲自训练他们的体魄和武功，为的是以后好继续征战。这期间，芝诺比亚又领导了几次对敌战争，充分发挥了她那高强的武艺，明智而又审慎的性格，使巴尔米亚大获全胜——如果各位想知道一切更详细的细节，那么可以去找我的老师，彼特拉克。他曾经对这一方面有专门的研究，知道她征服了哪些美丽的地方，而那些地方原来都是属于罗马的管辖；还知道她得到了多少的财宝和俘虏，运用这些财宝和俘虏，她和她的丈夫把他们的国家治理得井井有条。而这一切，在我的故事中就全部择优从简，我们单把这个女王的最后命运看一看，因为这样才符合我讲这个故事的最初目的——就是看看命运女神手中的人生浮沉。

话说巴尔米拉女王和她的丈夫共同生活了很多年，养了两个孩子。可谁知有一天这个叫渥登那克的国王却突然遭到人的暗算死去，于是女王就扶助她的两个儿子，一个叫赫曼诺，一个叫蒂马拉，坐上了王位。她帮助他们继续扩大疆土，从亚美尼亚地区到埃及，从叙利亚到阿拉伯地区，各国的国王都不敢和巴尔米拉女王同起同坐，为了和平和因

[1] 渥登那克，一译奥登纳图斯，是公元3世纪期间统治巴尔米拉（在今叙利亚）的罗马藩王，约于267年与长子希律同时被暗杀，于是芝诺比亚辅佐自己的幼子瓦拉特即位，让其继承其父的头衔“王中之王”兼“全东方总督”，而她自称巴尔米拉女王（情况与书中有出入）。

为害怕，他们纷纷与她签订条约或结成同盟，受她的管辖或制约。就连强大的罗马帝国皇帝加列努斯和克劳狄乌斯[1]都对她忌惮三分，不敢贸然把他们与她之间的矛盾搬上战场，而是派人来和她结盟讲和。

这种情况一直持续到了奥雷连[2]登上罗马的最高宝座，作为一个强有力的国家领导人和军队统率者，他对巴尔米拉的行为早已愤恨多时。为了能在自己的统治期内有所建树，使罗马的威风重振如昔，也为了打击巴尔米拉国的气焰，这位英勇的武士率大队人马开出，在一个靠近巴尔米拉城的战场上把他们的女王亲自捉住。

罗马兵士将芝诺比亚女王那辆闻名各国的金战车奉献出来，给奥雷连国王，他却让女王头戴王冠，身穿王后之服，徒步走在它前面，为的是羞辱和展示给人看。此后，这位前一时刻还高高在上、俯视众生的女王，后一时刻却已成为一个头戴布巾、手拿纺梭的普通妇人[3]——不仅其他王公贵族可以对她出言不逊，就是连一个平头百姓也可以随意看她。

这个故事就是关于命运女神那毫无规则的指引和玩笑，各位，听我的奉劝，千万别把她轻易相信！

---

[1] 这里的克劳狄乌斯即克劳狄二世（268 年—270 年在位），他曾任加列努斯皇帝（253 年—268 年在位）的骑兵统领。

[2] 奥雷连，一译奥勒利安，原籍约在巴尔干，后来做到骑兵统帅，公元 270—275 年期间是罗马皇帝，他恢复了罗马帝国的统一，征服巴尔米拉并于 273 年将之夷为平地，赢得“世界光复者”称号。

[3] 公元 269 年，芝诺比亚侵占埃及，后又占领小亚细亚大部分地区，宣布脱离罗马而独立。奥雷连俘获了她并解往罗马（272 年），在 274 年罗马为奥雷连举行凯旋式时芝诺比亚被作为战俘。她后来嫁给罗马元老院的一位议员，到其终死。

佩特罗王[1]

这世上听说过敌人杀死敌人，朋友杀死朋友，仆人杀死主人，妻子杀死丈夫——因为他们都不是有着血缘关系的亲戚。但可怜的佩特罗王啊，却是被自己的亲弟弟所杀！

一片雪地上，一只黑色的鹰，虽然几经挣扎，却还是被那火红的长杆粘住[2]——这就是罪恶的哥斯克林，正是他酿成了这出悲剧。查理大帝有忠诚的奥利弗[3]子民，为了国王甘愿献出自己的性命，但恩利克身边的奥利弗啊，却是一个像加涅隆[4]的大骗子。他和国王的弟弟定下奸计，诱使这可敬的君王上了当，还凭借亲弟弟之手，把这可怜的人儿刺死。

命运女神啊，你把一个国王从高高的位置上拉下来，并赶他出了他的国土，这还不满足吗？为什么非要让他丢弃性命才肯罢手！

---

[1] 佩特罗王，1350 年至 1362 年间是卡斯蒂利亚和莱昂的统治者。他与弟弟恩利克争夺王位，1369 年被围，情急之中派罗德利哥去游说恩利克的盟友哥斯克林，望其帮助他恢复王位。哥斯克林拒绝后，将情况告诉亲戚奥利费·莫尼爵士。后者转告恩利克后，设计骗佩特罗来哥斯克林营中谈判。佩特罗不知有诈，去后即被其弟亲手刺死。

[2] 这句谜一样的语言，指的是哥斯克林的纹章图案。这里的长杆头上涂有黏胶，人们常以此捉鸟。

[3] 这里的奥利弗指的是《罗兰之歌》中的人物，是罗兰的朋友和查理大帝的忠诚战士，后战死于西班牙。

[4] 加涅隆是《罗兰之歌》中的反面人物，正是由于他的背叛行为，造成了勇士们全部壮烈牺牲。从历史上看，这位西班牙王并不是一位英主，他的死并不是什么损失。乔叟采取这种立场，只是由于 1367 年时，英格兰国王爱德华三世的儿子和继承人，黑王子爱德华曾协助他反对恩利克。

塞浦路斯的彼得王[1]

塞浦路斯有位彼得大帝，生得睿智而且英勇。因为大败亚历山大，而几乎被所有写历史的人传颂。在惩治异教徒的事情上，他的业绩也非常明显，所以很受他那个国家人民的喜欢。但是有一群暴躁而心胸狭窄的大臣，因为嫉妒国王的声名——这声名他们人人都想有，却人人都没有——于是就策划了一次阴谋：他们趁国王在床上熟睡的时候，拔出刀子杀死了他。

命运的轮回就是这样，短暂的欢乐转眼间就变成悲伤。

伦巴第的贝尔纳博

这是一个侄子弑杀叔父的故事，我觉得很有必要讲一讲。

伦巴第的贝尔纳博，本是一个高贵的人物，和他的弟弟共同享有爵位，共同执掌米兰的大权。但是他的侄儿日日感到强力的威胁，于是就把他逮捕起来投入了监房。亲生的血缘加上外在的关系——他还是他的女婿——无论多么强大，遇到命运女神的耍弄时也会变质，有谁能说出贝尔纳博王死时的情况和缘由呢?

[1] 这位国王也译作比埃尔，他 1352 年登上塞浦路斯王位，1369 年遭暗杀。本书一开始提到的那位骑士似乎曾为其效力。

比萨的乌格利诺伯爵

比起上面我所说的几个人的故事来，这个人的情况并不比他们的逊色。在我看来，结局都是一样，只是这其中又多了几个孩子的生命。乌格利诺伯爵本是比萨城的第一人，他的功绩和权势却受到了主教大人的觊觎。这个叫鲁吉埃的恶徒捏造了污名，把乌格利诺逮起来，投入监牢，那地方就在比萨城外的一个城堡。就像鸟儿进了笼子再也飞不出去一样，乌格利诺和他的孩子进了这个地方就注定要终老。只可怜他那三个孩儿，一个三岁，最大的五岁，也让命运女神判了做陪葬。这父亲和三个孩子被秘密地关在监牢中，每天看到的只有一个送饭的狱卒。他们的住处灯光昏暗，地面潮湿，就连这饭菜也是世上最糟糕的东西——监狱里的东西是什么样的，我想大家都知道；只是你们不知道的是，乌格利诺这个监牢的饭菜比其他地区监牢的饭菜还要糟糕。在这里我不计划详细叙述它们是野菜还是馊饭，只说这父子四人是如何忍着饥饿度日如年。

三岁的小儿子捂着肚子问道："父亲，为什么我们没有面包？你为什么要淌眼泪，我们的麦粥什么时候能到？"又祈求上帝说，"我们的主啊，我饿得睡不着。但愿你能降下你的梦神，带我进入梦乡，就是再也不出来我也愿意。"小儿子这样不停地说着，父亲听了很伤心，却没有任何办法。他知道鲁吉埃是肯定要让他们去死——因为有一天他看到狱卒送完饭后就把这里的门全都封死，于是他就只能一边安慰着儿子，一边流着眼泪说道："给了我生命，却不给我活路，上帝啊，你还不如早点把我收回去好了。"

小儿子在饿了几天后，有一天躺在了父亲的怀中。他对父亲说："我要走了，亲爱的父亲，愿你能再赐给我一个吻。"乌格利诺亲了亲小儿子的额头，然后他就死了过去。乌格利诺对着上天喊道："命运女神啊，我究竟犯了什么错，你要来惩治我的孩子们？”这种悲伤与痛苦让他的另两个孩子误以为他是着了饿魔。于是他们说道：“父亲啊，我们的身体是你赐给的，自然你也可以取去。”说着，他们各自从自己的手臂上割下一块肉来，递给父亲，希望他能填填肚子。

一两天后，由于相同的原因他们都相继倒在了父亲的怀中，与他们的弟弟一样在痛苦中死去。乌格利诺觉得这世上已没有了能令他牵挂或重生的东西，于是在绝望与愤恨中也悄悄逝去。

这个故事我就讲到这里，各位如果还想知道些什么，就请去翻阅那位伟大的意大利诗人但丁的作品[1]。

尼禄

我不知道有些历史记载家是怎么回事，竟能把如恶魔般疯狂的尼禄说成是扩展疆土的英雄。就算他真的是让罗马的领地在东南西北上都增加了几码，那又有什么用呢——比起他的罪恶来？

他是一个骄横的帝王，心中除了权力与财富再没他想。他的衣服上缀满了红的蓝的宝石和珍珠，可只要穿过一次就再也不会穿第二次。他的酒杯用具等全是金子的，就连一张渔网也是金丝织成的。这国土上再也没哪个国王能比他奢华，为了享乐，他还把罗马城用火焚烧。

为了保住王位，他把他的兄弟都用刀杀死，看上了姐妹的美貌，他就把她们收为妻子。为了享受人们哭泣时的快感，他不惜触犯众怒，把几位元老级人物捉来，说他们年龄太老了，不值得再用，于是就让

[1] 见《神曲·地狱篇》。

人在他面前把这些人杀死。

还有一件更邪恶的事——我主之母玛丽亚啊，请饶恕我讲这件事！因为它太过于残忍，诸位，就是我现在想起来都觉得怒火上升。为了看看他是如何在他母亲的肚子中生长起来的，他竟下令让人把她的肚子划开。看着那一堆血淋淋的尸肉，他不但没有恶心或胆怯，或者一点点后悔，而是大笑着让人拿酒来，边喝边说："美丽的人死了一样丑陋！"各位，你们绝难想象到一个人怎么会有如此残忍，那是因为你们身边还没有一个像他这样的人。这种人实在世上少有，我想，就是再过一百年恐怕也不会出现一个这样的人——因为上帝的意旨总是难以违抗，他用这些罪人的可悲下场为我们做了榜样。

这个人最终也要遭受命运女神的惩罚——她在天上看到这一切后说："如果我再如此容忍下去，便显得我没有眼力。"——可惜那位叫尼禄的国王在杀害他的老师的时候，并没有认识到这一点。

他的老师就是那位著名的塞内加，是一个对许多国家语言和风俗都知晓的人。在他教习他时，这个皇帝还是一个温顺有礼的青年，见了老师总是首先站起，而对于老师那无可挑剔的品德也赞不绝口。但自从他当上皇帝，并且有了一点点战功以后，就变得狂妄起来，对所有人都不放在眼里，包括他那位老师。为了报复以前这位老人受到的礼待，他编了个借口把他骗到皇家浴室来。然后，趁他不备把他的双臂刺得出了血，因为不能止住，他就这样死去。在临终的那一刻，他看着自己的身体说："这要比其他人受到的待遇好得多。"

塞内加死后，这位国王把他以前受到的教训全都抛弃，变得比先前的行为还要猖狂，终于触怒了命运女神最后的忍耐力。她要把他从最高位置上拉下来，还要让他尝受先前从没尝受过的苦难。于是她运用她的法力，让全罗马人民都起来反抗他。他们烧毁了他为非作歹的场所，还在夜间冲进他的寝室。这国王急急忙忙从床上爬起来，顾不得穿衣服，就跑到了几个他平时宠爱的大臣家里，可任他怎么敲门，那些门只是越敲关得越紧。尼禄知道他的死期已到，于是就跑到了一所园子里。这本是他平时给那些对他不敬的人施行火刑的地方，有两个人永远生着一堆大火守候着。可谁知今天他却受到命运女神的惩罚跑到这里，对那两个人喊道："杀了我吧，再把我投入大火！免得人家也来糟蹋我的身体——这是我应得的下场。"[1]

奥洛菲努[2]

要论武力，他没人能比，要不在那个时代，怎么会有许多的战将败在他手上？要论地位，他没人能比，除巴比伦国王外，就数他最有权势。然而就是这样一个声名显赫的人物，死的时候却是糊里糊涂，你说，这不是命运女神的捉弄吗？

奥洛菲努信奉的神只有一个，不是我们的上帝，而是尼布甲尼撒大帝。为了强制人们都来服从，他下令把那些不同信仰的人统统杀死，或者没收他们的财产，再把他们关进监狱——除非你改换信仰。人们对他又怕又恨，却没有办法，只有暗地里祈祷上帝能够惩罚他。

有一个寡妇名叫犹滴，为人又诚实又聪慧，为了全城老百姓的财富和命运着想，她决定独闯奥洛菲努的大帐。这一晚，这位高高在上的将军喝醉了酒，正在营帐中歇息，就见一个女人的身影躲过兵士的守卫，悄悄地溜了进来。她看到仰面而卧的奥洛菲努后，没有任何犹豫就一刀砍了下去，刹那间一个血淋淋的脑袋就滚下了地。然后她提

[1] 见《神曲·地狱篇》。

[2] 奥洛菲努，一译荷罗孚尼，是基督教《次经》中的人物，曾引兵攻耶路撒冷，后为犹滴所杀。

起这颗人头又悄悄地溜出去，回到自己的城里，直到第二天才有兵士发现了这件事。

安条克四世[1]

读过《马加比书》[2] 的人都知道，要说到国王的骄横无礼和狂妄，安条克四世绝对不能被忘记。他在许多国家实施侵占计划，还妄想推行个人暴政，因此他的命运也不能一帆风顺，而是像上面我们所讲过的许多人一样，得到了应有的下场——因为病痛而死亡。

在安条克四世的脑海中，以为自己被虏而不死就是他命运强大的征兆，于是他开始幻想自己能超越一切人世间的不幸和痛苦——只要他愿意，哪怕就是高山也能夷为平地，大海也能填成陆地，甚至登上那远在天边的月球，去看一看美丽的月亮女神住的地方。因此，他把宙斯当成所有人应该崇拜的神，不许人们去信他以外的任何力量。

天主教徒们，尤其是犹太人，把他恨得入骨，于是就在战场上团结一致，把他的两员大将尼卡诺尔、提莫西打得大败。安条克四世大为发怒,命令人们重整旗鼓,他要亲自出征——“不但要攻下耶路撒冷，还要征服他们的信仰！”这是他出发时发出的铮铮誓言，可谁知这不过是一个不能实现的梦。

他正骑着大马走在士兵们的前面，可突然间发生了一件让人意料不到的事情——他从马上栽了下来。坚硬的土地把他的心脏差点震裂，

[1] 安条克四世（公元前215—公元前164），公元前175年—前164年间的塞琉西王国（在今叙利亚）国王。他推行希腊的政策，压制犹太教信奉耶和华，遭到犹大、马加比领导的人民的反对，后病死波斯。

[2] 这里指天主教《旧约全书》及新教《次经》中的《马加比书》。

各种石头和羁绊把他的四肢折断。他痛得禁不住大声叫嚷起来，从此后，不能骑马也不能坐车，而只能让人家抬着走。

上帝因为他曾经让许多家庭支离破碎，哭断肝肠，于是就罚他也断了肠子坏了肺，还不让医生们想到法子来给他医治。到这个时候，这个人终于认识到了我主耶稣才是真正的、唯一的最高神，掌管着所有万物的生杀大权，可却为时已晚。

他的肠子在肚子里一点点腐烂，发出一股奇臭难闻的味道，无论是夏天还是冬天，他的身体上爬满了蛆虫，因此他的家人逐渐远离了他。又由于他不能起来进行排泄，所以逐渐侍从们也离他越来越远。最后，终于所有的人都不能再容忍这样的一个人继续留在他们身边，于是就花钱雇了几个人把他抬到了一所山中。

那喝过许多酒、杀过许多人的恶棍，终于在绝望与痛苦中死去。

亚历山大

善人自有善报，恶人自有恶报，这本是我主耶稣安排下的自然法则，可我却要在这里谴责那变幻无常的命运女神——她为什么要让那么一位超越一切的伟大君王遭遇如此的下场?

亚历山大王是马其顿国王腓力的儿子——这在《马加比书》中有记载——也是所有我所知道的国王中最英勇和英明的一个。在他的统治时候，不能说全世界的土地都是他的领土，但我却可说：只要有人的地方就是他的势力范围。他曾经打败了伟大的大流士，还征服了成百上千个国王。依靠那无人能比的强大武功和英雄气概，他赢得了说不完的荣誉和敬仰，还有数不清的战利品，用在建设国家身上，起了很大的作用。就是林中的猛兽见了他，也要全身颤抖，更不要说那些不知名的小小战将。上帝的整个世界因为有他而显得越发有光彩，除了酒色，没人能让他改变意愿。

可就是这样一个人，却被他自己城中的国人所毒死，你们说，这不是命运女神对生命的讥讽和嘲弄是什么？她依仗了自己手中有无穷的力量，并且这些是不被任何人类所能征服和改变的，就肆意地捉弄上帝创造的生命。在这里，我要大声谴责：命运女神有时候确实不公平。

尤利乌斯·恺撒

是谁打败了伟大的东方之主庞培？是尤利乌斯·恺撒！是谁建立了强大的罗马帝国？是尤利乌斯·恺撒！是谁在去神庙的路上被手下杀死？是尤利乌斯·恺撒！是谁在临死的时刻拉下斗篷保持尊严？是尤利乌斯·恺撒！

伟大的尤利乌斯·恺撒，本是出身贫门的孩子，但凭靠着他生来就有的那种勇武、智慧和好运，在罗马帝国的征战中，多次建下无人能比的功业。他使得西方各国甘愿向他俯首称臣，并在每年都把大批的供奉献上；东方的主帅——据说也是他的岳父[1]的那个人，被他用铁蹄赶出了法萨卢斯流落到埃及，最后却被一个无耻的手下暗杀后提着他的头去见尤利乌斯。没有了庞培，罗马的大权便掌握在一个人手中，从太阳升起的地方到太阳落下去的地方，没有一个人不知道他的威名。这就是罗马帝国历史上最重要的，也是铸就罗马帝国最辉煌的第一人——尤利乌斯·恺撒。

[1] 恺撒（公元前100—公元前44）与庞培（公元前106—公元前48）均为古罗马统帅，庞培在法萨卢斯被恺撒打败后逃到埃及，后被杀。他们间的翁婿关系似无材料可以证明。

人们把高高的皇冠戴在恺撒头上，还给他穿上最能显示身份和力量的王服，然后簇拥着他进入罗马城。街道两旁站满了向他致意的人民，他们之中没有一个不为他的伟大而折服。他们还说这是命运女神对他特别眷顾，不但让他脱离寒门，还成了万人瞩目的统帅。但这些人却不知道，就在他们对命运女神表示出崇拜和渴望的时候，她却又已从愉快的姑娘变成了恶妇。

在所有追随的将领中有两个人，一个叫布鲁图[1]，一个叫卡西乌斯，他们为恺撒取得如此的辉煌而不服，狂妄地以为自己也可以成为罗马历史上的第一人。嫉妒之心烧坏了他们对神的崇敬，竟在恺撒去卡尔皮特神庙的路上，拔出短剑刺向了他。几个同样恶毒的随从从旁边冲过来，按住恺撒就要喊出声的嘴，又在他的胸上和后背上补了几刀，就这样，屡经战场而不死的恺撒在自己的国家被人打倒在地上！

死神完全在意料之中出现，他来到恺撒的面前正要带走这个伟大的灵魂，却听到他这样对他乞求说：“请再给我一点时间和力量拉下斗篷遮住臀部吧——一个男人的威风与尊严就是在死的时候也不能丢掉。”就这样，他忍着疼痛完成了最后一件事，然后就倒在那里，让灵魂从身体中飘起来。

让人尊敬的卢坎、隋托尼乌斯[2]和瓦勒里乌斯[3]啊，你们曾经在自己的书中对这个伟大的征服者有过记载，我知道你们的意图是什么——就是告诫人们：千万不要为命运女神的眷顾而扬扬得意或忘乎所以，因为她的脸有时藏在彩虹之中，有时也会躲在那团乌云之后。

[1] 布鲁图（公元前85—公元前42）为罗马贵族派政治家，卡西乌斯（公元前85—公元前42）为罗马将领。两人都是行刺恺撒的主谋，后兵败自杀。

[2] 隋托尼乌斯，一译苏埃托尼斯，是古罗马传记作家和文物收藏家，写过《名人传》及《诸恺撒生平》。

[3] 这里的瓦勒里乌斯似指罗马史家瓦勒里乌斯·马克西穆斯（创作时期在公元20年前后）。

克罗伊斯[1]

财富与权势孰轻孰重，这世上又有谁说得清？它的评判只是掌握在命运女神的手中——如果她开心，她会让你财势两得；如果她不开心，就是千亿财富也会散尽，无比权势也会丢失。克罗伊斯就是她手中那枚用来向世人警告的棋子，她让他先是有钱，后是有权，最后又在一刹那让它们全都成空。

克罗伊斯，吕底亚国的最后一位皇帝，他曾经因为征战失败被对手捉住，他们把他绑在柱子上想要用火烧死。可是骤然间一阵大雨从天而降，克罗伊斯因为机缘而免遭厄运。从此后他更加骄横，以为自己的生命有了神的保佑。按捺不住想要重新发动一次战争，正在筹划的时候却做了一个梦。他梦见一个人高高地站在树枝上（当然那人是他自己）洗澡，做他随从的是朱庇特还有太阳神。这个梦大大激发了克罗伊斯的雄心，他以为接下来的凯旋会有这两位神的保佑。

但他那位学识渊博的女儿法妮安却不这样认为，她含着眼泪对父亲说："朱庇特是雨和雪的代表，太阳神是阳光的化身。我的父亲啊，那棵树是你将被吊死的征兆，你的身体除了要经受雨雪的覆盖，还要承受太阳的暴晒。"

庞大的财富对人生命的结束能起到什么作用？就是高高在上的王权又如何能永保稳固？这从古到今流传的故事啊，多的是这一类的悲剧。

骑士在这里把他的话题打断，修道士的故事至此结束。

[1] 克罗伊斯是吕底亚末代国王，敛财成巨富，即位后征服爱奥尼亚，后试图阻止波斯势力扩张，失败被擒后在波斯宫廷任职。

修女院教士的故事[1]

“喂，好了好了，我的先生！你已经讲了太多的悲剧故事了，现在停下来行不行？我可有话要说。”骑士先生在这里突然打断了修道士的话，说：“听我说，各位，世界上的事情有悲有喜，有忧有乐，如果我们只听一种故事，难免会心酸痛苦，使心灵受折磨。更何况原先有钱现在成了穷光蛋，或者本是有权有势之人转眼间却受尽羞辱人头落地，这样的故事最是让人难以忍受，一不小心就对人生前途没有了信心。要我说，倒不如来段快乐的，比如什么人一夜之间发了迹，终生有儿有女很兴旺，或者什么国王本是一个大无赖，最后在神的感召下却成了人民的英雄。”

“骑士先生，你说得一点没错。凭伟大的圣徒保罗发誓，”旅店主人接上了骑士的话头，“什么‘命运女神的脸躲在乌云后面’，什么‘从古到今悲剧不断’，这样的东西我们统统不爱听，就像吃饭吃多了总得换种口味一样，我们现在也该听点别的什么东西了。修道士先生，要不是你的马儿脖子上带铃铛，我想我真的会睡在马背上，那样也就太冒犯了你不说，我可能还会摔到前面的大泥坑。俗话说：‘识趣的人闭口也早。’我要是你就会另想一个事情来讲。”

“尊敬的先生，您对我的期望过于高了，不知道嬉戏玩弄之事在

[1] 修女院教士负有听取修女们忏悔的责任，这一位置就像他故事中公鸡的位置一样。

我全不精通。要是你们想听什么令人发笑的好东西,那就另找一人吧。”修道士先生说道。

“好吧。”旅店主人说着把眼睛瞟了瞟，转向他旁边的那位修女院教士，“我记得你的名字叫约翰，是专听修女们秘密的教士。尽管你的马儿生得又瘦又小，比不上修道士的那匹大马，而且它的脖子上也没有什么能发响的铃铛。但我却相信，你的肚中一定装着不少货，比起那些令人哭哭啼啼的东西来要好得多。现在是不是轮到你也来讲一个，让我们大家也高兴高兴？”

“遵命！”

教士想了想，开口给我们讲了一个故事，题目是——

《公鸡羌梯克利和母鸡佩特洛特外传》

在很久以前的一座山上，有这样一个寡妇。她自从丈夫死后，就独自抚养两个女儿长大，因为没有财产也缺少朋友，所以生活很清苦。这寡妇的房子紧挨着一片森林，她们烧火用柴就从那里取得。在那森林的旁边,她建了一个大牲畜圈,里面有一只羊,两头牛,三头大母猪。除此之外，有一群大大小小的公鸡母鸡整天在院子里跑着，不是挑食就是排泄——当然，从它们那地方出来的还有鸡蛋，而这正是老太太得以维持生活的最主要东西，在她们家的餐桌上，除了自制的黑面包和烤肉外，就只有这鸡蛋偶尔改善一下。老寡妇的房子经历过很多次风雨的洗礼，又破又旧，里面因为受了烟火的熏烤，真比那酒窖还要昏暗。不过，在她们那静寂的生活中，老寡妇还真是活得舒心，因为她既节食又勤劳，所以很少受疾病的痛苦。

且说这老寡妇家的鸡群里，有这样一只大公鸡。它的顶子比玫瑰花的颜色还要娇艳，那上面的齿就像城墙的雉堞。它的羽毛是纯正的金黄色加孔雀绿，远远看去好像五颜六色的彩图。最值得一提的是它的鸣声，比教堂里传出的赞美歌声还要好听，而且这是一只很负责的鸡，每天破晓总是第一个发出响鸣，那声音远远穿过森林和山沟，一直传到大山脚下。这鸡还有一个特点，就是懂得天长夜短或夜长天短的道理，能及时调整自己的作息和报鸣时间，因此很得主人和她女儿们的欢心，她们给它起名字就叫羌梯克利。

凭着英俊和雄武，这公鸡统领着手下七只母鸡。其中有一只叫佩特洛特，因为美丽又年轻，品格温顺又沉静，因此最得羌梯克利的喜欢。它们整日里厮守在一起，不是同鸣，便想交欢，过了很长时间都没有厌烦。且说有这么一个日子，清朗的晨光照耀着整个山头。所有的鸡都在地上散步，只有那只做统领的羌梯克利在鸡架上睡觉。它的爱妻佩特洛特守在它的身边看着远方，这时就听得一阵痛苦的哼哼声从羌梯克利的喉间传出，把佩特洛特吓了一跳，于是就问羌梯克利道："亲爱的，有什么事情打扰了你——是鸡架不舒适，还是你身体有疼痛？"

羌梯克利回答道："天，吓死我了！吓死我了！亲爱的佩特洛特你不知道，刚刚我做了一个梦，看见一只奇怪的动物。它长着尖尖的耳朵，那尖上有一点黑，尾巴长长的，也有一点黑色的尖，看那羽毛细又长，似红非红，似黄非黄，真不知是个什么大怪物，瞪着一双明亮的眼睛，差点就把我抓了去。"

佩特洛特听了，心中顿时恼火，大声对羌梯克利喊道："无用的东西，懦夫，滚吧，我再也不要你做我的丈夫！就连一只虫子都知道，女人最喜欢的是聪明强壮又勇敢的男人，像你这种连梦都害怕的人，又怎配做我的丈夫。凭上天做证，梦不过是一个人胡思乱想或吃得太饱，以至于体内胆汁分泌过多造成的，没想到竟然能把你吓得发出那种可耻的声音。人们说黑胆汁分泌过多会让人梦见魔鬼、大水或山洞，我想你的情况定是红胆汁过剩，否则便不会梦见野兽、狗或熊熊大火。

“加图有句话说得好：不要相信你的梦。我想这句话早就应该送给你，不过，现在说了也不迟。亲爱的先生，为了你的健康我提议你，跳下鸡架走一走吧。散步会让人气血两通，找些虫子来吃会让你胃口大开。梦中的太阳最能使人体温增高，那样红胆汁就会出来作怪。我要是你会先做了这两样然后再去找些草来吃，像桂叶、三色血蔓或其他的东西，只要是这院中长得有，就不辞辛苦也要找到，因为它们通气又通便，最能够预防感冒和发烧。”

羌梯克利说道：“亲爱的佩特洛特，感谢你对我的关心。要论智慧与见识，加图确实算得上是一个人物，但要是你读的书更多，就会发现还有另一些不同的意见，它们也是由一些著名的人说出，内容是‘梦的意义趋向现实’。也就是说一个人的生活决定了他的梦，梦中的情境又预示着未来的生活。你要是不信这一点，就听我给你举个例子出来。

“很久以前有一对虔诚的基督徒要去朝拜。他们走了很久很远感到非休息不可，就来到一个村镇上要求投宿，可是由于朝圣的人太多——那正是朝圣的季节——所以镇上所有的客栈全都已住满，因此这二人就决定分头去找，凭运气看能不能入住。第一个找到住所的人注定要倒霉，被带进的地方不是客店而是牛棚，只有那第二个人虽然费了一番力气，却找到了一间宽敞又舒适的房间。这样，两个朋友就各自在自己的地方安顿下来。

“且说那第二个人正睡在床上做着梦，就看见自己的朋友走进来对他说：‘快点起来，我的好朋友！今夜我将倒大霉，在牛棚里被杀死，求你快点动身，赶来救我一命。’第二个人惊得出了一身冷汗醒来，想一想，却觉得梦没有什么可靠，于是就又倒头大睡。第二次做这个梦的时候，那房间里的人醒来犹豫了一会儿依然睡过去，到第三次却听见那朋友用悲苦的声音对他说：‘一切都晚了，金钱害了我的命！看那又深又长的伤口还流着血，我的朋友，求你天亮时到城门外那条大路上截住那辆拉粪的车。我的尸体就在这里面，大胆把它截下，看在天主的分儿上，为我惩凶就全靠你了。’朋友说完凄凄苦苦地离开，再也没有回来，那床上躺着的人心中感到痛苦，于是就穿上衣服朝外面走去。

“这时天已经发亮，第二个人走到第一个人借住的地方找到老板，向他打听朋友的情况。老板说：‘早走了，天没亮就出城了。’这第二个人感觉很奇怪也很怀疑，于是就到牛棚里去喊他的朋友。见没有人应答，这人就急忙朝城门外奔去，在那路上果然见到一辆拉粪的车。第二个人想起第一个人说的话，于是就毫无惧色地站在大路中央对那赶车的人说：‘快快停下你的车，我的朋友就在里面，因为贪图财宝你们杀了人，这样的罪恶我一定要报官。’赶车夫正准备跳下马车逃走，这时围观的老百姓一起冲上来把他捉住送到了城镇长官那里。长官对他严刑拷打，得到案供知道老板是同谋，于是就派人去把老板也捉来，经过一番审讯，两人都承认了自己的罪行。因此长官就命令他们拿出钱来为那死去的人厚葬，然后又理所当然送他们也上了路。

“可见，有时候梦是真实情境的反映，要是不信我还有一个故事讲给你听。据说有两个人一起出海远航，走到半路就被风暴阻在了一个小港口地方。他们在那里待了一段时间，然后知道明天风向要变，于是就决定第二天继续远航。那天晚上他们中的一个做了个梦，梦见有人对他说‘明天你只要登上船就会身亡’。于是，不到天亮他就把这个梦告诉了朋友，并劝他和他一起再留在这地方过上几天。谁知那个朋友听了对他微微一笑，然后说：‘从来没有人能使我相信梦影，那不过是无所事事人的幻想。就连猪狗都会做梦——听它们的哼哼声就知道这一点——那我们还有什么可怕的？要是你不愿意出海，我天亮就独自离去，朋友，祝你在这里能有好运。’这朋友说完就去准备东西，天刚亮就独自上路。可天知道是出了什么事，那条船走了还不到一半路程就真的遇了难，那朋友不听劝告送了命，亲爱的佩特洛特，你现在该相信，对梦一定要小心了吧。”

佩特洛特撇了撇嘴说：“你的理由太不充分，所以我还是坚持原来的观点。”羌梯克利一听，马上又说道：“这样的故事我还有很多，只要你读过书就知道那些东西实在不难找。

“麦西亚王凯努弗[1]有个儿子叫凯内伦，在梦里看到自己被人杀死。醒来后他把事情告诉了自己的乳母，那深通世事的乳母劝他小心提防自己的身体。可那七岁的小孩子太过于年轻，对这一切事都不放在心上，于是有一天夜里，他就真的被人杀死，那人还是他的血缘至亲。

“马克罗比乌斯[2]曾经写过一段故事，是关于‘阿非利加征服者’西比阿[3]。他曾经作过一些解释说，梦就是一个人命运的前兆，是神赋予我们灵魂的先知先觉。

“除此之外，还有圣洁的但以理和约瑟，以及那些古埃及的法老祭司，他们没有一个人不重视梦影。谁要是像吕底亚国王克罗伊斯那样愚蠢，谁就注定要遭大殃。安德洛玛刻用梦境来劝告丈夫不要上战场，遭到丈夫的拒绝，于是那英雄阿喀琉斯就把他杀死在战场，证明了她梦境的正确。

“总之在这个世界上，梦是我们暗中得到的上帝的启示，凭着这一点，我断定自己将有噩运。不过，亲爱的佩特洛特，有一点可以肯定：

---

[1] 麦西亚是不列颠岛上中世纪早期七国时代的七国之一，位于今英格兰中部。国王凯努弗死于819年，儿子即位时仅七岁，后遭其姐谋害。

[2] 马克罗比乌斯是拉丁语法学家和哲学家，创作时期在公元400年前后。他对西塞罗（公元前106—公元前43）所著《论国家》中的《西比阿之梦》写有两卷评注，成为中世纪梦幻文学（如《神曲》《农夫皮尔斯》等）的背景。

[3] 西比阿（公元前236—公元前183）为古罗马共和国伟大人物，因在对迦太基战争中功勋卓著，被授以“阿非利加征服者”的殊荣。

看到你美丽的容貌我就会消除心头的不快，所以现在就让我们忘却忧愁，寻食做欢吧。”说完羌梯克利带头跳下了鸡架，像是一个国王一样，咕咕叫着走向了远方。

——女人的话啊，可真是不能听。当初要不是因为女人，我们的祖先亚当怎么会被赶出伊甸园，要不是因为女人，赫拉克勒斯怎么能死于非命，所以对女人的话一定要三思而后行，否则噩运马上就会降临在那遵从女人命令的人身上。不信，你们就来看看这听从了佩特洛特话的羌梯克利得到了什么样的报应吧。

话说当初上帝创造世界是在三月的天气里，从那时候起，这混沌的空间就有了人，有了动物，有了疾病，有了冒险，也有了一切凶杀和阴险狡诈。尤其是后面的事情在三月前后的时光里总是屡犯不减，所以，命运作巧，今天在那森林边上的草丛里就来了一只红毛尖嘴的狐狸。那正是公鸡和母鸡的天敌啊，可惜到现在那快乐的羌梯克利和佩特洛特都还不知道。

这狐狸是今早听见了羌梯克利响亮的歌声才走出来。那时它正在唱：“太阳升到了四十一度，正是觅食的好机会。有美丽的佩特洛特，有鲜艳的春花，有肥胖的小虫子，还有鸟雀在歌唱，问世间谁的生活能有我的舒畅。”狐狸悄悄从森林里出来，又挤进了这圈着鸡的栅栏。它伏在那里已经有很长时间，看到了羌梯克利从鸡架上下来，佩特洛特在一旁懒洋洋。这狐狸本是心胸狡诈，知道捕食猎物之前一定要仔细观察，就像那些杀人犯总是制定精确的方案，然后埋伏在暗处等待一样，或像加略人犹大和加涅隆，以及西侬[1]。这狐狸正在心里盘算着怎么引诱眼前的猎物，恰巧就在这时为了一只虫子羌梯克利竟然就走

[1] 西侬据说是希腊人，是他说动了特洛伊王普里阿摩斯，使之同意把那特洛伊木马弄进城中，从而导致特洛伊城的陷落。

到了这栅栏边。俗话说："动物天生对它们的敌人敏感。" 这羌梯克利也不例外。虽然它并没有见过那草丛里的东西为何物，也不知道它躲藏在那里的目的是什么，但凭着本能它感觉到了一阵恐惧和胆寒，等不得打声招呼它跳起来就准备逃走。

这时，狐狸开了口。它说："嗨，高贵的先生，你怎么啦？见了朋友怎么不打一声招呼就准备离开呢？是你的美丽的妻子在叫唤你吗？请稍微停下来一小会儿听我说几句吧。我本来是你在这里的老邻居，因为出门周游了很长时间，所以你们都不认识我。今早我刚回来走到家门，就听到有一声嘹亮的歌声传来。我忍不住好奇想要来看看，没想到你竟是故人之子。你的父亲就像你一样也有一副好嗓子，你的母亲陪同它也曾到我家去做客。那时它们俩合着为我表演了唱歌，闭着眼睛，伸长脖子，用足劲，唱出来的声音真是比天使的声音还让人陶醉。你完全继承了你父亲的优点，有一副好歌喉，也有一个聪明的头脑。记得你父亲的聪明无人能比，就是《驴先生布鲁内勒斯》里那个为了报复他的儿子踩断了自己翅膀就让教士丢掉职位的大公鸡，在你父亲面前也不能相比[1]。看在我如此怀念你父亲以及无比崇拜你的分儿上，好先生，就为我高歌一曲吧。"

狐狸装出一副恳求的样子，把羌梯克利高兴得简直都不知道要怎么感谢。满身的恐惧顿时消失得无影无踪，它只觉得全身有使不完的力量。唉，上帝啊，这世上的人是多么地不能抗拒谄媚和奉承，读读《传道书》你就会知道那有多可怕。

这羌梯克利得了这么多美丽的赞词，没有犹豫就闭上眼睛，伸长脖子，把一只脚踮起来放声歌唱。这时狐狸赶紧跑过来，一口叼住羌

[1] 这是12世纪坎特伯雷基督教会的修士奈吉尔·德龙香写的讽刺教会的诗中的内容。这只公鸡报复的办法是：当这孩子的父亲要在主教主持下接受教职任命之日，它故意不叫，使教士睡过头而失去了这一任命。

梯克利的脖子跑进了森林。

——啊，给人快活的维纳斯啊，金星宫的主人。看看这羌梯克利是如何侍奉你，遵从你的命令努力繁殖吧，为什么你不保佑它躲过这星期五[1]的灾祸，还要让它丢失性命？啊，高贵的杰弗里大师[2]，我为什么没有你的才气和智慧，能把这羌梯克利的痛苦和恐惧说清楚，那样大家就会明白这噩运对高贵的国王羌梯克利来说打击有多重。总之，在那旁边正晒着太阳的一群母鸡看到它们的丈夫被一只怪物掠走，忍不住就放声惨叫起来。我想，就是当初攻占特洛伊城时，英勇的皮洛斯用剑一下把普里阿摩斯杀死，那些妇人们的哭喊和这群母鸡比起来也要逊色三分；哈斯卓巴的妻子因为悲愤就跳进火海，那场面也没有现在的悲惨。正在屋里干活的老寡妇和她的女儿们听到叫声赶紧冲出了屋子。她们有的拿着棍子，有的拿着扫帚，有的牵了猎狗，有的放跑了猪鸭。总之一阵鬼哭狼嚎的惨叫，鸭以为命到尽头不住啼哭，鸟以为天敌来临倾巢出动。当初杰克·斯特劳领着一大伙人叫喊着要把佛兰芒人全部杀掉，那场面比之也显渺小。好像世界就要毁灭，人鸡牛猪全都乱了套。这时狐狸仗着腿快已经跑到了森林中央，羌梯克利虽然很害怕却还是开了口。它用颤抖的声音对狐狸说："如果我是你，先生，我就会对那些人喊叫说：'滚回去吧，你们这些傻瓜！得到的猎物我从来没有松过手，愿你们都得到瘟疫，再也不能出来见太阳。'"狐狸一听觉得在理，就说："主意不错。"就这一开口，聪明的羌梯克利马上跳离了它的口，跑到一棵大树前飞了上去。

狐狸对羌梯克利说："老弟，不要害怕。请听我一句最诚心的话，

[1] 过去曾将太阳系中一些行星的名称用来命名一星期中的各天，星期五是金星日，而维纳斯即金星。

[2] 这里的杰弗里是指杰弗里·德·文索夫。这是一位12世纪作家，写有一些关于诗歌的论文，其中在谈到哀歌时，用的例子是一首悼念狮心王理查一世的诗。

我这人从来不说谎，我这样使你惊吓只是和你开个玩笑。这玩笑我和你的父亲母亲经常玩，没想到你倒是没见过。”

羌梯克利一听，大声对狐狸说：“谁要是再上你这个可恶的东西的当，谁就真的才是傻瓜。愿天主让你的肉体和灵魂都受到折磨，你这个爱撒谎的骗子。走吧，走吧，不要指望我会再跳下树闭上眼睛放声歌唱，那样我准会得到上帝的惩罚。”

狐狸说：“谁要是做事不用脑子，该沉默的时候偏偏开口，那么它也会受到上帝的惩罚。”

诸位，别以为这只是一个公鸡和母鸡的事情，圣保罗说，别人的经历应该作为我们的教训。愿上帝保佑我们都有个明智的脑袋，遇到事情不骄傲，也不轻易相信别人——阿门！

修女院教士的故事结束。

医生的故事

“修女院教士先生，你的故事讲得真是太好了。看你满面红光，身强体壮，又有那体面的职业，我想你一定也和那公鸡羌梯克利一样，妻妾成群吧。愿天主保佑你精力充沛，长命无恙，这样就能为我们这世界增添一些像羌梯克利和佩特洛特那样的好人。现在，前面的那位医生先生，按照我们的约定，你也该开开你的尊口了吧，不要让血气和钢刀填满了你的脑子。”旅店主人说。

医生说：“这个机会，我已经期待很久了。现在我就为诸位讲个解乏的故事。”

医生的故事现在开始。

古罗马有位名家叫提图斯·李维[1]，曾经写下这样一个人物，他的名字叫维吉尼乌斯，是一位家财万贯、善交游的武士。

这武士有一个独生女儿，被视作掌上明珠。她生得万里挑一的漂亮，是自然女神最得意的杰作。没有人能用语言来描述她的容貌，就连女神自己对她都有一点嫉妒。用她的话说：“这是我对我主最高贵的

[1] 李维（公元前59—17），一译李维乌斯，是古罗马的历史学家，著有《罗马史》142卷，记述从罗马建城开始到公元前9年的历史，但大多佚失。

奉献，因为他赋予我其他神所不能完成的职务。世间万物的形象，或者颜色，或者功能，全都出于我的意愿，只要我动动手，就能决定他们的生死变幻。我创造出了这个世间少有的尤物，任皮格马利翁[1]怎么雕怎么钻也不能出现。宙克西斯[2]曾经欺骗了鸟儿的眼睛，但他骗不了自己的眼睛，如果他也想模仿我，那简直是白费力气。就是潘多拉见了她，也要自觉退避三舍。”

这姑娘长到二七年华时，正是最美好的处女时光。一头金发又粗又长，一张嘴巴好比玫瑰，那肌肤比雪百合还要娇嫩，那身材好比扶柳。除了这一切，她还有着人人称赞的好品德，任是什么以挑剔出名的贵族绅士，都对她无不满意。

她的穿着端庄而且典雅，有着淡淡的颜色；她说话时谨慎小心、温文有礼，句句符合淑女的风范。她的举止不紧不慢、不愠不火，绝对适合她这样年龄和家世的姑娘的身份；为了不让懒惰掌管自己，她的手从不停下歇歇。人们都说雅典娜是最聪明的女人，要我看来，这姑娘比起她来毫不逊色。因为有很多的舞会、酒会、宴会，常常是那些未婚男女的陷阱，他们由于喝酒而会变得狂妄无礼起来或干出一些有失身份或名声的事来，但这位姑娘却明智地选择了以病为托，推掉了一切的应酬，这样就很好地避免了自己也有失态的机会。这种种行为，不仅是那些闺中女子们成长的最好标本，而且与那些结了婚的妇人比起来，无论是节俭朴素的举止，还是慷慨仁慈的气度，也是她们所不及的。

我说这些，请那些正在我们身边的妇人们不要生气，我并不是想

[1] 皮格马利翁为希腊神话中的塞浦路斯王，善雕刻，因热恋自己所雕少女像，爱神见其感情真挚，遂赐生命于雕像，使他们结为夫妻。

[2] 宙克西斯是活动于公元前5世纪末的希腊画家，据传其所画葡萄曾引飞鸟来啄食。

要抬高我故事中的主要人物从而贬低你们的人品。谁都知道：有钱的人家想要给他们的女儿聘请教师或管事，无不考虑到两个因素，就是她们是否忠贞不渝地保持了贞洁，或者是放荡不羁地走过弯路最终却幡然醒悟。因为保持贞洁的人最知道贞洁的重要，失去贞洁的人才知道失去贞洁的痛苦。这两种情况都是经历了爱神的洗礼或看透了人间的情爱闹剧，从而有了人生的领悟才达到的境地，所以让她们作为闺中女子们的生活导师真是再合适没有了。俗话说："从前的偷伐人才是最好的护林人。"吃过苦头或干过坏事的人永远是最好的经验人。所以，妇人们啊，你们一定要忠心、负责地管教好你们身边的女子们，不要因为心软或邪恶就让她们重犯你们犯过的错，因为我主说过："欺骗孩子童贞的人是最不能饶恕的人。"

当然，那些为人父母者也要密切关注孩子的生长。你们毕竟是孩子的生身父母，既然把她们带到了这个世界上，就有义务也有责任把她们教导好。牧羊人让恶狼吃掉了自己的羊群，受损失的是他自己，同样，纵容自己的孩子走上邪路的人，吃亏最大的也将是他们自己。

我这一番说教只是想让天下所有人都来对孩子的生长负起责任，不管你们听不听，道理就是这样。现在，再回到我所说的故事中来。且说这个姑娘因为有良好的个人道德和教养，所以她的生活中完全不需要哪一种妇人来做她的导师，而且，由于她那美名和容貌越传越远，周围很多地方的家庭在教导他们的子女的时候，总是以她为榜样。这样，天长日久，终于有一天这种威名传到了一个法官的耳朵中。

这个法官名叫阿庇乌斯——这是个真实的名字，历史对于坏人的记载总是详细而又确凿。他是这个地方最大的法官，所有的官司或罪犯的最后判决总是要在他这个地方才能实现。且说这位法官久闻那位姑娘的美名，心里一直渴望有一天能够见一见那真实的人。终于，有一天，这姑娘就像其他姑娘一样，陪同她的妈妈到教堂里去，真是不凑巧，竟然就在教堂的门口碰上了大法官。

姑娘的美貌惊呆了法官，他借着向母女俩问好的机会仔仔细细地把姑娘看了个够。回来后，他茶不思饭不想，只是对自己说："无论用什么办法，我都要把这个美人弄到手。"于是，他就在深思熟虑中筹划了一个毒计——他知道，论钱财，自己不能和姑娘的父亲比，论势力，姑娘家也有很多了不起的亲朋好友，而论德行，无论如何姑娘是不可能看上自己的，所以要想得到那位堪称完美的姑娘，就非用毒计不可。

这样，就在一个夜深人静的时刻，他找到了那地区最最出名的无赖兼流氓克劳迪乌斯，把自己心中的打算完全告诉了他。法官许下诺言说，如果他能帮助他得到那位姑娘，那么，今后无论有什么关于无赖的官司，他都会帮他摆平，而且，他还答应事成之后给无赖一笔为数不少的财富。于是，无赖克劳迪乌斯就以自己以前所犯下的种种罪行为代价——这些罪行均因为做得巧妙而没有人发现——发下誓言说，如果他泄露了秘密或不能为法官办成这件美事，那么他甘愿受到应有的惩罚甚至是掉脑袋的治罪。两人在愉快的氛围中达成了协议，之后，无赖克劳迪乌斯就回到自己家里，开始筹划一场阴谋诡计。

这样过了没有多长时间，有一天坏法官阿庇乌斯像往常一样又开始在自己的地方审理公案，这时，无赖克劳迪乌斯不顾看门人的阻碍，冲进大堂对所有正在审案的官人们叫道："各位大法官哪，请为我做主！我要状告虚伪的武士兼绅士维吉尼乌斯！"

各位法官及助理感到万分惊愕，这时阿庇乌斯开了口，他说："尊敬的克劳迪乌斯先生，你有什么冤或屈可以统统说来，我们一定会为你做主。只是现在你所状告的人他并不在堂上，所以请你忍耐一下，我马上就叫人传唤他到场。"

于是没过多久，满心迷惑的维吉尼乌斯奉传来到了法庭上。还没等他问清情况，可恶的克劳迪乌斯就装作悲痛的样子对法官们说道：

"尊敬的先生们哪，请为我这个卑贱的人做主。虽然那个叫维吉尼乌斯的人平常装得就像一个绅士的样子一样，骗过了大家的眼睛，但他却骗不过我克劳迪乌斯的眼睛。我知道，他就是那个趁着天黑没人的时候,摸到我的家中偷走我的女仆的恶人。那时,我的女仆年纪还很小，对许多事情可能已不再记得清，而且由于我一直没有找到证人和证据，所以多年来都没敢把他告上法堂。但现在，我已经知道了他家里那个名义上是他女儿的人实际上就是我当年的小女仆，而且，我还找到了证人来证明这一切，所以，现在就请法官大人为我做主，将他家那个女人判还给我。"作为武士和绅士，维吉尼乌斯本有权力要求为自己辩诉，但由于吃惊和气愤，一时之间他倒也实在没有想出能有什么办法来证明自己的清白，于是就在这一沉默和迟疑间，坏法官阿庇乌斯下了结论说:"维吉尼乌斯不仅欺骗了众人的信任，玷污了武士的名声，而且还犯了偷窃罪，因此，我宣判：由他回去把那个女儿带回来，交我监护，然后按照法律的规定，把她还给原来的主人。"

这样，刚刚还是欢天喜地的一家人，霎时间就面临了永远的分离。脸色灰白的维吉尼乌斯摇摇晃晃地回到家中后，把自己关在房间里半天没有作声，愤恨与痛苦折磨着他的心，但无论他怎么思忖，却不能不遵从法官的断定。于是他叫人把女儿叫来，看着那张美丽而温顺的面孔决绝地说道:"我亲爱的女儿啊，请原谅我做父亲的无能。你知道，在这个世界上我最爱的人就是你，为了你，我愿意付出所有的一切。你的命运本应该像五月的鲜花般娇艳长久，但谁知道上天却偏偏要让可恶的法官看见你，我知道，他是为了你的美貌才想出如此毒计。我抚养你这么多年，可以说乐也为你，悲也为你，但今天我却不得不做出最坏的决断：你的眼前只有两条路，要么受死要么受辱。

"你是我最亲爱的女儿，有着美丽的容貌，更有忠贞的心灵。我知道你一定明白，我主决不容许一个受了玷污的灵魂来侍奉他的左右，所以今天你的生命只有一种选择，那就是牺牲生命以保全贞洁——主啊，为什么要如此对待我？既然你让我拥有了这个生命，却为什么又让我亲手把她了结？”说完，维吉尼乌斯禁不住流下了悲凄的眼泪。

他的可怜的女儿猛然听得这个判决，不禁惊散了美丽的花容。像往常一样，她攀上父亲的膝头，用胳膊圈住他的脖子，哭泣着哀求道：“父亲啊，请再想想办法吧，我还这么年轻，又没有做错什么事，难道主真的不给我机会了吗？”

“没有办法了，我亲爱的女儿！”父亲流着泪闭上眼睛，不忍再看女儿哀泣的面容。

“那好吧，父亲。”所求无路的女儿见父亲这个样子，不禁心疼地下了决心，“既然这样，那就让我去死吧。俗话说：‘坏人自有坏结果。’我诅咒这作恶的人得到应有的下场。只是，我的父亲啊，请你看在耶弗他[1]也给了他的女儿时间的事情上，请也给我一点点时间用来准备吧。”说完，美丽的姑娘就昏倒在了地上。

等她醒来之后，看到父亲已经把利剑提在手上，于是她就对父亲最后请求说：“看在我还是女儿之身的面上，主啊，请让这利剑来得快也去得快吧。”说完又昏了过去。于是父亲就趁这个机会痛下杀手砍下了她的头，然后，他提着那头返回了法庭上。

正等待得有些不耐烦的法官看到这种情况，不禁恼羞成怒，大叫着要把维吉尼乌斯送上绞刑。正在这时，闻讯赶来的群众围攻了法庭，他们知道维吉尼乌斯是个正直的好人，他的女儿更是一个善良而慷慨的人。克劳迪乌斯是个犯事累累的无赖，虽然没有什么证据能证明城

[1] 耶弗他是个勇士，曾率以色列人与亚扪人作战，战前他向耶和华许愿，如他得胜回家，将以首先从家门出来迎接他的人献为燔祭。不料，他回家时他的独生女拿鼓跳舞出来迎接他。他答应女儿离开两个月，与同伴去山上为她终为处女哀哭，然后将女儿献为祭品。见《旧约全书·士师记》第 11 章。

里很多事都是他所为，但他的臭名声却是人人皆知；阿庇乌斯更是一个好色之徒，这一点也是人人皆知——这二人合在一起，定是有什么阴谋。人们在他们正在法庭等待的那一段时间里，很快就合力查明了他们的罪恶，在维吉尼乌斯返回法庭的时候纷纷来到法庭上，要求法官重新为他们审理。其他法官在众人的愤怒和监督之下，查明了阿庇乌斯和克劳迪乌斯的罪恶，于是就判决将把害死无辜姑娘的主犯阿庇乌斯投入监牢，并任由他在羞愧难当中自杀身亡。又判决克劳迪乌斯为死刑，将在法场上的树桩上被吊死。维吉尼乌斯看到克劳迪乌斯只不过是个从犯，也是法官阿庇乌斯手中的一颗棋子，于是就为他请求减刑，最后，克劳迪乌斯终被判以流放之刑，终生不得再回到这个城市里来，而且，与此事有关的一切人众，都受到了相应的惩罚。

各位，这真是：施阴谋不成，反把自己葬送。世间的一切事情均有我们万能的主在上看着，他不仅会让法律来处理这一切，还会让其他人也从旁监督。世上没有不透风的墙，犯下的罪恶总有一天会暴露。所以，我奉劝大家：洁身自爱，远离罪恶。

医生的故事至此结束。

卖赎罪券的人[1]讲的故事

医生的故事让所有在场的男男女女都感到极大的悲愤与不平。旅店主人大叫着说："可恶的无赖，可恶的法官，愿地狱里有更解恨的惩罚让你们来承受！这真是人世间的一出悲剧啊，医生！

"正像人们所常说的那样，好运与美貌不可兼得，人生总是有得必有失。那姑娘因为受了自然女神的眷顾，就遭到了命运女神的折磨，这样的故事多得数不清，却是事事让人伤心——可怜的姑娘！

"尊敬的医生先生，我敢以那十字架上的圣灵和圣血发誓，你确实是一个值得尊敬的人，你为我们讲述了一个很美丽的故事。愿我主保佑你，保佑你那些瓶瓶罐罐、香草医料，以及你的寿命——愿你能长命百岁，造福人类。

"只是，你的故事太过于悲伤了，医生先生。凭着圣罗南的名义发誓，作为医生，你应该能明白'悲伤能使人身体受到伤害，心灵受到折磨'。你的故事差点让我心脏停止跳动。所以，我要请求我们中间的另一位再来给大家讲一个故事，就是那令人感到愉快或受到教育的故事，但愿它能像陈年的老酒那样，让我们重新恢复以前的好心情——卖赎罪券的那位先生，就请你先来吧，我相信，你的生命中定然碰到过形形色色的故事无数。"

[1] 卖赎罪券的人是中世纪时获准出售天主教赎罪券（也称赦罪符）的神职人员。

卖赎罪券的人听到呼唤回答道：“按道理，要我讲一个故事倒也没什么难处，但是，各位，难道你们没有看见前面正好有一家小酒馆吗？为何我们不先进去喝几杯呢？这样也可以给我充足的时间来想出一些更好的故事——我敢保证，它们肯定是既高雅又具有教育意义。”

众人表示同意，于是，卖赎罪券的先生就领先走进了前面的小酒馆，边喝酒边说出了下面的一席话。

“各位，我是一个卖赎罪券的人，得了教皇和主教大人的同意，而拥有这种特权。为了把我囊中的东西卖出去，我通常需要在讲坛上讲很长时间的道，这些内容在我来说，早已熟记在心，说出口时不用思考也会像教堂每天敲出的钟声一样准确。并且，在开讲之前我还要把各色各样的证书拿出来给人们看，这其中有盖了教皇大人印章的诏书，有教会主教大人的亲笔特许，等等，这些东西能让那些尘世间的俗人对我的人品和道义深信不疑，从而也就能相信我随后给他们出示的那些东西了。

“我的囊中有一个玻璃瓶子，里面装着许多布片和骨头。在我的口中来说，它们都是圣母马利亚或天主耶稣的圣物，有了他们就可以拥有许多想不到的好运。比如说那块镶有金属边儿的羊肩胛骨吧，它是一位犹太人送我的礼物。我把它拿出来之后，会对那些听道的人说：‘快来看看这块骨头吧，它可不是普通的东西。这是受到圣灵点染的东西，具有超凡的神力。要是有哪家牧人的羊或其他牲畜受了蛇咬，或是中了其他的毒，就用它来沾染泉水吧。只要经它浸泡过，这种泉水就有了治疗百病的效果，不仅能让中了毒的或生了病的羊群重新活过来，还能增强它们的抵抗力。各位仔细听好了，要是有哪个人愿意在早上空腹的时候就先饮下这么一杯水，那么在某个早晨的时日里，他就会发现他家的羊群里已经成倍地增加了许多。而且，这种泉水在男女夫妻之间还有更奇特的疗效——要是有哪个给丈夫戴了绿帽子的夫人愿意买下它，并把它浸泡，然后悄悄让她的丈夫把这种水喝下去，那么即使他已经知道了自己妻子所干的好事，他也不会生气。

“卖完了骨头，我就开始卖布物。我的囊中有这么一副手套，不管是什么人，不管他种的是何种农作物，只要他肯舍得花钱买这种手套戴一戴，那么他家的谷仓中就会有成倍的粮食冒出来。

“各位，我是一个授有特权的人，能够赦免人世间许多的罪恶和错误。要是有什么人犯下了什么一般人不可饶恕的罪则，比如盗窃偷汉等等，只要他甘于对这些圣物奉献一些财物，那么我相信，我主一定会允许我代他听他们的忏悔或求恕。

“说到这儿，我想大家一定已经知道我卖券的真正目的了，说白了就是赚钱。我不想讳言，其实无论我如何在讲坛上动嘴伸胳膊地卖力讲道，就像一只啄食的大公鸡一样不能得闲，说到底，我的真正目的只有一个，那就是让人们听从我所说的‘贪婪是万恶之源’的道理，而不要对我的这些圣物有什么吝啬的行为，从而慷慨地付出他们的收入中的一小部分。当然了，至于他们到底犯过什么错，或者正有什么难以解决的事情，这一切对我来说就无关紧要了。我才不关心他们死后灵魂会不会入地狱或升天堂呢，也不关心他们家某某牲畜或某某人得病了会不会死去。因为——在这一点上，我绝对向大家坦言——我的所有说教或献殷勤都只有一个目的，那就是以虚伪的方式为自己增加一些收入。

“因此，我不在乎那些设立的讲坛是否高不可渎，只要是对我有利，就是用它们来争名利、泄私愤我也愿意。我常常含沙射影地对我的对手们予以攻击，那火候绝对掌握得很到位，既不用点出他们名字，又能让所有人知道我正在说谁，这样他们的名誉就能受到最好的损毁。

“我知道，我自己并不是一个高尚的人，甚至连一个善良的人也称不上。我用许多老得掉牙的故事来迷惑那些无知的人，让他们甘愿为了一个‘贪婪是万恶之源’的信念就付出自己的所得，还决不心软地收取那些已经是穷得养不起孩子的寡妇所给的钱。但各位，话又说回来了，请大家不要因为我是这样一个人，就不相信我能讲出好的故事来了。既然我已经把这些情况给大家交代得清清楚楚，那就说明我并不想欺骗大家。

“我确实是个不思进取、不想靠自己的劳动过活的人。我不愿像那些辛辛苦苦一生而终也没有过上好日子的人一样浪费掉自己的生命，也不愿意为取得金钱就大把大把花费掉自己所有的精力。与叫花子或那些庸人比起来，我情愿做一个靠着一张不烂之舌而到处骗钱的骗子，还美其名曰有神圣的职责。但是，我要竭力声明的一点是，不能否认，虽然我曾犯过不少的错误，并且现在还在做着各种堪称罪恶的事情，但事实上，就是靠了这种说话的功夫，我也曾挽救过许多失足的人。

“因此，毫不夸张地说，我讲出来的故事也可以是极具教育意义的，或者，至少是能够愉悦大家的，因为既然大家准许我喝了这许多的好酒，我总该以自己最好的故事来奉献给大家吧？所以，现在就请大家仔细听好了，我的故事是这样的——”

卖赎罪券之人的故事正式开始。

主啊，请容许我述说以下几种情况的罪恶吧。

首先，是贪吃贪喝的恶果。溯本求源，先看看我们的圣祖亚当和夏娃吧。谁都知道，他们原本都是生活在上帝乐园中的圣洁的人儿，却受了食物的诱惑而犯下不可饶恕的罪过。从此后上帝罚他们出了乐园，还要经受种种的苦难。这就是人类最先堕落的标志，也是铸下万世不能赎清罪孽的根源。

贪吃的可悲下场啊，不仅能让人为之丧失理性，而且暴饮暴食还是多种疾病的起因。圣保罗说：“食物为肚腹，肚腹思食物，但上帝要叫这两样都坏死。”[1]肚腹和胃肠本来只是维持人类生命的生理机制，是食物和美味的短暂储藏所，但人们为了它却情愿四下奔波。天上的，地下的，水中的，没有什么是人类不能找到的。他们还不惜花费大量的金钱聘请高明的厨师——这些人的生活就是与食物打交道，蒸、煮、熏、烤；花力气把一块小小的骨头打开，只为了那其中的一点点骨髓；调制美味的汤料，因为主人喜欢喝饭后汤，等等。“肚腹和胃肠啊，”圣保罗为人类而哀哭道，“是上帝的敌人。”它们把人类的身体当成是储藏垃圾的地方，这其中充斥了污秽的腐水，难闻的气味，但却还没有节制地思恋着美味的东西。

贪吃这种事情说起来就让人感到羞愧，更不用说暴饮暴食这种行为了。我们的天主耶稣为了人类因贪吃而受下的天罚付出了巨大的血的代价，难道我们今天的人们还不能从中醒悟吗？

还有饮酒过度，也是一种罪过。正如《圣经》上所讲述的，酒可以乱性。罗得喝醉了酒，竟然和自己的两个女儿睡起觉来，希律酒后失策，竟然受恶人的引导，把无辜的约翰杀掉。塞内加有这样一句话，一个醉鬼和一个傻子之间并没有多大的区别，这话可真是至理名言。因为除却发疯的时间比傻子稍微短一点以外，一个醉鬼的心智并不比傻子多多少。贪杯的人整天浮肿着一张脸，满口臭气中卷着两个字“参孙！参孙！”却不知参孙是一口酒都不喝的。这样的人因为受不了酒神的捉弄，就大失身份地躺倒在地，还厚颜无耻地叫着“我没醉，我要喝酒！”可见酒是理智的坟墓。如果你有什么秘密的事想要问他，就趁这种时候吧——俗话说：“酒后露真言。”这样的人是没有

[1] 见《新约全书·哥林多前书》第6章13节。

什么诺言和信誉而言的，对他们来说，酒就是对他们发号施令的权威。红酒、白酒、勒伯酒[1]、罗谢尔酒或波尔多酒[2]，不管什么酒，这样的人只要沾上那么几大口，就开始把身体放在西班牙，而脑袋却已经去了契普赛德。

酒可以使正常的人变成疯子、诚实的人变成无赖，还让许多的英雄毁于一旦。《旧约全书》有记载，强大的阿提拉[3]是多么让人羡慕啊，在攻占罗马帝国的进程中，他铸下了英雄事件一件又一件，可就是因为多喝了那么几杯酒，竟在他最得意和高兴的时候因流鼻血而死去。还有利慕伊尔——不是撒母耳，而是利慕伊尔[4]——他的母亲不是教导他，说好的领袖或聪明的人是不该喝酒的吗？酒、色、财、气，四大罪恶中，酒居其一，可见贪杯之事实在是上帝最不能容忍的事。

还有赌博，也应该是被禁止的邪恶行为。赌徒是一个人最可耻的称呼，从这个名声中我们就可以知道，这是一个怎样不把金钱和时间放在眼中的败家子。这样的人为了能满足一时的刺激或无底的贪婪，绝对会把好人家的家财败坏个精光，还会在以后为了维持生计而不停地去偷去抢。撒谎欺诈、杀人放火，有多少的罪恶之事不是因由赌博而起？！所以说，参与赌博的人是最为我们所不耻的人。这样的人如果是平民或乞丐，会被周围的人赶着离开自己的家门前，如果是君王或将军，那么无论他的名誉曾经有多么显赫，或者功绩曾经有多大，人们也会瞧不起他。

斯蒂而朋是被人们称赞的聪明之人，在他的论述中也有关于赌博

[1] 勒伯为西班牙地名，该地产酒。

[2] 罗谢尔与波尔多都是法国地名，后者尤以产酒著名。

[3] 阿提拉（？—453）是进攻罗马帝国的最伟大的匈奴王，在新婚之夜突然死去。

[4] 利慕伊尔（Lemuel）是《旧约全书·箴言》第 31 章中的人物，撒母耳（Samuel）也是《旧约全书》中的人物，两者拼写字母相近，故云。

的事情。有一次，斯巴达请他到科林斯去，代表斯巴达与科林斯签订盟约。斯蒂而朋本来是带领大批的随从辉煌而去的，但不到一个来回的工夫他却又已经返回了自己的国家。原来在刚到那个国家的时候，他就发现这个国家的人民，上到国王君主，下到平民百姓，都很迷恋于赌博一事，斯蒂而朋说："如果让我和这个国家签订盟约，也就等于是我把赌徒和你们联结。做这样的事比贪图人家的钱财还要让人感到不耻，我情愿因完不成差事而受死，也不愿把自己的国家和赌徒盟友的名声联结起来。"可见明智而正直的人是不屑与赌徒共事的。

古安息国的君王曾经送给德米特里厄斯一副金骰子当礼物，表面看好像是迎合他的爱好而成人之美，但实际上，读过这段史书的人都知道，金骰子代表赌博，德米特里厄斯在安息国王的眼中不过是一赌徒而已！这样的事还有很多，在这里我就不再一一详说，而是再来谈谈另外两个也应该受到指责和责难的事，那就是发假誓和凶誓。至高无上的天主在他的十大戒律中说："不可妄称我名。"这条戒律被置于凶杀和谋财等大罪的前面，位居第二（实际上，在新教徒的戒规中它位居第三——译者释），可见对于发假誓这样的事情，天主是多么地不能容忍。《马太福音》上有圣耶利米的话："我们的誓言应当诚实而公正，不应该撒谎。"发假誓或随意发誓的人实际上就是对天主不恭，是欺骗天主。"凭着海尔斯的圣血[1]我发誓：要是你能掷出比我大的点来，我就用这把匕首把自己了结"或者"凭我父的在天之灵发誓，要是你欺骗了我，那就让你当场喷血不止而死"，这样的凶誓也是一些狂妄之人常常能够说得出口的事。可他们却不知道，凶誓首先是

[1] 海尔斯在英格兰的格洛斯特，这里的修道院中藏有一小瓶（据称是）基督的血，后被亨利八世下令毁掉。

需要将自己的名誉和精力作为代价才能实现的，所以这样的人常常会遭到报应。

凭着我主曾经为我们付出的血的代价，请大家以后少发这样的誓言或做出上面我们所说的那些事来吧，就是贪吃、暴饮、酗酒、赌博四大事情。这样我就可以讲出我下面的故事了。

这故事的主人公是三个年轻人，正如我们上面所说到的，因为饮酒赌博生活放荡，这几个人在佛兰德斯那个地方简直是臭名昭著，但他们却还不自知。

整天吃饱喝足了之后，这些人所要做的事情就是逛妓院或上赌场。一整晚地欢歌跳舞，弹竖琴、吉坦、鲁特琴[1]，与卖花卖水果姑娘调情，这样的事情将他们折磨得没有了人样，但白天一到，他们还是会照样去那掷骰子的地方鬼混。不管是赢了还是输了，不管是高兴还是难过，这些人口中整天骂骂咧咧地就是互相咒骂与嘲笑，他们拿对方来开玩笑，还把上帝当作挡箭牌或发泄的对象。那样的话听来就让人感觉吃惊与胆寒，但他们却不听人劝停住口——照实际情形说，这些人简直就是魔鬼附身！

有这么一天，这三个无赖像往常一样在赌场里混了一夜，然后在教堂的钟声还没有敲响以前，就又来到了一家小酒馆里狂饮。这是他们常来消遣的场所，正对窗口的那张桌子已成为他们的专桌。这几个人正喝着酒，就听得一阵送葬的铃声响起，有几个人抬了一具尸体正好从窗外走过。于是其中一个好奇的无赖就唤过酒店伙计来吩咐说："快去看看今天有什么人要下葬，他又是因何而死亡。探清了一切之后不要有耽误，马上来告诉我们。"

[1] 鲁特琴，是14—17世纪时使用较多的一种形似吉他的半梨形拨弦乐器。吉坦则是中世纪另一种类似吉他的弦乐器。

“先生们，不用去问了，刚刚在你们来之前就已经有一个朋友跑来告诉我了，说那个叫死神的强盗昨晚又带走了一个生命——就是那个你们平素里称他为你们最好的朋友的那个人。他本来正好好地坐在凳子上喝酒的，可谁知那个活着的人们都没有见过的死神就走了进来，来到他的跟前把他从凳子上这么一推，于是他就一头栽到桌子底下死去了。唉，这瘟神，已经杀死了那么多人却还不罢手，我看哪，各位先生，你们最好也在他还没找上你们之时就早做准备吧。我妈说：‘要时时刻刻提防着那害人的手。’确实，这话没错。”

这时，酒店主人接上话说：“是啊，凭圣母马利亚的声名说，这伙计说得完全属实。你们难道没有听说过，就在去年一年的时间里，已经有好几个村庄的人家死了人？听说有一个离我们不远的大村子，到今天已经成了一个空村，所以有人说，那就是死神居住的地方。不过，不管他是不是真的住在那儿，先生们，要我说啊，听那个老妇人的话准没错——提高警惕，时时提防那害人的手啊！”

三个无赖听到这里，先是一阵发惊，然后就放口大笑起来。一个无赖说：“凭天主的胳膊起誓，难道我们三个人还怕一个强盗吗？哈哈哈！朋友们哪，请伸出你们强健有力的手吧，让我们三个人一起把力量握起来，结盟对敌。我就不相信，凭着我们的幸运和亲密关怀的热情，不能把这个恶魔制服。请伸出手来结义吧，从今以后，我们就是三个亲兄弟，今天我们就要出发去把那个恶鬼捉过来。”

于是这三个人互相说了一通什么团结对敌的话，然后又喝了一大通的烈酒。等到他们全都感到身体有些热胀，眼前已经飘飘然之时，这三个人就一起站起来走出酒馆，说是要到酒店主人所说的那个村子里去捉魔鬼回来。

他们一路走，一路互相说着吹捧的大话。一个说，凭上帝的脑袋发誓，他要把这个叫死神的东西活捉来下酒；一个说，凭上帝的圣脚发誓，他要用死神的血来祭死去的朋友的在天之灵；还有一个说，凭我主上帝的腰肢发誓，他定会让死神这个强盗把他从别的地方弄来的财宝全部奉献出来，这样就能供三个人一起掷骰子胡花。总之，在他们把我主上帝的身体已经疯狂地撕成了许多碎片之后，才走到了离那个村庄不到一半的路程。

这时，他们对面走来了一个步履蹒跚的老头，拄着个木棍拐杖，穿着破旧。老头恭敬地向这三个年轻人道："上午好，先生们，愿我主在天保佑你们！"

三个无赖不屑地对老头喊道："真是倒霉，怎么一出门就碰上这么一个老不死的！嘿老头！你穿得这么破，年纪又一大把了，怎么还不下地狱去？"

老头吃惊地盯着这群人说："先生们，不要对老人家这么无礼。难道你们没有听说过《圣经》上有这么一句话：'老人可以坐着，年轻人应当站着'？虽然我的生活很糟糕，年纪也已经很大了，但我走过了许多的路——从印度到罗马——却找不到一个愿意拿他的青春和我的年龄交换的人，所以我只有苟且偷生地活在这个世上了。

"我也乞求过大地母亲早早把我收回她的怀抱去——用我的拐杖敲着坟墓的大门，说：'可怜可怜我吧，地母！你看我面色苍白，身体虚弱，与其在这个世上孤独地受罪，倒还不如用我全部的财产换一块马尾衬[1]。'但大地母亲却总是忙于你们这群年轻人的事情而顾不上理我。还有那个叫死神的人，也是只顾着他自己的事情而不来找我。唉，你们说，在这种情况下，我这样的人还能怎么做呢？我的青春已经逝去，不像你们还充满活力——愿我主上帝在天保佑，

[1] 马尾衬是以棉、麻等为经，马鬃、驼鬃等为纬织成的织物，质地硬而韧，一般用作衣衬或家具套，这里则做裹尸布用。

祝你们一生平安！”

老头说完正要走过，突然听得三个无赖中的另一个对他喊道：“嘿，别走，老不死的！你刚才说什么？那个叫死神的人怎么来着？你难道不知道吗——我们就是正在寻找那个叫死神的强盗的人？你既然说到了他，那你定然是知道他在什么地方了？还有什么‘忙于我们年轻人的事’，是谋杀我们这些年轻的生命吗？你们已经杀害了我许多友人的性命，难道还不满足吗？难道还非要把我们全杀死才高兴吗？你这个老不死的，老强盗，老流氓，你定然是那个恶魔一伙的！快说，他到底藏在哪儿？否则，我们就要给你好看的——如果不让你的性命在此了结，我们是不会善罢甘休的！”

其他两个年轻人听到这，也一起叫嚷起来。于是老头沉默了一阵后说道：“上天保佑，让这群年轻人清醒清醒吧！先生们哪，人生在世应当珍惜，等你们到了我这把年纪的时候，就会知道什么叫作青春年少好时光了！只是，既然你们如此急于去找死神，那我就实话对你们说吧：我刚刚才在你们前面不远处的那片树林子中央和死神分手。我相信只要你们加快步伐就能把他追上。死神是一个不知道胆怯的人，只要他听到你们的喊声，就一定会在那片林子中停下脚步。先生们，请你们现在就向前去吧。”

于是，三个青年撒腿就向前跑去。等他们来到一片林子中时，没有发现死神的影子，却在林子中央那棵大树的下面发现了一大片的黄金。那些黄金成色是那么精纯，数量是如此多——加起来足足有二十几坛还不止。这三个年轻人顿时忘了他们来此地的目的，高兴地不约而同地围着那棵树坐了下来。

其中一个最有心计的无赖开口说道：“朋友们，请听我说！这是我们的幸运，上天降给我们如此多的财宝。从此后我们不仅可以成为名副其实的大富翁了，还可以开怀痛饮和赌博。这定是命运女神派那个老头给我们的恩赐，要是这样，还真得感谢那个叫什么死神的强盗呢！

“只是，这么多的东西我们一时并不能运回去，而且光天化日之下，也很容易被人说成是盗贼或强盗。看来只有晚上才能行动了，依着夜幕的掩护，我们就能把它们运进城里去——或是你家，或是我家，总之是我们三人的家。

“要是你们相信我的才能的话，就让我来出个主意吧——我们总不能三个人都在这里死守着。我认为抽签的办法最是公平，谁要是抽到最下的那个签，就让他回城里买酒买肉，而其他两个人则要在这里小心守候着，等第三个人回来后，一起趁着夜色把金子运进城里。”

其他两个无赖没有想就赞同了这个主意，于是他们三人就开始抽签。结果，年龄最小的那个人抽到了最下签，于是他就飞快地跑着到城里置办酒食去了。

那年轻人走后，刚刚开口的那个无赖又对另一人说：“我亲爱的兄弟加朋友，你现在该知道我的聪明和才智了吧！我们这里刚刚还有三人要分这笔财富的，可现在就只剩我们两人了。”

那另一个说道：“可是那人知道我们在这里啊，而且得了如此多的财宝。”

“这你就要听我的吩咐了。我保证，他一回来就让这批黄金成为我们两人的财产。要是你能发誓保守秘密，并且遵循于我的办法，那我就将我的计谋告知于你。”

于是那另一人就发誓说，从今以后绝对不会对任何人说起这件事。那第一人说道：“好吧，朋友！你知道，一个人的力量无论有多大，总是不能大过两个人的。所以，等那个人回来后，你就假装向他问好，然后搂住他的肩膀。这时，我会从背后悄悄冲上来，用我的匕首在他的后心背刺上一刀，你也要马上转过身来拔出自己的匕首再在他的心窝上补上一刀。这样,我敢以我主圣灵的名誉发誓,他非死不可。那么,这剩下的所有财物就都是我们的了——无论你如何赌啊如何花,这一生恐怕是花不完了!”

于是,这两个无赖就当着恶魔的面定下了谋财害命的条约。

且说这回城里的第三人,走在路上也没有停止思索。他在心底里对自己说道:“天哪,那么多的财宝!要是我一个人全都得了它该多好啊,可却有另外两人也知道。这下子该怎么办才好呢?”于是他就转动着同其他两人一样的心思,受恶魔的引导也想出了一条毒计。他匆匆忙忙回到城里后,就直奔药店而来。对药店老板他用苦闷的声音说,他的家里既有老鼠作祟又遭了黄鼠狼的害,因此他急需要一大包能够毒死动物的毒药。

药店老板同情地给他开出了一包剧毒药,一边还不忘吹捧他的东西说,不管是人是动物,只要吃上他这东西一点点就会立刻倒地毙命。于是恶毒的青年接过药,马不停蹄地走到他的一个熟人家里借了三只大酒瓮回来。他把毒药分撒在两个大瓮里面,然后再在它们里面分别打满烈酒。在第三个瓮里面他装上了清水,计划在药倒他的两个朋友后就倒出来装黄金。然后,如约返回了森林。

正像前面第一个人说的,一个人的力量总是没有两个人的力量大,这青年刚回来不久,就遭到了另两个人的暗算。这两个人完成他们的计谋后坐下来说道,没有了后顾之忧,现在可以好好庆祝一下。于是他们就喝了那两个坛子里的酒,然后也倒地毙命。

唉,可恶的贪心啊,不是渴望食物、酒菜,就是赌博、嫖妓,还有为了钱财而谋害他人性命。这些都是多么大的罪恶啊,为了达到目的,他们不惜以上帝的名誉发誓行凶!我主仁慈宽宏,创造了我们这些生命,还付出血的代价而为我们恕罪,可我们这些人又是如何回报他的呢——贪婪好色,喝酒赌博,难道我们真的如此无情!

各位同路人啊，但愿上帝保佑你们，不要也像我故事中的人物一样犯下天大的罪过。不过，要真的是那样的话，你们也不用担心，因为有我！我是教皇和主教大人亲自批许的赦罪僧人，在我的手中有着很大的权力。所有用得着的圣物和圣符就在我背上的包里，只要你们肯花费一些小钱来吻吻它们，或买下他们，那么不管你们有多大的罪过，我也可以代我主宽恕你们。

女人们哪，请把你们手上的戒指、胸上的别针、耳上的耳环、头上的金饰贡献上来吧，只要你们的名字入了我的记册，那么我保证，在你们的灵魂离开身体的时候，也会像刚刚出生时那么纯洁。

先生们哪，请想想我们最敬奉的主吧！如果你们之中有哪个人最是一心向善，那就请走上前来让我为他赦去所有的罪过。不用很多，只要你们袋中的一点点小铜板，你们就可以得到一个很不错的赦罪符。而且，如果你们愿意，还可以多做几次，三里一虔拜，或五里一叩首，我绝对不会觉得麻烦。

能与教皇所特许的恕罪僧人一道行走是你们的福分，如果你们之中有哪一个人不小心从马上栽了下来，并且摔断了脖子折断了腿，那么不用担心，在你们的灵魂即将升入天空的时候，我定会先把你们的罪过超度完，这样你们剩下的时光就可以在天堂里度过了。

先生们，你们中有哪一个愿意先上来奉献啊——旅店主人先生，你整天泡在酒食与钱财之中，我看你的罪过最大，何不先上来为大家做个表率呢，我保证所有的圣物让你吻个遍。

“肮脏的僧人，我情愿吻你那些被肛门和睾丸染脏了的内裤，也不愿意碰你那些什么假冒的圣物！我看它们只配在牲畜圈里搅搅食，而绝对不会是什么圣灵赋予的圣物，更不会被任何人掏钱买去。”

旅店主人反唇相讥，把个赦罪僧人气了个半死，张张口却没有说出什么话来。于是，可敬的骑士先生出来打圆场说：“各位，跟开玩笑的人有什么可生气的呢！我相信赦罪先生绝对没有欺骗我们的心，而旅店主人先生也绝无伤害他人的意思。你们二人何不各自相容一下，过来接个吻，然后和好如初呢，这样我们的旅行才能愉快地进行下去。”

于是，赦罪僧人就和旅店主人各自平静了一下，然后走上来互相吻了吻。

至此，卖赎罪券先生的故事结束。

帕瑟妇人的故事

“各位，你们讲的故事已太多，要说到婚姻和爱情，只怕没有人的经验能够比过我。我要给大家换个口味讲讲我的事儿，在这之前，先说说婚姻和爱情到底是怎么回事。”帕瑟妇人这样说。

“要说到婚姻和爱情，我最有发言权，因为作为一个女人，我至今已有过五位丈夫——如果主肯承认的话。我记得主曾经在一口井边训斥一位妇人说：‘你不该有五个男人。因为你本来只有一位丈夫，但那五个却都不是你的丈夫。’我不知道他说这话的含义是什么？为什么不应该有五个男人，为什么五个男人都不是她的丈夫？难道说就像那些国王贵人一样，她还有第六个丈夫或第七个丈夫吗，而哪个人才是她真正的丈夫？

“我知道，主只参加过一次婚礼，就是在迦拿那个地方。根据主做的事和说的话，因此人家都对我说，一个女人结了五次婚，甚至更多次，是一件不好的事。但我确实不明白，为什么一个女人结五次婚就不是一件好事。

“主创造了人，又在那个人的肋骨上取下一根，这样就有了男人和女人。主做这样的事不正是为了要让人类有所繁衍吗，不然他何必给予我们那不同的东西？

“有人说，男人和女人那不同的东西就是为了排泄和小便。但实际上并非如此。主不是说，男人生来就要为偿还女人的债而生活吗？如果没有那东西，他又如何能偿还这还不清的债呢？所以说一句请修士和教士们不要生气的话：男人和女人长那东西是为了繁衍和欢愉。

“一个人喜欢欢愉并没有什么错。我们的身体除了能给我们这一点安慰之外还有什么用呢？听人说，那位著名的所罗门君王就曾经有不下十几位的王后和嫔妃，但愿主也能让我像他一样夜夜欢愉纳新。我曾经有过五位丈夫，也就有过五次第一夜，我明白那样的滋味是一种什么样的享受，愿主保佑我那第六位丈夫快快来到我身边。

“管他是教士还是修士，只要长着那东西能给我们欢愉，我绝对是来者不拒。圣保罗不是说过，自由的人有结婚的选择吗？看看吧，圣亚伯拉罕也是妻妾成群，还有那个叫雅各的人，人们不是都称他为圣人吗，可他的妻子也有那么多。

“所以说，结婚并不是罪过，守贞也不是什么唯一光荣的事。圣保罗曾经说过，主的信徒应该力保自己身心的洁净，不要酗酒，不要贪吃，不要发怒，不要嗔怪于人，但他也没有说过，人应该禁欲不要去结婚。否则，人类的种子是从什么地方来的，那些守贞的童男童女又是从什么地方来的？

“所罗门不敢私自违背主的意愿，说人类不应该贪欲结婚，只是提倡守贞的人更能得到上帝的眷顾，对这一点我倒没什么话说，因为主本身就是个童贞之身。但是，查遍主所有的训诫里，也不能找到这样一条：守贞和节欲之人就应该禁止他人结婚，或者道德高尚的人就应该把自己的家财散尽用来接济周围的那些穷人。所以说，守贞与结婚并没有什么区别，那只是个人的意愿罢了。

“正像富人的家具里，有珍贵的红木桌子，也有实用的榆木椅子，这些东西虽然名分不同，质地不同，却各有各的作用。上帝创造了男人和女人，又让他们有的结婚有的守贞，就是为了让他们各司其职。

“修士和教士，作为上帝最直接的信徒，他们的节欲是为了更接近于上帝，而我，作为一个纯粹的女人，虽然绝不会说守贞是一件不明智的事，但我却情愿为欢愉和繁衍而生。

“我在教堂的门口，曾经接受过五位男子的求婚，所以我知道，结婚是女人脆弱的最后依靠。一个女人要想到了结婚，定是她在这个世上已经无法生活下去。我绝不会像那些守贞的处女或寡妇一样，空守着自己的岁月流逝，却用痛苦和孤独来追随上帝的步伐。

“作为女人，我喜欢丈夫一个接一个。欢愉的日子从头走到尾，才知道什么叫不枉活一生，没有结婚，就不能品尝幸福人生。为此，我是多多益善，决不挑三拣四，嫌东嫌西。只要哪个男人愿意满足我对他那玩意儿的追求，就是日日让我赶着做我也愿意。我有控制男人的身体的权力，正如圣保罗讲，也有用我的能力使他高兴的义务。”

“凭天主的圣誉起誓，你说得真是太好了，夫人！”卖赎罪券的教士在一旁大叫道，“虽然我是个教士，听了这番话却也很想找个女人。只是为肉体而放弃信仰我多有不甘，所以还是作罢吧。”

帕瑟妇人说：“‘注意别人的言行，你才能得到教训’，这是托勒密著名的话，就在那本《大综合论》中[1]。赦罪先生，如果你能忍耐一下，不要打断我的话，我就会再讲一些事情，让你了解一下婚姻也有它的痛苦。”

“夫人，我绝不会再无端开口打扰你的兴趣，我想这里的每个人不会再轻易犯同样的错误。就请您接着往下讲吧，我很愿意再听到其他的教诲。”赦罪先生说。

“好吧，那我就来讲讲我五个丈夫的事，不怕你们笑话，我这五

[1] 托勒密是公元 2 世纪希腊的天文学家、地理学家、数学家，建立了地心宇宙体系（托勒密体系）学说。《大综合论》为其著作，但其中没有这妇人讲的这句话。

个丈夫里面两个坏三个傻。

“先说前三个丈夫，他们都是有钱又有财，只是早已过了那享乐的年头。为了钱财和土地我对他们温言温语地说了几席好话，就把他们骗到了手——人们总是喜欢听女子对他们说什么‘你是我最喜欢的人，我这生非嫁你莫属’，为着些虚情的美话，他们愿意把一切都献出来，这样我就占有了名分又占有了财物。

“结婚的第一天我就让他们见识了我的厉害，日日夜夜苦叹着自己命苦：埃塞克斯的邓莫肉好吃[1]，为什么我就得不到一块？因为我既得了土地又得了钱财，就再也不会出力把他们讨好。我让他们在那床上空有劲使不出来，我还要边笑着边让他们说我的幸福就这样断送在了你的手里。

“聪明的女人总是会控制好自己的丈夫，那手段既有软来又有硬，结婚前为了他们的爱——这三个人爱我爱得很真挚——我们只好装傻，任由他们从你这边摸到那一边，结婚以后就要给他们好看。

“我会在他们为我买好东西的时候亲亲他们的嘴说：‘亲爱的，你真是我的好老伴。’但要是他们发现你有什么不称他们的心的地方，你就一定要来个恶人先告状。

“我会对他们说：‘你这个没心肝的，放着我在家里为你操劳你却从来不把我放在心上。’——要知道女人的伪言和气势总是要比男人来得大胆一些，要是有什么差错，总有亚当和夏娃一起担着。我会对他说：‘有侍女和仆人做证，因为你吝啬小气不肯花钱为我买新衣服，所以人们都对我不尊敬，隔壁的女人长得很漂亮还很贤惠，你就把她偷偷来看，还在心底里羡慕，可你知道，我才是这个家的操持人！’

[1] 邓莫是英格兰埃塞克斯郡的一个乡村地区，在伦敦东北 40 英里。据说，当地的夫妇如一年不吵架或吵架次数在当地算是最少的，可得到一块腌熏猪肉的奖品。

“你这个老不正经的大色鬼，常说女人生来如果太有钱就会对人傲慢又偏见，但碰着了穷人的女儿你又说她苦不伶仃不值钱。每个美貌的女人你都想占一份，摸摸她美丽的胳膊或腰肢，舔舔她红润润的小嘴唇，或者干脆就在床上体会体会她那贤淑的品性和温柔的行为。但你可知道，女人的陷阱就是年龄和容貌，有了它们，任何一个男人的生活都不会很平静！

“你是一只受恶魔引导的鬼，只要有哪个男人或亲戚来探望了我，你就会破口大骂，可你喝醉了酒的时候，嘴里还是喊着女人。

“你说丑女人就像湖里的灰鸭子一样，任何一只公鸭子都看不上，她却死皮赖脸地要黏着一只老鸭子。你这个挨千刀遭雷劈的老家伙，结婚以前，你怎么不说这样的话？

“你说街上买个东西，就像瓶啊罐啊什么的，买前还可以仔细挑一挑，可娶人就像喝酒一样，进了肚里才能知道她的滋味纯不纯。天哪，你这个没有良心会下地狱的老鬼！

“你还说，女人生来应该温柔，就是别人说她不漂亮没有品性的时候也不该生气，这是什么话？我让你尊敬我的侍女兼保姆，还有我的父亲，你就说你办不到，还满面怒容地说：‘决不会再给你举办生日宴会，决不会再给你买新衣服’，这又是什么话？

“还有，你老是诬陷我说，那个叫詹金的男奴不安好心。难道就因为他长了一头漂亮的金发，你就要让我和他说话的时候闭上眼睛？

“你说女人若是穿了漂亮的衣服就是为了要勾引男人，这是圣保罗的话，‘妇女身上的穿戴和装饰应该是为贞操和廉耻的，而不是华贵的衣服和珍珠金宝’。这话在我耳中真是一文不值。因为女人生来就是为自由的，既然结了婚，你的家财就应该能为我所有。我想穿什么就穿什么，想做什么就做什么。有圣雅各做主，你的钱柜的钥匙应该归我掌管。

“你说女人就像一只猫，有了光滑的皮毛就想着出门去勾引野猫，一旦毛被火烧了，就整日整日地待在屋里，直到晚上才会出去。你这不是在影射我吗，老东西？对女人有什么坏的评价，为什么非要牵扯上了你的妻子？

“俗话说：‘让别人在你的烛火上点灯，你的烛光不会暗下一点。’老东西，既然你已经满足了，就不要再吝啬，让别人也没有。爱去什么地方是我的自由，哪怕是白天或黑夜。否则，你就等着我夜不归宿，夜夜独守空房吧——没有我为你暖被，你这把老骨头早就见了地狱之王。

“不要再窥探我所有的事情，老东西，就是你有白眼巨人的帮忙，也挡不住女人的报复和心思。

“你说这世上有四样东西[1]最为罪过，我的妻子就是其中一个。爱情之果把她变成了一团熊熊燃烧的烈火，不仅需要供应，还走到哪里烧到哪里，直到把这个世界都变得枯竭。你说这个世上男人遭了殃，碰见女人就像庄稼碰见蝗虫——这不是胡说瞎说是什么？

“各位，我就这样把一切罪过都推到他的身上，即使是无中生有，也说得头头是道。

“我说他们成天夜不归宿，就是在外面勾搭女人——其实他们老得连路都快走不动了。还说他们把钱财都花在了别的女人身上，为她们添衣置食还陪她们出游——其实钱柜的钥匙就在我手上。但我这样说，他们喜欢听——所有的男人都希望自己的女人为他们吃醋。这样，我就用我的机智和狡黠把他们掌握在了手中。

“我会啰啰唆唆反复不停地说：‘亲爱的彼得——或约翰，或保

[1] 这四样东西是：“仆人做王，愚顽人吃饱，丑恶的女子出嫁，婢女接续主母”。见《旧约全书·箴言》第30章21—23节。

罗——不是做妻子的要把你埋怨，实在是你自己行为有错。你既然知道那么多名人贤人的事迹，就应该明白，男人就要像约伯一样，既有心胸，又要温顺。和女人争斗，男人永远没有好果子尝，与其这样，何不听我的？你呀，哼哼叽叽的怎么啦？难道非要独占那个女人最好的东西不成？唉，既然我是你的妻子，我所有的一切都是属于丈夫的，那好吧，我就让你再干一场。

“要是在上床的那一刻，他不答应我提出的所有要求，那我就会在他手还没摸到我的身子时，就让自己从床上蹦起来。任由他在那里欲火中烧，全身难受得不得了，我既不会让他亲来也不会让他摸，还要破口把他大骂一通，就用我上面的那些话。——天主保佑，最后胜利的总是我们女人，男人要想混过女人的这一关，就要也学会软硬兼施。

“现在我就再讲讲我的第四个丈夫。天知道，他现在已睡在教堂墓下的那块土地里，因为他的寻欢作乐，我把他活活折磨至死。

“那时我还很年轻，像梅特当斯的妻子一样，充满活力又爱喝酒，和着琴声我能喝到半夜，有人相陪，我会跳舞到天明。只是，我不像前面那女人一样，喝醉了酒被自己的丈夫用棍子活活打死，虽然我的命运也是不济，却只是被那个男人占了便宜。

“那个男人在还不是我丈夫时，就迷恋上了我的美貌，为追求我使尽了花招。他知道酒能使人失去理智乱了性，于是就在漆黑之夜给我喝了几大瓶酒。这样，我就做了他的妻子。

“现在想想，我还为我当年的激情和美貌而骄傲，想起那些努力动作的夜里我就觉得有一种快意。可惜时光女神总是那么无情，要用她的刷子把一切年轻和美貌刷去，既然用完了面粉，就应该把麦麸好好珍惜，到今天，我还是一个很有吸引力的老妇人。

“可惜有人不珍惜我的感觉和美貌，总是要到外面把野女人来找。

为此我气得心里发闷吃不下饭，于是私下里想到了一个报复的好手段。不是骂来不是打，也不是以相同的行为来偷汉。我只是假装偷偷地同他人好，却又偏偏被他发现了。

“放在家里的东西一旦被别人发现就觉得再也没有了不起了，从此他为了我可是喝了醋还憋出了病。为了坚持到底把事情做得彻底，我和那人假装去了外面同游，寻欢作乐了一段时间，回来后却发现他已死在自己家中。

“自然他的墓没有阿佩特洛特利斯为大流士造的墓好，但作为妻子，我还是把他草草葬了——因为我又有了第五个丈夫。

“愿我主保佑他！虽然他是五个丈夫里面唯一对我凶的人，但天知道，我是真心地爱他——爱他这个人，而不是金银财富。所以，求主保佑，别让他的灵魂到了地狱。

“我这第五个丈夫说来真是让人思念，他一头金黄的头发，一副年轻的面容——最多二十二岁，还有一双修长的腿。他本是牛津大学的好学生，因为和我的朋友兼密友艾丽莎认识，因此就被介绍给了我。

“我那时和艾丽莎关系非常亲近，常在每个月的头几天就到她家里做客。有什么秘密的事我都会说出来跟她分享，包括我丈夫屁股上有几颗痣。那一次是大斋节的好时光，我随她去拜访了几个朋友——有她的同学，侄女，还有我的丈夫詹姆金。这个漂亮的人物一眼就吸引了我的心，从那次郊游回来后，我们就开始频繁地在一起。他带我参加他朋友的婚礼和生日、同学的集会、宗教游行、假日活动等等，天知道，我那些以前买来的漂亮衣裳，可派上了用场。

“我用温情脉脉的声音对他说，昨天夜里我梦见了鲜血和大水，想不到今天就遇到了你这个意中人——听我妈妈说，鲜血和大水预示着会得到金钱和其他财富，可我知道，这都是胡说，更何况那天晚上我根本没做梦。

“我还对他说，我的丈夫很快就要因为有病而死去——那时他确实因为嫉妒我而生病在家里，谁知道后来就真死了。我对他说，对于爱情和婚姻这种事，我有预见，我的丈夫死后，他必定是我丈夫。

“人们都说，大牙缝的人情欲旺盛，而我正有这一特征。我的出生正是在那火星[1]走进金牛宫的时候，所以我不仅仅有维纳斯所赋予的情感与美貌，还有战无不胜的力量和勇气。那时我已经是四十岁的人了，但对于二十多的詹姆金却有着强烈的感情。在我那第四个丈夫的葬礼上，我看着他美丽的身躯心里头直发痒，恨不得那时就能和他一起去床上。

“天主啊，请饶恕我如此直白的诉说，除了在我的脸上有战神的标志（指牙缝），就是在我那最隐秘的地方也有他的烙印。不管是年轻的，年老的，黑皮肤的，白面容的，只要是对我的意我都愿意，但愿天主能让我时时都有男人来欢愉！

“且说我和那第五个丈夫都已等不及，于是就在我丈夫死后一个星期举行了婚礼。那场面至今想起来还宏大，为了表示我的欢心和忠诚，我还把我所有的财产和土地权都交到了他手里。可谁知从此后他行事无法无天，竟然在一个夜晚读书的时候对我大打出手，那种痛到现在还透心彻骨。

“那件事完全是因为一本书而引起,它的名字叫《瓦莱与泰奥佛》[2]，这本书里记载了许多教训人的故事和人物，詹姆金常常用它来训诫我。

“他说古罗马有一位叫加卢斯的男子休掉了他的妻子，仅仅因为

[1] 英语中的 Mars（音译玛斯）一词，既是罗马神话中的战神，又是火星。

[2]《瓦莱与泰奥佛》为《瓦莱里乌斯与泰奥佛拉斯托斯》之简称，据说该书为生活于 1200 年前后的沃尔特·麦普所著。其中泰奥佛拉斯托斯为古希腊哲学家，写有反对男女平等的作品。一说《瓦莱里乌斯书信集》为一本单独的反对男女平等的书。

她未蒙面就向门外看。还说另一位勇士因为他的妻子独自一个人去参加晚会也把她休掉了，用书上的话说，正符合‘让妻子独自朝圣的人只配死掉’。

“这样的故事他还有很多，上到人类是如何遭下死罪——他说完全是因为夏娃把亚当拖下了水，下到参孙的情人把他的长头发剪下，害他失去了两只眼睛变瞎。还有赫拉克勒斯被他情人烧死的故事，以及苏格拉底是如何受他两个老婆的折磨——他的第一位夫人用棍子打了他，第二位夫人却用尿来泼他，而他只能坐在那儿说：‘天要打雷，天要下雨，没人管得着’。

“他还说克里特王后帕西法厄[1]的故事很特别，耐人寻味，要是我们也能有她那样的奇遇，不知会是什么样的感受——你们听听，这么可恶的话他也能说出口。

“詹姆金还读了那个叫圣哲罗姆的天主教徒写下的书——这书攻击约维尼安、埃罗伊兹，还记述了德尔图里安、克里西波斯、卓图拉[2]的事情和言语。他也评读了所罗门的《箴言》，维德《爱的艺术》和其他一些名人著作。这些书全都订在一起，从那里他知道了英雄阿伽门农的死完全是因为其妻克吕泰墨斯特拉[3]的不贞，还知道了安菲阿罗斯[4]之所以会丧命，完全是因为贪钱的妻子向敌人泄露了丈夫的藏身之地。他说男人的生命往往受到女人的威胁，结了婚的丈夫就更

[1] 帕西法厄是希腊神话中克里特王弥诺斯之妻，与白公牛生下了牛头人身（一说人首牛身）的怪物米洛陶洛斯。

[2] 德尔图里安，一译德尔图良，是生活在2—3世纪的重要基督教作家，写过有关女性及婚姻的作品。克里西波斯为希腊哲学家。卓图拉是位女医生。埃罗伊兹与神学家阿伯拉尔的恋情在中世纪是广为人知的轰动事件。

[3] 克吕泰墨斯特拉是希腊神话中希腊联军统帅阿伽门农之妻，因与人私通，杀死其夫。

[4] 安菲阿罗斯是希腊神话中阿尔戈斯的先知与英雄，他是在妻子的鼓动下参加远征底比斯的行动的，尽管他早已知道这次远征的悲惨结局。

是如此：莉薇亚因为恨而置丈夫于死地，露西拉[1]却因为爱而让丈夫纵欲死掉。

“他还说，古往今来多少奸夫淫妇合伙把忠实的丈夫杀掉，而他们就在那尸体旁寻欢作乐。无论是做生意破了产，还是得重病不能起床，都比妻子和情人合伙把丈夫欺骗好，他说，怪不得当拉图米乌斯告诉他的朋友，他那三位妻子都是在院中一棵相同的树上了结生命时，那朋友会问他要一枝这棵树的枝条以栽在自己院中。

“女人都是男人生命中的祸水啊，他说，‘与其同恶妻的婆娘同处一室，倒不如做一只瓦上的野猫夜夜游荡’。他的这方面的谚语多得不得了，什么‘女人既可愤又可恨，她们总是与男人对着干’，什么‘脱了衣裳，女人就等于扔掉了羞耻心’，还有‘女人好比猪鼻子上的金环，中看不中用’，等等。

“天哪，是什么魔鬼钻进了他的心，要让他这样把女人来看待！要知道天下的书都是由男人来记述的，为了他们自己的利益，他们自然不会对女人说什么好话。人和狮子到底谁更强胜？[2]要我说，如果我们女人也能去著书立说，那情况就完全不一样，只怕亚当的子孙都不能逃过对他们邪恶的指责。

“墨丘利[3]爱的是智慧和忠贞，维纳斯爱的是快乐和淫欲。当人年轻享受的时候，不能想起墨丘利的告诫，当他们年老体弱也不能干那活时，却又大骂起维纳斯——这就是男人。

---

[1] 莉薇亚出身于罗马皇族，后来因有了情夫，毒死了自己的丈夫。露西拉是拉丁诗人和哲学家卢克莱修的妻子。

[2] 典出《伊索寓言·人和狮子》：人和狮子都说自己比对方强大时，正好走过一座表现人战胜狮子的雕像。人就叫狮子看这雕像。狮子说：“这像是你们人雕的；如果我们狮子也会做雕像，你看到的就是人在狮爪下的情景了。”

[3] 墨丘利是罗马神话中司技艺、智慧、学术等等的神，因此也是读书人的保护神。同时墨丘利也是水星的音译，就像维纳斯是金星的音译。

“上天哪，愿你开开眼睛，看看我所受到的训诫都是些什么吧——对这些话我听得既不耐烦又心头起火。可我那可恨的小丈夫还在那儿喋喋不休地说着，于是我就猛地抬起手臂给了他一拳，还把他手中那本书从顶到尾撕了个散。詹姆金冷不防猛地倒在了地上，恼羞成怒的他跳起来就给了我一巴掌，没想到竟然就一下子把我一只耳朵的功能去掉了。

“我头一歪倒躺在了地上，不说话也没有动静，这可把詹姆金吓坏了。他双膝跪倒在我身边说：‘亲爱的艾丽莎，我不是故意的，请你就此醒来吧，从此后我再也不把你打。’我从昏迷中醒来问他道：‘你是想让我死吗，从此后再也没有人替你打点生活和土地？’詹姆金听了，在自己脸上狠狠地打了一巴掌说：‘亲爱的好妻子，我绝对没有这种心意。从今以后我愿一切都听你的，只求你现在千万不要有事情。’

“于是，我们俩就重归于好了。詹姆金亲自将掌管钱柜的钥匙和打理土地的权力交给了我，还答应把那些书也统统烧掉。这样，我就做了控制丈夫的好妇人，此后一心一意只把他来伺候和照顾。这样过了多年，我成了那地方最有名的贤淑之妇，而我的丈夫却在一次意外中不幸死亡。

“——愿主保佑他在天上的灵魂不要受任何折磨吧，也保佑我那第六个丈夫快快到来，我的开场白说完了。”

托钵修士笑了笑说：“太太，您这训诫可真是又长又深刻。”

差役接话道：“像苍蝇一样到处插话的总是你这托钵修士。”

“什么，你竟如此败坏我的兴致？各位，在这位妇人之后，我要讲几个让差役听了难受的故事。”

“我也有话要说，以真主的名誉担保，要是我的故事不能回报托钵修士的可恶，我情愿今天走不到头就从马上摔下去。”差役大喊道。

旅店主人走出来说："妇人，不要听他们乱打岔。您的见解很有意思也很独特，我想，您的故事定会更有趣得多，现在就请您开始讲您的故事吧。"

"好吧。"

由此，帕瑟妇人的故事正式开始。

在古老的亚瑟王时代，这世界升平一片。高山上、树林中、花丛里、小溪旁，到处都有鲜活的精灵和美丽的仙子在跳舞，它们在精灵王和仙后的引导下，保佑着周围的人们幸福地生活。可是后来情况发生了变化。自从有了托钵修士和其他修士之后，这个世界就渐渐失去了灵性。这些游走的修士占据了原来精灵们生活的地方，连最后的一片小花丛也不放过。无论是在高原厅堂，还是教堂厨房，都可以看到他们忙碌的身影；无论是做法事还是做祈祷，都可以听到他们口中说出什么"上帝会保佑你身体健康，平安一生"，或"我主有灵，定能让你一夜暴富，从此过上好日子"，或"愿你们的虔诚能让天上的主发下慈悲，而给予你们一切你们想要的东西"等声音。但实际上，我们谁都知道，男人们最大的敌人就是修士，因为他会把他们最后一分钱也榨干，而且还会把他们的女人偷去——有多少女人的第一次贞操就是让这些修士们给破了啊，我主保佑，愿他们受到惩罚！

且说就在那样一个亚瑟王时代里，有这么一个即将受死的武士。他本是王后身边最信任的武士之一，可是有一天他却在城外河边的小树丛旁玷污了一个姑娘。这姑娘本是独身一人孤零零地要到城里去，可谁想，就在城外的那条小河旁碰上了这个好色的武士。姑娘的美貌激起了武士难以遏止的情欲，周围安静的环境又给了他邪恶的胆子。他大步走上前，不顾姑娘的叫喊和反抗就把姑娘破了身，于是，激起了全城人民的不满和愤恨。人们纷纷走到亚瑟王的王宫外呼喊着说，要把这个受到恶魔引导的坏坯子杀掉——根据当时的法律，犯了奸淫罪是要受绞刑的——于是国王就召集大臣们对他进行审问，最后定下来要把他施以死刑。

就在这个时候，王后带领着大群的贵妇和随从们来到王宫，请求王上看在她们这许多人面子上饶他一回。经不住王后的苦苦哀求，于是国王就开恩把这武士交给了王后，说任由她来处理，只要是能够平得下民愤。于是，王后把这武士带回后宫，对他说："你这卑贱的性命是因为有了我的保护才得以维持，因此，你有义务去为我做一件事。否则，你的性命仍是不保。"武士请求王后说出她的要求，于是王后就说："我有一个问题想了很久，就是'女人们最渴望要的是什么'，这个问题你不必现在就回答，我可以给你整一年零一天的时间让你去寻找。明年的今天如果你不能准时来到这里并给出我满意的答复，那么我就请求国王再次把你处死——要知道你的生杀大权可是掌握在我的手里。"

武士听了大感为难，可为了项上人头却不得不点头应允。他整点行装迅速上路，希望在某一个早上，或中午，或晚上的时间里，会得到天主的引导取得答案。

武士经过了许多地方，有人烟密集的城市，有三五零落的村庄，有美丽富饶的平原，还有荒漠无垠的高山。他问了许多人"女人最渴望拥有的是什么"——有男人，有女人，有老人还有小孩，可却没有一个人能给出一个令他满意的答案。

他们之中有的说，女人最喜欢的就是金银财富和美貌，有了这两样，她们就能够嫁给一个高贵的绅士或是拥有许多男人的追求；可一旦失去这两样，无论她是多么地仁慈或温顺，也不会过得如鱼得水。有的说，女人最重要的是保有贞操，失去了她也就等于失去了献给上帝最好的礼物。还有的说，女人的一生幸福就是床第之欢，死了一个丈夫再接一个丈夫，就像我一样，永远没有孤单之感。

有的女人说，我们最喜欢的就是倾听人家对我们说些恭维话，有了赞美和奉承，心情就会舒畅又喜悦，这世界也就变得更美丽。确实，这样的话已经接近真理，有哪一个刁钻的姑娘不是因为得了曲意的奉承和夸奖而变得温顺美丽？

有的人说，女人最大的愿望就是自由，没有丈夫的管束，活着才是真正惬意。无论女人们自己有多么差劲，她们都希望能够按照自己的意愿来处理一些事情。如果这些事情做好了，男人们应该给她们以鼓舞和奖励，就是做坏了，也不能指责她们的无能——因为女人渴望的是和男人一样的自尊和自爱，为了这两样东西，她们情愿和男人进行比拼。有人说，女人们的心性我懂得，不就是希望人们把她们称为贤妻良母吗？这样的人最是有忍耐一切事情的大度，还有保有秘密的心胸——实际上，这话简直等于是胡说，因为迈达斯的故事就证明了一切。据说迈达斯的脑袋上长着两只像驴子一样的长耳朵，这件丑事除了他本人之外没有其他人晓得。他把它们掩藏在那长长的头发下面，过了一年又一年，直到结婚以后才把它告诉了他的老婆。他对她说：“你是我在这世上最信任的人，这秘密除你之外可别告知别人。”妻子向丈夫保证说：“我的心胸有如山谷般深邃，你就是倒进一箩筐的秘密也能保得住。”但是天长日久的诉说欲折磨着这个女人的心思，使得她终于不能够再安然入睡。于是她就想到了一个没人的地方，就是村子外的那片沼泽地。像旋风卷过般迅速，她趁着丈夫外出做事的机会就跑到了沼泽地。看看周围没有任何的人，连一只苍蝇也没有，这个女人就把一张嘴紧紧贴在水面上——就像鸟儿正准备啄食一样——对着流水说：“咕嘟嘟的水声啊，我告诉你一个秘密，你可千万不能泄露给其他人听啊——我的丈夫的头上长着两只驴子一样的长耳朵！”说完后，她感到了全身舒畅，却不知道这种行为已被一个叫奥维修的发现。他把它们记载到了他的书中，如果大家有兴趣想再知道些详情，那就请去阅读他的那些作品吧。我们还是回到我们的故事中来。

且说那位武士走了一地又一地，没有一个准确的答案，于是他就不免感到有些灰心和苦恼。有一天，他牵着马无精打采地经过一片树林地，突然发现前面的空地上正有一群姑娘在歌唱。她们唱的东西他听不清，因为他和她们之间还有一段距离，看那身姿却可以猜出她们的年龄——绝对不会超过二八花龄。这武士心想，也许她们能够为他解答这个疑团，于是他就策马向前走了上去。

可是等到他走到那片树林子跟前时，却发现在那空地上除了一个长得奇丑无比的老太婆外，已没有了别人。武士疑心自己是思虑过度花了眼，但这老太婆却是实实在在一个人。见到武士走上来，这老妇人就说："尊敬的先生，你好啊！看你一脸的愁容和心思，莫不是有什么难事困住了你。别看我老太婆一大把年纪了，我走过的路见过的事却是你不能想象到的多。有什么事你就说出来吧，也许我还能帮你解决呢。"

武士说道："我的生命已经走到了尽头，有什么事现在说出来倒也无妨。老太太啊，你可知道，这世上有什么事才是女人最渴望、最想要的？"

老太太回答说："年轻的先生啊，这样的问题再简单不过。只要你能答应我一个要求，我就把答案告诉你——我敢以我的生命和名誉保证：绝对不会有哪一个女人敢说我这个答案是错的。"武士半信半疑，但还是在老妇人跟前发了誓。老妇人俯在他耳边说了一番话，然后就对他说可以回王宫复命了。

武士按约来到王后的宫门前，对守卫的兵士说："快快通报你家王后，就说我已经找到了答案，而且保证没错。"这一天正是第二年的第一天，王后和一帮贵族妇人、侍女寡妇，以及所有她认为聪明的女人，早已坐在了高高的大殿内等候。听得有人通报说武士回来了，于是就下令快快让他进来。

堂皇的大厅内悄然无声，都在等着武士的答案。只见那武士不慌不忙地站直施礼之后，就开口说出了下面一段话："高贵的王后啊，你不是问我'什么是天下女人最渴望的'吗？有一个答案包您满意：女人的心思不在美貌，不在钱财，不在任性，不在自爱，结婚前她希望有一个对自己温顺有礼的情人，结婚后她希望有一个能够掌控在手中的丈夫。天下的事事事顺着她的心，丈夫或情人的一切都由她们来做主——这就是女人们最大的心愿，聪慧而又贤达的王后啊，即使你们不爱听，我也要这么说，因为事实就是这样。"

王厅里仍然一无声响，无论是王后，贵妇，还是一应的侍女寡妇，都觉得武士的话实在无法反驳，要杀了他更是断无道理。

这时，跟随武士来的那位老妇人趁机跳了出来，走到王后的跟前说："高贵的陛下啊，您是万民的仰慕，是女人们的佑护。请您看在同是女人的分儿上，以您的权威和声势为我做主吧：这个答案你们已经认可，却不知道它正是出自我的口中。是我教会了武士如何作答，在林木跟前他以他的名誉发誓，愿意服从我的一个要求。现在我就要让他履行诺言，虽然我又老又丑又讨厌，我却要让他娶我为妻。"

武士听了很难过，叹着气说："一波未平又起一波！原以为一个老太太的要求不过是钱财或食物或其他世俗的什么，可谁知她却要做我的妻子。我情愿付出那成千上万的家财，也不愿意要一个老太婆。"

老妇人说："天下的美味我吃过不少，成堆的钱财，也不在我眼里。人生夫妻和乐，才是最大的快乐，我这后半生就是要做你的老婆。"

武士说："我有高贵的血统，有显赫的出身。俗话说，少夫老妻日子没劲，要让我娶你，还不如现在就要了我的命。”

“你的命是我所救，我怎么又会要了你的命？现在你只有一个选择，就是履行诺言娶我为妻，否则我就要诅咒你和我。”

武士无奈，只好答应和这老妇人举行婚礼。虽然有着王后的御赐，还有很多王公贵人参加，但整个婚礼场面还是很低沉气闷，因为新郎从头到尾没有说一句话，到了晚上爬到床上的时候，还是没有一丝笑意。于是老妇人就对武士说：“从前我救了你的命，现在又做了你的妻子。难道我有什么不对的地方让你生气，否则你为何如此烦躁不乐？有什么话你就说出来吧，我一定改。”

武士说：“没有金钱可以挣来，没有食物可以买来，没有高贵的血统和身份来与我相配，却是怎么也不可能得来。更何况你现在又老又弱，也不会把钱财带来，还有你的容貌又老又丑，也不可能再变年轻。你说这一切如何能叫我不心烦意躁？”

老妇人道：“如果只有这些原因，亲爱的夫君啊，你可真是多虑。用不了三天，我就可以让穷变富，让低变高，就是容貌也可以改换。只是在这之前，你必须先听我说一番话。

“你说你的出身很高贵，祖上有无穷的财富，可是你知道吗，高贵的身份不是来自血统，也不是财富，而是那人的品行。我主基督说，谁在辛勤地工作，谁在任何场合都有道德，那么这个人就是高尚的人。你的祖上有无穷的财富，高贵的血统，但如果他们不能拥有高尚的品德，那么在我主和世人的眼里，也不过是一个下流东西。正如伟大的诗人但丁所说：‘聪慧不是来自祖上，高贵是我主的恩赐。’谁都知道，我们的祖先可以把大量的财富，还有你所称为的高贵血统遗留给我们，却不可能把他们的高尚品行也传我们。所以说，财富和血统可以遗传，高尚的荣耀却只能归功于我主。

“而且，财富可以一夕散尽，德行却能永久。在一个最暗最冷最是无人照顾的铁房子里，火也能燃烧起来——这是它们固有的特性——同样，就是没有钱财，没有血统，只要这个人诚实肯干，对人仁慈又公平，那么这个人的美名也能够远远地流传。高贵的身份来自天赐与我主的恩惠，而不是什么祖上的遗传和财富，如果没有德行，就是那样人家的子弟也能够干出让人耻笑的事情，比如说赌博或酗酒等。

“瓦勒里乌斯[1]曾经说过，只要英勇肯干就能成就事业，就像图卢斯·霍斯提利乌斯[2]一样。波伊提乌斯[3]以及塞内加也说，只要行高尚的事，做高尚的人，就会受到人们的尊敬和爱护。亲爱的夫君哪，你说我身份低下血统卑贱配不上你，要我说啊，只要我能正正当当地做人，公公平平地行事，仁慈的天主就会赐福于我。

“你还说我祖上很贫穷，没有带给你巨大的财富，但亲爱的夫君哪，你难道忘了我们的信仰我们的尊奉耶稣基督不也是一个穷人吗？在我主眼里，富有并不是什么值得炫耀的事，远离邪恶、安贫乐道才是光荣。一个贪得无厌的人永远不会有满足的感觉，一个一无所有却一无所求的人才是真正的富有。

“关于贫穷，尤维纳利斯[4]这样说：‘穷人可以坦然面对强盗。’贫穷让人行为拘谨，却能给他们以安全和平和。在有钱的时候，你会有很多的朋友和应酬，却不会有多少真正的朋友和知识，只有当你一无所有了，你才能看清你周围人的面孔，也才能真正体会出我主的伟大——为了人类的原罪，他甘愿将自己置于穷苦的地位。所以说，贫

[1] 瓦勒里乌斯，见“修道士的故事”。

[2] 图卢斯·霍斯提利乌斯是传说中罗马的第三代国王（公元前673年至公元前642年在位），是一位神话式人物。

[3] 波伊提乌斯（480—524），古罗马哲学家，政治家，是研究宿命与自由意志的专家。

[4] 尤维纳利斯是古罗马讽刺诗人。

穷是人生的一面镜子，照着你平和自在的心灵，也照着他人对你的真实感情。

“亲爱的夫君哪，既然贫穷并没有使我蒙羞，自然也不会令你蒙羞。现在我再来说一说你所说的我的容貌。我知道，就我这个年龄来说，再也不会有什么能让年轻的男子动心的面貌了，但是，夫君哪，你可曾听说过这样一句教训：‘有教养的人应该对老人尊重’？再说，年轻和美貌是偷情的资产，没有花一样的容貌，你便不用担心有一天会有绿帽子戴，何乐而不为呢？

“我长得又老又丑，便会令你门户清白，我身体虚弱，便会时时依靠着你而不会反抗。我会对你又温柔又驯顺，用尽我所有的心思和花招来令你高兴，亲爱的夫君哪，你还有什么不满足的地方呢？”

老妇人说完，武士想了很久。虽然心里还觉得有点痛苦，却又没有什么话来反驳她。于是他就说：“亲爱的妻子啊，我知道你原本贤良又聪慧。既然这样，我还有什么话说呢，只有一切依你了，你说怎么办就怎么办吧。”

“既然你对我如此信任又亲切，那我就一定要让你满意。”老妇人说，“从今以后我要事事顺着你，不和你吵架拌嘴，还要现在就祈求上帝，看在我对他的虔诚和膜拜的分儿上，赐予我年轻的生命和美丽的容貌。如果我不能像东方的贵妇对她们的丈夫那样完全忠心，或者不能拥有和王后贵妃一样的美丽容貌，那就让我不得好死，让我的丈夫对我随意处置吧。

“亲爱的夫君，请你现在掀开帷帐看一看吧。”

武士掀起帷帐向里看了一眼，就见那里面出现了一个美丽又年轻的好面孔。不由得他心里一阵欢呼和喜悦，抱起妻子亲了又亲不下一百遍。此后，这二人一个温柔一个温顺，快快乐乐地生活了一辈子。万能的主啊，愿你能赐给我们所有女人一个永远年轻又美丽的面容，还能给她们以精力充沛的丈夫。让那些不肯给女人花钱的老鬼都去死吧，让所有对妻子不恭敬的人不得好下场。愿我们能够活得比我们的配偶都长！

帕瑟妇人的故事结束。

托钵修士的故事

好像前世有什么怨，一路上只有两个人总是沉着脸，就是那周游四方的托钵修士和在法庭上服务的伙计。那修士看着差役就不顺眼，可是碍着面子和身份却不能说什么，眼看帕瑟妇人的故事讲完了，于是他就趁着这个机会挖苦说："夫人，你讲的这个故事既有情节，语言又很不错，只是有一点我不得不提醒你——主说看到别人的缺点却不对他指出来，那就等于他没安好心，所以，我一定要对你明明白白地指出来：你的故事里大道理太多。

"要是让一个学者或是什么教士来讲的话，他们的说教多一点倒还无妨，因为诏告世人生活的道理就是他们的职责。但是，我们这里是一次长途的旅行，一路上既劳累又枯燥，所以很需要有一些有趣的东西来给大家提提气。你们听说过有关差役们的事吗——只要从这样一个名字里就能想象出：他们准不会干好事。这些人为了一些风流的命案而不惜东奔又西跑，点头又哈腰，遇着了不通情的主儿还常常会挨打。所以，要是大家不嫌弃，我就来讲一个这样的故事吧。"

旅店主人说道："修士先生，请你积一点口德吧！看看你现在的身份，为什么要对人挑衅？难道和平的相处不是你所希望的吗，还是马儿的颠簸让你失去了理智。要讲故事就讲故事吧，不要牵扯他人。"

差役说道："对人不善，必有恶报，多少的案例显示了这一切。旅店主人先生，请你就让他讲吧——他以为东窜西窜的托钵修士就是什么光荣的职责，总有一个机会，我会用加倍的羞辱来回报。”

于是，托钵修士开始讲他的故事——

很久很久以前，我的家乡曾经有这样一位教士。他的身份高得很，是那个地方教士中的领事；他的权势也很大，管理整个教区的事务还兼治安。这个人有着刚直的性子和强硬的手段，无论你是奸淫嫖娼之客，还是通奸诽谤之徒，或是放高利贷重金盘剥别人的商人，只要有朝一日有把柄落在了他的手中，他就会让你吃不了兜着走。地痞流氓见了他最是害怕，不被剥一层皮也会叫吃几十下板子，小偷盗贼也不敢在他那个地区犯事，怕被他记到罪犯的册子上去，偷税漏税之人整天担心会被他发现，而罚得倾家荡产，伪造文书遗嘱或亵渎神灵圣物，或对人造谣中伤欺蒙拐骗等一应众人，提起他就先在心底里打几个颤。

这个人包管着那个教区几乎所有的事，处理得既及时又严厉，这还要多多归结于他身边的那个小差役。谁都不知道这个小差役从哪里学来了那许多的阴谋和手段，把教士大人交给他的任务办理得干净又利索，还更多地为自己谋到了私利。他的手下小头目和使唤小厮众多，都分布于教区的各地各处，负责为差役打听消息，一有风吹草动、鸡毛蒜皮的事情，这些人就会马上跑来向差役报告。

差役对付犯了事的人有很多办法。比如为了逮住几个嫖客而放走一个嫖客，这在那些有教养的人来讲，叫作“放长线，钓大鱼”。有时，他会瞒着他的主子而和几个娼妇或拉皮条的人结成同盟或兄弟，等他们前脚收了钱接了客，后脚他就会带人去捉他们。他用伪造的传票把那些倒霉的人带到会堂，说：“看在她们的面上，我就放了你吧，只要交出足够的罚金来就行了。”这样，他与那些勾引人和她们睡觉的妇人婊子勾搭成奸，共同从别人的口袋里给自己掏钱。那个叫犹大的使徒还是个穷光蛋的骗子，可这个差役却是个钱袋鼓囊囊的贼子加骗子。他背着他的主子把许多坏事都干尽，只在逢节过年的时候才分给他一点点的罚金。这样的事情由我说上一百天，也不可把它们全都说清楚，总之一句话，为了给自己敛财，这个人的鼻子比猎犬的鼻子还要精灵，不管哪里有什么风吹草动，他都会迅速赶到。

话说就是这样的一个人，有一天，忽然记起了一个久未见面的老寡妇，心想从她那里也许可以得到一些好处。于是，他就跨上自己的大马向那个地方走去。

正走着，差役看见自己前面也有一个骑马的人，穿着绿色的短上衣，披弓带箭。差役催马向前打招呼说："你好啊，先生。可是一个人在旅行？"

"可不是嘛，一个人的路途好遥远。你要到哪里去呢，先生？也许我们可以同路呢！"

"我的主人派我到前面一个地方去收取欠款，作为管家，这是分内的事情。""啊哈,你也是一位管家？看来我们真的是太有缘分了——我也是为主人而到远方去办事。"那人继续说道，"先生，我看你是个很卖力的人，深明做管家的道义。在这陌生的地方，我们能够相遇，看来是上帝的安排，要让我们结成兄弟。你我何不下马一拜，从此后有难能够同当，有福也能同享——我的家中有资财万千，愿与兄弟你共同分享，只要你有朝一日能到那里去做客。"

差役一听，心中高兴。因为正如刚才那个人说的，他有家财万千，这样的朋友他可没几个。于是，差役就下马高高兴兴地和那人握手成了朋友，互相诉说了一些同进共勉之类的话和誓言，然后，那人就对差役邀请说："愿上帝保佑，能让你早日到我的家里做客。它就在北方不远的地方，要是你愿意，我就把详细的地址告诉你。"

差役回答说："亲爱的朋友加兄弟，谢谢你的盛情和款意。只是如今我们都有差使在身上，恐怕一时半会儿我不能去拜访。既然我们关系已经不一般，那我就趁现在的机会向你讨教一番吧——作为管家，你是如何从别处得到大量的金钱呢？”

“我的兄弟，亏你问起了这个。我们都知道，做管家是个出力不讨好的差使，辛辛苦苦赚到了钱，却都得归主人所有。尤其是我那个吝啬主人，付出微薄的工资，却要我办成许多大事。于是，我就背着他用自己的花招和手段，从各个地方去捞钱——只要是有油水可捞，管他是恐吓还是勒索，或者干脆就用暴力。这样，我的财富日日剧增，终于达到了今天这个地步。”

差役听了很有同感，便感慨道：“不是兄弟不结缘，我们真是一路货——我也是这样赚钱的。对我来说，这世上没有什么责任和良心，也没有什么仁慈和慷慨。只要是能拿得动搬得走，我就要通通圈勒到手下，除非它是死的动不了窝。啰里啰唆的说教神父受到我的诅咒，虽然我表面上时时把他们称颂——英明伟大的上帝也不过做了我的掩护。没有金钱我不能生活，不靠阴谋与手段我就得不到金钱。既然我们有这么多的相似之处，兄弟，就请你把你的尊名和住址告诉我吧。”

那人听了，微微一笑说：“说出来你不要害怕，我就是你们口中的那个魔鬼。人们赌咒的时候总喜欢提到我的名字，因为他们知道，我就住在地狱里。那里和这尘世中的情况一样，人人要靠自己的本事生活。没有阴谋与手段就发不了财，因此我才骑着马出来想找到点意外的发现。”

差役大叫着说：“我的天哪，看看这个人在说什么？他明明有人的外形和声音，还有和我一样的穿着和用具，可为什么竟说自己是魔鬼呢，还说他住在地狱里？”

“我的身形和声音不过是为了方便才幻化出来的，你们人世间不是也有这样的魔术师吗？为了达到我们的目的，我们常常需要变作一个生物的形象，或是猪狗或是人，只要能方便行事，就是天使我们也照当不误。”

“为什么呢？你们为什么要如此大费周章地去办这件事情呢？”

“一点都不费力气，先生。如果有一天你到了那里，你就会发现，事情一点都不像你想象的那样。只是，兄弟啊，现在时间已经不早了，我没有空再和你聊这些不相关的事情，我要去做我应该去做的事情了。”

“等一等，我还有最后一个问题要问呢——请看在我们刚刚才结成兄弟的面上指点给我吧：你们是如何敛财的呢？”

“这个问题很简单，不过，依你的智力却不可能弄明白，我就长话短说吧。其实，有时候我们的行为也是受到上帝的约束，或者说，与你一样，我们也是他的臣民。上帝允许我们周游于人世和地狱两个界地，去为他查看有哪些人的灵魂需要受到折磨而肉体却必须保存，或肉体已不可以存活在世但灵魂却可以脱离受苦。你难道没有听说过约伯[1]的事情吗，我听从上帝的意旨让他吃尽了苦头却没有要他的命。还有邓斯腾[2]，那位主教大人——有时，我们也会受到上帝的惩罚。

“在我的职责范围之内，就是要引诱人去犯罪。如果你不能经受住我们的迷惑或拉拢，你的灵魂就要受到上帝的惩罚，而如果你能像约伯一样坚持对他的信仰，那么你的灵魂就会升入天堂——当然，这是我们最不想看到的事实。”

听到这儿，差役又问道：“那么，在你们的形体里，可是也像我们一样有血有肉有感情吗？”

“血肉是不可能的，感情更是开玩笑。我们常常根据需要化作各种样子，就是死人的身体也决不嫌弃。有时，就像我现在一样，化作

[1] 约伯为《圣经》人物，他虽备受磨难，仍坚信上帝，见《旧约全书·约伯记》。
[2] 邓斯腾（909—988），一译邓斯坦，955 年至 988 年为坎特伯雷大主教，据说曾用烧得通红的火钳夹住魔鬼的鼻子。

了人的样子，自然就要有人的声音和表情了，其实这一切，不过只是你眼中的幻影而已。如果你对这一切很感兴趣，我相信用不了多久你就会像我一样深谙此道，因为你必定也会到那里去做客，说不定还会成为那里重要的一名成员。那时，你坐在红色的座位上大谈特谈，只怕比我现在说的还要深奥。”

“愿上帝惩罚你这张可恶的坏嘴——我这今生是不会到那个地方去了！谁都知道我是个有权力处理自己事情的人，没有我的允可，谁也不能把我带到那个地方。不过，话又说回来了，我们刚刚才结为兄弟，发誓说要同甘共苦有事同当，我想，我还是很愿意做这样的事情的。现在，就让我们一起出发吧，看看谁能在日落之前得到自己想到的东西。”魔鬼表示同意。于是，差役就和他各自撒开大马向前奔去。

走了不多远，他们在一个小山坡前看到了一个赶马车的农夫。那两匹灰色的大马用尽了吃食的力气也不能把那辆装满了柴草的大车从泥潭里拉出来，于是，那个农夫就大骂说：“愿魔鬼把你这两个畜生的性命全带走，我辛辛苦苦地养了你们这许多年，却连一车柴草也不能给我拉回家来。”

那差役悄悄靠近魔鬼的身边说：“看，你刚一到，就有人已经受到了你的诱惑。我看，你就在这个地方下手吧。”

魔鬼说：“这其中的道理你还不懂，兄弟，要是不信，就往下看吧。”只见那农夫在两匹马的后臀上各抽了一鞭子，马吃痛使劲，一下子把那辆车拉出了深泥沟。农夫嘴里又说：“啊，愿上帝保佑你们两个兄弟，你们可真是我的好朋友！”

于是魔鬼就对差役说：“人类的最大特点就是虚伪，他们口上说的和心中想的可不是一回事。看来，我今天的差使是落空了。”

差役安慰魔鬼说：“在前面的镇上还有一个老寡妇，我想她那里一定会有些油水可捞。因为虽然她穷得已经买不起衣服和裤子了，而且还吝啬得要命，我却有办法让她把那最后的一个铜板也吐出来。不信，你就和我一同前往，去看一看我是怎样对她使凶。”

于是，他们又往前走了一段时间，在天快黑的时候，来到了一个破败的门前。差役下马，使劲用手敲着那门上的铁环，一个又老又弱的妇人出来给他开门。

“是什么人在外面大声吆喝——噢，我主保佑，是差使大人。请问有什么事要劳烦先生您亲自走一趟？”

“老太婆，有人在神父领事那里把你告了一状，我现在来是特地要唤你去当面对质。明日的此时，你必须准时到教堂会所那里，否则就要被教区扫地出门。”

“天哪，我有什么地方得罪了哪位先生或小姐，要让他们到神父面前去告我一状？我这很长时间来一直病在床上，不能走，不能跑，又怎么会去得罪别人？差使大人哪，请你看在我老太婆又老又弱的分儿上，放过我吧，要不，就给我一纸传书，容我去找个熟识的人来替我去对证——你看，我都成了这样，又怎么能骑马或走路呢？”

差役说道：“我也是个有怜悯之心的人，就看在你年老体弱的分儿上饶你一次吧——十二个便士，一个都不能少，否则，你现在就要同我亲自走一趟。”

“英明的主啊，请赐予我十二个便士吧！差使先生，你看我这家穷成了这样，哪里会有那十二个便士呢？”

“你以为是我在中间得了利吗，老太婆？要真是那样，你可是大错特错了！有利可捞的是我的主子，我也只是个负责传唤的跑腿人罢了。”

“天主有眼，请告诉这位大人我没有钱吧，再说，我也没有犯下任何的罪。”老太婆哭喊着。

“不行，就是天主自己来了，你也得交这十二便士的罚款，否则，我就要把你家里所有的东西都搬走，包括你身上穿的衣服，头上戴的发梳——你年轻的时候，因为偷汉，不是还被传唤过一次吗？那一次要不是有我给你付了钱顶着，你早已经不知道被赶到了哪里。快快起来，给我找那十二个便士去！”

“愿魔鬼带走这个人的灵魂，天哪！如果他不为自己说出这样恶毒的话而感到悔恨！”老太婆说着，跪倒在地上，“我可是从来都没有犯下他所说的罪过呀，不管是我丈夫死以前，还是在死以后，我都是清清白白的。”

“就是魔鬼来了，我也还是要收你这十二个便士，老太婆！”

这时，魔鬼走上前来对老婆说：“亲爱的老妇人，你刚刚说的话可是真心话——如果他不悔恨就让魔鬼带走他的灵魂？”

“千真万确！请主看在我侍奉他这么多年的分儿上，救救我吧。”

“好，主已经听到了你的呼唤。”魔鬼说着，走上前来，抓住了差役的胳膊，“兄弟，对不住了，我已经摄取到了你的灵魂和身体。你不是想知道地狱里的情形到底是什么样子的吗，现在我就带你去看看。”说着，魔鬼抓起差役的身体连同他的灵魂离开了那个地方。

愿我主圣灵保佑，让那个差役在那里受到教训。各位，本来我还要给大家讲一讲那位先生在那里受到的各种酷刑——有刀山，有火海，有刺炼，有油煎，等等，就是说上三天三夜也不可能全部把它们说完。只是看在我们同行的队伍中有那么一位不断我和拌嘴生事的差役，我就不往下讲了。愿我主在上面保佑着，不要让我们也受到魔鬼的诱惑。他们时时刻刻等在我们的身旁，就像那些森林中的猛兽一样，不知什么时候就会窜出来伤害我们。只是魔鬼的诱惑力绝对不会超过我们的忍耐力，愿我们忠心侍奉我们的主，以及全部的圣灵圣物，愿他们能在暗中保护着我们。

至此，托钵修士的故事结束。

差役的故事

“愿圣主圣灵圣母马利亚保佑，让这个满嘴胡言乱语的修士早点下地狱！”托钵修士的故事将差役气了个半死，不由得在众人还没开口之时，就抢先把修士诅咒了一番。

“各位，请听我说，一个以乞讨为生的修士的话有几分能让人相信的？与其听他来胡说八道，倒不如听我来说说他是如何把自己的灵魂交给了魔鬼，从而知道了那么多关于地狱的事。

“我听人说，这个流浪修士的灵魂有一天出了窍，飘到了幽冥世界，于是幽冥使者就带他参观了地狱的种种。他们看到有许多灵魂正陷在深水或火海里备受折磨，有贼子的，有强盗的，有杀人犯的，还有做生意让人破了产的，等等，可是却没有一个是属于流浪修士这种人的。于是，流浪修士就问这天使说：‘为什么这里面看不到有任何一个托钵修士的面？难道是他们的品行感动了天，才放他们都到了别处？’使者回答说：‘这整个地狱中还有一个地方你还没有参观，到了那里，你就会明白这是为什么了。’于是，使者就带这个灵魂来到了大魔鬼萨瑟纳斯的跟前。‘萨瑟纳斯，请抬起你帆一样大的臀部吧，让这个修士看一看他的同类都在哪里。’萨瑟纳斯抬起了他的臀部，顿时就见数以万计的小鬼从他的屁股底下跑出来。他们都穿着托钵修士一样的衣服，长得还很像我们队伍中的一个人。原来，魔鬼萨瑟纳斯的肛门里面就是他们托身的地方，这些人因为在世上为害不轻，所以上帝罚他们到了最肮脏的地方。

“托钵修士的灵魂看了大吃一惊，不由得从心底里感到胆寒。于是，天使就请萨瑟纳斯再把他的臀部收回去，顿时，无数个灵魂大叫着从四面八方又回到了魔鬼的屁股下面。

“那修士的灵魂再也没心情和胆量待在地狱里了，于是就请求天使放他回去。我主在天上可怜他，开恩让他重返人间，从此他就知道了他那同类以及他的命运所在，也知道了地狱里的事情种种。

“我说这些只是对托钵修士刚才的话的回报，无论我们犯下多大的错，也没有他们的下场可怕。现在，我就要正式开讲我的故事了。”

差役的故事现在开始。

在约克州曾经有一个这样的地方，那里到处都是沼泽地，几个村庄零乱地散布着。有一个托钵修士是这个地方的教士，整天靠着说教和乞讨生活。他在教堂里按照他的方式传经布道，说：“为了给上帝献礼，为了修建教堂，为了我们的祈祷能有效，请大家做一些小小的捐献吧——不用多少，只要够一个月的开销就够了。你们的朋友会因为你们这伟大的贡献而免除苦难的折磨——这些折磨你们绝想象不到有多痛苦、多难以承受，像油炸、炼刑、厮打等等，你们用一辈子也想象不出它们有多么厉害——你们的将来也会因为你们现在的慷慨而更加美好。请大家做出一点小小的捐献吧，不用多少，只要够维持一个教士唱一个月赞美诗开销就够了，他们是不会花大家多少钱的。请慷慨解囊吧。”这样，就会从许多人的手里骗到一个月甚至是几个月的花费。

布道会结束后，他会迅速脱下身上的法衣，折叠起来，然后和几个修道院的奴仆一起出去到各地化缘。这几个奴仆包括一个记名字的，一个等待背物品的。那个记名字的同伴手里拿着一根包着牛角的拐杖，一块象牙书板，一支几乎已经磨光了尖的笔，跟在修士的身侧。每当这个修士探头探脑地走进一户人家，然后装出一副虔诚的样子对主人说："给我们一斗面粉、一块奶酪、一个小钱，或是其他什么东西吧，我们绝不会嫌少的。如果有做馅饼的猪肉或熏肠，也请给我们一点吧，好心的人，还有一条毯子。我们绝不会自己挑选的，你们有什么就请给我们一点什么吧，我会把你的名字记下，天天为你祈祷——噢，好心的姐妹啊，还有一些腌肉！"这时，身旁那位同伴就会赶快拿起书板来，也装出一副庄重的样子，把给了他们东西的主人名字记下来，而那位跟在身后的伙计就会迅速拿出早已准备好的口袋来，把东西统统装进去，再把口扎起来，背在背上。

当然啦，一出了这家人的大门，修士就会一把抢过那面书板，把上面的名字擦掉——他们还要用它记下一个人的名字呢！

"呸！你才是个胡说八道的无赖呢！"差役刚说到这里，那托钵修士就喊了起来。

"不要打岔，请让他说下去！"旅店主人说道，"请继续吧，我们都听着呢！"

"好的，接下来是——"

有一天，这个修士和他的两个同伴乞讨来到了一个城里，因为天色已晚，修士就让他的两个同伴各自找了个有熟人的地方住下，然后，他来到了城里头一户叫托马斯的人家。刚进门，这个修士就发现他的朋友生了病正躺在床上，于是他就大声叫道："啊，亲爱的朋友托马斯，愿上帝保佑你快快康复。我在修道院里早就感觉到了你的不适，为此我早也求，晚也求，为你做祈祷无数次。"说着，修士赶走那只正在凳子上打呼噜的猫坐下来，把他的帽子和行李放在了一旁。

"啊，亲爱的朋友，好长时间没有相见了，最近可好？"主人在床上有气无力地打招呼说。

“做圣事永远没有闲暇的一刻，我们不像那些老爷和太太一样，整天有好日子可过。刚刚我在你们城里主持了一场法事——这里的教士们可真是废物一群——已经累得快走不动路了。你不知道，做法事讲道是一件很累人的事，光作那些解释就花了我很多时间和精力。一般来说，人们对于《圣经》上的内容总是不能完全明白，这就需要有一个负责的修士——就像我一样——来给他们做解释。我所说的和《圣经》上的并不完全一样，那是根据各个地方人们的智力不同而作的调整。我想你的妻子定能明白我所说的话的含义，因为今天在教堂里我看到了她那美丽的身影。”

“你是说我的妻子吗？我想她正在那边屋里，一会儿就会过来。”主人的话还没说完，就听得一个妇人的声音在房间里响起：“啊，亲爱的圣约翰修士，见到您真是我们的福气——您今天在教堂的讲道真是太精彩了，我从来没有听过有哪个修士能说得像您一样。”

修士彬彬有礼地站起，以他纤细的胳膊围住妇人的脖子在她的脸颊上重重地吻了一下，说：“整个教堂里再也没有比您更漂亮的小姐或夫人了，太太，愿天主保佑您越活越年轻！”

“圣约翰修士，快救救我的丈夫吧，他不知道因为什么已经卧床生病好几天了！每天晚上我用温热的身子为他暖热被窝，每天早上我用爱抚的轻吻把他唤醒；我给他吃好的东西喝好的东西，还忍受他不时的大声发火，可他的病就是不见好。您说这可该怎么办？”

“亲爱的托马斯朋友，生气和发怒可不是一件好事啊！我主说，肚肠有火，易受恶魔的引导，看来你们这里的教士真的没把工作做好。他们总是沉耽于一时的讲经说道，而不知道深入民心地去了解他们，这真是太糟糕了。你不知道，为了能按照大家的心智把经文讲好，我特地研读了不下三十部的大书，有圣保罗的，有圣彼得的，还有我主所给予的训诫，从它们之中，我发掘出了最有效的祈祷和听忏悔的方法，托马斯朋友，有什么不顺心的事，你可以向我说。托马斯太太，如果你不介意的话，我可以和你的丈夫单独谈谈吗——我们有一些有关圣事的重要事情要商量。”

“圣约翰修士，有什么事你尽可以和我的丈夫说，我相信，在您的开导和教诲之下，他的身体一定会好起来的。现在我就去给你们准备饭食，请问，有什么是您需要的吗？我会特地去张罗的。”

“啊，夫人，千万不要为我而大费周折。你知道，我们做修士的最崇尚清贫与寡欲。我主在他的戒律中曾经多次告诫世人说，不要贪婪于食物和美味的诱惑里，也不要陷进财富与权势的争执中。清心节欲是我们修士，尤其是托钵修士的本性。与那些富人比起来，虽然他们的桌子上常常有着大鱼大肉或山珍海味，过着舒适或奢华的生活，但要从祈祷的角度来说，我主却更愿意听到我们这些斋戒和节欲人的声音。因为我们斋戒和克制自己的情欲，所以我们的身心才能够达到洁净的程度。粮食与美味的菜肴不过是支撑我们这些为圣灵而传经布道的凡躯俗体的需要才创造的，真正的精神食粮却是我们万能的主的声音《圣经》。

“只要好好地修习我们的主给予我们的教诲《圣经》，或其他的福音书，主就会降福给我们。圣洁的摩西不是曾在西奈山上斋戒四十个日日夜夜吗，直到他身心疲乏，不能再支持下去的时候，我主才出来予以他训诫，并把十大戒律交给了他。还有以色列的先知以利亚，不是也在何烈山[1]上静思默想多少个昼夜，我主才把圣灵显现给他吗？无论是哪个伟大的人物，亚伦[2]或其他人，如果要想为人们祈祷或做

[1] 何烈山即西奈山。

[2] 亚伦为摩西之兄，相传为犹太教第一个大祭司。

一些有益的圣事，就要在举行仪式以前清心斋戒，不沾酒食。他们不能像那些凡夫俗子一样大吃大喝——人类不就是因为贪吃才被赶出伊甸园的吗，那是我们最初的原罪——不能享受其他身体上的娱乐，而要在饥肠辘辘和胳膊酸痛，或两膝酸软的折磨中备受天主的考验。这样，他们才会因为缺乏生理的激悦和需求而变是更加了解我们的主，了解他是如何在贫穷与苦难中替人类承担起那无上的罪责。

“这些清心节欲的人，头脑清醒，深富同情心和怜悯之心，却在面容上表现出一副谦卑的样子。他们过着行走乞讨的生活，到处游荡，与穷人打成一片，却鄙夷那些张扬奢华的富人——他们把他们看作是只会用来装酒的酒瓶子，或只知道把饭食变成垃圾的垃圾桶（那些人在做祈祷的时候，总是说着：打饱嗝就是对我主的赞美[1]）。或把他们比作是在水面上掠鱼的小鸟，而没有雄鹰的力量和气魄。这些人靠着对我主的虔诚和忠实，把祈求的声音远远地送上了天空，送到了我主居住的地方。这是那些富人，或有权势的人，甚至是国王，也不可能会做到的。所以我主说：‘谦卑的人有福了’，这是专指我们这些修士，尤其是托钵修士的。

“所以，亲爱的夫人，请你不要为了我这世俗的身躯而去准备大量不必要的东西，只要能够维持我在讲坛上替我主传播福音的力气就够了。如果你有现成的上好面包就给我来一只，我知道夫人你手艺不错，做出的面包又软又香。而且，我听说你做卤猪头的手法也很不一般，如果可能，就给我来一只卤猪头好了，当然，决不要为了我而去杀了你们家的那只小花猪。还有，要是你们家还有一点过节用的熏肠的话，也请给我来几片吧，我已经很久没有享受到熏肠的美味了，它们配上

[1] 语出《旧约全书·诗篇》第 45 章第 1 节。原文是拉丁文，如直译，则为“我的心打嗝打出美辞”。

一点点的波尔酒或其他烈酒，将是一顿还能够将就的晚餐。”

托马斯夫人得了要求正要走开，突然又想起了一点事情说：“仁慈的圣约翰修士，你可知道，就在你上次离开这里后不久，我的孩子就死了？请你在以后做祈祷的时候，不要忘了为我的孩子说上几句。”

“亲爱的太太，我正想和你说这件事情呢！就在上两个星期的某一天夜里，我忽然看到你的孩子来看望我了。他张着两只胖胖的胳膊，虽然不能说出什么话来，但我知道他是想让我过来看看你和你的丈夫——这不，你的丈夫就病了！那时，我就知道他的灵魂是要到天堂里去了，我们那里的管事和许多修士也看到了，不信，你可以问问他们。当时，他们正在唱《赞美歌》，只有我一个人流着泪在默默地为你的孩子祈祷，希望天主在那上面能特殊照顾他。所以，仅就这件事来说，你完全不用再担心，夫人。我们倒是很有必要来谈谈你丈夫的事。”说着，托钵修士来到了病人的床边。

“愿天主基督保佑你，愿那在天上掌管医药的神灵保佑你，亲爱的兄弟，我和我们院里所有的修士都在日夜为你祈祷，希望你能早日康复下床——看那窗外有多少美丽的事情在等着你啊！”

“天啊，不要再说这些无用的话了！我付了很多的钱给那些修士们，他们都说我能在上主的保佑下很快康复，可是你看，到现在我还是躺在病床上不能下去。你们尽是些骗人的骗子！”

“亲爱的兄弟，你怎么能这么亵渎我神圣的使命？你的病得不到好转，完全是因为你的缘故。俗话说，加起来的东西总比一个东西的力量大。你把你的钱财分散给了所有的人,说‘给那个修道士一文’‘给那个修道院一块’，还给那个耍杂耍的江湖医生‘一袋麦子或是面粉’，这样子怎么能行呢？我就在你的身边，你应该很快就想起我——谁不知道我是这个地方最最有名的托钵修士？我的祈祷比起那些神学院的学生或其他修道院里的教士来说，最为有效，就像以利亚、以利沙一样——从《圣经》的记载里，我早就知道了他们也是托钵修士，靠乞讨生活。所以，你应该把所有的钱财都交给我。

“跟你实话实说吧，我并不是要贪图你的钱财——这世上有许多人正在那里大吃大喝，但为了能修建起我们圣灵的教堂，还有维持我们院所有教士的生活，我们情愿忍受饥饿和劳累的折磨，更何况我主说，做我的使徒，就要过贫穷的生活。你的钱财全部用到了修建教堂和做法事等等事情上，如果你肯捐献的话。

“还有，你的妻子刚刚说你很容易发怒，就像一头发了情的老公猪一样——请恕我比喻得不太恰当，但事实正是这样。难道你没有听说过我主有这样一句话吗：‘心头发怒，有魔鬼在引导’？去读读圣托马斯的书吧，你就会明白发怒会有什么好下场，尤其是对着你可爱而温顺的妻子发怒。

“你的妻子是个非常有礼节、贤惠的人。为了你的病她日日祈祷，可你却在她的耳旁大声喊叫。要知道人们有一句警言是‘凶狠的狗不对主人下口’。一个人再怎么暴戾无行,也不应该对他身边的人有坏心。你的妻子是日日夜夜睡在你身旁的人，作为女人，人们有一句话，‘女人的报复能把城池毁掉’，千万不要惹你的女人发火，她们能把你的世界烧得一干二净。

“我主有戒律说，发怒是重罪，和杀人放火一样是不可宽恕的。盛怒的人容易让怒火烧伤自己的身体，还殃及他人，而且，盛怒中的人容易失去理智，就像是塞内加所说的那个国王一样，这样的人越有权势造成的危害便越大。

“据说那个国王暴戾无度。有一天，他派两个武士到城外去办事，但结果一个武士回来了，另一个武士却没有了消息。于是国王就断定是这个武士杀害了那个武士，判定由第三个武士押送他到城外去执行死刑。这两个武士走在出城的路上，碰巧，竟遇上了那位被认为是被杀害了的武士，原来他由于一些个人的事竟然私自回了一趟自己的家。于是这第三个武士对前两个武士说：‘既然大家都安然无恙，那么我们何不回去禀报国王呢？’这样，三个人便一起回来见国王。暴虐的国王听了他们的汇报之后一下子发了怒，说：‘你们三个都该死。因为第一个武士，我已经判了他的刑，所以他该死；第二个武士，他失踪才造成了第一个武士的死，因此他也该死；至于第三个武士嘛，竟然没有去执行我下达的命令，更该死。’于是，三个武士便一起被推到了城门外受刑。

“著名的居鲁士大帝也有一个典故。有一次他的爱马因为过一条河而不幸淹死，于是这国王就下令把这条河从源头那里填起，结果所有的人，甚至连小孩和妇女也能踩着水就过去。

“这国王还有一个暴虐的儿子，因为有人指责他喝酒过度就把那人的儿子杀了。这个人是冈比西斯国王[1]帐下的一个大臣，因为担忧国王整日耽于酒色，便劝诫他说：‘酒能伤身，色能伤人。你是一国之君，有无数的臣民在看着你，因此你应该为他们做出表率。’国王说：‘喝酒能壮人之胆，强人之体，到如今我还没有听说有哪一个人是因为喝酒而死亡的呢。’为了证明酒对自己是非常适宜的，这国王反而大喝其喝。有一天，醉酒之后，他把这臣子的儿子带到大殿上，张弓搭箭，当着臣子的面将他的儿子射死，然后他对臣子说：‘你看，我这不是手还很稳，眼很准，力气还很大吗？’臣子无言以对，只好作罢，伤心地离开了那个国家。

“你看，对于穷人和富人，发怒的结果是不一样的。惹怒了穷人他可能会把你大骂一通，但在富人和有权势的人面前，你却必须讲一

[1] 冈比西斯（？—公元前522）指的是古波斯帝国国王冈比西斯二世（公元前529年即位），为居鲁士大帝之子。

些好听的话，唱一些哪怕是无中生有的赞歌，而不是逆耳忠言——我们托钵修士就正是这样做的。

“所罗门有话：‘不要把友情寄望于易怒之人，也不要与失去理智的人结交。’话再明白不过。亲爱的托马斯兄弟，作为一个替上帝传播福音的神圣的修士，我真切地恳求你，把你心中那把发怒的大火熄灭吧，让我把你灵魂中魔鬼的影子赶走，如果你在我面前忏悔的话。”

“不，忏悔的话我已经在其他修士的面前说尽了，没有什么事能改变我现在的心意。”病人在床上痛苦地说。

“那就用你的钱财为你消灾,给我们的教堂捐几个金币吧。要知道，教堂是一切荣耀和神圣之光的所在地，这里有上帝的圣灵在供着，还要负责给每个神位献祭。但我们的教堂正在修复当中，除了石料需要四十多镑才能购齐之外，还有木料、一切的法器用具等，用你的钱财为我们这光荣而伟大的地方捐献吧！我知道，你一向是上帝的忠实子民，是我们修道院的朋友，难道你忍心看着我们这些修士为了筹集资金而卖掉我们手中的经书吗？亲爱的托马斯朋友，我以上主基督的名誉求你了：请你为我们教堂捐些钱吧！”说着，修士几乎都要跪在地上给病人行礼了。

病人躺在床上气得要死，大喊道：“不要把那副假惺惺的面孔再摆到我面前！你们这些靠剥削别人的血汗生活的托钵修士是什么东西我非常清楚。要说我们是朋友，这一点我倒还舒服一些，请问，我们真的算得上是好朋友吗，修士先生？”

“亲爱的托马斯兄弟，难道对这一点你还有怀疑吗？我们不仅是好朋友，还是好兄弟呢，我可是对你实心实意，只想帮助你。”修士装出一副痛心疾首又真诚的样子说。

“那好吧，如果是兄弟，我就有一样东西送给你。不过，在这之前，你必须对着圣灵的像发誓说，你会把这一个东西和修道院的其他兄弟一起平分，而不会把它独吞掉。”

“我发誓，我发誓！以圣灵圣母的名誉，以我们院院长的名誉发誓，我一定会把你所奉献的东西拿去和所有人平分的。请问托马斯兄弟，那东西在哪儿？”

“把手伸到我的身子底下来，一直往下摸，在那里你就会找到你所想要的东西了——要知道，我是一个病人，已经快没有力气把自己的身体动一下了。请你快点把手伸到我的屁股底下来，那儿有我非常珍贵的东西。”

修士听了满心欢喜，把袖子捋了捋，伸手从病人的后背开始摸下去，一直摸到了光光滑滑的两片屁股的那个地方，还没有发现有什么有形的东西。于是他想，也许那东西是个非常小的东西，不是说，越小的东西越珍贵吗？想到这儿，他又更欢心地往下摸去。

躺在床上的病人感觉到一只冰凉的手伸到自己的屁股底下，一直摸到了肛门的地方，于是就憋足劲在那只手的手心当中大大地放了一个屁，那响声，比一只铆足了劲拉着重货的大马放出的响屁还要响，那味道，比一个大粪坑的味道还要臭。

修士大叫着蹦起来，双眼犹如猴子的屁股那样红，一张嘴没有遮拦地便开始大骂：“你个挨千刀、下地狱、生生世世不得翻身的大坏蛋，竟然用着诡计把我这神圣的人物来欺骗。你一定要为今天的行为付出代价！”病人的仆人听到两人大吵的声音，于是就跑进来把修士赶了出去。气急败坏的修士满面通红地走出来，拿起自己的拐杖和行李头也不回地就去找他的两个同伴去了。后来，他们一起商量，要找一个有权势的人来替他们报仇，于是修士就想起了城中那位很有名的大贵族。他们一起来到了贵族的家门口，有仆人通报后领着他们来到了贵族的房间前，没想到人家正在吃晚餐，修士憋了半天终于忍不住对贵族说道：“愿天主保佑你，我的大老爷！”

“我主也保佑你，修道士师傅！看你一脸的怒气和不悦，定是遇到了什么麻烦的事情。请讲出来让我听听吧！”主人擦擦嘴说道。

“千万不要称我师傅，大老爷。在您的面前，我们这些行讨的人是没有资格来称拉比[1]的。今天在你的辖区里，就在你的辖区里，我遇到了一件非常伤心的事——竟然有人当着我的面就亵渎我们伟大的圣灵和修道院，这是多么不能容忍的事！无论哪个有教养的人也不能咽得下这口气，更何况他还是托马斯这个蓬头垢面的老乡巴佬做出的，我的大老爷啊，请您看在我们万能的主的面子上，为我们报复这个不识趣的大坏蛋吧。”

“修士先生，你可是上帝的使徒，有什么不合心意的事情发生也不能生气、口出恶言啊！”主人说道，“如果有什么不满意的事就说出来吧，不要把它憋在心里，转化为引诱人犯错的怒火和愤恨。”

于是，修士就把所发生的事细细地说了一遍。听完这个故事，主人妻子开了口：“我的天哪，愿一切圣灵圣物保佑这个发疯了的老头快快好起来吧，修士先生！你所说的这个人可实实在在是个发了病的疯子啊，竟然做出这么让人不能想到的事情来。我看，你就消消气算了吧，圣哲说，和一个丧失了理智的疯子是没有什么好话可说的。”

修士看着主人先生。只见他低着头没有作声，心中却在想：天哪，世界上竟然还有如此聪明的人，给修士先生出了这么一个难题。我平常总是自诩为天下算术第一，可我从来没有想到过一个屁竟然也能平分。这东西既然不能捕捉住它的声音，也不能圈藏住它的气味，那要怎么样才能够把它平均分配呢？在所有的算术书中，我从来没有见到过这样一个题目，定是有魔鬼钻到了他的心中，才让他想出了这么一

[1] 拉比，对犹太教首领的尊称。有时也把那些负责执行教规教法并主持仪式的犹太教徒称为拉比。

个绝活。于是，主人就对修士说：“修士先生，你今天可真碰到了一位大奇人。想想有谁能出如此一个困难的题目吧，既要把捕捉不住的声音平均发配，还要把不能成形的气味也平分，而且这两样东西还是霎时就会消失的。天哪，一定是有魔鬼引导了他的心灵，才能让他想出如此一个奇特的题目，要我看哪，你就算了吧，和他斗，你定不会有什么好下场的。”

“不能算啊，老爷！这个人如此下流和无赖，要是不能报复他，岂不是显得我们修士也是无赖和下流吗？要是这样，我情愿诅咒他生生世世不得好死，让他的灵魂让魔鬼捉去，享受上刀山下油锅的所有的酷刑。”修士大声叫着。

这时，站在主人身后的一位仆人走了出来，对主人说：“老爷，如果您能赏我一块新布做衣裳穿，我就把这个题目给您解了——对我来说，这并不算什么好题目，有一位圣灵曾在夜间给我以一种特能。”

主人一听，马上说道：“要是你能解了这个题目，别说是一块新布，就是一件两件现成的新衣我都赏你。”

仆人说道：“修道士先生，你可以趁一个天晴无风的好日子准备一个有十三根轴条的大车轮。你们修道院里不是有十二个修士吗，加上你正好十三个。你可以下令让你那些修士在无风的好日子里各自占据轮轴的一个顶端——这个轮轴就支在一个中空的大架子上。这时，你可以让人去把那个生病的老头抬来——一定要趁他肚子鼓鼓像一面大鼓的时候。这时，你们把他安置在轮轴上，一定要在正中央，然后，十二个修士各就各位——至于先生您嘛，既然是领事人物，自然就要站在轮轴的中间、架子的下面，我主不是有说，身份高的人可以享受优厚权吗。等各人都准备好了——把鼻子紧紧地贴在轮轴的边缘，然后就叫那个人放屁。——老爷，我想，这样的准备，定会让那个无色无形的东西完全平均地分派到十三个轮轴中间的，这样，他们就能各司其职地把那些气味和声音全都接受了。而修道士先生，如果作为修道院有身份的人还不能够满足的话，就让他一个人再单独那样闻上三个大屁吧。”仆人的话刚说完，主人和他的一家子就都拍手叫好起来，谁也没有想到这个仆人竟有这种才能，能把这个问题如此圆满地作了解答。看来，先前他们把那个老头称作疯子或受了魔鬼的引导完全是错误的，那样的人只能称作是大有学问的人，而这个仆人也是个不一般的人，与欧几里得、托勒密不差多少。

于是，主人就高高兴兴地赏了仆人两件新衣裳，而修士只好和他的同伴一起灰溜溜地走了。

差役的故事结束。

学者的故事

“高雅的学者先生！”旅店主人叫道，“不要在那里默默无语一声不吭！在牛津大学院里，艰难的问题还没有想够吗，何必在这长途的旅行中还要沉思。我们知道，你定有用优美的词句写成的大文章在学者们中间发表，既然我们规定了每个人都要讲两个故事，何不把你的那些东西搬出来呢，只是不要那些说教人的大道理——像修士们在斋戒时说的一样。”

“旅店主人先生，你现在是我们中间的领事，既然有所吩咐，鄙人自然无有不从。”那个来自牛津大学的学者说。

“讲个冒险的，或有趣的事吧！只要不让我们在马上打瞌睡，或在心中感到烦闷，我就定会说你的故事好的。”旅店主人说。

“好，那我就讲从帕多瓦听来的故事吧：有一位学者，就是那个被称为桂冠诗人的彼特拉克[1]，讲过这个故事，可惜已如那伟大的莱尼亚诺[2]一样，不管他的诗篇有多少世人在流传，被称为死神的魔鬼还是没有放过他，现在那一副消成了灰烬的东西还深深地埋在棺木里，上面还立有墓碑，这结局，我们每个人都将会有。

[1] 彼特拉克（1304—1374）是意大利诗人、学者，1341 年在罗马获得桂冠称号。乔叟的这个故事看来出自由彼特拉克译成拉丁文的《格里泽尔达的故事》(薄伽丘原作)。

[2] 莱尼亚诺（？—1383）是波伦亚的法律教授。

“魔鬼虽然抓去了他的身体，可没有抓住他的灵魂，因为主要让它周游世界，宣传自己的学说，所以就有这样一位可敬的学者把这个故事讲给了我。

“在他那开篇的时候还有一大堆叙说背景的东西，文字精彩，语调优美，有萨鲁佐和皮埃蒙[1]，有亚平宁山脉和维苏勒斯山——前者正好经过伦巴第的西面，后者当中流出清澈的小溪。这一切我私下里以为太长太赘花费时间，所以就略去不说，只把那紧要的东西给大家挑出来。”

学者的故事现在开始。

美丽的意大利西部，萨鲁佐城那里有一望无际的谷田和稻子，还有繁华的商业城市区。它的主宰者是一位叫沃尔特的国王，有着高贵血统和优良品德。他长得英俊又健壮，对人公正又谦和，所以他的子民们拥戴他、敬畏他，还关心他的个人生活。眼下只有一件事让他的臣民们感到不满和失望，那就是眼看年华飞逝，他们的主子却还只顾寻欢作乐，不知结婚生子。

于是，大臣们就聚在一起商量，选了一位能说会道、有威望而又受人们信任的人去游说国王。

这人来到国王的面前这样说：“尊敬的国王，我代表您的臣下向你致意。我们知道您是一位忠心爱民的好国王，由此，我要代表其他人向您提一点建议，希望您能宽宏大量，虚心接受。

“俗话说，青春年少就像五月的花，开过了就要走向凋谢，人的生命也是走过了一天就要少掉一大截。年轻的时候我满足于打猎郊游

[1] 萨鲁佐与皮埃蒙都是意大利的地名。

和别人喝酒赌博，认为婚姻是束缚自由的枷锁，可等到年老的时候，我们手脚发软，眼脑发晕，如果没有儿女的携伴便什么事情也干不成。

“所以说，婚姻有苦也有甜，欢乐往往要比忧愁多。作为国君您应该不只把眼光放到眼前的利益上来，而应该看到：不结婚就没有子嗣，不结婚我们便没有主母。

“天主创造了亚当，又让夏娃来当他的另一半，男人长到了年龄，就要寻找女人做他的妻子。您的王位只有让有您血统的人来继承，而不能落入他人之手。

“我们许多大臣好好商量，一致认为您应该选个好王后，给我们选个好王母。如果国王主上您本人不介意的话，就把这个任务交给我们吧，我们定会选出一个美丽而高贵的女人来与您相配。”

那叫沃尔特的国王本来不想答应这个要求，可看到他的臣子如此苦苦哀求，于是就动了恻隐之心说道：“你们知道，我一向都认为婚姻是自由的坟墓，人结了婚就再不能像从前一样快乐。但既然你们是为我着想提出了这要求，我想如果不答应便是辜负了你们的忠心。

“我要选一个女人来做我的妻子，你们的王后，只是这个任务不交到你们手里而要祈求于我主。我主基督曾说，一切美德和良好品德不是来自血统的流传，而是上天的安排和恩赐，所以美满婚姻的另一半也应该由他来挑选。

“无论我选到了一个什么样的女人来做我的妻子，你们都要像尊敬我一样尊敬她，还要把她看作是永远效忠的王后。这个要求如果不能得到同意和执行，我实话告诉你们吧，我情愿一辈子不结婚，也不要一个不满意的女人来奉承。”

那些同来的臣子们都跪下来谢恩说，一定尊奉他的这个要求为必然。于是国王就对他们说，快快去准备婚礼和酒宴吧，不久以后的一天，你们就会看到一个美丽端庄又适宜的王后。

这样，萨鲁佐全城上下就开始张灯结彩，为国王的婚礼而奔走高兴。且说在那城里离王府不远的地方，有一个美丽的小村庄。虽然住着的都是一些贫穷的农民，但由于他们手脚勤快，品性善良，所以邻居之间相处倒也和睦。

他们中间有一户人家，主人叫詹尼库拉，死了妻子，是个鳏夫。虽然说这人家中只有单薄的一小块地和一个简陋的小牛棚，可老天爷也很公平，竟然赐给他一个天下无双的女儿，叫格里库尔达。姑娘生得一副好美貌，品性更是让所有人都称赞。

她温柔善良又体贴，常常帮助周围的穷人，对老父亲更是无微不至无所不听。为了不让懒惰的魔鬼来把自己的双手缚住，她从早忙到晚，不是去地里放羊，就是回家里纺线。她从没有像别人一样穿过美丽的衣服——虽然她生得是那么漂亮——也没有睡过一次像人家家里的那种软床，但她对这些却从不抱怨，只是勤劳而欢快地劳动着。

这样的一个人，受到村子里以及其他和这个村子有交往的人的称赞，他们都说：谁要是娶了格里库尔达做妻子，谁就是天下最幸福的男人。话说有一天一个高贵人物，就是那位英雄又威武的国王先生沃尔特，打猎经过那个村子时，就发现在井边有位打水的姑娘。他凝视着她美丽动人的容颜心里想：我见过许多的王后王妃贵妇和小姐，却没有一个人有她这般好模样，看她沉稳的双眼和利索的手脚就可断定，这是一位品行端正、身体健康的好女人，做我的妻子和王后真是再合适不过了。于是，国王打定主意要把这个姑娘娶回家，只是这心意至今还瞒着那一班王公和贵族。

国王招了一批身形优美的女子进宫，说是为王后试穿衣服，还吩咐让人准备了用最大钻石珠宝做成的王冠和戒指，说是要送给他最最喜欢的心上人。人们都没有听说城里有哪户人家正在为女儿准备婚礼，于是就只好在心里猜测说，这王后定是远方来的一位公主或贵小姐。

到了结婚这天，王府的客厅里已经收拾得华丽堂皇，国王本人也已穿戴停当，于是鼓乐手就在一声命令下达后，带着浩浩荡荡的队伍向一个小村子里进发。

全城的百姓都排成了长队拥在道路两旁观看国王的仪仗，这其中就有那位叫格里库尔达的姑娘。这美丽的姑娘从早上打完水后就等待着观看国王的仪仗，可见国王竟然下马朝她走来，不由得一慌。

“亲爱的格里库尔达姑娘，请问你的父亲在吗？”国王温柔地问，格里库尔达慌忙双膝跪倒，恭恭敬敬地给国王请安问好，然后就用惊慌的声音说，她的父亲在屋里。

国王走进门对詹尼库拉说：“尊贵的老人，我知道你是我城中最忠实的臣民之一，爱我就像我爱你一样。今天我特地来是要向你请求一件事，就是要把你的女儿娶走。”

好运来得是如此突然和猛烈，詹尼库拉老人震惊得一下子说不出话来。过了很久，他缓过劲来，连忙跪下对国王说：“英明的陛下，您的意愿就是我的意愿。既然您让我卑下的女儿升高做了王后，我自然是没什么说的，您尽可随心去做您想要做的事情。”

国王听了十分满意，说：“既然如此，我们就一同去问问你的女儿吧。我希望她能当着我的面说的也和你一样，这样我就没有了任何遗憾。”国王和詹尼库拉正在屋里商谈，人们和大臣们也在屋外议论。他们都说这姑娘手脚勤快又美丽，待人谦和又端庄，真是王后的适合人选。格里库尔达从没有见过这么大的排场，也不知道会有好运降到自己的头上，她惊得脸色一会儿红一会儿白，愣愣地站在那里不知所措，只等父亲赶快出来。这时，国王打开门走到她跟前说：“美丽的格里库尔达，刚刚你的父亲已经答应，要把你许配给我，不知你可有什么异议。我想知道你能否同意做我的新娘和妻子，从此后对我忠贞不贰，全心全意？你的一切都将由我决定，喜怒哀乐也全凭我自己？对任何事你不会有抱怨也不会违背，对此你可能承受？”

格里库尔达眼望着英俊的国王，心里震惊，说：“是的，陛下。您既然已经垂恩于我这卑贱的女子，那么您的意志就是我的意志，我不敢对您的心愿有任何忤逆，上帝做证，我在此宣誓，无论是在行为或者是思想上永远忠贞于您、顺从于您。即使您让我死在您的面前我也会毫不犹豫，将我的生命作为对您垂怜于我的报答。”

“格里库尔达，够了，从此你就是我的妻子了。”国王说着挽起她，转过身来面对大家，庄严地说：“现在站在我身旁的就是我的结发妻子。愿你们每个人爱她就如爱我一样，这是你们曾经对我许下的诺言。”

格里库尔达跟随国王进了宫，王族贵妇们为她换上了美丽的结婚礼服，她天生丽质，再配上美丽的衣裳简直是美艳绝伦，贵妇们给她梳理了头发、戴上了婚冠，以及一切适宜的首饰。装扮一新的格里库尔达变得和进宫前判若两人，那时她穿着粗布的衣裳，现在却是华丽高贵，和英俊的国王十分相配。

这美丽的姑娘不但操持家务得当，而且还时时靠了自己的好品性来帮助丈夫，所以这一对夫妻过得是那么地平和与美满，受到人们的羡慕和称赞。不久之后格里库尔达还为国家增添了一个新人口，虽然只是个公主，但也说明她生育能力完好，所以国王和国人都很高兴。

这小东西长了没有多长时间，就像以前曾经发生过的那些事情一样，这做丈夫的国王心里突然生出一种奇思怪想，想试一试妻子是否真的像她所说的那样对他顺从而且没有怨言。要我说，这样的事情本来就没有必要，也不值得效仿，但一个男人太爱他的妻子了或过于注重权势，那么他就不可避免地想对任何人都有一次试探。虽然这国王已经从以前的许多事情看到了他妻子那种完美的性格，但他还是不愿意就此放下心来。于是有一天在晚饭之后，这国王来到妻子的卧室，装出一副严肃而又痛心的样子对她说：“亲爱的妻子格里库尔达，我敢确信你到现在还记得我当初是怎么把你从卑贱的地位提升到这万人仰慕的高贵地位的。那时，你不过是一个村里的一个小人物罢了，但我却既不嫌弃你的出身低微，也不是看上了你对我有什么好处——我们谁都知道，我从你身上并不能得到什么——而娶了你。为什么呢，就因为我从心底里喜欢你那温顺的好品德，或者简单的说是我爱你。但是你并不知道我这种爱是多么地受到那些人的限制啊，就是我的臣子和民众们。他们在我成婚以前是那么恭敬而且慷慨，但自从我娶了你这个出身比他们低地位却比他们高的人之后，他们就对我充满了怨言，而且你又产下了一个女儿而不是儿子，所以他们就更加觉得羞耻而且不平。作为一个国王，我多么需要和臣民们平安相处啊，所以，不得已，我要告诉你一个不好的消息。

"不过，在我说这决定之前，我还想亲自听一听你对它有什么意见。因为就在我向你求婚的那个时间，就在你们的那个小村子里，你曾经亲口对我说过，你这一生将唯我是命，绝不会违背也不会抱怨。"

国王说完，仔细观察妻子的脸，就见它既没有变色，也没有显现任何的悲伤，而是一切都保持原样地对他说："我的夫君，伟大的王。既然我的一切都是你赐予的，你就有权力再收回它们。而且我也曾经发过誓，这一生，除非是我死了，灵魂消失了，否则就不会对你有任何的不满。我爱你，要用我的生命和全部身心去爱你，所以不管怎样，只要是你决定的，你就去做吧。"

国王听了，心里一阵欢喜，但却仍然装出很痛心的样子先沉思了一下，然后才走出卧室。他来到宫外，找了一个非常值得信任、办事能力又很强的卫士，对他嘱托了一番，然后就让他来见王后。

这卫士曾是国王的贴身侍卫，对主人的命令无有不从，他按照既定的策略走进王后的房间后，也装出一副很严肃而且悲伤的样子这样对王后说："高贵的王后，受人尊敬的陛下。作为下人，主上有命令我们必须去执行，虽然有时候也为当事人而感到悲伤和同情，但我还是不得不对你说，你已经失去了对这个孩子的拥有权，现在我就要把她抱走。”

卫士说完脸上露出一副凶狠的模样，做出就要去抱小孩儿的动作。格里库尔达就像一只温顺的小羊羔般坐在那里，不声也不响。虽然她的心里就像烧开了的水一样上下翻腾，对这个卫士的言语和行动都抱着怀疑的态度，但听到这既然是国王、她的丈夫的命令，那么她就实在没理由去反抗。

到最后，就是那个卫士就要抱着孩子走出门外的时候，格里库尔达开了口。她用胆怯而且恳求的声音对那卫士说：“仁慈的先生啊，作为一个上等人，请您允许我再抱一抱孩子吧。”说完，她从卫士的手里接过孩子，在她的脸上亲了几下，然后低低对她祝福说：“仁慈的主啊，请保佑这孩子平安无事。从今以后我们可能再也见不到了，但愿她在天国不要有任何的委曲。我主啊，既然你为了我们而惨死在十字架上，那我现在就把这小小的灵魂献给你，愿你眷顾她。”说完，她把孩子还给卫士，那脸上依然平静如初。她对卫士说：“先生，如果不是我的丈夫有特别的命令，那么我请你在埋葬这小小的身体时不要用力太猛，而且也不要让她被秃鹰叼走。现在，你执行我丈夫的命令吧。”

卫士领命没有说任何话就急急忙忙抱着孩子来到了国王的跟前，把王后对这一件事的反应和话语全都对国王说了一遍。国王听后，心里非常高兴，但作为王者，他就像那其他的贵人们一样心肠很硬，于是没有更改他的任何计划就对卫士又嘱咐说：“现在，你要尽最快的时间作最好的准备把这孩子送到她的姑母波伦亚王后手中，告诉她好好抚养把她养大。如果你对其他任何人说起她是从哪儿来的，是谁家的孩子，或者她现在去了什么样方，你就要以你的脑袋为代价。”卫士听了赶忙点头，然后马不停蹄地便去执行他的任务。

再说那国王，他现在又回到王后的房间，计划看一看妻子在事情发生后会有什么反应。但正如前面大家所看到的情况那样，这一次他又没有任何收获。格里库尔达对他，就像以前那样又温顺又恭敬，从来没有在私下里抱怨过他的任何行为和命令，也没有在脸上显示出任何的不满或忧郁，而且在说话的时候，也从来没有提到过那晚的事情和她女儿的名字。

这样的生活，诸位，对一般人来说应该已经是很满足了。而且我们那位叫沃尔特的国王也确实满足了一阵子——就在那四年里，他们又生了一个可爱的小儿子，这消息不仅令国王高兴，而且全城上下无不对他们的结合表示满意和祝福。但是就像那些有权力而无所事事的丈夫一样——他们的喜好就是试探自己妻子的耐心和对他们的爱，这国王在小儿子刚刚两岁的时候，就又想起了他以前的那个计划。这一次，他更想知道妻子在遭受第二次打击的时候会不会还像以前一样对他又温顺又恭敬。“也许她会有什么表示呢！”他这样想，于是就又来到妻子的卧室对她说：“亲爱的格里库尔达，我沃尔特国王的妻子。你知道，因为我们女儿的问题，国人对我的不满已经产生。而这一次你生下了一个儿子，他们又说：我们的国家将交给有卑贱血统的人来继承了。这令我真的好伤心。作为一个国王，我有权力让我的国家过上安稳平和的好日子，但既然怨言已经产生，那么我想，这样的理想恐怕将要落空。为此，我必须有新的、及时的打算，就是把我们的儿子也像他姐姐那样处理掉。虽然我的心里也是非常地难过和悲伤，但亲爱的，你知道我不得不这样做。你能有什么好的意见吗，或者你对这件事有什么看法？”

格里库尔达回答道：“我没有什么好的办法，也没有其他的建议，我的夫君。在以前我已经发誓过，说对你一定要服从，但今天既然有必要再那样说一次，我就遵您的命令重复一次吧。既然是您把我从贫穷和卑贱中解救出来，给了我新衣服新生活，那我已没有什么好抱怨的。我知道，是您的命令造成了我的一个女儿的死亡，现在它又将夺去我的儿子，但我既然在脱下旧衣裳的时候，就把我的自由和意愿一同都留在了家里，那我就要对您说：有什么事情，按照你的意愿去办吧，不要顾及我的感情和建议，就是需要我死，也请你不要因为可怜我而不愿对我说——这世上如果失去了你的爱，我空有生命又有什么意思呢？”

国王听了，不禁从心里感到惊奇。但他还是像从前那样固执而且冷酷，下达命令让那个卫士把旧事再重演一遍。那卫士遵照命令来见王后，格里库尔达除了在最后对他恳求说，希望能在掩埋孩子的时候小心一点，不要让尘土弄脏了他的眼睛，也不要让野兽来把那稚嫩的身体撕咬糟践之外，还像从前那样平静顺从地让他把孩子抱走了。这卫士把孩子抱来见国王，然后又跟从前一样，把他秘密地送到了波伦亚姑母那里。国王又回来察看妻子的变化，想从她的言语和表情或以后的行动中看出一点不一样的东西，但是——愿天主保佑——这姑娘的心就像是被魔法捆住了一般，已把所有的喜怒哀乐都交给了她的丈夫。沃尔特国王如果有什么不舒服的地方，格里库尔达就在身边细致周到地照看，直到他完全康复为止；沃尔特国王如果有什么烦心的事，格里库尔达就用温和有节的话语开导安慰，直到他完全释然为止；而对于像治理国家或与外国使节交往那样的大事，格里库尔达则从来不参与一句话，只要是丈夫的命令她就完全服从，而且看起来，比以前还要关心和爱护她的丈夫。

有时候沃尔特想，是不是她太工于心计，狡猾不露了？但随着时间一天天过去，到最后沃尔特不得不承认，他的妻子是真的爱他，比爱她的生命还要爱他——诸位女人，这就是你们默默付出所得到的吗？对那些固执、多疑而又自以为是的丈夫，你们能有什么好办法呢！

不过，到最后，这位国王的噩运终于来了。全城人民都开始传说他们的国王是一个心狠手辣、不通人情的刽子手，不仅娶了一位贫贱的姑娘，还亲手把他们的女儿和儿子杀害。这消息，因为并没有人为之辩解，也没人出来做证，所以就越传越远——就像打造铁器是铁匠的拿手好戏一样，捕风捉影总是老百姓们最喜欢，而且最会做的事。但是，到此时那位国王还是像以前一样固执而且倔强，不愿意停止试探他妻子的决心。他又派出那位卫士到罗马教廷去，说是要征得教皇的同意，赐他新婚——也就是说和前一个妻子离婚，再娶一个新的姑娘。那卫士按照吩咐到了罗马却并没有去见教皇，只是在旅店中游玩休息，几天后他回来，向国王做了报告，说已经取得了教皇的同意，可以把波伦亚的公主赐给他，随后又在国王的授意下将这个消息在全国广为传播，而后就又接受命令，说是要到波伦亚去发出通知。

全城的老百姓又在流传着这个新的消息，很快它也到了格里库尔达的耳朵里。我想，这位姑娘心中一定很痛苦，但是，诸位，我要告诉你们的却是：无论是从神色上，还是从言辞上，没有人能看出这个姑娘有什么变化——她还像从前那样沉着而稳定，对丈夫事事听从。就连我这位旁观者也看不出她有什么值得人们怀疑的地方。所以，她的丈夫对她毫无办法，就只好再打发那位卫士到波伦亚去。

在卫士动身之前，国王交给他一封信，要他的姐夫无论如何要听他的安排，把一对儿女打扮得漂漂亮亮，高高雅雅，用大队人马护送回来，并且不能对外人说起他们是谁，只能说是应教皇的命令要嫁给萨鲁佐的国王沃尔特。卫士得命迅速到了波伦亚，把信交给那里的国王，而那国王自然是没有什么意见就开始准备把这一对儿女送回来。他们挑了一个好的日子并派出了浩浩荡荡的皇家卫士护送着那位现在已是十二岁的美丽姑娘和她八岁的弟弟上了路。一路上，各地的老百姓们都来观看，他们说这真是他们有生以来看过的最豪华最壮观的队伍。就这样，他们一路走一路欢畅，不久就远远地看到了那萨鲁佐城的外貌。

这时，沃尔特国王正和一群大臣坐在王宫里议事。他想再对他的妻子做最后一次试验，看看她是否还是没有改变，于是就当着所有大臣和卫士、侍女的面大声对妻子说："格里库尔达，我当时娶你为妻，你知道，完全是看中了你的美貌、贤淑和忠顺。但是从这以后发生的一系列事情来看，我当初的决定真是太莽撞了，就像一个农夫一样，明知道银水和灯油是永远不可能融合在一起的，却还偏偏要贪恋你的卑贱。现在全国上下都在对我议论纷纷，说我是一个愚蠢的国王，为了平息这种怒火，教皇已经赐我以新婚，对这一点不知道你有什么想法——不过，不管你有什么想法，我都要告诉你：我那年轻美丽又高贵的新娘已经上路了，而且无论如何你现在都必须赶紧把你的位置腾出来，免得到时候我会要你难堪。"王说到这里看了看妻子的脸，然后又说道："当然，你可以把我们结婚时我赐给你的东西全都带回去，带到你的老父亲那里，算是我对你的补偿好了。"

格里库尔达低垂着眼睛，平静而顺从地回答道："高贵的国王陛下，从我们结婚那天起我就知道，总有那么一天你会厌倦我，会因为我的出身低贱而感到羞耻，这一天终于来到了，我并不感到惊奇，也不难过。因为我自知要论血统和身份，或是智慧和才华，我是远远地配不上你，你娶我做妻子实在是高抬了我。其实就连你的侍女我这种人都不配担当，更不要说这豪华府第的主人了。不过，我们那在天上的主人可以做证：这么多年来，我从来没有以一个女主人的身份自居过，而是努力做一个好的婢女。现在既然上天又要让我还回这一切的荣华富贵和居高临下，再回到原来的乡间小村，那么看在他曾给予我那么多欢快和喜悦的分儿上，以及我爱你的这片心上，我将毫不犹豫地现在就走。

"我将回到那生我养我的地方，和我的老父亲生活在一起。作为一个曾经高贵过的王族夫人，陛下，有一点你大可放心，就是为了维护你的尊严，也是我的尊严，我决不会再改嫁。我将在我的心中为你们——就是你和你的新妻子——一直祈祷和祝福，但愿天主保佑你们平安快乐，生活美满。因为你的快乐就是我的快乐，你的心愿就是我的心愿，虽然我已经被你赶出了家门，但我会永远为你而祝福。

“你刚才说，要让我把结婚时的礼物全都带回去，对这一点，国王陛下，我还有一点小小的请求。俗话说：‘旧爱总是不如新欢。’就像我们两人现在的情况一样，你那些给我的东西，现在不也是旧爱了吗？到现在我还能想起当初你到我家时说话是多么温柔而且和蔼，但此时我却要被你赶出王宫，永远离开你的身边了。在这最后的时刻，国王陛下，我请求你：让我保留一点遮羞的衣服吧。

“我敢保证，对于你所曾经给予我的东西，包括那些金银珠宝、漂亮衣服、结婚戒指等，我会全部把它们都留在你的柜子中。就像我当初只带了忠诚和顺服、清清白白地来到这里一样，我还将只带着忠诚和顺服、一穷二白地再回去。但是，作为你的妻子，我曾经衣冠高贵地站在你的民众跟前，也曾经用这贞洁之身为你生过儿女——这一点没有人能够否定。所以请国王陛下就看在这些事情的分儿上，把我身上的这一套内衣赐给我吧，不要让我像一只臭虫一样从你的臣民们面前爬过。”国王听了，心里真是又喜又惊，又悲悯又同情。但是这样的情况还刚刚只是他计划的开始罢了，所以他不动声色地又说道：“那好，就按你说的去做吧。”

格里库尔达当众把身上所有的外套都脱下来，然后穿着那里面的内衣出了王宫大门。

人们含着眼泪跟在她的后面，一边走一边把那可恶的命运诅咒。快到了格里库尔达生养的那个小村子时，她看到村民们都出来迎接她。他们在她的身旁说着不平的话，为她解除心中的痛苦，但这姑娘却还像以前离开时那样面容沉静，丝毫也没怨言或不满的话。

那位老父亲，就是多年前把女儿嫁到王宫里的老头，早就知道会有这么一天他的女儿要受苦，因为对这世事他比她要明白得多，从来没有听说有哪一个穷人家的姑娘能在王宫里生活得快乐。所以一听到别人说他的女儿回来了，这老人顾不上穿好衣服，就拿上女儿的旧衣裳出了门。老头一边哭着一边给女儿穿衣服，可谁知道那些质地低下，又很长时间没有人动过的衣服一穿就破，这真是应了格里库尔达那句话："旧爱不如新欢。"

就这样，当初那位贤德的姑娘今天又贤德地和她的父亲生活在了一起。由于她在离开家的时候，就没有把自己看成是上等的和应受人尊敬的人，所以回来后，她仍然保留着以前的娴静和耐心。对人仁慈又忠厚，常常施舍那些到她们村子里来的穷人和乞丐，因此不久之后，她的美名又传遍了方圆好几百英里的地方。颂扬约伯的人啊，看看这个女人吧，虽然你们总是说男人的好要比女人的多很多，但要是有哪个男人的品德能像这个姑娘一样，那我就要说："这实在是件新鲜事。"

城里面沸沸扬扬地传着一个消息，说国王的新婚妻子已经到了城外，不仅有大队的人马卫护，而且他们个个衣着华丽、高贵非凡。老百姓听到这个消息后，纷纷来到道路两旁等候观看，那个叫沃尔特的国王听到传报后却是马上让一个人到那个小村子里去把他的前妻，就是那个叫格里库尔达的姑娘召来。

国王对跪在他面前、满脸恭敬与谦顺表情的格里库尔达说："格里库尔达，你知道我的新婚妻子马上就要进城了。她是另一个国王的女儿，出身高贵玉体娇弱，所以我要用最最隆重的礼节欢迎她们，还要给她们布置最好的宴会和住所。但是我这里所有的人当中，要论了解我的喜好与脾性却没有一个能比得上你。所以，我要特意请你今天就留在这里，帮助那些侍女把我的新房和客厅布置好。你虽然衣服破旧，但我想你并不会因为羞愧就拒绝我吧？”

格里库尔达说：“尊敬的国王陛下，我说过：你的意愿就是我的意愿，你的高兴就是我的高兴。虽然我的身份并不适合在那一群贵人中间行走，但我还是愿意为了你而留在这里。我会尽我所有的力量把这里布置得高贵而且得体，不会让任何人有任何的怨言。”

说完格里库尔达就开始忙起来，先是布置客厅，然后是餐厅，最后就是国王的新房——看在天主的分儿上，我要说一句公平的话：在做这一切事情的时候，这位姑娘不仅没有表露出任何的不满或是痛苦，而且所有的侍女和仆人中间，就数她做得最快、最好，一直到新娘和她的弟弟已经进了城，她还没有停下来歇息一次。

国王的新娘生得年轻又美丽，她的弟弟又是那么高贵而英俊，所以老百姓们都纷纷议论说：咱们的国王真是聪明又能干，不仅娶了一个更漂亮的年轻姑娘，而且她出身高贵教养优良，定能生下一个更好更适合的王子。这些老百姓，就像风中的旗子那样，总是随着外界的强力而东歪西倒、摇摆不定，对这一点我真的没有什么可讲。总之，长话短说，虽然他们对那刚刚离开不久的前王后还有一点点的同情和怜悯，但自从看到新王后后，所有人就都觉得这又是理所当然了。

那可怜的格里库尔达啊，辛辛苦苦地干了半天，没有一句不满的话，到新王后进门的时候，她又像其他侍女那样，恭恭敬敬地站在大门口迎接。所有人都看到了这个王宫里唯一一个衣衫破旧的人，见她满面笑容，待人接物周到有礼，对两位新人又由衷地赞不绝口，谁都不能猜出这是一个什么身份的人。于是宾客们都在窃窃私语。这时，沃尔特国王走到她面前故意装出严肃的样子问：“格里库尔达，我的新娘怎么样？”格里库尔达回答：“陛下，我从来没有见过这么美丽又高贵的小姐，她一定能给你带来幸福和好运。愿天主保佑你们平安生活，长命百岁。只是有一件事我要恳求陛下答应：对她千万不要有任何怠慢和磨难。因为据我想来，她从小生活在王宫大院，心灵纯洁，没有受到任何打击和苦难。我们穷人家的孩子受得了的，她不一定能受得了，对她打击就显得上帝不公。”

任何人听到这番话都暗暗点头，沃尔特国王更是在心底里高兴。很明显，无论是在心灵上还是在行为上，格里库尔达都做到了她当初承诺下的忠诚和顺服，再试探下去已经没必要。于是国王就说：“我亲爱的妻子，你真是一个让人尊敬的好王后。我已经从许多次的试探中得出结论：无论是身处高位，还是地处卑下，你都能做到善良、仁慈、温顺和忠诚。你的行为已经通过了我所有的考验，现在我要对你说：不要担心，我这一生就只娶过你一个妻子。

“你所认为的那位新娘，不是别人，正是你我的亲生女儿，她的弟弟也就是我们的儿子，萨鲁佐的继位人。想当初为了试探你是否言行一致，我让人把他们相继抱走，但不是要伤害他们——要是这样，上帝也不会饶恕我。我把他们送到波伦亚，只是想在暗中抚养成人。

“人们都说我心狠又毒辣，连自己的亲生儿女都要伤害，这真是冤枉了我。现在真相大白，我要对你说，无论是今天还是以后，你都将是我唯一的好妻子。”

格里库尔达听到这里，就像是遭了雷劈，先是一句话也说不出，然后眼睛里一下子流出了喜悦的泪水。“仁慈的主，高贵的陛下，我的夫君，你可是救了我的命！”她说完，走上前把一双儿女搂在怀里，不由自主地便放声大哭。

像小溪一样的泪水染湿了怀中人的头发和衣裳，所有看到这情境的人无不从心底里为她感到高兴又悲伤。格里库尔达哭了一会儿，突然间就昏了过去，众人连忙对她抚摸又安慰。格里库尔达醒来后又哭了一会儿，然后来到丈夫跟前跪倒说：“真要感谢你的恩典，把我的一双女儿留下，还抚养成人。从今后我定会对你更加忠诚和顺服，就是要我的命，我也心中高兴。”

然后她把目光转到儿女身上说：“你们也应该感谢你们父亲的仁慈和慷慨，要不是他，只怕现在你们已成了苍鹰和野兽的食物。”说完她呻吟一声又昏了过去，一对儿女连忙过去抱着她又叫又哭。

沃尔特国王叫御医快快把她救醒，看到这么多人围着自己，格里库尔达不禁满面羞容。众人说了许多安慰和恭喜的话，她渐渐恢复了往常的沉着和平静，一对有情人又相合在一起，于是整个王宫里重新召开盛大宴会。人们都欢天喜地高声畅谈，这期间格里库尔达被一群贵妇拥着又回到她以前的卧房。她们把她身上的旧衣服迅速地剥下来，换上华丽而高贵的王冠王服，格里库尔达又回到了以前受人尊敬的地位。从此后的很长一段时间里，他们俩人生活得很平静也很幸福。那村子里的老头也被国王接进了宫，享尽人间的荣华富贵后，有一天夜里他的灵魂离开肉体飞上了天空。后来，萨鲁佐国王也年迈去世，那英俊健壮的儿子做了继承人。他对人就像他的母亲那样仁慈又公正，对他娶的那位贤淑妻子却没有像他父亲一样重重试探。因为他知道对一个忠心的人考验也还是忠心，对一个淫荡的女人来说，没有任何事情能改变她的本性。这道理对我们现在的人来说非常有用，不信就听听这故事的原创者是怎么说的。

他说：这个故事的意义不在于让每个女人去学习格里库尔达，更不是让男人都像那苛刻的国王。既然一个世俗的人对另一个世俗的人能如此虔诚又顺服，那我们对我们伟大高贵的主不是更应该虔诚而顺服？我们的主不会试探人——他对我们了如指掌。他所给予我们的磨难只是为了要让我们锻炼出好的品德，为这原因每个人都应该欣然接受。这世上格里库尔达式的女人已经不多，黄金里掺铜的情况我们见得不少。但我还是想求主保佑，让帕瑟妇人及她的同类掌管世界，否则这世上就会多出太多的磨难。为此，我要给大家唱一首歌，以表达我对万能的主的敬仰。

乔叟之歌

美丽的格里库尔达，意大利这座坟墓早已腐化了你的尸体，也埋葬了你那坚韧的品性。现在男子要想和沃尔特一个心性，他只有失望，要不就是愤怒。因为女人们已经认识到了她们的日子，再不能像格里库尔达那样受委屈，男人们写下这故事对她们不是赞扬而是侮辱。愿瘦牛[1]的身子越来越瘦，愿肥牛的肚子渐渐变大。女人们，不要做谦卑的奴隶，像厄科[2]一样发出你们的声音吧，因为主动权有男人的一半，也是女人的专权，谦卑在现在的世界已经死亡，要想有利于自己就得把它扔掉。强壮的妻子们，拿出你们的威风让男人臣服，孱弱的女人，让你们犀利的话语把男人的心撕碎；丑陋的女人，用勤快和金钱赢得友情，漂亮的女人，穿上你们最好的衣服走进人群。神正在天上看着，他会为你们对他的虔诚而高兴。

[1] 瘦牛是法国一则古老寓言中的怪物，由于它只吃坚忍的妇女，而这种妇女又极少，所以它也就极瘦。与之相对的双角怪兽则由于以食为数众多的坚忍男人为生，所以极肥。

[2] 厄科（音译），是希腊神话中的一位女山神，她因为自己的爱遭到对方拒绝而憔悴，最后只剩下声音。

商人的故事

“沃尔特真是幸运的男人！”学者的故事刚讲完,商人就喊了起来，“各位，请听我说，要是让我得到一个像格里库尔达那样的姑娘，就是让我付出所有的货物和财产也可以。你们不知道，才刚刚结婚两个月，我已尝到了通常男人们所说的那种苦。”

“说来听听！”旅店主人说。

“我这老婆就是那猛虎下山，是泼辣的魔鬼替身。所有世上的女人都没有她那一副坏心思和暴脾气，所有世上的男人都没有我这么倒霉。要是上主能让我再结婚一次——就像那个沃尔特国王正准备要做的一样，我发誓，我绝不会再重蹈覆辙。”商人说。

“愿主保佑，那你可得有沃尔特的好命运！”旅店主人说。

“我心中的苦有千千万，在这里就不再说，免得同病人听了一起伤心。现在，我就给大家讲另外一个故事吧。”

商人的故事开始。

从前有一位高贵的爵士，住在帕维亚[1]城。他是个资产很富足的

[1] 帕维亚是意大利北部城市，现为伦巴第大区帕维亚省省会，位于米兰南面32公里。该地从公元6世纪起即成为意大利主要城市，古迹颇多，尤多教堂。

贵族，喜欢郊游，却不喜欢结婚，因此，到了六十岁的时候，除了不菲的财富外，他还是一个光棍老头。

这人本来在生活中过得很随意也很开心，需要的时候就花钱雇个女人，但时间长了，也不知是什么原因，他竟然突然想到了结婚。对他来说，六十年的岁月里，什么样的生活幸福与忧伤他都已尝过，只是还没有体验过婚姻的滋味。于是他就向上帝请求说："请主赐予我一个称心的新娘吧，让我在老来的时候也体会体会人们所说的幸福生活。"

确实，结了婚就有幸福的生活，尤其是在白发苍苍的时候还能娶个年轻美丽的姑娘。虽然年轻的人们经常大喊：婚姻是自由的坟墓和枷锁，要想快乐就千万别结婚。但实际上，一旦等他们把彼此的手套起来，就会发现这其中滋味还很特别。

是谁在你生病的时候细心看护又照料？是谁在你疲劳的时候端茶又倒水？是谁把欢乐带给了你，还给你生下子嗣？

泰奥佛曾说："为了节约就不要娶妻。因为忠实的家仆可以为你完成一切你需要去办的事，娶一位妻子就只会等着分享或继承你的财产。"但要我来说，这样的人真是胡说八道，愿主罚他的灵魂让魔鬼带走。一切的田产、租税、器物和衣食不过是那天上的风、地上的影，用过了就再也没意义，而一位贤良的妻子却不同。上帝创造亚当的时候说："你还需要有一个帮手。"因此，男人生来就应该有一个女人来辅助。

圣母马利亚说："有了妻子的人们，你们还有什么不满足？"——她们为你们带去欢乐与忠告，还带去安慰与照料。当丈夫说"是"时，妻子不会说"不"，当丈夫说做事时，妻子不会反对，这样的婚姻还有什么不能称心的？更何况比起仆人或其他人来，妻子还是丈夫财产和家庭的忠实维护者。妻子的话往往是逆耳的忠言，虽然没有好听的蜜糖，却是行事的道理。就像雅各的母亲对他说的一样，那些方法和语言正是体现了女人们的聪明。

再来看看那个勇敢的犹滴，冒着被杀头的危险救出了全城的老百姓，还有亚比该，凭着一张灵活的嘴就把她的丈夫拿八从死神手里救出来。明斯帕的事也被人们传颂，说正是靠了她的帮助和忠告，才使得末底改被阿哈随鲁王重新使用。

因此塞内加说：有一个温柔贤淑的妻子是最最幸运的事。加图曾说："有妻子的家庭才是一个安全的港口，是一个攻不破的城池。生病的时候有人照料，家庭里的事务有人管理，妻子能让丈夫放心外出，男人要是爱自己的身体就应该爱自己的妻子。"这话一点不会错。

我前面所说的那个六十岁的老人也许正是听到了这些贤人的话，因此才把结婚的事情来考虑，没过多久，他就召集朋友们把心思表露。"我说，亲爱的朋友们！"老人说，"有一个事情我要请求你们来帮忙。诸位知道，这六十年来我没有遵从上帝的教导，给自己的灵魂找一个帮手，因此我的生活过得既无聊又荒唐，简直是浪费了这前半生的好时光。但现我已经觉察到了我的错误，因此想把这一漏洞补上。你们大家在外面跑的时间比我长，地面比我广，我相信你们一定见过什么比较年轻满意的女人。请把她介绍给我吧，让她做我的老婆。

"不过，有一个条件我要先说在前头，就是女人的年龄一定不要超过二十岁。过了二十的女人身体好比是干草和豆渣，脾性还像是韦德[1]。俗话说，姜是老的辣，肉却是嫩的鲜。

"我也不要一个读过很多书的人来做老婆，那样的人性格乖戾，道理蛮多，却往往是懒婆娘一个。

[1] 韦德是日耳曼神话中的巨人，被认为是主宰风暴的海上恶魔，据说他驾的船可在瞬息之间到达任何地方。

“年轻的人就好比是刚流下的蜡烛，又热又好捏，还能为我这风烛之人顺利产下继承人——不瞒你们说，我这身体我知道，虽然头发花白身子却还像好小伙。男的能干的事我统统能干，就像月桂树一样，我也是先开花后结果。

“虽然我没有结过婚，却知道这其中的奥妙。娶一个不满意的老泼妇来做妻子，还不如直接让灵魂下地狱。如果那个女人不能为我维护家产，我倒不如把它们全散给乞丐——因为人下地狱或升天堂的时候，总是不能带走一文钱。

“鉴于以上种种情况，我请你们不要吝于赐教，还要把你们遇见的最好的姑娘介绍给我。”

众人听完老人的话开始议论纷纷，有人说这么大年纪了不结婚也罢，有人说男人在世就要过一过婚姻生活。其中有这么两兄弟，一个叫帕拉西波，一个叫朱斯提努斯，这样对老人说。

帕拉西波：“亲爱的老人，受人尊敬的老人。所罗门有句话是：‘听听忠告，就不会犯错。’但我认为，对您完全不必顾忌。因为你是个阅历很深的老人，走过了我们所没有走过的许多路。以我这么多年的官场厮混的经验来看：大人或老人们的意见总是没错。要是有哪个傻瓜手下自认为自己的主意比主人还高明，那他就一定会受到别人的耻笑和责骂，要是他认为大人的话中有漏洞，要去弥补，或更正，那简直就是小虫撼大树。在大人们面前我绝对不会说一个‘错’或‘不好’，在您这老人面前，我也绝没有什么高明的意见。正像您刚刚所说的，你还年轻有精力，品性又纯洁而高尚。这话我相信全城的人没有谁敢出来反驳一下，因为您正是这样一个人。既然快乐和幸福的事已经找上了你的家，您就放心地追求吧。”

帕拉西波的话遭到了朱斯提努斯的反对，坐在那里他也对老人说了一番话：“亲爱的兄长，尊敬的老人，我以我结婚的经验来向你忠告：

千万不要听我兄弟的话。

“天知道，结婚需要花费人很多的时间和工夫：要打听那个人的身份是高贵还是贫贱，容貌是美丽还是丑陋，还要打听人品是凶暴还是温柔，我们要看她是否爱喝酒，是否爱骂人，是否爱招惹是非，是否爱挥霍家财。俗话说，世上没有完全满意的品性，也没有十全十美的动物。就像我一样，你要是娶到了一个像我妻子一样的女人——虽然她又美丽又年轻——你就会知道什么叫脚疼。鞋子穿在脚上不合适，只有自己知道，但因为它外表好看作工精细人们就往往说它们价值很高。你现在年纪大了，又没有结婚的经验，所以你的情况就更严重。我敢以我父亲的这个姓氏发誓，或是凭着上帝在天上的圣灵发誓：你的老婆定然很难对你长久地满意。就是年轻人为了老婆还要忙得团团转，更何况是你？她能为你生儿育女又能怎么样——摊上一个不幸的家庭还不如孤身一人下地狱。”

“够了够了，你这沮丧的窝囊废。收起你那一套不中听的经验和理论吧。既然你的哥哥已经说了比你更有用的话，我又何必再来听你的教训。”老人说道，“帕拉西波先生，你还有什么忠告吗？”

“我认为，阻挠人家婚事的人最可恨。”帕拉西波说完这句话，所有人马上站起来一致表示同意老人的婚事。于是，这老人就开始精心地筹划和考虑自己的婚事。

每天无论是躺在床上，还是走在路上，这老人都在心里把周围的姑娘筛选。一会儿认为这个漂亮，一会儿认为那个富有；一会儿认为这个年轻，一会儿认为那个品行端正。最后经过多面镜子的对照他终于选定了一个，就是那个既有美丽的容貌、年轻身躯，又富有端庄淑丽好名声的姑娘。作出这样的决定他认为是再正确不过了，其他人无论智慧有多高也不可对此加以反驳。于是他就又急急忙忙地邀请亲朋好友到他家，说：“为了天主的恩惠，我已完全得到满意的姑娘。请你们不要对我的选择有所质疑，只要骑马帮我出去找她。”

他对他们说：“这姑娘就住在城里，生活贫穷但美丽端庄。”这样的人追求者不少，凭了他的朋友他想自己完全可以得到。只是有一个事情盘旋在他心里很长时间了，不知道应该如何解决。

“人们都说，命运女神不会让人完全享受两种完美的生活，也就是那天上的和人间的。虽然那七项重罪[1]我也曾碰过，却不影响我现在的婚姻生活。我能想象到像我这样的年纪还能娶到一个美丽的妻子就是人们所常说的幸运之事，只是不知道这样的幸运可否也算那一种‘完美’？基督说，进我天堂要受折磨。如果这样，我又如何？”

听完这话，朱斯提努斯首先开了口。他早就觉得那老人是在干傻事，于是就抓住机会讥讽说：“亲爱的老兄，不必多虑。既然神让你在这暮年之间还能得到一个美满的妻子，那就说明他对你是特别眷顾。婚姻生活并不像你想象的那样无忧无虑，一帆风顺，即使做丈夫的少了一点束缚，少了一点忧伤，主看在你是他忠实臣民的身上，也会让你的妻子不妨为你藏上一顶绿帽子。当然，我说这些并不是说你的婚姻将来一定是这样，只是想提醒你老兄：在没有享受到夫妻生活的种种时，先不要说自己最美满，也许你的妻子就是你的克星，是引导你下地狱的人，那样，你也就不用担心会享尽人间天上两种完美。忠心的话就说到这里。我和我的兄弟有事要先告辞。”

说完后，朱斯提努斯和他兄弟离开了老人的家，朋友们也散去各自为老人的婚事而奔走。他们先找到那位叫初春的姑娘，把那老人的心思对她细细讲了一番，然后答应为她取得老人的全部财产和土地权，并为婚礼而定制大量漂亮的衣裳。于是初春姑娘高高兴兴地答应了这门亲事，婚礼的日子转眼就已来到。

[1] 欧洲中古文学中的说法，指：骄傲、妒忌、发怒、懒惰、贪婪、贪吃、好色。

马提阿努斯[1]啊，你这出名的诗人！虽然人们都曾夸口说你所写的菲洛姬和墨丘利的婚礼是全天下最隆重的婚礼，但如果你看到了冬月老人和初春姑娘的婚礼，就知道自己实在没有权力担当那种美誉。约押和西俄达马斯[2]吹奏的喇叭虽然神奇，却也没有冬月和初春婚礼上的乐曲响亮。就在这乐曲中，教士为他们举行仪式，对新娘说她应该像撒拉和利百加[3]一样，忠心服侍丈夫，还要精心管理他们的生活。然后，教士为他们祈求了天主，念了祷文，画了十字架，仪式就结束了。接下来是宴会。全意大利最昂贵的器具集中在这里，美味的菜肴一道又一道，我想就是国王的庆宴也不过如此。酒神在宴会中穿来穿去，为大家斟酒，维纳斯笑看着人群中的男子。冬月老人已经做了她的俘虏，还有什么人不会坠入她的陷阱呢？她这样想。

美丽而年轻的新娘高高坐在婚台上，含情脉脉地看着身边的丈夫，那眼神，就是巫术法师的魔力也没有它有吸引力，要我说，简直就是五月的鲜花，能招蜂引蝶。

再说那丈夫，虽然头发花白，却满面春风。每看一眼新娘他的心里就好像喝了一口蜜酒，听见别人夸赞新娘漂亮他是从心底里高兴。宾客们大声叫嚷着互相敬酒，老人看着那场面不禁心焦起来。因为他突然想到要是能早一点把那娇躯搂在怀里，压在身下，也许比现在的感觉还要好，只是不知道那柔嫩的身体能不能承受住他如野马狂奔般的精力。“噢，愿天主早点降下黑衣！”老人在心里这样祈祷，加快了步伐谢祝敬酒让宾客停止吃喝。

[1] 马提阿努斯·卡佩拉是5世纪时的一位作家，他曾用拉丁文写过有关两位神话人物结婚的诗。

[2] 约押是大卫王的元帅，据说他的喇叭能中止战斗（见《旧约全书·撒母耳记下》第2章28节）。西俄达马斯是传说中底比斯的先知，在他祈祷后总响起喇叭声。

[3] 撒拉和利百加都是《圣经》中的女子。

就在这一群欢乐的人中间，有一个人除外，就是那老人的随从达米安。自从见到女主人美丽的容貌后他就觉得世界颠了倒，让老年人享受生命快乐，却让年轻人受着欲火煎熬。为此他心里备感痛苦，还不到散会的时候就已先悄悄告退。

啊，万能的主啊，请让那欢乐的老人识破身边人的心吧。人都说毒蛇的信子最是厉害，能置人于死命，但谁能想到要是身边的人不安了好心，那主人更是遭殃？就像这达米安一样，仁慈的主啊，请让那老人开开眼，早点从谈情说爱的幸福中清醒过来，识破他那准备害人的心吧！话说这太阳一走过了天边那最后一座山的山头，夜幕之神就开始用他的袖子把大地遮起。这时宾客们已陆续散尽，冬月老人就顾不得脱下身上的礼服，一把抱起新娘走进了新房。在宴会上他喝了太多的蜜汁加烈酒，又服了那康士坦丁修士[1]给人们建议的几种药剂，因此他感到自己身上有使不完的劲需要发泄，心中有烧不完的火需要熄灭。他对亲友这样子说："请行行好吧，把时间赶快给我。"于是亲友们都走光了，他抱着新娘走进了新房，一把就扯上了窗帘。

他脱下她身上最后一件衣裳抚摸那白生生鲜嫩嫩的肌肤，一遍又一遍，还用他那刮光了胡子的下巴去磨蹭新娘的面颊，可惜那胡子没刮干净，把新娘扎得直叫痛，于是这老人就对新娘说："啊，亲爱的妻子，美丽的新娘！既然结了婚我们就取得了最正当的借口，要是有什么放肆你可得忍受。俗话说，工匠干活越快越好，人们干那事可得又慢又长。相信我，一个人不会用刀子伤害自己的身体，也就不会用爱欲伤害自己的妻子。既然从晚到亮有很长的时间，我们何不欢欢畅畅把那事做完？"于是，老人就不辞辛苦地干了一遍又一遍。直到第二天早上报晓鸡打了第三遍铃声，他才在床上坐起来，先是放声歌唱了一大会儿，

[1] 康士坦丁·阿弗是公元11世纪的修道士，写有论述交欢的著作。

然后就开始在妻子旁叽叽喳喳说个不停，最后还又欢快地干了一场。

到天大亮的时间，新郎对新娘说：“我要睡一会儿了，再不睡就受不了。”说完就倒下呼呼大睡。那新娘看着丈夫满头的白发和脖子后的皱皮，心里不是个滋味，但想到新娘子进门前三天不能出新房，于是就也倒下来去睡觉。

正像上帝创造了太阳，也要捏出个月亮来一样，人累了就要睡觉，这是所有生物的自然规律。但这一条对达米安来说，却是丝毫不起作用。无论是白天还是黑夜，他的眼前总是晃着个美丽的身影，那燃烧着的欲火差点要了他的命。于是他就在一个难耐的时候翻身爬起来把这一切写成了一封缠绵悱恻的情书藏在胸前，希望等待时机能送给那女主人。啊，痛苦的达米安啊，在这里我也要为你说两句。虽然你的心思是那样地机巧和缜密，对女主人是那样地忠诚和爱慕，但你却想不到，一个女人有时也会对她的追慕者说不，有时也会对丈夫透露爱慕者的秘密！话说那一对新婚的夫妇，按规矩从早到晚在新房里待了三天，到第四天的时候，终于出来到了大厅上。刚刚坐定，男主人就发现眼前少了一个人，于是就问道：“达米安去哪儿啦？我怎么没看到他？”

仆人回答说：“达米安因为生病，请了假。”于是男主人就对妻子说：“这真是遗憾，你不能在第一天就认识我最喜欢的仆从。这个人是他那一阶层里最有智慧又忠诚有礼的好青年，我相信，好好调教定会有大发展。既然他深得我的欢心和信任，因此在生病时就应该得到我的祝福和探望，亲爱的妻子，待会儿你就代我去看看他吧，对他说，我睡一觉起来马上就去看他。”

看看这绅士是如何仁慈和有同情心吧。既然这是上天让他显露的一片好心，那么初春姑娘便带着她的侍女一起来到了达米安的房间，一进门就见他正躺在床上。

新娘来到达米安床前，轻轻地说了些安慰的话，达米安心中高兴却不能在脸上显露。他趁侍女扭过头的时候悄悄把信从胸口拿出来塞到夫人的手中，叹口气低声说道：“求求你，不要对任何人讲起。”新娘不作声地把信放到自己的衣服里，然后就起身离开又回到了丈夫身边。

那冬月老人正焦急地等着妻子回来，一见她进门，就迫不及待地跳起来抱着她往床上一放，然后又大干了一场。趁丈夫躺下睡熟之际，这新娘悄悄起来，走到那一个人人都要去的地方，把信展开，细细读了一遍又一遍，最后撕成碎片就丢在了厕所里。

现在姑娘心中可是像打翻了调味瓶，红的黄的、酸的甜的全都有。她在心里暗暗地把丈夫和达米安做了比较，最后认定是自己命运不好。

偏偏这时不知是上天安排还是命运作巧，那冬月老人又醒了过来，大叫着要新娘再脱掉衣服陪他一场，于是，这新娘心中就又对他多了一层厌恶。新娘想：“那世上最爱我的人达米安在那里，我却偏偏嫁了这么一个糟老头。要是命运是公平的，我就应该用柔情来报答他。”——看看女人的心是多么脆弱吧，为了一点点的施舍她情愿把命送掉，而那些可恶的君王，下令杀人却从来不眨一下眼睛。

那好心的初春姑娘于是就也写了一封信，把自己对达米安的感激和爱情细细说了一番，还说老头和婚姻都不是他们的羁绊，只等时间和地点就能相见。第二天，她趁着再一次看望病人的机会来到了达米安的床前，先是说了一些应酬的话，然后趁着起身离去的机会把那信拿出来悄悄地塞到了达米安的枕头下。她把达米安的手轻轻地那么一捏，他就明白了她的心思，然后她心安理得地离开了那里。

达米安起身把信的内容看了一遍又一遍，一下子他的病全好了。他立刻把自己梳洗打扮了一番，显得比平时还要精干，然后径直来到了主人面前说，托他的关心和照顾之福，上帝又给了他一副健康的身体。从此后他做事又机灵又认真，比以前还要得主人的欢心。因为他知道，只有别人都说好，心上人才会也高兴，为此他不惜心甘情愿做人家的忠实奴仆和看门狗。

有的人说，幸福就是和心上人在一起，婚姻就是为了合理交媾。要我说，这句话用到冬月老人身上可真是再合适不过了。他不仅有富丽堂皇的大豪宅，有精细的衣服、美味的饭食，而且为了讨夫人的欢喜和便于自己行事，他还特意请来了那城中最有名的工匠为他修建了一个大花园。那个叫玫瑰花园的大园子不仅有高高的围墙，精巧的布局，里面种满了鲜花和果树，而且那门的钥匙也只有一副。除了冥王普路托和他的王后普罗塞耳皮娜能偷偷地带着一些仙女来这里畅游外，那钥匙就紧紧地拴在冬月的衣服上。每当他想要和妻子来一场特别的欢喜的时候，他就会温柔地请她和他一起到花园来。在那里，他们做尽一切在床上不能做的事，还享尽了一切别人没有享受过的欢天喜地。我想,那本叫《玫瑰传奇》[1]的书里曾经仔细地描述了一个大花园的美丽，但即使是这样，那作者也不可能把这里的漂亮完全讲述，更不用说是那些机关了，就是普里阿普斯[2]亲自来了，也不可能想到和建造好。

但命运就是那么地难以预料，像这样生活幸福的冬月老人，谁又能想到竟会有噩运来找上呢？有人说，命运女神的心情就是六月的天气，说变就变；还有人说，命运女神的样子就是那蝎子，头在那里对你摇摆，有毒的尾巴却已经向你伸过来[3]——一点不假。你看那欢乐

[1]《玫瑰传奇》是中世纪的著名寓言诗，诗的第一部分讲的是一座有围墙的爱情之园。“骑士的故事”中描绘的那座维纳斯神庙里，很多细节即来自此诗。

[2] 普里阿普斯是希腊、罗马神话中果园、酿酒、牧羊的保护神及男性生殖力之神。

[3] 中世纪时的博物学家认为，蝎子是先摇动头迷惑要攻击的对象，然后再用其尾部刺去。

的冬月老人，不正是在那里与妻子交媾寻欢吗，可突然之间，他的眼睛竟然一下子由疼痛而转入失明！

这悲苦的老人啊，受了前所未有的大打击，除了哀哭求告外，他还能做什么呢？他有成千上万的大家财，有美丽年轻的妻子，可他竟然全看不见了，除了心里悲愁外，这老人就只有一件事担心，那就是他放心不下年轻的妻子一个人出门或做事。他认为，在他的四周有许多可恶的年轻人正在窥视，一个不小心，他的妻子就有可能落入到人家的怀抱中。于是他日日担心，夜夜叹息。最后嫉妒和猜疑的火终于烧透了他的心，令他想出了一个办法，于是他要求妻子说，无论她到哪里都要把他带在身边，而且还要时时牵着他的手。

这可苦了那个叫初春的姑娘！因为她心里正时时刻刻把那个叫达米安的情夫记起，看到丈夫这样，她满以为机会来了，可谁知他却提出这个要求。丈夫的话没法反驳——这是她在结婚前就许下的诺，所以她就只能忍受下心中的不快和烦恼，只是每天用温柔而多情的话把老人劝和哄。

再说那个叫达米安的仆人，无论世上的男人有多少，谁也不能比他心中的痛苦还多。因为虽然每天心上人就在眼前，可由于那可恨的老头就在身边，他们却不能互相说一句话。为此他想了许多的方法要实行，最后终于选定了打手势和递纸条这两种。由于情人之间互相有感情，而且这达米安和那初春还是非常聪明又机灵的人，所以他们之间的一切就很容易被理解。只可惜那叫冬月的老人，虽然以为自己这个方法挺不错，却不知道就在他的眼皮底下妻子已经和别人成了一伙。那高贵的奥维德说得不错，爱情从来不受环境和困难的阻挠，就像皮刺摩斯和提斯柏的事那样，无论有多么坚硬的墙壁也不能阻断情人们的交流。那有百只眼的怪兽无论怎样小心看管，最后还是被人所骗，就更不用说这冬月老人了——他眼睛好的时候尚且不能看清人和事，现在眼睛瞎了，许多事便自然成了事实。

且说这初春夫人，有一天偶然间从外面弄来了一些蜡，于是她就趁丈夫熟睡的时候把那把钥匙解了下来。她把蜡烛先是放在火上进行熏烤，等它软化完全融化了的时候，就把那钥匙投到了碗中。就这样她悄悄做好了一个模子，然后又把钥匙给冬月老人挂上。做完这一切事，冬月老人还睡着，于是她就打发一个贴心的侍女把这个模子给达米安送去。她告诉达米安，有了它就能有奇迹发生，果不其然，没过多久就发生了一件奇特的事。

话说这天正是六月中的一个好日子，天气晴朗，空气清新。担忧了很长时间的冬月老人见没有什么事发生，于是就松下心来，又想到了刚结婚时的美妙生活。他对妻子说：“来吧，我亲爱的妻子！你是我美丽的小宠物，你是我快乐的发源地。为了爱你我娶了你，还修建了大花园，现在就让我们到那里去欢乐一场吧。否则，这美好的天气就要浪费，这难得的时光就要消逝。”

他的妻子听着这些让人发麻的话，对达米安使个眼色，让他先进，然后就答应着和老人一起来到了花园。那冬月老人眼睛瞎得根本什么也看不见，自然不知道那个仆人就在他身边，因此还在继续对妻子说着：“来吧，来吧，我美丽的新娘。你的胸脯比鸽子还要柔软，比雪花还要娇嫩，请让我来摸摸它吧。我当初娶你就为了这个，还有我对你的爱，现在我要告诉你一些事。

“女人的贞洁就好比是男人的名誉，为了它，上帝会赐给你们一些东西。对我来说，虽然瞎了眼却没有瞎了心灵，看在我这么爱你的分儿上，你一定不能让我蒙羞。我会把我所有的财产，包括我的田地、庄园、商铺和豪庭等等，全都给了你——这是上帝对贞洁女人的恩赐——但是需要你用吻和发誓来保证绝不玷污它。”

初春夫人回答道：“亲爱的夫君啊，你怎么能这样说话？虽然你有一个灵魂在等着上帝的拯救，我的命运却也掌握在他手中。当初教士让我们结合在一起，我就发了誓说要顺从你服侍你，现在既然你不放心，那我就再说一遍：如果我有什么不贞的地方把人惹恼，或者有什么地方不能把持妇道，那么就请魔鬼来把我的身体带走，请上帝把我的灵魂诅咒吧，我绝不会有一句怨言。”初春夫人说完，眼睛望着达米安，示意他爬到前面那棵树上去，果然，达米安马上领会了她的意思，迅速完成了这项任务。

这时，冬月老人得到满意回答，心中高兴，就对夫人说，要一起到园中走走。这样他们就朝着达米安所在的那棵果树走去。

冬月和初春边走边说话，还做着一些互相调情的动作，这一切我们先不说，单来看看那碰巧也出来游历的冥王和王后。

普路托当年曾经因为看上了那美丽的普罗塞耳皮娜，就把她抢来当新娘，因此，他对于男人对女人的感情要了解得多。这一天他看到天上的星星显现的是个出游的好兆头，于是就带了王后和一群仙女到冬月的花园里来游历。坐在那绿色草地中央的石凳上，冥王这样对他的王后说：“所罗门王[1]有句话讲得好，‘一千个男人当中总可以找到一个好人，无数个女人当中，却找不出一个好女人’。那女人们生来就有水性杨花的坏兆头，如果给予她们环境和条件，我们男人们马上就会得到蒙羞。有智慧有眼光的人都说：不要轻易去相信女人——我相信这句话，更希望正如那仁慈的西拉之子耶稣说的，让瘟疫的大火把女人的心烧坏。女子虚情假意背叛男子的事情我见得多了，要是不信，现在就让你们看一个：就在这个美丽的大花园里，就在那个高贵而慷慨大度的绅士身旁，一个女人马上就要和树上那个下流的东西合起伙来欺骗她的丈夫了，还要让他蒙受男人之羞。

[1] 所罗门王，以色列联合王国的国王，公元前 971 年至公元前 931 年在位。

“看在上帝的面上，我要帮帮那位年老的好绅士，让他在突然之间重见光明。这样他就能亲眼看到那女人做的苟合之事，也就能认清他的妻子。”

冥王王后说：“凭你的威力你想怎么干就怎么干，我才不关心。不过，凭着我父亲的名义说，我也会帮那个女人。我要给她一个很不错的借口，让她在被发现的时候能够回应，还要给她一哭二闹三发誓的本领，让她把那些男人弄得团团转。

“因为，首先我认为你误解了所罗门话的含义——谁都知道，无论是在这世上还是天上，真正完美的人只有一个，就是我们万能的主、三位一体的神，所以，如果从这个角度出发的话，那我就认为所罗门话的意思应该是：除了我们万能的主以外，这世上不可能再找到一个完美的女人。

“如果所罗门不是这个意思，那我也认为他并不值得你来尊敬。因为他虽然也建造过神庙，却是为了一个假神而造。而且人们都知道，他还是一个纵欲的人，是一个偶像派的人，在年老的时候竟然背离了天主。所以，从这一切罪过来看，他并不是一个道德高尚和睿智的人，要不是看在他父亲的面上[1]，我主早就要降罚于他。

“还有一件事你也像我一样明白：在我们所见过的女人中，已经有很多人为了主的召唤和恩赐而献身，她们的行为证明了她们的品性。并且，这世上有许多的男人也找到了忠贞合心的好妻子，这不正好证明所罗门是个孤陋寡闻的人吗？

“我们女人向来温顺而且软弱，但是遇到对我们不利的诽谤和指责还是要奋力反驳，所以请你看在天主的分儿上，不要小瞧了我们。”

王后的话说完，冥王赶忙说：“请不要生气，我的王后。你的话完

[1] 指大卫王。

全在理，只是没有考虑我们男人的利益。既然我是一个王，说过的话就要算数，所以不管你怎么样为女人申辩，我还是要帮那个男人一把。”

“那我们就来看看到底是谁的手段高。”王后说，然后他们二人就一同向那花园里的三个人看去。

只见在那一片鲜花盛开的好地方，冬月老人正一边对他妻子说着“我爱你”的话，一边向那棵达米安藏身的果树走去。当他们正好走到果树下的时候，初春夫人就开始叫起来：“啊，我亲爱的夫君！走了这么长的路我的腿已经酸痛，没有水喝我的嘴巴也很渴。现在你的面前正有一棵好果树，请看在上帝的分儿上，让我吃一个果子解解乏再解解渴吧。”

“可我是个瞎子啊，那该怎么办？”冬月老人心疼又心痛地说。

初春夫人假装思考了半天然后说：“这好办。如果你能伸手抱着那棵树蹲下来，我就能踩着你的背爬上去。”

冬月说：“就是踩着我的头也没关系。我保证绝对一动不动，让你放心地吃到好果子。”

然后——诸位，请恕我这粗人没文化只会直言——这女人刚一爬上树，那达米安就迫不及待地撩起她的裙子干了起来。

普路托看到这一幕丑剧，马上使用他的法力让冬月老人恢复了视力。只见花园里一片七彩斑斓的好景象，有蜜蜂在飞，有蝴蝶在舞，这一切，让冬月老人心里别提有多高兴了。他的全部心思本来就放在新婚的妻子身上，这一下眼睛又能看见了，不由自主便将目光抬向了身前的树上。只见那树上两个人正交欢，冬月老人不由得大叫一声：“天哪，你这个贱货！快快下来，看我怎么惩罚你！”

“哎呀，老爷啊，你终于复明了！”冥王王后赋予初春夫人急中生智的能力说道，“我听人说，要是一个女子和一个男子在树上打架，那么她的丈夫就会不治而愈，看来这话可真是千真万确！”

“打架？对，打架！让你们这两个不要脸的家伙互相打死吧！我明明看到有个男人睡在你的身边，还把手伸到那裙子里面，可你还在这里狡辩，你真是个下流的荡妇淫货！”

“看来我的法子是用错了，老爷，否则你就不会说出这么无礼的话了——这可真让我伤心。”

“不要假惺惺了，你们这对淫夫淫妇，愿上帝马上罚你们下地狱！”冬月老人喊道。

“亲爱的老爷，我的夫君！你可真是老眼昏花了。我明明在这里努力地为你寻找治疗的好方法，可你竟如此忍心就把我来侮辱——我的命好苦啊！”说着，初春夫人放声大哭起来。

“明明是你的错，却还在那里抵赖！不要再哭了！不要再哭了，亲爱的夫人！不管发生了什么事，我都已经原谅你了，请你看在上帝的分儿上，就从那高高的地方爬下来吧。”

“你污辱了我还不算，你还污辱了一个对你忠心耿耿的好奴仆啊，老爷！”初春夫人假装着很伤心的样子说，“我敢以圣母马利亚的贞洁发誓说，因为你刚刚恢复视力，就像那刚刚从昏迷中醒来的人弄不清情况一样，你也用你那污浊的目光污辱了我父亲的这个姓氏。为此，你一定会受到上帝的惩罚的。”说着，初春从树上一纵身跳下来，走到丈夫跟前。冬月抱着她亲了又亲，还不停地为自己的鲁莽而道歉。这样，初春就破涕为笑，欢欢喜喜地又和丈夫回到了自己的屋子。

商人的故事至此讲完。

随从的故事

“感谢天主保佑，没有让我娶上这么一个刁钻的老婆！”商人的故事刚讲完，旅店主人就大声喊道，“大家都已经知道，我的老婆是一个很厉害很泼辣的人，但要是与那个初春姑娘比起来，我却宁愿要她而不愿意要那个初春。原因很简单，我想不用多说大家也知道，虽然她的娘家并没有多少钱，而且她本人也没有初春那么长得漂亮，但这样的人却正是那种不会给男人戴绿帽子的人。

“天下还有什么事能让男人感到羞耻呢，除了做王八？这样的女人不要也罢！

“不过，那冬月老人也真是有福了，竟然会和她和好。我那妻子就永远也不会好好地说一句话——这种种的痛苦之事不说也罢，免得我们这里有那么一个长舌的家伙会走漏风声。要知道，世上的事除了有天主，还有他的信徒在看着。”

旅店先生说完，将目光对准了那个骑士年轻的儿子：“随从先生，你也来讲一个好听的故事吧，我知道，你们这些年轻人的心中往往装着许多我们这些人不知道的好东西。”

随从说道：“好东西谈不上，我尽力就是了。不过，有一个要求要先说在前头，就是如果我的故事讲得不好，请大家看在我真心诚意的分儿上，不要指责我也不要讥笑我。”

由此随从的故事正式开始。

在那遥远的鞑靼地区，曾经有这样一位君王。他的名字叫坎宾思汗[1]，掌管着萨莱大城[2]。为了取得更多的领土，他下令向俄罗斯进攻，那一役，死去了许多的勇士和敌人。尽管这样，他的人民还是像从前一样爱他，只因为他和他的祖上一样，不仅生得英俊健壮，还是个不可多得的清明之君。他说话时声音沉稳而且有力，处理事情公正又严明；对自己的信仰他忠贞不贰，对他的臣民他也谦逊而有理。这样一个国君，有着其他国王一样有的庞大国家和财富，也有着其他国王所没有的严格威望和好名声。

在他那个国家，他被称为是他们的始祖，在外面的国家里，他也是被人们传颂的伟大武士。这样一个人，受尽上帝和命运女神的宠幸，但最让他开心的还是和妻子一共生了三个孩子。那大孩子叫阿尔加西夫，二孩子叫坎巴雷，第三个则是个女孩，叫卡纳斯。天下如果有这样学识和语言丰富的人，能把那个叫卡纳斯的姑娘的美貌和身姿向大家交代清楚，那我就要很抱歉地说一句：我没见过。这样的人，如果不是精通色彩和雕塑，音乐和诗歌，还有历史和现实，我想他就绝对不可能做到这么困难的事。所以，在这里，我就不浪费口舌勉强向大家做这方面的介绍。

单说那叫坎宾思汗的王，在某一年的三月十五日，正是他登基二十年的日子。按照以往的规矩，这必须要举行大庆，于是他就先让人在萨莱城中到外游走，大声宣播这个消息，然后一面下令让所有管

[1] 作者在这里指成吉思汗或成吉思汗的孙子忽必烈，但进攻俄罗斯的是成吉思汗的另一个孙子拔都。弥尔顿在其名篇《沉思的人》中也讲到这个故事。

[2] 萨莱又称拔都萨莱，是金帐汗国（也称钦察汗国，为蒙古帝国的西方部分）首府，建于伏尔加河一支流旁，现仅存废墟。

事的人从现在开始就准备宴庆。

这三月十五日的日子，正是春天来到的好日子，万物复苏，大地变绿，所以在这样的日子里人人都感到心中有使不完的劲。也由此，那个宴会真是办得既热闹又排场，足可媲美这世界上任何一个王公贵族的豪宴——你看那长长的餐桌上面，摆满了各种各样的珍奇食品，有武士们射下来的天上的禽肉，有猎人供奉上来的森林兽肉，有那从海的最深处打捞上来的各种海味，还有陆地和悬崖上采来的珍贵野菜。有很多的东西我没见过，叫不上名字来；有一些虽然在我们这里常见，但在那个时候、那个地方却被认为是珍贵的。这从全国各地收集上来的东西，在那些手艺高超的御厨手下，被加进了一些精致的调料（这些调料只有他们才知道如何调制），就变成了难得的天下美味。那些宾客就在这样的气氛中兴高采烈地大吃大喝着，而那头戴高高王冠、身穿用金丝银钱织成王服的坎宾思汗国王则满面笑容地坐在王位上，看着眼前的场面——这场面上还有些什么音乐、什么舞蹈、什么杂耍、什么唱歌等等，由于我实在没有一张足以媲美演说家的好口才，所以就不能一一给大家叙说了，而且，如果不给我一年或半载的时光，我想也不可能把那一切千奇百怪的东西说得清。总之一句话，那场面实在是盛大无比。单说正在那宴会进行到一半的时候，突然大厅上出现了一个身穿华服、胯下骑一匹黄铜大马的勇士。只见他一只手上戴着一颗金灿灿的黄金戒指，另一只手上还拿着一面巨大的镜子。一柄无鞘的宝剑斜斜地挂在他的身侧，那勇士就这样骑着马来到了大厅上，并走到了国王的跟前。整个大厅霎时间一片寂静，人们惊讶地看着这场面，等待着即将发生的事情。只见那勇士径直走到国王跟前站定，伸出手来先行了一个礼，然后就对国王说出了一番话——愿天主赐予我丰厚的学识和灵巧如演说家的舌头，能把那勇士说话时的神态和表情叙述得一清二楚！他既有贵族公子才有的翩翩风度，又有年轻武士所有的英俊和热情，说出来的话有如一个学者之言，有条理又中肯，那脸上的表情更是如演艺人一样，丰富又谦恭。我想，就是高文爵士[1]站在了他面前，也得自愧不如，更不要说我这一张笨嘴了——如果让我细细说来，只会玷污和亵渎那份高贵和自如。所以我们暂且也不再叙述那勇士带来的震惊和疑惑，只凭着我现在还有的一点记忆，把他当时的话再说一遍。

他说："尊贵的坎宾思汗陛下！在这喜庆的日子里我代表我的君主、伟大的印度之王阿拉伯向您表示祝贺。他派我为您送来了四样贺礼，请笑纳。第一样，是我的这匹黄铜马。它能在一天的二十四个小时里，也就是无论什么时候，不管是刮风下雨，还是响雷闪电，都把您送到您想要去的地方。如果您想高飞，它能像老鹰一样载您上升，如果您想睡觉，它会像床铺一样让您安稳。只因为在制作这黄铜马的时候工匠用了数不清的时间和心血，所以才研制出了一个灵巧的小插销。您只要能控制了这个小插销，也就能做到我上面所说的事了。

"这第二样礼物是面镜子，就是我手中的这个。"勇士说着，把镜子举起，"它也具有神奇的功能，能按照主人的吩咐分清敌人和朋友。如果在战场上您把他拿在手里，就能看到有谁将对您发起进攻，有谁将对您施以保护，如果它落入了一位女士的手里，就能替她分清谁才是最最爱她的人，而谁又是正在背叛她的人。所以，按照这后一项的功用和君主的吩咐，我现在要将它送给您的女儿、那位叫卡纳斯的美丽公主。

"第三个东西是个戒指，和那镜子一样，它也将属于卡纳斯公主。它的用处有两个方面，一是语言、二是治病：只要她把它戴在手上，就能听清天下所有动物发出的声音，并能用它们的语言和它们对话，

[1] 高文是传奇中亚瑟王的侄子，圆桌骑士之一，以礼数周到著称。

而且如果她到了田野里，就能分清她面前任何一株草——只要它是长根的——能在治疗人的伤痛方面起什么作用。

“最后一件礼物是个武器，就是我身旁的这把无鞘之剑。它能刺透所有工匠打造的盾牌和防护衣，哪怕它有千层厚，有万两重，而且，如果一个人被它伤了，哪怕那伤有千道口子那么多，有峡谷一样的深，只要主人说他是可饶恕的，并且用这剑的剑背或侧面在那伤口上拍一拍，那么那人的伤痛地方就会不治而愈。

“这些东西和它们的功用都已在我的国家试过，只要不把它们毁坏，就绝对有效。”勇士说完这话骑上马走出宫殿，然后跳下来站在宫门口。国王于是下令让人把那些东西收起来，然后再隆重邀请勇士来参加他的宴席。

国王的侍者得了命令，把剑和镜子送到王宫的主堡中收藏，然后——既然卡纳斯公主就在庭上，他们就把戒指给她送了去。最后，只有那黄铜做的马，像太阳一样煜煜有光地站在那里一动不动，任凭哪个武士都不能把它推开或拉开，所以只有等那勇士出来教给他们驾驭的方法。这时，站在王宫院中的人们看着黄铜马就开始议论起来。他们有的站在黄铜马的一边，有的站在魔镜的一派，有的在小声议论着公主的戒指，有的在放声高谈着那把武士的剑。对这些话，我还略有记忆，现在就给大家简单记述一番。

那站在黄铜马跟前的人们，有的说，这马长得实在和真的一样，你看那灵活的眼睛，精细的毛发，就是阿普利亚[1]骏马来了，也不能让人分出它们的区别；有的说，这马的功能也太过于神奇，既然是人工造的，而且用料还是普通的黄铜，那么它又如何会跑？也有人说，这定是神奇的魔法师创造的人间仙品，就像那些在舞台上表演的东西

[1] 阿普利亚同伦巴第一样，也是意大利一地区名。

一样，为了取悦国王而有了神圣的光芒。还有人想起了特洛伊战争，因此忧心忡忡地对别人说，这莫不是也像特洛伊木马一样是个陷阱？总之，这些人不是想起了哪本书中的诗歌就是想起了哪段历史上的故事，像一群没有见过世面的乡下农民一样，遇着了超出他们想象力和理解力的事，就胡思乱想议论纷纷，而且还一致认为来者不善。

而那站在魔镜一边的人们也没闲着，他们有的说这魔镜的功能是不可能的，勇士定是在那里吹牛，也有的说这完全可以办得到，只要像海桑[1]和维台娄一样，把镜子的角度摆置好。总之，这些人不是由魔镜想起了一些神奇的事，就是想起了那些远在罗马或其他国家的出名人士，而且还喋喋不休地转述着一些谁也听不懂的实验和理论。

另一些对那把无鞘之剑好奇的人，由它身上想到了远古的赫拉克勒斯，还想到了战无不胜的阿喀琉斯——他们说他就是用那样的剑刺伤了特勒福斯王，还用它的剑背又治好了他。“在草灰里加上其他原料就能制造出玻璃，如果在钢里加入一些特殊的金粉就能增强它的硬度。”他们也有人这样说，但对这一切我却一点不懂。

还有一群人就站在那餐桌的一头议论公主的戒指，说是除非圣洁的摩西或是多才多艺的以色列王所罗门降临，才能制造出那样的神物。——总之，这一切时起时落、跌宕起伏的声音就像发狂的海潮一样席卷了整个宴会，直到那听得不耐烦的国王从座位上站起来，才渐渐地静了下来。

那叫坎宾思汗的国王在席上吃了些东西，听人们对他说了很多的表示祝贺和祝福的话，然后想起了勇士，于是就叫人把他叫到他的桌子边来，说是想和他一起谈谈。

[1] 海桑（？—1039）是阿拉伯的数学家和物理学家，在托勒密时代之后，第一个对光学理论作出重大贡献。1270年，他的光学论著由意大利光学家维台娄译成拉丁文，题名为《海桑光学理论》。

勇士进来的时候，正是那太阳从高顶往下落而奥狄朗[1]却在上升的时候。维纳斯在高空中引导着人们翩翩起舞，悦耳的音乐围绕在他们身边。国王和勇士谈了一会儿他们国家的事和人，然后便让勇士和公主一起跳舞。

谁能讲得出那二人身姿的优美和步伐的娴熟？谁能说得出周围人们眼光中的蜜意和柔情？我想，就是朗斯洛[2]重生，也要为他们叫好，而不忍让其他一切繁俗的事来打扰，直到时光指到必须要进晚餐的时候。那时，音乐的声音由原来的激昂变成了舒缓的一种，众卫士在宫廷指挥官的指挥下，手端各种美味的酒水和甜饮，以及可口的开胃菜，络绎不绝地穿梭于宾客之间。

这之后，就是祭神的仪式，由宫廷的祭师主持，国王亲自参加。那场面与坎宾思汗的身份很相配，也完全遵照了他那种信仰的规矩。这一切做完之后，国王对勇士说想去看一看他带来的那匹神马，于是众人就都又随着国王来到了宫殿外。

传说那特洛伊木马能装下几十个武士的身体而不被人发现，要我说，它的神奇也远不及眼前这匹黄铜马的一半。你看它到现在还稳稳地站在那里，像是一匹真正的骏马一样，要是勇士不出来，便没有人能把它放牧和驾驭。这国王要求勇士对他讲解一下黄铜马的控制方法并演示一番，于是这勇士就来到黄铜马前。只见他伸手动了动马脖子那里不知一个什么样的小东西，这马就开始翩翩起舞起来，而步姿比一般的舞蹈家还要超出许多。勇士说：“陛下，其实这马的身上只有两个机关，只要你动动它们，就能把愿望实现。无论你想去哪里，只要告诉这马一声，然后在它脖子的地方动一动——当然，这方法等到没

[1] 奥狄朗是狮子星座中的一颗星的名称。这句指 3 月 15 日下午 2 时。

[2] 朗斯洛是亚瑟王传奇中最著名的圆桌骑士之一。

人的时候我才能教你——那么它就会马上起飞。它的速度比阿拉丁的那个魔灯之王的速度还要快，比起传说中的那张魔毯来也一点都不差。它可以让你眨眼之间就从一个国家到了另一个国家，而如果你想让它回到原来的地方，只消再动一动那个机关就又会实现。当你不用它的时候，有另一个暗钮供你使用，只要在那个暗钮上动些手脚，这马就会牢牢地钉在那里，任是有千百个勇士一起来把它推起，或是有大力神在那里帮助，这马都绝对不会动动窝，更不会朝前走一步。”

国王听完勇士的这番话，心里已经大致明白了这马的神奇和功用，于是他心里非常高兴，就下令众人再回到王宫里继续喝酒。直到那天边升起了第一颗启明星，王宫里的声音才渐渐停息，在睡神的极端催眠下，那些人终于顶不住开始打瞌睡。

让人重生的睡神啊，在这里我要先为你说几句！上帝创造人类的时候，也赋予了他们流动的血液，而这些东西在经过了一天的疲劳奔波之后，只有在睡神那里才能得到休息。那睡神眼看着人们由于兴奋或劳作而神志激昂，于是就先派酒神来使他们感到神志昏迷。然后他紧紧地跟在酒神后面，对这些臣民抱了又抱吻了又吻，还对他们说：“快快睡觉吧，祝你有个好梦。”于是，那些凡人俗士们就经不起他的诱惑开始一个个东倒西趔，从黎明睡到正午，这些人忘记了时光的颠倒黑白，只剩下卡纳斯一人保持清醒。

因为作为女人就要有女人的操守，更何况还是国王的公主、全国百姓的表率，所以卡纳斯从第一天的傍晚时分就退出了宴席回到自己房间，在夜幕来临的时候，她又早早地上了床睡觉。由于有对那戒指和镜子的关心和兴奋，所以卡纳斯在夜里做了一个美美的好梦，第二天天刚刚放亮，她就已经醒来，精力充沛地对奶妈说要到花园里走走，于是多嘴的奶妈就问她：“要到哪里去？现在人家都还没醒。”

“只是想到园子里走一走，请不要惊动我的父王和客人。”卡纳斯说，然后就有十几个侍女起来开始为她梳妆打扮。

请看那命运女神是如何照顾她心中的爱女吧，既给了她高贵的血统、人人称赞的美德，又给了她一副天仙一样的美貌！那卡纳斯的脸蛋就像是五月的鲜花一样白嫩，嘴唇就像玫瑰一样娇艳，她穿了一套适合于在野外游园的衣服来到花园里，真叫蝴蝶见了要起舞，花儿见了要低头。这晴朗的早上本来是水汽浓浓，露珠儿乱滚，但由于有了卡纳斯的加入，所以一下子便显得清亮起来。小鸟在树枝头歌唱，蛐蛐在林丛中跳舞，这一切，由于有了戒指的帮忙，卡纳斯完全听得懂，所以她便比平日格外地高兴。但这种喜悦的心情实在是没有人能够言谈出来——除非她就是卡纳斯本人，所以我们也就不再在这上面花费口舌。而每个故事都应该有个主题，我们这个也不例外，因此我要一步到位，直接来述说我们的主题。

且说那美丽的卡纳斯和一群侍女就这样在园子中游荡，她们经过了一条小河，穿过了一个小洞，最后来到了一棵大树下。卡纳斯和众侍女本想在这棵大树下稍做休息，可谁知这时却猛然听得一声凄惨的哀号声从头上传来，于是众人就抬头向那儿看去。

只见一只形容憔枯的鹰正站在树上，放开嗓子大声惨叫。那声音，我活了这么长时间从来没有听过，就是任何一本书中也没有描述过有哪种动物的声音能比此还悲哀。那声音就像是动物受到了捕杀，又像是爱人失去了情侣。不仅如此，鹰边叫着还边用它那坚硬的翅膀拍打着自己的身体，使得鲜血沿着树干不停地流下来。

这是一只体形相当不错的鹰，美丽的羽毛健壮的骨骼显示了它的年轻。但此时它看起来却像是受了极大的打击，不仅神情悲哀，还有自杀的念头。由于失血过多，它的身体看起来摇摇欲坠，于是卡纳斯就把她身上裙子的下摆兜起来，走到老鹰站的树下面，停在那里等待着。

由于手上戴着那枚神奇的戒指，她已经完全听清楚了鹰的心情，于是就带着怜悯的神情看着那鹰，用一种相同的声音问道："愿主保佑，可怜的鹰！你能告诉我到底是什么原因让你如此悲哀吗？我听说过，害怕和失去亲人能让人没有理智，伤害自己，可我既没有看到有猎人在这地方对你设下陷阱，也没有看到有你的家人死在你身旁，你为何对自己如此不敬呢？"

那鹰没有回答，继续悲鸣。看来它已经陷入了一种不能自拔的境地，除非是痛痛快快地发泄一番，否则就不会停止。于是卡纳斯就在树下等了一会儿又说道："告诉我吧，亲爱的朋友。我的父亲是这国家伟大的王，如果你有什么不幸和要求，完全可以对我提出来，只要我能够做得到，就一定会帮助你。"她的声音里充满了关心与同情，终于引得那鹰对她看了一眼，然后，正如卡纳斯开始预料的那样，由于悲哀过度和失血过多，它一下子就昏了过去，并从树上栽下来。

卡纳斯轻轻地把它兜起来，带回自己的住所，然后马上派人去为它取药。这时，鹰已经从昏迷中醒了过来，它看着卡纳斯的眼睛说："亲爱的卡纳斯，有一句话说得对：善良的人会得到好的酬报。你既然已经有了一副美丽的容貌，一个高贵的出身，却还怀有如此一颗善意的好心，那么我祝愿你能早日得到自己的回报。本来我是一个就要离开尘世的灵魂了，可你却在最后一刻又给了我最大的关心同情，那么，看在你我同是女性的面上，我就把我的故事讲给你听吧——不是为了求得帮助和怜悯，而是正如那句俗语说的，'再凶恶的老虎看了被猎人捕获的狐狸也会吸取教训'，我希望我的故事也能给你或其他人一些帮助。

"啊，生活中要是永远没有变化该多好，那样我就能依然在我出生的那片高岩上，无忧无虑地过完一生！可是，命运女神总是不听俗世生命的呼告，非要给他们派来一些磨难与痛苦。她派给我的就是一只可恶的雄鹰！

“它生活在我们的附近，表面看起来谦谦有礼，一副君子的模样，可天知道，在这虚伪的外表下藏着一副多么凶狠冷酷的心！就像毒蛇躲在鲜花下攻击人一样，这个恶毒的家伙正是凭借它那副虚伪的外表打碎了我所有的梦，还几乎毁了我的生命！

“有一年多的时间，这个家伙一直对我大献殷勤，无论是在白天还是黑夜，只要我有一丝困难，它都随叫随到；无论是在公共场合还是私下里它都对人赞美我是一只美丽温顺的鹰，有让人尊敬的好品德。鉴于它这些行为，我由原来的不信任，逐渐变得对它友好起来，还与它成了好朋友。看到我这样，它就跪在我面前发誓说，一定要做我永远忠实的朋友和亲人——听听这话，多么动听！谁能想到，这美丽的坟墓下也只是包着一堆腐烂的尸骨。可就是这样我却被征服了！

“我败在了它这种软硬兼施的手段和伎俩下，对它的阴恶用心和风流本质一无所知，却对它一心向往，一心服从，也就是说，我把我的一颗心和整个生命交给了它。看到这种情形，它马上跪在我面前装出一副深受感动，仿佛接受了天大施舍一样的温柔表情发誓说，会一生一世照顾我，忠诚于我。于是我就又多了一份欢喜和信任，对它说，只要不损及我的人品和尊严，随它对我怎么样，我都心甘情愿。哦，愿天可怜我这份对人的信任和友好吧！

“我对它千依百顺，只怕有什么地方不合了它的意。在那一年多的日子里，我看不出它有什么让人不放心的地方。虽然他对其他雌鹰也一样那么文雅有礼，好像个个都是它喜欢的，和应该尊重的贵妇，但它对我却是更喜欢更尊重，把我视同珍宝。稍有一些不对的地方，就立即前来表示慰问或不辞辛劳地帮助我解决困难。

“其他雌鹰都羡慕我有这样一个很好的护花使者，我听了心里真是比吃了蜜还甜，于是就彻底地放下身姿和脸面委身于它了。可谁知，我这种好景并没有持续多长时间，飘飘然失去理智和过于轻信的本性害了我。愿天主惩罚那可恶的背叛者！”

雌鹰说着，几乎要歇斯底里了，卡纳斯和众侍女忙流着眼泪安慰它，于是它就又说道：“想起它的离别，就让我感觉到了死亡的痛苦！我受了骗，没有了最爱的人，这日子活着还有什么意思呢？我把一切都交给了它，为了它甘于和其他一切雌鹰比个高低——要知道，和别的鹰争锋是我最不愿意干的——可我却怎么就忘了那几个叫拉麦、帕里斯和伊阿宋的人呢！[1]实在是那家伙的伪装手段太高明！就在最后一次见面，也就是我们分手那次，它还装得温柔有礼一副舍不得和我离去的样子！

“它来对我说（它是跪在那里流着眼泪说的），它作为贵族的子弟，有血性的男儿，不应该整天待在家中靠着游荡和无所作为过日子，而应该把荣誉也带给它最爱的人，因此，它决定要到远方去寻找功名。听了这话，我心中真不是滋味，既有不舍，又有悲伤，因为我想起了其他一些背叛了妻子的恶徒。但看到它也那样痛苦和不舍，还流着泪说，如果我不同意，它就不会再提起这件事，我就怎么也不相信它是那样的鹰，于是我对它说：‘我的一生一世都交给了你，随你怎么样吧，我都会在这里等你。’天知道我当时的回答是多么痛心而又坚定，可它却用另一种方式让它更痛苦而且差点就从此没了命！

“俗话说：‘动物的本性总是难改。’就像笼中的小鸟一样，无论你对它们怎样地细心照料：在它们的笼子里铺上金丝绸缎，往它们的餐盒里添加牛奶面包，给它们梳理毛发，教它们掌握礼仪技巧……可是你打开了笼子，它们却情愿再回到那个阴暗的树林中去过肮脏的、自己找虫子吃的日子，也不愿再待在笼子里。那只雄鹰也是这样的情况。

[1] 这三个人都是对爱情或婚姻不忠的人。

“它虽然有着英俊的外表、高贵的血统、慷慨而且谦和的风度，但骨子里它却是个喜新厌旧的家伙。因为偶然在天空中看到一只更加年轻的鹰，它就不惜打碎另一颗深爱着它的心，一心去追随那鸢，而把它的结发妻子就那样抛弃在了思念和等待的痛苦中！你们说，我这样的日子活着还有什么意思？！”

鹰说完，大叫一声又昏了过去。卡纳斯和众侍女流着眼泪心情悲伤，却不知道怎么才能为鹰解除心中痛苦。她们请来了最好的御医，为鹰调制了最好的药膏，并把它们敷在它的伤处。然后，卡纳斯就让人为它做了一只精美华贵的鸟笼，在里面铺上代表贞洁的蓝丝绒，并且还在鸟笼上画了鸥鹏、雄鹰、枭鸥等许多忘恩负义的形象，以及一只表示讥讽和指责的喜鹊图案。

卡纳斯和众侍女是如何精心照料雌鹰的，我们现在且不说。回过头来，我要先给大家讲讲那只雄鹰如何在坎巴鲁斯——就是我讲过的那位王子——的惩罚和教育下回心转意，与雌鹰和好的。还要给大家讲一讲那位叫坎宾思汗的国王是如何攻占了一座又一座的城堡的。然后，我要把话题岔到阿尔加西夫的身上，讲一讲他是如何做了有朵拉的丈夫——为了这妻子，他历尽艰险，幸亏有铜马的帮助才没送命。最后，我还要给大家讲一讲坎巴斯罗是如何为了得到卡纳斯而和一对兄弟在比武场上争斗。

时间已经过了两个月，阿波罗驾着飞车住进了墨丘利的水星宫……

随从的故事因小地主的插话而结束。

小地主的故事

“尊贵的随从先生，你的故事讲得太好了！”骑士的儿子在说话的过程中才稍稍喘了一口气，我们队伍中的那个小地主模样的人就抢先开了口。“你的风度是那么高雅和谦逊，口才是那么伶俐而机巧，真希望我的儿子能有你的一半好！

“有财产有声誉，那算什么？有一个能够继承好品德的儿子才是大幸！

“我那儿子就像上帝诅咒的一样，完全是个罪人。他不仅吃喝玩乐样样干，而且还迷恋上了赌博。不是掷骰子就是玩纸牌，每回不到输光了钱财和衣服的时候，他就绝对不会回家门。我也曾经告诫他说，要和那些高雅有教养的人在一起，学学他们的风度，学学他们的学识，而不要和一些酒肉朋友多来往。可他就像是用羊毛堵住了耳朵一样，一句话也听不见。唉，真不知我的命为何如此苦。”

“哼，不要再在那儿说你那倒霉事儿了！我们每个人本来正听得津津有味，却都让你这粗鲁的人把兴趣打断。既然这样，那你就来讲一个故事吧，看看你能不能讲得比他还好！”旅店主人怒气冲冲地说道，“按规定，我们每个人都要有这么一遭，既然你急着上来，那我们就先谦让你吧——只是不要再像刚才那样发牢骚，免得我们听了都要烦。”

“遵命，旅店主人先生。既然你做了我们这里的裁判，我就一定不会用言语或行动来把你反驳。而且，我还要为刚才的鲁莽和不敬而道歉，作为补偿，将用一个宽宏大量的故事来讨大家的欢心——愿主保佑我把它讲好。

“只是在讲前我有一个小小的声明要提出来，希望诸位能够见谅。我本是田间的一介莽夫，没有读过太多的书，也没有进过大学堂，所以在我的脑海里不会有太多的韵律和有教养的礼貌用词，对这一点你们千万不要指责我。谁都知道，种什么样的种子就长什么样的苗，既然我的所有色彩都是来自田野，所有语言都是在乡井世俗中生长，所以当你们听到有什么不合自己口味的东西时，不要以之为怪。”

说完，小地主的故事开始。

在远古的阿莫利凯[1]有这样一位骑士，他生性谦和而有礼貌，武艺高强却为人慷慨公正。因为城里有一位美丽的女人受到别人的称赞和尊敬，因此他就从心里想把她娶为妻子。但这女子出身高贵，而且品性节制而约束，因此骑士没有勇气向她表达爱意。后来在众多的追求者中，因为他的英俊外貌和高雅气质，以及被人称赞的高尚品德，而赢得了那姑娘的芳心，于是姑娘就主动向他表达爱意并约定终身。

骑士从心底里感到高兴并且感激，于是就向妻子发誓说，愿以骑士的名义保证，今后决不像其他丈夫一样对妻子猜忌或者怀疑，也不会运用丈夫的特权向妻子施加一些无聊的压力。妻子也以感激和谦卑的口吻向他发誓说，为了他们之间这一份忠诚和爱意，他一定会做到让丈夫放心和欢乐，绝不会因为一点小事就破坏他们之间的感情。于是，二人就幸福地生活在了一起。

[1] 阿莫利凯，拉丁名，指今法国西布列塔尼。

有许多明智的人说，婚姻的维持要靠忍耐力，这话一点不错。就像女人天生爱自由而不爱束缚一样，男人也是喜欢在轻松的氛围中生活。如果你对他们施加压力或系以绳索，他们会因心生不满而反抗，那么友谊也罢爱情也罢就都会破灭。在这个世上，可以肯定地说，头昏脑涨、赌博酗酒或与人生气吵架等众多情况都有可能使人失去理智而说错话或办错事，如果人人都对此斤斤计较或睚眦必报，那么就不可能有友好而长久的情谊存在，也不会有快乐的人生存在。而如果我们互相谦让或忍耐一下，这两种情况就完全不一样——我们所说的这对高贵的夫妻就深明这其中的道理。他们一个是婚姻的主爱情的仆，一个是爱情的主婚姻的仆，互相理解宽容与支持，所以生活得幸福而平和。

直到有一天，骑士带他的妻子一起回到了他的家乡，事情才发生了变化。那骑士和他的妻子安宁地生活了两年。后来有一天骑士对妻子说，为了他的荣誉和前途着想，他应该到英格兰去闯一闯。妻子考虑到丈夫说得有理，于是就准备行装送他上了路。但回来后，看到往日的物什依然存在，而深爱着的人却不在眼前，这位叫道丽甘的妻子非常伤心和思念，日日哭夜夜哭，茶不思饭不想，只是念叨着丈夫的名字阿维拉古斯，没过多久，人就明显地瘦去了一圈。

于是她的朋友们就亲自来到她的家里安慰和劝告她。她们对她说伤心和思念就像是慢性毒药一样，可以了结个人的生命。而阿维拉古斯回来最想看到的一定是一个活泼漂亮的人儿，而不是她现在身体虚弱，一脸病容。

众所周知，就是一块石头不停地被人凿磨，也能在那上面留下个洞来，更不用说人的思想了。道甘丽在朋友们日日夜夜不停的劝告中，逐渐认识到了哭泣和悲伤的无用，因此才慢慢地控制了自己的感情。这时，正好阿维拉古斯的平安信到了道甘丽的手中，说自己不久就会回家，这样道甘丽才终于从极端的悲苦中释放出来。

她的朋友们趁热打铁，劝她和她们一起到海滩去，看海散散心，她同意了这个请求，于是她们就经常同到城外的海滩上去散步。

但思念的影子总是不能从道甘丽的心里彻底清除。有时她看着海面上来来往往的船只会发出呼唤说：“到底哪一只才是我丈夫乘的呢？”有时，她从海岸上向下望，看着那些黝黑而狰狞的礁石就会因害怕而更想起丈夫。这时她会说：“仁慈的主啊，你为什么会做这样不仁慈的安排？人们都说你从来不创造无用和有害的东西，但为什么海里会有狰狞的礁石？你看它们张牙舞爪地蹲在那里或隐在海里，伸长了双臂等着把来人捕获，这是多么危险而不公平的事啊！上帝啊，你按自己的形象创造了完美的人类，却为什么又要让他们遭受磨难险境？教士们也许会说，这种安排总是有你的合理意愿在里面，但我实在看不出它合理在哪里！仁慈的上帝啊，如果你有控制万物生灵的能力和资格，就请伸动你的手臂和脚，把这些礁石都弄到海底里去吧，因为我看着它们总是害怕而又战栗。”这样她说着，就一边痛哭起来。

她的女伴们看到海边散步不仅不能帮她解除忧愁，反而更增加了她的思念与痛苦，于是就又带她到别的地方去散心。她们带她到风景优美的大山绿林中，到喧闹欢乐的集市里，还到许多大庄园里。

有一次她们一起到一个花园里参加舞会。那里有装点得非常美丽的房子和舞区，有各种美味可口的点心和饭食，还有热闹而好客的人们，所以整个舞会进行得非常顺利，只有道甘丽一人有点闷闷不乐地躲在一个小角落里，因为看到成双成对的人们，她又想起了自己的丈夫。

在这群衣着华贵、举止高雅的人当中，有这么一位青年最是引人注目。他的名字叫奥雷留斯，生得英俊而且健壮。在舞会上再没有人比他那张如五月鲜花般的脸更让人着迷，也没有谁跳的舞能比他的还优雅而且花样繁多。这个青年因为聪明而且为人正派受到大家尊重，所以理所当然是舞会的中心人物。众多女子的目光追随着他的身影，许多男子在他的对比中自愧不如，但这一切在道甘丽的眼中却如云烟一样没有任何反应，她陷入深思而不顾周围的事情。

她不知道，这位青年正是她最忠心的仰慕者，受了维纳斯的捉弄而深爱了她两年，从她和她的丈夫一起回到这个地方起，作为邻居的奥雷留斯就认识了她，并喜欢上了她，但由于她已是别人的妻子，所以他也无话可说。

他把自己对意中人的思恋都化作一杯杯的苦酒喝下肚去，又用手中的笔写下了许多诗歌或短曲。在那些情极而至的歌声中他把自己比作厄科，因为不敢表达对那喀索斯的爱而相思致死，又把自己比作地狱中受魔鬼折磨的绝望汉。但无论怎样，他都不能消除对道甘丽的爱情和思念，也不敢把这歌声向她歌唱。于是他就只好悄悄地追随她的身影，在一次一次的凝望中表达自己的爱意。但这一切在今天的舞会上道甘丽都没有注意，除去对丈夫的思念她心里已容不下其他事情。

于是，在舞会快结束的时候，奥雷留斯就以他邻居的身份亲自走上前来对她说："亲爱的夫人，请听我一句最忠心的话，凭着上帝的名誉说，如果我早知道离开这个地方能引起你的思恋和痛苦，并让你流下眼泪，那么我一定会先你丈夫阿维拉古斯而出海远行。因为我对你的思恋已经到了再也无法忍受的地步，亲爱的夫人，就请你给我一句话吧：是要我受您的怜悯而谦卑地活着，还是要我因为心碎而死？"

道甘丽听后先是一阵吃惊，然后平静地说："亲爱的奥雷留斯先生，谢谢你对我的一片感情。我完全不知道你有这样一种心意，所以就忽略了你，但既然现在知道了，我却要告诉你：我永远是我丈夫最忠心和温顺的妻子，决不会因为有人爱我就背叛他。请你看在我对他的一片情意上忘了我吧，我想你也不愿意我就此背上一个不贞的名誉吧？"

“难道不能再想想其他办法，夫人？”奥雷留斯痛苦地喊道。

“不可能的，先生。你难道不知道爱上别人的妻子就等于是从水中看花，镜中看影？除非，”道甘丽想了想便以开玩笑的口吻对奥雷留斯说，“以上天之主的名义说，先生，如果你能把那个海边七零八落的礁石全搬走的话，我是说，一块不剩地全沉到大海最深处，那么我才会把我的心思从我丈夫身上转到你身上。”

“真的是这样吗，夫人？”奥雷留斯低声喊道，“您明明知道这事情是任何人都不能做到，却偏偏要让我为难，看来我只有一死了之了。”说完他转身离开。

道甘丽的朋友们还在舞会上尽情作乐，完全不知道这里发生了什么事情。她们直到太阳落入地平线的后面，夜幕与梦神开始出来行走的时候才玩得尽兴，与主人告别后就各自回了自己的家。

现在说那可怜的奥雷留斯吧，他一人孤独地回到家后，就因为悲伤而跪倒在地上。他知道生命的希望之火在他心中已经熄灭，没有雨水的滋润，爱情之花已经凋枯。因此他先是在那冰冷的地面上低低痛哭了一番，然后高举双手向天上的诸神祈求说：“炙热而仁慈的太阳神啊，你是世间万物的主宰，是一切生灵的护佑神。你既然能够依了你的意愿，让花鸟虫鱼都在你的管辖下或生或灭，那么你就有能力帮助我——请看在我流泪的面上，替我在你的妹妹鲁西娜[1]的面前说几句好话吧！

“纯洁的鲁西娜，她是掌管一切河流和海域的神。虽然尼普顿在海洋中称后称霸，但她的地位却在鲁西娜之下。因为她受了你太阳神的引导和激发，就能一刻不停地掌管所有海洋的潮汐与潮落。所以请

[1] 鲁西娜是罗马神话中司生育的女神，这里她又是月亮女神，而且由于月亮对潮汐的影响，她又成了海神。

看在我对你的信仰与供奉之上，太阳神哪，把你的威风拿出，请求鲁西娜帮帮我吧。

“你可以让她控制自己的速度与力量，走在你身后长达两年，这样就能有两个三百六十天的黑夜与春潮帮我把海边那些高如雄山的奇礁搬了去，这样我也就能对我的心上人说：‘瞧，我已经把你的问题办到。’

“如果不这样，我的心就会因破碎与绝望而死，而如果我能赢得心上人的青睐与欢笑，那么我情愿赤足走到最远的神庙里去祭拜你，还把我所有的财物与名誉全都奉献给你。英明而伟大的太阳神哪，请帮帮我吧！”说完,奥雷留斯一阵心痛与激动,一下子昏倒在了地板上。

这时他的弟弟正走进了屋里。这年轻而善良的书生早早知道了哥哥的心意，但却无能为力，现在看到他这样为情而伤，也只好低声叹息着把哥哥搬上床。除此之外，他什么也不能做，因为正如人们所说的：心灵的痛苦只有让心灵自己来医治。奥雷留斯躺在床上生死由他吧，我们现在再来说说那道甘丽。

且说那位叫阿维拉古斯的骑士这时已经回了家，他不但带回了许多英勇的武士和随从，还有大批的财富，而且还得了更好的勋章和名誉，因此道甘丽从心里欢喜。她不停地跟随丈夫到外面去拜访朋友，还在自己家里举行舞会，却一点也不知道奥雷留斯正为她而生病在家里。——可怜的奥雷留斯就像一个失去了眼睛的人一样在心灵的黑暗里苦挨了两年，终于有一天能够下地走路了，却不愿意出去见任何人。他那年轻的弟弟一边叹息着潘菲留斯与格拉佳的故事[1],一边为他想办法，终于有一天，他猛然想起了很久以前看的一本书。

就像外科医生做手术一样，哪里有了伤痛就要从哪里下手，因为

[1] 潘菲留斯曾用拉丁文写过一首长诗，道出他心中对格拉佳的爱。

道甘丽提出了一个谁也不能解决的问题，奥雷留斯的弟弟就从这里入手，想到了一本奇怪的书。那还是他在法国奥尔良的时候——那时人们为了求学四处游荡——在一个朋友那里曾经见过一本关于星象学的书。虽然他不是修这门课程的，却因为兴趣而仔细阅读了它。据书上记载，由于月亮和二十八星宿都有自己运行的规律，并且相辅相成有很大关联，因此，如果能把握好它们之间的时间和尺度，就能在特定的时刻产生一些意想不到的奇迹。为了证明自己的理论，这书上还举出了许多千奇百怪的例子——用我们信奉的上帝基督的话说，那都是一些连一只苍蝇都不及的无稽之谈，但它们却像闪电劈击大树一样，一下子触动了这青年的心。他想：也许这世上真有魔幻师一类的人物。人们不是都说曾在一些宴会上看过魔幻师的表演吗？他们能让一片洪水载着一条小船涌进大厅，还能让五月的鲜血顿时僵死在冰天雪海中，有时人们眼前明明有一盘子的葡萄或梨子，魔幻师却能让它一瞬间就消失得无影无踪，而在一个繁华的集市中，魔幻师又能让一头猛虎野狮显出身影。如果这一切都是真的，那么海里的礁石不是也可以沉入大海或隐去身形吗，只要有一个魔幻师在一旁帮忙。这种情形不用维持多长，只要道甘丽能看到就行，那时她不就得履行诺言答应哥哥的求婚吗？

想到这，年轻的书生受了鼓舞，马上找到哥哥说，他要到奥尔良去一趟，并把这种种原因对他解说了一番。奥雷留斯本来已经决定要这样在痛苦与相思的折磨中悄悄地死去了，这时听得弟弟说还有一线希望，于是就决定不辞辛劳和他一起去。

他们走了很长的路，直到那个繁华的大城市中最高的建筑的顶端都已经隐没在了地平线以下，这时他们遇到了一个同样是赶路的人。“嘿，你们好！”这个穿了一身黑衣的赶路人向他们打招呼说，“我知道你们从哪里来，也知道你们要到哪里去。”

奥雷留斯兄弟非常吃惊，就和他攀谈起来。于是这人告诉他们他是一个魔幻师，现在正要到那城里去看望他的几个老朋友。等魔幻师说出那几个人的名字，奥雷留斯就告诉他，这些人都已经因为年老或生病而死去，于是这人就唏嘘地悲叹了一番，然后邀请奥雷留斯兄弟俩到他家做客。

在路上，魔幻师向兄弟俩讲了他们出城的用意和目的，一点不错，因此二人对他完全相信并且马上行礼表示尊敬，还恳求道，希望魔幻师能帮助他们，魔幻师一口答应。

他们一同来到了魔幻师家里。虽然奥雷留斯参观过许多贵人的家庭，也出席过许多盛大的宴会，但他从来没有见过有哪个人家的财富与气势能与魔幻师家的相比。只见他家中摆的都是奇珍异宝，用的都是金银器具。

在晚饭以前，魔幻师带他们参观了书房，就在那满满的书柜前，向他们表演了魔幻术。只见满是大树与荆棘的大山坳里，有几百头大鹿正在吃草，但突然间它们都像是受了惊吓一样开始四处奔跑，有许多鹿还中箭倒地。这画面持续了不到几分钟的时间，突然间就转成了另一幅图画：一个猎人正在放出大鹰捕猎的画面。接着又转到了一群武士们正在比武。为了让奥雷留斯更加信任自己，这法师还让道甘丽出现在画面里，那是她和她丈夫正在跳舞的身姿。于是奥雷留斯就急切地要求魔幻师赶快停止施法，听他们把来意细细地说明。

魔幻师让小厮迅速把饭菜端上来，吃过晚饭后他们就开始商量这次交易。奥雷留斯说："要把整个海域上的礁石统统搬到那大海的最深处，就是纪龙德河口到塞纳河段[1]也不能忘记。"魔幻师则说："这要整整一千英镑的酬劳，少一个子儿也不干。"于是奥雷留斯说道："别说

[1] 纪龙德河在法国西南部，是法国最大、最长的三角湾；塞纳河则在法国北部。

是一千英镑，就是整个世界在我手里，我也愿意把它奉献给你。只是你要尽快去办这件事，就在明天早上，不能让我因为你的延误而多痛苦一天。”魔幻师说：“好，一言为定！”这样，奥雷留斯就和他的弟弟一起回到魔幻师家的客房去睡觉。

两年多的日子里，没有一个夜晚比今夜更令奥雷留斯休息舒畅，因为卸下包袱有了希望，所以他一夜无话直睡到了大天亮。

起床后，他们梳洗完毕，吃过早饭，就和魔幻师一起向城里走去，到达目的地时，已是数九隆冬，距离五月跳舞的日子已经很久了，满地的鲜花早已化为了尘土，金色的阳光也失去了年轻时的活力而变得体弱多病。这时最兴奋的就要数那长胡子的杰纳斯[1]了，这司职门户与年头的两面神一边喝着酒一边向行人大呼着：“圣诞快乐！圣诞快乐！”奥雷留斯对魔幻师极为尊敬，每天供以他丰富的饭食和舒服的床铺，而魔幻师也尽心尽力地为他算计着日子和机遇，希望能在极短的时间就完成他的心愿。在他的工具箱中有星盘、量度尺、托莱多[2]天文表等等各种东西，为了精确计算，他还对比了闰年计、周年计等一系列历表。根据大小年的不同和轨道的距差，他确定了一个月亮上升到合适星座和角度的好日子，在那天晚上就带着所有的东西和奥雷留斯兄弟来到了海滩上。

奇妙的幻术、异教徒的迷信、骗人的把戏或酒精中的幻想，所有这一切因为我并不明白，所以也就实在不能拿来为那令人惊叹的结果做出解释，只能简单地向大家交代说，果真如魔幻师的预料、奥雷留斯的期望一样，所有的礁石在两星期之内终于隐没了。

[1] 杰纳斯是罗马神话中的天门神，掌管万物始末，他头部前后各有一个面孔，故又称两面神。

[2] 托莱多是西班牙城市。这些表是 11 世纪时一位在西班牙的阿拉伯天文学家所制作。中世纪的天文学中，以托莱多的纬度为根据进行计算。

担忧发愁的奥雷留斯狂喜得跪倒在魔幻师的脚下说："仁慈的维纳斯的化身，万能的主的宠儿，请接受我无上的敬意和感谢！我会在最短的时间里把钱送到您的家里，但现在我却要到那正在举行弥撒的教堂里去见我心爱的女子。"说完他整理仪装匆匆忙忙地来到了城里一所大教堂里——这里道甘丽每星期都会来——终于瞅准一个时机，他来到道甘丽身旁说：

"尊敬的夫人啊，这世上唯一能主宰我生命的姑娘！你还记得我这个为你受苦遭罪的可怜人吗，因为相思差点要了我的命，而你的一席话又令我备受折磨。我知道，你对我毫无感情也不怜悯，因为你把这都送给了自己的丈夫，但你可知道，为爱而死是多么无辜？因为从始至终深爱着你，所以我不要求上天来因为我的处境而惩罚你，更不想就在此地对你诉说我所受下的苦，但夫人，你总该还记得你许下的那个诺言吧——就在那跳舞的花园里，在五月的鲜花旁，你将手放在自己心口说只要我能把那些礁石搬开，你就一定会爱上我——这话你可还记得？

"我知道我配不上你，但我总要让你知道我的心：为了你的要求，我奔波了这么许久，终于完成了那项任务，你知道吗？

"现在我不要求你一定要去实现你的诺言，但至少你可以再次答复我一次吧：你是要我谦卑地生活着呢，还是要我悲惨地死去？"

说完奥雷留斯转身走了，只留下脸色苍白的道甘丽站在那里一动也不能动。她的心里震惊极了也悲哀极了，不由得自言自语道："天哪，这是怎么回事？一个人竟然会因为自己的诺言而捆绑住自己，而另一个人竟也会完成了不能完成的要求！现在，我可该怎么办哪？"这悲哀的人举步维艰却又束手无策，只好哭哭啼啼地回了家中。这时阿维拉古斯正好因事出城，所以这可怜的女人就在自己房中不停地哭泣并自言自语说："上天，你好不公平！你用你的法术帮助一个人违犯了天道自然，办成了不能办成的事情，为什么就不帮助我破解自己的诺言？在贞操与死亡的选择中，我只能拥有那可悲的后者，否则就会身败名裂还让我的丈夫蒙羞，难道你就非要让我这么做——像那些古代女人一样？

“瞧啊，那雅典的篡位者在杀了菲顿以后，还要污辱他的女儿们。但终使她们一个个被剥得一丝不挂地跳舞，也还是决不屈服于强盗的威胁，最后宁愿跳海身亡也不愿意做失去贞洁的俘虏——这是多么高尚的行为！

“还有迈锡尼[1]的一大伙男子，他们想对五十名斯巴达的少女们下毒手，却遭到了她们的坚决反抗，最后以生命保全了贞操，为尊严付出了巨大代价——难道我就只能这样做了吗？

“还有那叫斯蒂姆法丽的忠贞姑娘，为了不让自己的身子为暴君玷污，她宁愿在狄安娜的神像前被人杀死也决不屈服。这少女做出的行为不正是我的榜样？”

道甘丽说一阵哭一阵，最后又想到了许多古代的贞女形象：

“看那哈斯卓巴的妻子吧，在罗马人攻占迦太基的时候，她想到了被俘女子的贞操问题，就抱着孩子一同跳进了火坑。

“露克丽丝把刀子插在心口，也是为了报复塔昆对她的玷污。

“还有那米利都[2]的七位贞女，仅仅因为害怕在高卢人的统治下失去贞操就选择了以死了结，这样的行为多么值得我效法啊！

“还有阿布拉达蒂斯的妻子，为了殉夫就让自己身上的血全部流到丈夫身上的伤口中去，还说道：‘不能保有贞操我情愿死’，——这是说给我听的吗？

[1] 迈锡尼是希腊伯罗奔尼撒半岛西南部古城。

[2] 米利都是希腊古城，是早期希腊在东方的最大城市。

“这样的故事我还有很多，像德莫提恩的那个女子、塞达索斯的那个女儿、底比斯的两位姑娘、提尼斯拉提的妻子等，不就都是因为不愿失去贞操而选择了死亡吗？

“阿尔西皮亚提斯的爱人因为丈夫的尸体得不到埋葬就情愿自杀以便和丈夫一起暴尸荒野，这样的行为和荷马称赞的那位贞女帕涅罗珐的行为有什么区别？

“高贵的鲍西亚既然爱了布鲁图就再也不爱其他人，阿尔特米西亚[1]也为她的丈夫做了最伟大的奉献，还有丢塔王后、比利娅、萝多冈等等。啊，这许多的女子都能在她们的名誉与生命之间作出选择，难道我就要被人耻笑吗？”

道甘丽哭哭泣泣几乎要昏了过去，最后她终于作出选择，就是要在贞操与生命之间选择前者。但她还希望能在死前见一见丈夫，因此就一边哭泣一边在屋子中等待丈夫的归来。

到第三天，阿维拉古斯终于回来了。他看到妻子哭得十分伤心，大感不解，就问她发生了什么事。

道甘丽先是放声大哭了一场，然后就把事情的前因后果统统对丈夫讲了一遍，最后说：“天哪！这可该怎么办才好——我可是真的对奥雷留斯许了诺呀！”

“难道就再也没有别的办法了吗？”阿维拉古斯听后问道。

“没有了！除了死，再也没有了！”道甘丽说道。

阿维拉古斯听了，沉默了一会儿，然后用一种非常平静的口吻又对妻子说道：“亲爱的道甘丽，请听我说。无论是一个小孩子还是一个疯子都知道，贞操对女人来说最为重要，就像失去了名誉就不能再称

[1] 阿尔特米西亚为阿纳托利亚西南部卡里亚古国的王后，国王死后，她主持朝政并为丈夫修建陵墓，为世界七大奇观之一。

为骑士一样，失去贞操的人也不能再高贵地生活在这个世上。而一个人，无论是男人还是女人，更应该懂得遵守诺言的规矩，否则就会受到上天的惩罚。从这两点来说你既然已经作出了那样的许诺，就应该义无反顾地实现它——虽然它会让我痛苦一生，从此后再也没有了欢乐与幸福，但我却宁愿你死也不愿你的名誉受到任何毁伤。而且，你走后，我还会装得像往常一样，绝不在脸面或表情上露出一丝马脚，以便人家猜疑到一些事情，这样就会有损你的名誉。”

“我早知道会是这样的！我早知道会是这样的！”道甘丽哭喊着道，“愿圣母马利亚保佑，我的灵魂不会受到折磨，你在这世上也不要经受太多的痛苦与苦难。”说完，她就哭着和丈夫道别。

骑士唤来两名女侍说，要她们陪夫人到一个地方去散散心。这两名侍女既不知道她们要到哪里去，也不敢多问，就只好跟着道甘丽出了门。——诸位，听到这里，你们千万不要骤下结论，认为骑士这个人太过于愚蠢或冷酷，竟然让他的妻子就这样去送死；也不要认为从此后两人就再没有相聚之日，劳燕分飞各处一处。要知道，命运女神往往在最关键的时候捉弄人，让人由贫变富或由忧变喜，不信，就请大家继续往下听我的故事。

且说那个道甘丽和两位侍女正走在往花园去的路上，谁知到里面竟然碰上了那位叫奥雷留斯的青年。原来他也还要到花园里去——不为别的，只想看看心爱的道甘丽正在做什么。看到道甘丽一脸苍白地从对面走来，并且已经看到了他，他就只好走上前向她打招呼说：“你好，尊贵的夫人！请问你们现在要去哪里啊！”

道甘丽一脸悲哀，但口气却很平静地说：“遵照我夫君的吩咐，以及你的要求，去实现我的诺言啊！”

奥雷留斯听了，不明白是什么意思，但看到道甘丽脸上那似痛非痛、似漠然又有意的悲哀表情，却不由得一阵心痛。然后他想到，既然那高贵的骑士情愿自己的妻子去为了一个承诺而付出巨大的代价，也不愿意失信于人，那么自己的行为与之比起来，是不是太过于卑劣和无理呢——要知道，道甘丽是无辜的，只因为自己先爱上了她，就逼她许下了承诺?

想到这，奥雷留斯觉得心中一阵羞愧和歉然，于是就开口对道甘丽说道:“亲爱的夫人，请不要难过。既然你的丈夫是这样高尚，情愿让自己承受痛苦或大辱，也不愿让你失信于人，那么这种人是值得你爱，也值得别人尊敬的。我虽然不是个骑士，但却也知道对人要慷慨大方，宽容仁慈，尤其是对女士们。因此，在这里我要郑重地为我以前的行为向您道歉，并向您许诺：从今以后，无论是对您还是您的丈夫，我放弃以前的一切指责或接受承诺的权力。您回去吧，告诉他，与骑士相比起来，我绝对不逊他一筹。而且还有一个忠告，是对您的——以后绝不要再轻易地对别人许下诺言。”

道甘丽听了，心里真是万分的欢喜和感激，忙屈膝向奥雷留斯道谢后，就急急忙回到家中把这事情告诉了丈夫。且不说那做丈夫的是如何大喜过望，从心底里感激奥雷留斯，并为他祈祷祝福——我想，就是有一千张的嘴也难以表达他的心情。从那以后他和道甘丽更加相敬相爱，一个推一个让，生活得万分幸福。

但那可怜的奥雷留斯可就遭了殃。因为他平白无故地要付出一千英镑的钱给魔幻师。“一千英镑，天哪！我到哪儿去弄这么多钱？说出的话如泼出去的水，看来只有变卖家产了，然后就去做一个讨饭的乞丐，从这里远走高飞，免得被人家耻笑，还给亲戚朋友们带来耻辱。或者，我也可以找魔幻师通融通融，让他先宽限两三年，那时就可以从劳动中赚得那笔钱——对，就这么办！”想到这，奥雷留斯马上出发，去找魔幻师，当然临走还是把那钱柜中所有的钱——有五百英镑多一点点吧——全部带上。

找到魔幻师后，奥雷留斯这样对他说："高贵的法师，请您饶恕我未能如前所言一次付清欠您的钱。但是，我可以以我的名誉发誓，在此前我还从没有过失信于人。我还可以以我个人的一向品行向您保证，如果您能宽限我两三年，也就是分两三年让我还债，那我可以毫不夸口地说，这一点我可以办到。就请您看在我对您一片忠诚绝无所欺的分儿上宽恕我吧，否则，我就得变卖祖产，做一个穷光蛋加乞丐了。"

魔幻师听了露出一种生气的表情对他说："怎么，奥雷留斯，难道我没有按你的要求完成我许下的事情吗？"

"不，不是那样。我很感激您至善至美地帮我了结了心愿。"

"那是你的意中人没有对你履行诺言吗？"

"唉，也不是那样！"奥雷留斯长长地叹了口气，然后就把他怎样在花园里遇到道甘丽，而道甘丽又是如何回答他的问话的等等所有情况全都讲给了魔幻师。最后他说："可怜的道甘丽本来是无心而言，却不知这世上真有魔幻术一类的东西。看到她因为诺言而那么发愁，简直就像已经没有了生息一样，我真为她难过。还有她那高尚而坚实的丈夫，为了不让道甘丽的名誉受损，情愿让她去死，让他自己心中忍受痛苦。这样高尚的骑士，虽然并不是我所拥有的称号，但至少在品德上我并不比他差。所以我就像他一样宽宏大量了一次，把所有对道甘丽实践诺言的权力交到了她手里。"

魔幻师听了有些惊讶，过了一会儿严肃地开口说："令人尊敬的绅士先生，我主会保佑你重新得到快乐，因为你虽然没有骑士的称号，却完全做出了符合骑士荣誉的事。你们是我的好榜样，所以我也要来做一件让你们都高兴的事：从今以后，你我就像从来没有在那条城外之路上相遇一样，谁也不认识谁，谁也不欠谁——那一千英镑的钱，就当我为这几日来您所提供给我的美食和舒服的住所而付的酬金吧。现在，我的话已说完，就此告辞。"魔幻师一边说着一边牵出他的马，转眼间就不见了踪影。

诸位，你们认为他们之中哪个才是最有胸襟、最值得称赞的呢——请一边赶路一边思考吧，到了前面小镇上，我希望能得到一个满意的回答。

小地主的故事结束。

修女的故事

地狱的看门人是懒汉，或是各种各样散漫行事的仆人或保姆，因为魔鬼总是喜欢让那些整日东游西荡无所事事的人做他的随从。所以人们就应该在他伸出那长长的绳索套住我们之前与他作斗争，那最有力的武器当然就是看门人的死对头——勤快。

死亡是可怕的，人人都希望能远离它，但是与死亡比起来，这世上还有更令人胆战的，就是那看门人所呈现给我们的懒惰与散漫。这两种东西不仅能让一个人从年轻力壮变得衰老体弱，还把人家辛辛苦苦劳动得来的成果全都吞噬掉。所以，我们应该远远地避开这两种罪恶的侵犯，为此，我要给大家讲一个古老的殉难者的故事——就是那圣洁如百合花的少女塞西莉亚的生平。

向圣母马利亚祈求——[1]

请赐给我生花的妙笔，让我把这位贞女的故事向大家讲清。她是世上一切处女中最坚贞的那一位，凭借着高尚美丽的品性战胜了恶魔，并获得了永生。圣贝尔纳把你写成是不幸者的护佑神，你啊，是我主最最喜欢的人。

你是神的女儿，因为有宽宏大量的气度与仁慈的心，所以神愿意

[1] 西方早期的史诗中，诗人为得到灵感，常在正文前向缪斯等天神做一番祈求。这里作者也采用这一做法。在原作中，该标题为拉丁文。

眷顾于你，把他的圣血圣灵赐给你，让你在人的体形内孕育了主宰天空、大地、海洋与万物的神之子，从此后你成了爱与和平的代言人。

你就是世上的太阳，既有端庄美丽仁慈善良等一切美德，还甘于把那光辉与温暖送给每一位向你祈求或正在遭受苦难的人。迦南妇人有一句话是：“主人餐桌上的面包屑对每只狗都是公平的。”美丽善良的圣母啊，你就是那主人，我甘愿做一只侍奉你的狗。请看在我一心向善的分儿上，拯救我于这黑暗的苦海中吧。

因为行善是需要智慧和机遇的，但就在你们那美丽的天空上众女神正在唱着“和散那”的时候，我的灵魂却被禁锢在一个污浊的肉体里。它有着不断制造疼痛的机能，还承负着一切世俗的欲望和狡诈之情，所以看在我崇尚灵魂高洁的分儿上，请把我这灵魂从黑暗中释放出来吧！为了要与人同善，我特地给大家选了这个故事，但我并没有什么组织结构或语言的能力，所以要请大家原谅我故事的不够优美。我只看重那些内容的东西，按照第一次写下这故事的人的思路，把这框架给大家说说。先从圣塞西莉亚[1]的名字入手。从英文的书籍中，你可以看到对它有很多种解释，首先是“天上百合”的意思，象征着美丽纯洁又芳香的品性。还有人称它为“盲人的眼睛”，因为她的行为是人们的好榜样。对于“塞西莉亚”这个字的组合，有人说是可以分为两部分，前面为“塞西”意为“天”，后面为“莉亚”意为“行善”，不知道大家可同意这种说法？塞西莉亚还可以这样解释，就是“光明之源”，因为她既有美德又有贞洁，是神的光辉在她身上的体现，在希腊文中，塞西莉亚这个词称为“雷奥斯”[2]，用英语解释就是“众人”

[1] 圣塞西莉亚是罗马的基督教女殉教者，因拒绝崇拜罗马诸神而被斩首。她是音乐的主保圣人，据传她能歌唱又能弹奏乐器，还发明了风琴。

[2] 塞西莉亚（Cecilia）在中古英语中为Cecilie或者Cecile。上文中，作者主要根据拉丁文对此字的词源作了一番说明，但“雷奥斯”则是希腊文的音译。

的意思，这可以看出在她身上既有个人品性的一切高尚地方，还有引导众生共同行善的美德。正如那些学者所称颂的一样，塞西莉亚就是日月星光辉的集中表现，和天体的运行一样，她的行善既及时又周全，还能长久地保持自己的贞操和尊严。不管怎么说，这位圣女的名字总是与伟大、高尚或坚贞、行善之类的词联结在一起，有了这个认识，我们就可以开始继续我们的故事。

根据古书的记载，这位叫塞西莉亚的姑娘出生在罗马一个贵族的大家庭里。因为她从小就接受了基督教的教育，所以从心里明白这世上最万能最仁慈的就是我们的主。因此，她从很小就开始向主祈祷和祝福，无论是白天还是黑夜，她都要做几次。

但等到她长到合适的年龄的时候，按照当地的习俗，她应该嫁人了。她的父亲为她找到了一位叫瓦莱里安的男子，同她一样，也是年轻而且英俊。在结婚的那天，塞西莉亚身穿华丽的金丝外袍，里面有贴身的马毛衬衣[1]，神情表现得既谦和又温顺，但在心里却这样祈祷天主：“请保佑我的身体同我的灵魂一样纯洁吧，要不然，我情愿死在十字架下。”为此，她每天忠心祈祷，还隔两三天就斋戒一次。

有一天晚上，上床后她这样对丈夫说：“亲爱的瓦莱里安，我的夫君。作为妻子我本不该有任何秘密瞒着你，但如果你不能发誓说绝对会保守这个秘密，那么我情愿做一个不够忠诚的妻子，也不愿把它说出去。”瓦莱里安听了非常惊奇，就在神的圣像前——他从小也受过基督教的教育——发誓说，决不会把塞西莉亚对他说起的任何事情泄露出去。于是，塞西莉亚对她的丈夫说：“我的丈夫瓦莱里安，虽然每天晚上你我都睡在一张床上，但你却不知道：我的身体已受到一位天使的保佑。如果你不是以纯洁有礼的方式拥有我，而是以粗俗蛮横的方式

[1] 马毛衬衣是苦行者或忏悔者贴身穿的衣服。

去爱我，那么你就会受到他的惩罚，在年纪轻轻的时候命丧横祸。”

瓦莱里安一听有些害怕又有些怀疑，说道：“如果你所说的话是真的，那么就让那天使显些征兆让我看看吧，否则我就会认为你在为自己和你的情夫开脱，那样，我必须用剑来了结你们的生命。”

“你要想看也不难，只要遵照我所说的去做。在离这城不远的地方，有一个叫维亚·阿庇亚的地方[1]，那里住着很多穷人还有乞丐，也有一些不法的暴徒。但那其中有一个老人叫乌尔班[2]，却是个非常好的人。你到那里去找他，就说是我塞西莉亚让你去的。如果你把今天晚上我对你所说的所有的话告诉他，我敢以我所信仰的基督的名义发誓，他一定会帮助你，让你见到那位天使。”

瓦莱里安听了，没有犹豫便动身前往维亚·阿庇亚。在那里他向一个穷人打听乌尔班的住所，他将他带到了一个地下墓穴。乌尔班老人问他来意，瓦莱里安就将妻子说的话原原本本地对他叙述了一番。

“啊，基督耶稣，万能的主啊！”老人一下子高兴得涌出了眼泪，高举着双手跪倒在地，说：“你是一切善良和美德的播种者，现在终于有了收获。那纯洁的塞西莉亚把她的丈夫由一个凶猛的狮子变成了温顺的羔羊，并且把他奉献给你，就请看在这种虔诚和忠贞上，显显灵，帮助他吧。”话音刚落，突然就在瓦莱里安的正前方出现了一位穿白袍的老人。一本金色的大书在他手上，那眼中也有着如塞西莉亚一样平和的目光。瓦莱里安吓得一下子跌倒在了地上，白袍老人手一挥将他扶起，然后就打开那本书对他宣读道：“唯一的万物之主，唯一的基督，唯一的信仰，唯一的上帝——你信吗？”老人问。

“信！”瓦莱里安回答道。

---

[1] 维亚·阿庇亚是罗马附近一地区名，罗马最早基督教徒的地下墓地就在该地。另外，一条著名的大路也以此为名。

[2] 这里指乌尔班一世，他在公元230年5月25日被斩首，成为殉教圣人。

“这就是人世间的真理！”老人说完一下子又消失在瓦莱里安面前。瓦莱里安当即就请求乌尔班老人为他施洗，然后高高兴兴地回了家里。塞西莉亚正和一位手拿花环的天使站在屋中。只见那天使一手拿玫瑰花环一手拿百合花环，对他二人说：“受主的嘱托，我要把这两个花环赐予你们，它们是天国里的泥土孕育出来永远不会衰败也不会凋零，并且香气也不会散失，只有那些心怀虔诚、远离邪恶的人才能看到它们，望你们好好珍惜。”说完，天使又转向瓦莱里安说：“你能及时听从善人的指导，放弃一切偶像和异教而信服基督，我主就要给你以奖励和回报，请说出你的一个愿望吧。”

瓦莱里安想了想，然后说：“在这个世上，除了万能的主上帝耶稣和我的妻子塞西莉亚外，我最爱的人就是我的弟弟。愿天主能赐予他恩典，让他也像我一样，看见这真理之花。”

天使说：“你的要求正是天主所喜欢的。为了这，我不仅要让你满意，还要赐给你们通往天堂盛宴的棕榈叶。”正说着，那个叫提布尔斯的弟弟恰巧迈进了门。他看不见天使和花环，却闻到了一股浓浓的香气。“是百合与玫瑰的香！天哪，在这隆冬的季节里怎么会有这种鲜花盛开？它们在哪儿，我怎么看不见——我敢打赌，我从没有闻到过这么香浓的味道，就是俯在一朵刚开的花上面，也不可能闻到。哥哥，你能告诉我这到底是什么吗？为什么它就像一剂能让人清醒的药膏一样沁入我的心脾？”提布尔斯问道。

“是花环，弟弟。虽然你看不见它们正戴在我们头上，但我要告诉你，如果你也能像我一样立即抛除杂念，伺奉我主耶稣，那么我相信，你也会看到这花环。”

“这是真的吗？还是在梦境？”提布尔斯惊异并且迷惑地问道，“是我的脑子得了热病产生出幻觉吗？或哥哥你真的是在对我说话？”

“是的，一切都是真的。”瓦莱里安回答道，“我是在跟你说话。

神的天使得了命令要来指导世人走向光明，如果你也能像我一样及时走出世俗灵魂的桎梏，追求我主基督的真理，那么你就能也看见这花环。否则，什么都是空说。”

——诸位，你们看，塞西莉亚就是这样用循循善诱的方式引导她的丈夫皈依了基督教，现在她的丈夫又用这真理来指导他的弟弟。据圣安布罗斯[1]这伟大的神学家记载，接受棕榈叶这一殉教标志，是件非常光荣的事。从此后，塞西莉亚一心遵从我主的教诲和教义，用善事来帮助人们，还指引她的两位亲人也走上了通往圣洁天堂的道路。

提尔布斯说道：“如果我再相信那些无用的偶然——它们不过是木头做成的，既不会动，也不会说——那么我就甘愿我主把我变成一只猛兽。”

塞西莉亚听了，亲吻了一下他的胸口说：“我有一个志同道合的丈夫，又有了一个亲密无间的朋友。从此后，我要把你们两人当作一人看待，就是那我最爱的人。为了证明这一点，我现在就请求瓦莱里安带你到原来的地方受洗。”

“原来的地方？是哪儿？”提布尔斯问。

“是能洗去你罪恶和污秽的地方，弟弟。”瓦莱里安说道，“在那里你能够有幸接受乌尔班大主教的施洗，还能够看见那天使的脸庞。”

“乌尔班？你不是在对我说着玩笑话吧，哥哥？”提布尔斯惊异地说道，“那个人已被下令要处死，为此他东躲西藏不敢在这世上光明的地方露一露，现在我们去，不是要自投死地吗？”

“害怕死亡，自然是俗人的道理。”塞西莉亚勇敢地说，“一个人只有一条生命，失去了就再也没办法找回来。但是，亲爱的弟弟，你

[1] 圣安布罗斯是意大利米兰主教（374年至397年在位），在文学、音乐方面也颇有造诣。

却不知道：信奉我主，不要害怕，因为在那肉体和灵魂合离的地方也有一条生命，就才有那永恒的灵性。

“圣父创造了万物，又把他的圣灵送给他们，圣子为人类甘受折磨。因此信奉我主的人都是有两条生命的，一条是肉体的，一条是灵魂的，而那后者则是永恒的。”

塞西莉亚说完，提布尔斯马上问道：“你刚刚不是说这世上只有一个真理，就是那万能的主耶稣基督吗，现在怎么又出现了三个。”

于是塞西莉亚就对他详细地解释了圣子是如何受圣父的恩典而诞生，又是如何为了救恕世人的原罪而甘于来这世上受一段苦难，等等情况，最后对他说：“圣父、圣子、圣灵，就像是人有记忆、想象和幻想一样，是三位一体的，也就是说，它们完全就是一种真理。”

听了这一番讲述，提布尔斯已经完全信服了我主的圣威，于是就请求他的哥哥马上带他去见那位乌尔班主教。在维亚·阿庇亚，乌尔班主教再次为这塞西莉亚送来的人施了洗，并鼓励他们做神的战士。从此后，无论是在林间田野，还是在繁华集市，提布尔斯常常能够看到一个天使跟随着他们，解答他们的一切要求，还帮助他们在那个地方行善布教。这样的情况持续了有很长时间，中间的事情我就不再一一细说了，单说那后来发生的变故。

那时候，罗马正在受着一个邪恶的异教徒的统治，他们到处在城里散布谣言，诽谤我们万能的主，还随意抓人。有一天，有几个士兵把瓦莱里安和提布尔斯抓到了他们的长官阿尔马奇面前，于是他就用酷刑审问他们，最后还下令把他们押到朱庇特的神庙前去献祭。

“要么放弃你们的信仰，要么就用自己做牺牲，二者之间只能选一。”这位长官说完，就让手下带他们到神庙前。

那位押解他们的士兵，一路上听着二人对他说的话，不禁起了仁慈的同情心。于是，他就悄悄找到那几个施刑的人，和他们商量要把那兄弟俩先带回他的家里，听听他们到底在说什么。施刑人同意了，就和他一起来到了他的家里。在那里，他们听瓦莱里安兄弟俩讲述了上帝的事迹和神圣品性后，一致为这真理所折服，于是就统统抛弃原来的信仰，改信了基督教。

这时，闻讯而来的塞西莉亚带来了教士专门为这些人施了洗，最后她对他们说：“勇敢地站起来吧，瓦莱里安和提布尔斯。你们是上帝最忠诚的信徒和最坚决的卫士，用你们的行动来换取上帝赋予你们的永生之灵吧。”说完，塞西莉亚离去，瓦莱里安和提布尔斯则被人们带到了神庙前。在盛放供奉的那个祭坛前，瓦莱里安和提布尔斯既没有哭泣也没有高声叫喊，更没有向阿尔马奇乞求说放了他们。他们是在那神圣的圣像前跪下来，引颈就戮，于是阿尔马奇就下令把他们的脑袋砍下来。

那受了洗的士兵马克西姆亲眼看到两条灵魂在众鲜花和天使的簇拥下飞上了天空，于是就把这情况对周围的人说了。他还流着眼泪把塞西莉亚说过的一些话也对这些人讲了讲，于是，当下就有好多人接受了教士的洗礼改信基督教。

阿尔马奇听说这事后，就下令把马克西姆抓起来，并用马鞭把他活活抽死，然后暴尸荒野。

在一个漆黑的晚上，塞西莉亚带着一群圣徒悄悄地来到野外，把马克西姆的尸体用白布裹起来，然后埋在了瓦莱里安和提布乌斯的身旁，也就是说，一个墓穴三个尸体。但这件事情不知怎么地又传到了阿尔马奇的耳中，于是他就叫人把那女人捉过来，说要见见她，到底是怎样的一个人。许多信徒围在塞西莉亚的身边哭喊着：“主啊，请救救你这最虔诚的臣民吧！这个世上除了她之外，再也没有更好的侍奉者了。”但塞西莉亚却一点也不畏惧地随着士兵来到了阿尔马奇面前。

阿尔马奇问她说：“你到底是一个什么样的灵魂，女人？信的是什么教？”塞西莉亚对他说：“你真是个愚蠢的人，先生，竟然问这样无知的问题。既然你把我抓来，就说明你已了解其中的缘由，凭我主基督的名义说，我又何必再回答这无聊的问题。”

阿尔马奇恼羞成怒，大声说道：“难道你就不怕我把你处死，女人？要知道我们的长官已经赋予我一切权力，可以把你随意处置。”

“你那权力不过是一个一文不值的猪膀胱罢了，有人吹气才会胀起来，而一旦有人用针刺一下，就会迅速瘪下去。”塞西莉亚说道，“至于你那些大人长官更是不值一提。他们仅仅因为我们有一个信仰，侍奉于基督耶稣就说我们是有罪的。但实际上谁都知道，我们的身体是纯洁的，我们的灵魂也没有任何罪恶。”

“狂妄的女人！你可知道你现在只有两条路可走：要么送死要么放弃信仰？我想，你总不会是愿意去死吧。”阿尔马奇问道。

“哈哈哈！你这无知的家伙，愚蠢的判官！你难道不知道，我们既然相信了那个名字的圣威，再抛弃它，就等于是从自己脚上脱下鞋来打自己的脑袋吗？既然这样，你又何必再多言呢？”

“你这个傲慢的女人，”阿尔马奇大声喊道，“相不相信我现在就可以运用手中的权力把你处死，就像对你的丈夫和弟弟提布尔斯，还有那个马克西姆一样。”

塞西莉亚用平静的口气说道：“不要再在我面前摆你那可怜的权力了，先生。要说到狂妄和傲慢，真正的人不是我而是你们。你手中的那一点点权力不过是死神对于你们做他帮手的一点报酬罢了，但你能用它剥夺我们的生命，却玷污不了我们的灵魂。”

阿尔马奇说：“再给你最后一次机会，女人！虽然你对我大力指责，但我有骑士的风度，不和你计较。我要再问你一句：你到底选择哪一条？”

“施行你的暴行吧，蠢官！虽然你口口声声说自己是骑士的代言人，但实际上我却知道，你不过是一头瞎了眼睛的蠢驴罢了。因为别人能看得清石头明明在那里，你却偏要指着它说那才是真理——你这不是瞎了是什么？

“你能容忍我的指责，我却不能容忍你对我主的诬蔑。因此，我要明明白白地告诉你：在老百姓的眼里你不过是一个失去了明智与判断力的傻瓜罢了。因为别人都知道——就连三岁的小孩子也知道——在这天上就住着一位万能的主，可你却愚蠢地坚持你的固执，这样看来，你不是一只没有头脑的苍蝇又是什么？”

塞西莉亚的话惹得阿尔马奇气急败坏，立即下令说：“把这个女人押回到她的房间去，我要亲眼看着她在浴盆里被活活烧死。”于是，兵士们就把塞西莉亚带回到她的房间，关进浴室，然后在那浴盆下放了足足能烧出一百锅沸水的柴草，并且点燃了它们。

但是我主在天上看见了，就派出使者来帮助塞西莉亚。他令大火毫不停止地在浴盆下燃烧了一天又一夜，但塞西莉亚却像没事人一样坐在那里，没有流一滴眼泪，也没有受到丝毫伤害。

阿尔马奇看了大为惊奇。但魔鬼已经掌握了他的心，令他不能从眼前的圣迹中清醒过来，所以，他就让刽子手把塞西莉亚的头砍下来。刽子手在塞西莉亚的脖颈上连砍三刀，却没把头砍下来。于是，他们都害怕地住了手，并且赶快回到了自己的家。按照当时的法例，如果对犯人连砍三刀都不能杀死他，那么为了避免他的痛苦就要停止再砍下去。这样，阿尔马奇无奈地只能放塞西莉亚回了家。

塞西莉亚躺在床上——她是被另外的基督徒们用白布缠住伤口然后抬回家的——不顾伤痛的厉害，依然对周围的人们演说着我主的业绩和伟大。最后，在第四天的早上，她让人把乌尔班大主教请来说：“我能再坚持这三天，是因为我向上帝祈求过了，为了把我身后的一些事情交代好。”她对主教说，要把家里所有的东西捐给周围的穷人，而这所房子就用来做一个小小的教堂。马尔班大主教为她祈求了上帝的保佑，然后这位圣洁的姑娘就平静地死去了。

基督徒们在乌尔班的领导下连夜把塞西莉亚葬在了圣徒的墓地，并遵照遗愿把她的屋子改成了教堂，就是那著名的圣塞西莉亚教堂。从此后，渴望贞洁与信奉我主的基督徒们就经常到那里进行礼拜——愿我主保佑他们都得到这位贞女的佑爱，阿门！

修女的故事结束。

教士随从的故事

圣塞西莉亚的故事讲完了，看看天气，不过才走了一天的四分之一。这时，从我们的背后传来一阵急促的马蹄声，于是众人就勒住马头往后看去。

两个骑马的身影像风一样朝着我们卷来。等他们走近了，才看清楚原来是一个一身黑衣的人和一个随从。从那两个人的马匹情况来看，他们一定走了很久的路程，而且还很着急，因为那两匹马都是汗迹斑斑，吐着白气，马鞍下点点滴滴地往下流着汗。但是看那穿黑衣的人的打扮，我实在猜不透他到底是干什么的。只见他一身的黑衣里面却是一件白色的法衣。也许他是一个修道院的教士吧，我想，于是我就仔细看他戴帽子的姿势。只见一顶斗大的斗篷，因为赶路着急而被推在了后背上，看那帽筒的样子，和教士的没什么不一般，于是我就断定他是一位修道院的教士。只是，他为什么那么着急地赶路呢？你看他满身灰土，额头上顶着明亮亮的汗珠，一张脸还憋得通红。

这人还在我们身后几十码远就大声喊："万幸万幸，终于把你们追上了。主保佑你们身体健康，旅途快乐！"

旅店主人问道："你为何如此着急地追赶我们呢？难道是昨天有谁赌博欠了你的钱了？"

这时，那位随从模样的人回答道："不是那样。各位，请听我来代我的主人说说原因。只因为他是一位非常好客喜欢交友的好绅士，所以在旅途上就特别希望能有许多人相陪。从今天早上你们出店，我就看出了你们是一伙，于是我就建议我的主人追上来和你们一起行走——我们相信，这旅途必定是热闹又有趣。”

旅店主人说：“你这随从，看起来就非常聪明。你定是熟悉人世间的一切人情世故，所以才会把陌生的人也如此看准。你建议得非常不错，我们正是一起旅行要到坎特伯雷去朝圣。既然你的主人是如此一个人，那我就代表我的同伴们对你们表示欢迎。只是我们的队伍里人人都要讲一个或几个故事——这样旅途才会既不寂寞又充满乐趣。所以，你们也要作好准备，为我们大家做出奉献。”

“讲故事？那你们可真是找对人了！”那个随从又接上话说。“我们的主人是个周游非常广的勇士，无论天下多么有趣的事情他都能举出一两个。如果你们都能像我一样对他有所了解，你们就会知道，他实在是个了不起的人物。”

“他了不起在哪儿呢，你能给我们说说吗？”旅店主人问道。

“要说普通事情，他是样样拿得起放得下，要说不普通的事情，他比谁做得都多。这样吧，就拿我们走的这条通往坎特伯雷的路来说，如果他愿意，他一定会让它从头到尾都铺上金子或银子。所以说，他的朋友们有很多，他们都情愿没有金银财宝或美女相伴，也不愿意失去这样一位朋友。”

“有这么神奇吗？”旅店主人吃惊地问，“那你能告诉我们他倒是做什么的吗？是读书人，或者是一位骑士、贵族？”

“他的身份比读书人要高上好几倍，贵族老爷与他比起来，也没有那份聪明的才能。”随从说。

“是吗，可看他的装束打扮不像啊！你看他穿着的衣服破又脏，骑着的老马瘦又弱，这和他那高贵体面的身份怎么相配呢？”

“这你就不懂了。难道你没听说过‘聪明反被聪明误’吗？我的老爷就正是这样一个人。”随从放低了声音说道，“但愿老天保佑让他不要发了财，聪明人过了头就应该接受一些教训。”

“既然如此，那我们就不说他的不走运了。可是你刚刚不是说他是一个本事非常大的人吗，干成了许多大事？那就请你对我们谈谈他这一方面的事情吧，再告诉我们他到底住在哪里。我想，这里所有人都希望能从中得到些经验和教训，免得在人生的路上多走一些弯路。”旅店主人又说道。

“他的城池就在城外那个人烟稀少的贫民区里，那里除了小偷盗贼卖淫妓女，就是像我们这样各色贫穷的人。”随从说道，“我们的工作就是要炼金——你们看我的脸色就知道，整天对着那样的炉子吹火，又眯着眼睛寻找金子不会有好结果。人们都说它像麦子青黄不接，又像风吹日晒在海边受苦，可他们哪里知道，就是这样，我们离那金色的真理还有很远，并且是越走越远。正因为这样，我们才从富翁变成了穷光蛋，无奈，我只好跟着我的主人去把那行骗学。我们对人说，能在一个非常奇特的大熔炉里把一块金币或一根金条炼成更多的金币和金条，于是他们就把那些金色的‘东西’借给了我们，从此后我们远走高飞，再到另一个地方，这样，我的主人就积累了很多有趣的故事。”

“原来是这样。”旅店主人说。

这时，又一阵马蹄声响，那个主人来到了随从的背后。俗话说：“做贼的人总是觉得别人也是贼。”所以，那个主人赶上来的第一句话就是：“可恶的休斯金，你又在我背后说什么坏话？有什么秘密都不能告诉你这个坏人，让你做随从真是我的不幸。”

“你要是不马上闭上你那张臭嘴，小心魔鬼会钻进去。”旅店主人说，“休斯金先生，请不要介意这个人说的话，再继续讲你的故事吧。”

“我才不会介意他的话呢。”随从说。那个主人见事情已到了他无法掌握的地步，就只好羞愧难当地骑着马快速离开了我们队伍。

“好，这样一来事情就更好了！”随从说，“我早就不想在他手下干了，只是一直没有机会找借口溜掉。想当初我上他的当，一心只想炼出金子来——这也是我太贪心的缘故，所以主说，贪婪金钱的人必定没有什么好结果，果不其然，我受尽了苦，吃尽了罪，还受人们的耻笑和责骂。愿主保佑，从今以后让我再也不要碰到他，也让他再也不能骗到一分钱，还要让魔鬼把他的灵魂捉住。各位，现在我就把我所知道和经历的事情给大家说说吧，只是故事太长，时间太短，我只能择其要而举。”

随从的故事正式开始。

过去的七年里，我的生命只有两个字：炼金。我追随着我的师傅，就是刚刚那个人，整天躲在炼金房里看熔炉。在这以前我本是非常有钱，称不上地主，算个富农，穿的衣裳是好料子做的衬衫加外套，如果颜色不再新鲜了就不再要，可自从我跟上了那个人，就只好整天戴着个破袜子当帽子，还只能跟火打交道。我眯着眼睛看炉子中有金子了没有，这样我的眼睛就变得浮肿而睡眼蒙眬。我用嘴聚起气向炉子里吹，为的是让火大一点，可长时间这样，我的脸色就变成了现在这样。唉，这炼金术真是一项害人的东西！它不仅让我家财全败，还欠了一屁股的债，这些钱我想是一辈子都还不清了。有一位聪明人说过：“骗子总是看着别人被骗上当而欢乐。”我奉劝那些自以为聪明的人千万不要相信什么炼金术人的话。他们只会让你上了贪恋钱财的魔鬼的当，把那些根本没道理的话当高深哲理，还会让你脑袋发热，一冲动就把自己的命运押在赌台上——就像我一样。

我的这些经验是我用自己的尝试和苦难得来，请各位不要对它不理睬。现在，我就来说说我们是如何炼金的。先不谈我们的试验室里有什么样的东西，雌黄、狗骨、铁片等，也不谈它们都是按什么样的比例来分配，比如说银子要七钱，黄金要一两，只说那花椒和盐磨成粉末后要和着水银和铜铁装进陶罐里，为防止走掉空气还要在它上面盖上玻璃盖儿。站在炉子旁我们焦躁又心急，等着那水银、金属及其他东西在高温下升华为黄金。可是到头来总是白忙活一场，因为没有确定的知识和手艺，所以铁还是铁，铜还是铜，水银还是水银。

我们的实验室里有各种各样的工具，有亚美尼亚的玄武赤土，有绿铜、硼砂、各种样子和成色的陶瓷铁罐，还有诸如小瓶、坩埚之类的东西，以及一些我讲不出名堂的药水和药材等。这些东西我们昼也炼，夜也炼，用水把它们的颜色先洗掉，然后分别和黏土、鸡蛋、生石灰拌起来，再加上一些粪土或尿便，然后就把它们裹上带蜡的硝石或矾，还有碱、盐等各种有强烈作用的东西。把它们装入陶罐之后，我们还要放进混有人的头发或动物的毛发的黏土，把那些酒、石油、玻璃、酵母、野菜、雌黄等，统统按比例——天知道这是什么样的比例——倒进去，然后，我们就把它们放在火上或炉中焙烤。我们期待着有奇迹出现，正像师傅讲的，酯体有四种：水银、雌黄、卤沙和硫黄，金属有七种：日是金，月是银，火是铁，水就是水银，做土星的铅，还有做木星的锡和做金星的铜，这几样东西合起来，加入一些辅料和手段，就能炼制出黄金来。只可惜，不知道是我们的手段不正确，还是在配料上出了问题，我们的试验总是一次又接着一次的失败，浪费了许多金钱和财物，却还没有发现哪个炉子里有了黄金。不过我知道，这完全是那些受了魔鬼引导的人的幻想，他把人们引入了歧途，自己却还不知道。这样的人，不管他是法术无边的法师，还是有坚强信仰的教士，任他怎么样把书中的知识和道理研究，任他把自己钱柜中的钱财全拿出来花掉，他都不会看到一种满意的结果，除了失败和贫穷外，他们将一无所获。

在炼金的行当里，还有一些东西或术语叫高腐性液体、金属锉屑或是其他什么油料、配液、相对软化或硬化等。我想，这些东西没有必要讲出来，就是魔鬼听了也会感受到不耐烦和发怒。我单是说一说我们是如何寻找炼金术的吧。

每一位炼金的大师都说，这世上有一种奇妙的方法，能把投进炉中的廉价东西变成黄金或白银。可是，我们寻遍了整个山头，还走过了英格兰好多地方,做了无数次的实验,最终却是空欢喜一场。许多次，我们以为找到了点石成金的好方法，可结果一看，不是没用的东西增加了，就是原先的黄金减少了。为此，我们每个人都成了名副其实的穷光蛋，穿着只能勉强遮体的破衣裳，吃着让人难以下咽的东西。我们的身体通常有一种难闻的铜臭味，就是远在五英里路以外，也能让人一闻就知道是我们在那里。世界上就数我们的身上最脏，连在泥水里打了几个滚的大野猪也不能与我们相比。我们的样子让人们不敢接近，他们都说:“有炼金士的地方就不是人待的地方。”你们看看，炼金把我害成了怎样的下场。

可那些炼金士总不知反省。他们自认为聪明，以为炼金术必定存在，只要意志坚定肯吃苦就能得到——这样的话他们说过不少，我想同行的各位只要细心就可能听过，这里，我决不再多加赘述。

且说我们那次次失败的结果。虽然那些师傅都认为自己的方法很正确，可结果却还是常常出丑。那些陶罐在炉火的熏烤下炸得四下乱飞，要是没有坚硬的墙壁和地面在支撑着，我想它们一定会把天空或地面炸出一个大洞来。不过，有很多的碎片还是冲破屋顶飞了出去，把那里面的东西洒了一地。人们说，魔鬼的地狱里最是噪声不断，在我看来，就是那里也不会有能震破人胸胆的巨响。

围着现场有人说，这是炉火烧得太长，所以陶罐受不了会爆炸，也有人说，这是炉火烧得太旺——天知道，一听到这样的话我就全身哆嗦，因为我正是干这一职业的。还有人说，这是配料的分量没有掌握好，或者是因为用了猪毛当材料，于是那第四个人就向他叫嚷说："蠢蛋，完全不是那回事，而是……"平常就自命不凡的人们现在个个变成了聪明的所罗门，为了找出个原因我们就不停地争吵。

这时师傅站出来说："大家别吵！失败了就要总结经验，我相信这一次定是各方面都没做好。总算是还剩下了一些材料，不枉费我们细心照料，下一次再小心一点，我相信就会有奇迹出现。现在，我们各人都拿一种工具过来，把地上的东西收拾干净，再进行实验，我不相信凭了我们所有的财富和精力，还不能找出个炼金术来。"

于是，我们就又开始忍受又一次贫穷和耻辱的折磨。

上天哪，听我忠告一句吧，"聪明人碰上了炼金士也会变得不聪明"。要是不相信，就请听我来说第二个故事。

我们那里有一个大教士，是鼎鼎有名的大骗子。他有着其他人所没有的聪明才智，只可惜他把那东西用在了与人行骗的行当上，所以提起他我就感到有难言的羞耻——诸位请想想，能让我这张因为吹炉火而变得铁青且没有血色的脸感到潮红，那不是极羞耻的事情又是什么？这大骗子有哄骗整个城市的本事。就是把那著名的大城罗马、特洛伊、尼尼微和亚历山大城统统加起来，所有人的智慧也没有他的一半强。他能把黑的说成是白的、把对的说成是错的，在这一点上就是魔鬼也不能相比。我想，即使我是一个有敏捷才思的读书人或学者，再活一百年恐怕也不可能把他的丑事完全记下来。

各位修道院里的修士教士，请不要以为我这是在影射你们。含沙射影的事我不会做，就是我主基督的门徒里还有犹大这个叛徒。所以即使你们的修道院里有这样的败坏门风者，也请你们不要完全把责任拉到自己身上来。我主不会因为一个人身上有一点腐肉就让他把全身的肌肉都割下来，对这种人你们只需把他远远赶出修道院大门即可，否则，你们或你们身边的哪一个人陷进了那样人的口蜜腹剑里，还在那里沾沾自喜。

且说就在那个教士居住的城里还有这样一个副教士，就是教士们的助手。他因为靠了一个有钱的老婆，所以生活过得倒也很殷实。对女人他从来不小气，对朋友更是慷慨又大度。有一天，这个大教士来到这个副教士家里对他说："亲爱的朋友，听说你是这城里最豪爽的绅士，有着大主教都没有的风度。我最近因为资助了一个穷苦的寡妇，所以就变得身无分文。请你看在我们共同侍奉我主的面上借我一百马克[1]吧，三天后如果我还不归还，情愿你用绳索把我吊死或交到法庭上接受羞辱。"

副教士豪爽地拿出钱借给了教士。果然，三天不到那教士就来重敲他家的门，并且在他的手上还托着一百马克银子。

"大教士你可真是一位讲信用守诺言的真君子，这样的人我最喜欢结交为朋友。从此后要是你有什么困难就再来找我，我敢发誓，这里的一切全供你分享。"副教士说。

大教士说："我主说，欺瞒人的人最不能饶恕，我绝对是这教条的尊奉者。自从入了教士的门以来，我就不知道欺骗是何物，每天晚上在做睡前祈祷时我总是这样说：'愿主判定我今天有无罪恶。'借钱给我的人都是世上心地最好的人，看在这一点上我往往不让他们吃一点的亏，而且，还会以更大的代价来报答他们，比如说：如果你愿意，

[1] 在欧洲历史上，马克曾是很多国家的货币单位乃至金银重量单位，实际价值相差很大。

我将把我手艺中的一项绝活教给你。”

啧啧！请听这教士说的美妙动听的话吧，猎人张开了网就只等着狐狸来往里钻！这自以为聪明的副教士被贪欲蒙住了双眼，于是就相信了自己遇到了好运，问道:“是什么样的手艺啊，您能否演示一下？”

教士说:“先生，请吩咐人赶快去拿二三两水银吧，再拿些煤炭，这样你就会看到有奇迹发生。”

副教士马上吩咐仆人去做这些事，没有多长时间，一切准备好了。这时大教士说:“这是种秘密的炼金术，古往今来没几个人知道。我会让流动的水银不再流动，从此就变成你我常用的白花花银子，还要把这个秘密教给你。现在，请把你那个仆人支走吧，俗话说，秘密的事知道的人越少越好。

“我会让你从此后变成大富翁，要是不灵，情愿受你惩罚流放出城。”副教士听了欢天喜地，急急把仆人支开就关上了房门，大教士从怀中摸出一个坩埚来递给副教士，说:“奇迹就在这里。”然后又摸出一小包黄不黄、白不白的粉末来说:“这是价钱很高的神力之粉，在炼金的时候要用到。现在就请你亲自把这锅端好吧，看着点，免得说我是在欺骗你。”

“好，好，好！”副教士说，心中比吃了蜜还甜。

大教士说:“把煤炭堆高！”副教士照做。“把神粉加倒！”副教士亦办。就在副教士弯下腰搬煤炭的时候，大教士从怀中掏出一块用山毛榉烧成的炭——愿万能的主惩罚这骗人的大魔鬼，就在他那山毛榉上的一端凿有一个小洞。洞中提前被塞进了一些细小的银子屑（那也是银子），分量不多不少整一两。洞口用蜡封得好，不让一点银屑露出来，还不会被任何人看出来。这教士就是这样用鬼把戏骗人，在来这里之前——我要明明确确地告诉你们——他已经做好准备要把这副教士刮干。大教士把他的木炭混在了副教士搬来的木炭中，然后就对副教士大喊说：“朋友，你做得不对，煤炭太高了！我来帮你一把吧！”说着，他把那煤炭取掉一点，加上火，用袖子擦了擦额头的汗，装出一副很卖力的样子。

“等着吧，等所有的木炭着了火，就会有银子从那些水银中分离出来。让我们喝口酒等着大功告成吧。”大教士说这话一点没错，银子再烧也还是银子。只可惜那副教士好像被猪油蒙住了心窍，以为木炭就是木炭，水银还是水银。没想到这其中早做了手脚。

“现在，去端一大盆水来，”教士说，“要加进墨炭看不见底，这样才经得起澄和滤。为了表示我没有在其中做手脚，我情愿和你把门关上出去一遭。”这样，他们二人就锁了门，副教士还不忘把钥匙揣在自己的怀里。等到坩埚烧红了的时候，锅中的木炭已经燃尽，这时大教士把整个东西端起来，朝水中一倒，然后对副教士喊道：“快，朝水里去摸一摸，要是没有银子或银屑，我甘愿受罚！”

“圣母马利亚啊、圣灵、圣主，在天的圣父！愿你们一切神都来保佑这教士长命百岁，好让他从此把这炼金术流传于世！”副教士大喊道，因为他确确实实摸到了成色很纯的白花花银子。

“不要高兴得太早，如果你把机密泄露出去，我定会遭到天谴，再受天打五雷劈。”大教士说。

“我一定不会说，我发誓。”副教士说。

“那好吧，现在我就再来演示一下，让你从中学到窍门。”教士说。根据教士的吩咐，那副教士又吹火又端水忙活了一通。这时大教士从怀中摸出一根铁棒来——愿我主让奇迹发生，把这个铁棒的秘密也揭露出来。那铁棒的顶端也有一个小孔，里面塞了些银屑，外面还用蜡封好。所有人都知道蜡遇火会融化，当这教士用铁棒假装去拨那个木炭时，银屑就自然落到了锅里。

这时教士让副教士再把那锅里的东西倒到水里，伸手一摸就出现了银子。副教士高兴得两眼笑到了耳朵后面，急急忙忙恳求大教士把他的秘方卖给他。

“我这秘方可是价钱贵得很，这世上除了一个托钵修士外，就只我知道。为让你能心中毫无疑虑地去学它，我还要再为你演示另一番奥妙。”教士说，让那主人去找一些铜块来，“不用多，不用少，一两二两刚刚好，我会让你看到铜块也能变金子，这样你就不会说我是在骗你。”教士把刚刚那些骗人的把戏重要了一遍，吹火、弯腰、撒金粉，等等。这样的东西我已经说很详细，每个人都明白那其中的道理。只愿我主能让那副教士开开眼，看看他是如何受到了骗——那教士趁他弯腰吹火的时候，又从怀中悄悄摸出一块一二两的金子来放到盆中，然后就去喊那副教士说:“够了，朋友，快快把手拿到水中去，摸一摸，有什么东西？”火热的坩埚在水中冒起一层白气，副教士顾不得烫手就伸进去把一块金子拿起。随后他在那装模作样的教士引导下去找金银匠鉴别金子和银子的成色，一进门，他就关上房门再次恳求教士能把他的炼金术卖给他。

“既然你已经成为我的朋友，看在你借钱给我的分儿上，我就削价把它给你吧——四十英镑，一分都不能少，我还要用它去酬谢那把秘密给了我的人。”

副教士毫不犹豫地付出了大量的金币——比四十英镑还要多。在他那贪婪的心中认为，有了炼金术就不愁不会有更多的金子和银子来到，

所以即使再给我一张灵巧嘴，也不能把他的愚蠢和悲惨述说尽。“这秘密是天下最紧要的东西，你要保证绝不说出去。否则我将被人耻笑为骗子和恶徒，你会被诅咒为魔鬼。”说完后，教士急急忙忙和副教士分了手，从此后再没见面，只留下糊涂的炼金士整天躲在炉房中——像我一样——过了一年又一年。

各位，副教士的结果不用说也想得到：散尽了金钱又消瘦了身体，在这里，我只想把各位来提醒。

就是法国的阿诺德[1]或者炼金术的祖师赫米斯都不能把水银、汞和硫黄、木炭这类的东西合在一起，变成金银，谁要是相信了炼金士的话，谁就是蠢人。

柏拉图有一位学生曾经这样问老师说：“请问，神奇石是什么东西？”

柏拉图回答说：“是钛。”

“那钛是什么？”

“是镁。”

“镁是什么？”

“是四种东西组合成的水。”

“这水是什么？”

柏拉图说：“既然天主都不愿意把这个秘密泄露给任何一个人知道，我又怎么能知道呢？”

各位，既然天主都不愿把这个秘密泄露给我们知道，那炼金术士们又是如何知道的呢？在这里我就以这句话来提醒诸位：请当心炼金士！世上已经花去了很多的金钱，这都是炼金术士们的杰作，即使他们再诚恳再聪明也不能把那其中的奥妙说得清清楚楚，所以蒙住了心，听从他们的安排就只会把家产荡尽。

有多少富有的人因为炼金瘪了钱袋，有多少平和的人因为炼金成了不能靠近的火山。有多少人因为炼金从欢乐变得忧伤，有多少人因为炼金招致人家诅咒。炼金的人们啊，醒醒眼吧，不要再把骗子当上帝，不要因为贪婪金钱就把命送掉。我们每一个人都不能说

[1] 阿诺德（1235—1314）是法国一位医生、神学家。

自己的聪明比上帝还高，所以，既然上帝都不能把这个秘密泄露出去，那我们又如何能从别人那里偷到？还是那句话：上帝会让贪婪的人被火烧死。

教士随从的故事结束。

食堂采办的故事

走到那个叫疙里疙瘩的村子，离坎特伯雷已经不远。长途的旅行让所有人都感到身心疲乏，但没有人像那位大厨师一样，才刚刚起床就已在马上东倒西歪。

“你这只偷吃别人骨头的大懒贼，是什么让你如此萎靡不振？是跳蚤和虱子咬得你彻夜不眠，还是妓女和婊子榨得你身体枯干？或者，你又偷喝了谁家准备的好酒，才这样走一走晃一晃，像是母猪的奶子一样？”旅店主人打趣地说，“接下来轮到你讲一个故事了，醒醒酒，接受惩罚吧——以我主的名誉发誓，你这样下去，准会从马上摔一跤。”

旅店主人的话还没说完，就听得扑通一声，一个庞大的身躯已经从马上栽了下来。众人忍不住一阵哈哈大笑，然后跳下马，七手八脚地连拖带抬把那个厨师沉重的身体搬上马背。

“旅店主人先生，我也不知道是怎么回事。”厨师苍白着一张脸，两眼迷迷糊糊地瞪着众人说——看来他还没有从那样的突发事件中清醒过来，“我也不知道怎么会这样全身无力，只想着睡觉。但愿上帝现在就能给我一张床，就是拿一加仑的好酒我也不换它。”

“厨师先生，还是睡你的觉吧。看你大张着嘴巴的丑样子，就是一打的魔鬼也能钻进去。我知道你的口中喷出的正是隔夜酒的臭气，你那摇晃的身子就好像是要去参加骑马射刺[1]的比赛——事实上谁都知道，你现在不过是一只喝醉酒的猴子。”那个在修道院里任食堂采购的伙计大声讽刺道，“看在你身体不舒适——这一点谁都能看出来——的面子上，如果旅店主人以及各位同行朋友同意的话，我就先替你讲一个故事吧。正如塞内加所说的：一个醉鬼和一个疯子之间并没有区别。我可不想让一个神志不清的人来为我们做一次长途训诫，愿主保佑，不要让魔鬼把你的灵魂也带走。”

采购的话让厨师气得脸上发胀，呼吸变粗，却没有力气出来反驳。于是旅店主人说：“采购先生的话没有错。我敢以我灵魂的名义发誓，要是让这个醉鬼出来讲故事的话，肯定会是一口浓重的酒气加鼻音。既然那样，我们何不请采购先生先代替他讲一个故事呢，只是你这位先生说话也太刻薄了一点。你就不怕他有朝一日记起了你的仇来报复你？要知道你的账单上，无论是多么微小的一笔进出款，都有可能让他找出把柄来。”

旅店主人的话让采购伙计吃了一惊，赶忙赔笑说道：“那可真是要了我的命！愿主保佑，千万不要让这个混沌的脑袋把这记住，为了保险，我情愿拿我的一壶美酒出来交换。但愿它能让他变得欢心，从此后再不会对我说不。”

正如他所祈祷的一样，这个糊涂的厨师一听到有美酒喝，马上就变得笑逐颜开。接过伙计递过来的酒葫芦，对着嘴一通好灌，最后边吹“号角”还边对伙计感激不尽。

于是，旅店主人说：“巴克思先生[2]的智力最令人赞叹，他能令紧

---

[1] 骑马射刺是中世纪的武士常做的一种练习。这种靶装在可围绕中心旋转的横木的一端，横木的另一端则装有沙袋。做这种练习时，武士骑着马飞跑过去，用手中的矛去刺靶，但同时又要避免刺中靶后被旋转过来的那个沙袋击中。

[2] 巴克思为采办的名字。

张的气氛顿化乌有。既然美酒的功效有这么大，那我们以后出门的时候一定要多带上它几桶。现在，巴克思先生，就请你讲你的故事吧！”

食堂采办的故事正式开始。

伟大的太阳之神、诗歌与乐律的主宰，福玻斯[1]！你是全天下最美丽的男子，有无上的风度和气概！你那美妙的歌喉无人能比，就是以唱歌出名的安菲翁——那位底比斯的国王来了，也不敢在你面前张开嘴巴。你的英勇更是武士们向往的品性，据说，你用你背上那张带金的弓箭曾经把巨蟒杀死，还用它的皮做成衣裳，用它的肉来喂你的大鸦。你那只美丽的大鸦本是乌鸦的祖先，在受到诅咒以前长得就像天鹅一样。一身雪白的羽毛长又软，一双眼睛比灯光还明亮。它那一副美丽的歌喉任由人世间哪一位以歌唱著名的歌手来相比，都不可能有获胜的机会，就是它那学舌的舌头也比任何一位以研究语言出名的语言家的舌头灵活。它常常用它聪明的眼睛来分辨主人的欢乐与忧愁，还用吐字清晰的嗓音来为他解闷与解忧。所以，它是主人心中最宠幸的动物，除了女主人外，主人最爱的就是它。

福玻斯有一位美丽的妻子，面容长得好比是爱神美神维纳斯，身肢犹如那个挑起战争的海伦。福玻斯喜欢她就像喜欢自己的名誉一样，爱护她比爱护自己的生命还重要。在他看来，妻子就是他的全世界，为她就是做奴仆也值得。可怜的男人啊，不幸陷入了所有男人的旋涡里，对这样的女人如何能不加看守，没有嫉妒心？

贤人有这样一句誓言：“淫荡的女人就是再约束也还是淫荡，贤淑的女人加以看管就是亵渎。”淫荡或守贞是女人的天性，从一出妈妈

[1] 福玻斯是希腊神话中的太阳与诗歌、音乐之神。

的身体就已铸定。任是你以美酒来讨她的欢心，以美丽的衣服或珍宝来取悦她，或是甘于把你那坚强的英雄气概来毁灭，做她的小奴仆，在她不喜欢你的时候，你还是会从她们心里消失掉，这就是人类的天性，是所有自然动物的特征。

猫儿喜欢吃老鼠，这是人所共知的，你每天以鲜鱼和肥肉来喂食它，可一旦看到墙角有老鼠溜过，它还是会扔下那些东西就跑过去。

再说那笼中的鸟。本来上帝把它创造的时候，就是放在了天空，可人类为了自己喜好竟把它关在了笼中。任你是金丝银巢，任你是百般调教，任你是对它千呵万护，饿了喂清水美食，冷了搬进家里，还为它把羽毛梳理得光又亮，可它还是抬头向往着天空。除非你把它的翅膀剪短了，否则一打开笼门它就会飞离你而去。

还有那最挑剔的狼，到了春来发情的时候，就是声名最狼藉的公狼它也不嫌弃。当然，我这并不是要批评那些不知廉耻的女人们，而是说人们都有采花偷腥的贼心。守护着家里美丽、温柔又贤惠的妻子在那儿，他还是偷窥着路边的野花，为了那可诅咒的邪恶情欲，他们甘于抛弃以前的海誓山盟——这就是男人的本性！

男人女人都有本性，福玻斯的妻子就是淫荡的一种。

天知道，她怎么会看上那论才貌和气概都不及福玻斯万分之一的无赖啊，为鬼混她还把丈夫支开。

各位，请恕我用了如此粗俗的字眼，在叙说伟大的福玻斯的故事的时候。可事实就是那样，柏拉图在他的著作里说："语言表达必须切实符合事实本身。"要我说，一个淫夫，一个荡妇，就是他们最好的称呼。人们把与贵族富人通奸的那人称作情夫，把与穷人乞丐相好的那人称作姘头或姘妇，这只是用词的不同罢了，其失了身的贵妇同那卖淫的妓姘没有什么两样。

国王的随从把他们的敌人称作流寇贼子，把主人称为贵族或国王，一旦那些贼子或流寇做了皇帝，他们这些人也得被称作是叛逆者或下贱人。国王与流寇没有什么区别，只是一个权力大一个势力强，要比起谁做下的杀人放火的事多来，国王的那一方面往往比流寇和贼子还要厉害。

这就是用词的不同，实质上人们都知道它背后的含义。福玻斯的妻子与人相好，我们就称她为荡妇，这并没有什么不妥。只可怜那英勇的福玻斯不知道自己被人欺骗，还一心讨着妻子的欢心，只有那只聪明的大鸟把一切都看在了眼里。

有一天，福玻斯从外面回来，大鸟就对他唱道："大乌龟，绿王八！大乌龟，绿王八！"福玻斯问道："鸟啊鸟，你今天这是怎么啦？平常你总是在我进门的时候唱出欢乐的歌声把我迎接，可今天我却听见你的喉间有哽咽声。"

鸟说："伟大的福玻斯啊，这是我在为你悲伤。虽然你有家财万贯，有强健的身体，美丽的容貌，还有能歌善舞的好品性，可你却管不住身边的一只毒蝎啊，在你出门的时候，她总是同别的男人上床。"

福玻斯一听，不由得怒火中烧，他感到自己的心破成了几片，高贵的声誉受到了损毁。更何况这大鸟还在一直不停地说着"我亲眼看到你的妻子和别人上床"，于是，他就迅速拔出弓搭上箭向他的妻子射去。美丽的身躯倒下了，淫荡的灵魂离开了他那小屋。福玻斯把弓箭与竖琴统统摔倒在地上，蹲下来看着自己心中美丽的太阳，不由得感到一阵后悔。

他对爱鸟大鸦说："你这个可恶的贼子！我以前对你是那么好，可今天你却用那挑拨离间的舌头毁了我的生命！没有爱妻我怎么度过以后的日子啊，因为你我竟犯下这不可饶恕的罪过。我的妻子啊，我心中美丽的神！你是我一生最爱的女子和灵魂，我敢发誓，凭着以前你对我的忠实和温顺，你的声誉完全是清白的。都怪我这只鲁莽的手，听信了阴险狡诈的可恶的鸟的话，竟亲手用箭把你射杀。

“这定是打猎的疲劳把我的脑袋弄糊涂，竟毫无思考就杀害生命。

“神志不清的人们啊，我告诫你们，千万不要因为一时的怒火就把心中喜欢的人来否定，也不要一时冲动就伸出你没有管束的双手。俗话说，做事要三思而后行，取得决定之前，先好好想想你所面对和经历过的每一件事吧。”

福玻斯又诅咒大鸟说：“凭着上天的公理，我要让你这只心怀诡念的大鸟受到报应。我诅咒你把夜莺般的嗓子毁掉，从此后不仅不能唱歌也绝不会说话。还要诅咒你，因为行为可恶，所以要失去那一身洁白的羽毛，愿天主用墨云把那身体变成墨炭。还有，你的子子孙孙都要像你一样，再也不能在金丝雀巢里，除了树上，在暴风雨狂啸的夜里，你们无处可躲。”说着，福玻斯奔过去把那只鸟捉住，拔下它的羽毛，用火把它的身体烧成焦炭状，然后把它抛到了门外。

“下地狱去吧！”福玻斯说，从此后所有的大鸟就变成了乌鸦。

各位，请听听我母亲是如何教训我的吧，因为我没有文化不知道道理，所以她就时时拿经验对我训诫。她说：“要想保住你的身体和名誉，就千万不要对人说三道四，更不要对人说他的老婆和别的男人上了床。俗话说，祸从口出。上帝创造了牙齿和嘴唇，就是用来管住那多事的舌头。”人的舌头好比一条毒蛇，能把人世间一切美好的东西都毁灭。多少人因为多嘴多舌或喋喋不休，把把柄落在了听话者的手中，对此，你要吸取教训，千万不要当一个长舌妇。舌头是用来祈祷上帝和祝福人们的，学所罗门、大卫和塞内加吧，或者是那些佛兰芒[1]的谚语。

要知道，说出去的话犹如泼出去的水，再也收不回来，你一旦说

[1] 佛兰芒是比利时的两个民族之一。

出了对别人不利的消息，就一定要当心人家的报复。想想乌鸦的故事吧，要是有人对你说别人的坏话，你要假装是聋子听不见而不可开口，这样才不会像乌鸦一样，得到可悲的下场。

食堂采办的故事至此结束。

教区主管的故事

当太阳斜斜地挂在那西边的天空，坐在马上不用我们抬头也能看见的时候，食堂采办的故事终于结束了。根据我在地上的影子的长度——那长度有十一英尺左右，是我身高的两倍，以及那太阳和地面的角度，我可以初步断定，现在是下午四点钟光景。这时，我们正要走到一个小村子里，旅店主人开口说道："诸位，到现在为止，我们的故事已基本讲完——就是说，再多一个故事的话，我们这旅程就要圆满结束，而我做裁判的任务也可以交卸了。凭着上帝的圣誉说，无论是骑士先生，还是律师先生，或者是那位令人尊敬的修女院院长嬷嬷，你们的故事都讲得很不错。只是这所有人中还有一个人没开口，就是那位教士先生，我想，这最后一个故事就交由他来说吧。"

旅店主人把目光转向那位教士，说："牧师先生，或者是教士先生，看你在那里沉思已久，定是在为那些教区里的俗事而烦心吧？我看你气定神闲，穿着不凡，定是一位教堂里的管事，因此恳求你把你肚中那些经历过的好事或解决过的纠纷给我们讲一个吧，凭圣骨保证，你心中一定有好东西。"

教区主管回答说："不要指望我会讲一些没用的街头趣闻，诸位。就像圣保罗告诫我们的，说话时不要凭空想象，做事情不能脱离现实。播下什么样的种子就会有什么样的收获。既然我必须花力气动口来说，而大家也要分心思来听，那我们何不来点实际的呢？抛却那些虚情假意的东西吧，让我来给大家说一段有道德教育意义的内容。

“只是，我这个人是典型的出生在南方的那种人，绝不会一点北方的‘叮—叮—咚’韵[1]，也不会那种尾巴地方押韵的东西，所以只有以散文的形式来给大家讲一点东西——就是那种指引我们通向完美的圣洁之路耶路撒冷的道德说教，不知你们诸位可否愿意听。

“如果愿意，我已经准备好了，就以《思想录》来为它命名——因为我并没有认真细致地考虑过，并且也只是择其大意而讲，所以其中难免有不足之处，希望诸位能不吝赐教。如果诸位不同意，那就请让旅店主人先生告诉我吧，我决不会由此而有一点怨言或不愉快，因为有哲人说过，各人有各爱。”

我们听了，都感到这个提议不错。就像那些写书的一样，在结尾之处总要有一些概括性的东西，所以在这个大故事集会中，如果要是有一点最后的说教的话，那么这次旅行也可以真正称得上是完满结束了。于是我们众人就请旅店主人代我们向教区主管先生表示同意和赞成。旅店主人说：“开始讲吧，教士先生。愿上帝赐恩于你，让你那圣洁的思想照亮我们每个人的心灵。现在天气已经不早了，请抓紧时间吧。”

由此，教区主管先生开始讲他的《思想录》。

[1] 最早的英诗是一种头韵体诗歌，即诗行中读重音的词以相同的辅音或元音开头，因此听上去节奏分明有力，这里作者以三个押头韵的字模仿这一特点。

一、忏悔与痛悔[1]

“你们当站在路上察看，访问古道，那是善道，便行在其间。这样，你们心里必得安息……”（《旧约全书·耶利米书》）

诸位，我以这句话开头，是想告诉你们，虽然我主因为罪孽而惩罚了许多人，但这并不是表示他想消灭全人类——那样就和他按照自己的形象创造人类的初衷相悖离。他通过惩罚这种途径，以及让许多圣哲之人为人们讲经说道，这种方法，其目的只有一个，就是如我上面那句话中所指出的：访问古道，我们便得心灵安息。

通往神圣而永恒的我主之殿有许多途径，对男人或女人来说，无论他们曾经犯下了什么不可饶恕的罪过，有一条途径最值得拿来运行的，那就是“忏悔”。

下面我就来说说什么叫忏悔，为什么要忏悔，忏悔有什么样的方式或作用，以及哪些事对忏悔来说是至关重要的，而哪些事却是可以忽略的。

圣安布罗斯[2]说过：“忏悔是一个人为他犯下的罪孽表示悔恨，并下决心不再犯同样的错。”另一位有才智的人也说过：“忏悔表明一个犯下过错的人甘愿受到主的惩罚。”从他们的话中我们可以看出，忏悔就是一个人为他自己所犯下的罪孽或过错，真正伤心痛苦而且感到后悔，由此他希望能坦白地对主承认自己的行为并要求惩罚。对于忏悔的人，我们可以通过做苦行让他来赎罪，但最主要的还是要让他从此后多做好事、善事。就像圣伊西多尔[3]说的：“同样的错误再犯第二次，这表明他既是在对自己嘲弄，也是在对主撒谎。”一个做过忏悔的人

[1] 题目为译者加。

[2] 见《修女的故事》注。

[3] 圣伊西多尔（？—636）是西班牙基督教神学家、西方拉丁教父、大主教及学者。

如果不能接受教训，还继续为恶，那么他的忏悔就是无效的，也就是说主将不再为他以后的行为做出保障。

人们都希望自己在犯过错误之后能够得到宽恕，就像人刚学走路的时候跌倒了就想爬起来。但是要想真正让心灵得到平和，让自己的灵魂在脱离肉体后能飞到主的身边，做忏悔向主表明自己的悔恨，主固然会因为他的事后反省而给予他一定的饶恕，但是对主来说，最喜欢的人，并且已经得到肯定能在死后飞入天堂的人，却是那些从一开始就在魔鬼找上他们之前先远离了罪孽的人。与那前一种途径比起来，这后一种做事的方式更稳妥。

不过，对于那些已经犯下过错的人来说，做忏悔还是必要的。做忏悔需要注意三点,第一,就是要在犯罪之后接受洗礼。圣奥古斯丁说："除非以前的罪孽都已全部清除，否则他以后的日子就总是有污点。"施洗正是为了消除以前犯下的罪孽，还给他一个从此清白的人生。如果一个人在做了忏悔之后没有接受洗礼，那么虽然他的话上帝听见了，但却并没有宽恕他所做下的事。因此，直到第二次真正受洗之前，这个人的生命都是在罪孽中行走。需要注意的第二点是：一个人在接受洗礼之后不能再犯重罪。第三点是一个人受洗之后还可能天天都犯一些可宽恕的罪行。对于这后两点，人人都是不可避免的，虽然主教导我们不要那样做，但诸位知道，事实上每个人都有可以犯重罪或再犯一些小小的过错。为此，主创造了另一种形式，就是每天做一次忏悔。

忏悔有三种类型：公开的、集体的、私下的。公开的就是在大斋节中由神圣教会逐出教门，或当众宣布这人有罪，然后让他公开忏悔。这两种形式都是针对那种犯有杀死孩子或其他重罪的人的，而对于那些有关集体整个声誉和罪行的事，则采用第二种方式：集体忏悔，比如说让人们集体赤脚或赤体去朝圣。第三种类型是私下忏悔，这是我们生活中最常见的，就是让犯下罪孽的人亲自去找教士或牧师，在私下里向他们坦白自己的罪行，并通过他们向上帝祈求宽恕。

根据圣约翰·克里索斯托[1]的话：“一个人心里痛悔、口头坦白并肯苦行赎罪，那么忏悔能使他愉快地接受加在他身上的每一种惩罚，并做出种种谦恭的行动。”我们可以把忏悔归结为三部分：认知中的痛悔、表层的坦白和深入的赎罪。这是一次真正忏悔所必不可少的三部分。就像一棵大树一样，真正的忏悔总是对三件不可轻易饶恕的罪行有效果：思想上的贪逸恶劳、语言上的粗鲁莽撞和行为上的邪恶不善。它们是最能惹主生气的三件事。

我主基督说：“结出与忏悔相当的果实。”作为忏悔的这棵大树，不仅像一般的树一样有根有叶还有果实。那心底里，在认知上感到痛苦的悔恨就是这棵树的根，它深深地植在一个人的心中，并不为其他人所看到，这树的枝叶我们称它为坦白叶，也就是说就像那些真正的树枝一样，只有通过口头言辞上的坦白，人们才能明白这个人到底犯下了什么样的过错，而且他的悔恨程度有多深。当然这后一点还要靠那树上结出的善的果实才能完全看清楚。我主说：“透过果实，可以了解他们。”就是上面这层意思的总结。

在忏悔之树的果实中，还有一种并不单单是这个赎罪人的行为所结，而是来自神的恩赐，它就是那授予永恒欢乐的期望。一个人因为自己的真心忏悔得到了主的宽恕，而主为了让他能够在以后的日子继续记住这所犯下的罪过并时时准备去行善事，就在他那些果子的旁边又赐给他一些果子。这些果子，就像所罗门所说的“敬畏神并远离罪恶”，它们是所有行为的根本保证，能够时时提醒一个人去遵照神的律法行事。小孩子在吮吸母汁的时候认为母汁是最好的东西。如果在那

[1] 圣约翰·克里索斯托（347—407）是希腊教父，君士坦丁堡牧首（398至404年在位）。擅辞令，有“金口”之誉。因急于改革而触怒豪门权贵，被流放至死。

母汁里加入了其他东西，那么他便认为天底下再也没有比这更难吃的东西了，从此后就会远离母汁。同样道理，一个人在作恶的时候，总是认为作恶才是天下最好的事情，而一旦他经过忏悔认识到了自己的罪孽，那么他便会认为罪恶实在是天底下最难容忍的事情，从此就远离了最恶。我们所说的这神赐之果就是这个意思。无论什么人，在经过忏悔之后明白了作恶是一种不可宽恕的行为，这时再赐给他一些律法来依照，那么他以后的行为便会像先知大卫所说的那样，热爱神的律法而远离罪恶与仇恨。尼布甲尼撒王在接收到先知但以理的建议而赎罪的时候，就看见了这让人走上正路的精神之树，所以说，忏悔就是让人重生的好途径。下面，我们详细地说一说这忏悔途径中的第一步：认知上的或者说心灵上的痛恨。看看到底什么才算是真正的痛悔，促使人痛悔的原因有哪些，以及一个人应该怎么样痛悔和什么样的痛悔对心灵有好处。什么是痛悔。圣贝尔纳说，痛悔就是一个人从心里所发出的那种对他所犯下的罪孽深深后悔并感到痛苦的心情，以及由此而想到要坦白并付诸实践的行动来救赎的强烈感情。痛悔之人应该认识到，正是由于他冒犯了三位一体的主，所以这种感情才是不可避免而且强烈的：我主按照他的形象创造了这个人，他却用自己的行为玷污了这个形象；我主把他的圣灵降诸每个人身上，但这人却亵渎了它；我主基督用他的圣血来为世人解除困难和痛苦，他却冒犯了他。

促使人痛悔的原因，有六种。首先，是一个人应该记住自己所犯下的罪过。先知以西结[1]曾说：“你应当记住你走过的路并感到羞耻。”他这里是说“羞耻”，而不是“快乐”或“得意”，所以这第一个原因的目的就是为了让人在对他罪恶的回顾中感到羞耻与不可容忍，从而

[1] 以西结为公元前6世纪的以色列祭司和先知，相传《旧约全书》中的《以西结书》是其所作。

促使他改邪归正。我主在《启示录》中这样说：“记住你是从哪里跌落的。”这表明，一个人在跌落到犯罪的旋涡中之前，是生活在天堂或人间仙世里的，这时他们受到神的庇佑并为众天使们所喜欢，可一旦他们由于受了那有蛇的声音的魔鬼的诱惑，犯下了过错，他们就会变得面目丑陋行为可憎起来，神就会把他们打下天堂，坠入地狱，做了那魔鬼之火的柴料。所以一个人就该时时记起他以前所犯下的罪恶并为之痛悔，而不要做一个像牛一样不断吃进去又吐出来的罪人，也不要做一个像猪一样和它自己的粪便生活在一起的人。

使一个人痛悔的第二个原因，是他对那罪恶以及犯罪之人的鄙视。圣彼得[1]说：“犯了罪的人就成了罪孽的奴隶。”是啊，罪恶确实把人置于不能自拔的奴隶地位。越是位高权重的人，一旦从那享有华贵衣服、舒适生活、自由空间的宝座上掉下来，就越是陷得深；而越是看不起别人犯罪的人，一旦犯上了罪就更会被人看不起。所以我们应该时时审视自己的行为，夜夜向上帝祷告，就像先知以西结说的：“我悲伤地走过，怀着对自己的鄙视。”

塞内加也有话常常被人引来用，就是：“即使我能做出最好的、天衣无缝的罪恶，我还是不屑于去犯罪。”他还说：“我生来不做肉体的奴隶，也不做奴隶的肉体，我要高于这二者。”看看，这话是多么符合我主的教导。一个人无论是高贵还是卑贱，如果他不珍惜主赐给他们的灵魂、身体、地位和智力，而是要去用犯罪和神对抗，那么他的下场必然是得不到神的保佑，要遭到所有人的耻笑与排斥。所以，我提醒大家一句话：千万不要去做那猪鼻子上的金环，因为它只会用它来拱粪坑而不会去做其他有益的事情。

[1] 圣彼得是《圣经》中的人物，原为耶稣的十二使徒之一，耶稣死后，他是众使徒之首，后在罗马殉教。

对最后审判的恐惧和对可能遭受到的地狱之罚的恐惧，是促使一个人痛悔的第三个原因。圣哲罗姆说：“每当我想起那最后的审判日，耳边就会不由自主地回响起让死者起来去接受审判的号角，为此我心惊胆战不寒而栗。”是啊，对于那上有万能神明，下有地狱恶魔，左有搜魂小鬼，右有自我心灵折磨的审判庭堂，有哪一个人会不为之而战栗呢？圣保罗说：“我们都将在那个地方，就是我主基督的宝座前，接受神官们的审判。”这些神官们由于受神主耶稣的引导，对世间一切人物的欢乐与痛苦、罪恶与行善都了然于心，所以他们都能清楚地做到办案公正、处事明断。而且，由于他们本身就是心灵纯净的化身，所以绝不会去接受无论哪个人的说情或贿赂。因此所罗门说：“神的审判不会放过任何罪人，哪怕他哭乞，哪怕他献祭。”而圣贝尔纳也说：“那时，任何的手段和花招都摆脱不了受惩罚的命运。”圣安塞姆[1]说：“罪恶的人天地不容。无论是在哪里——陆地、海洋、天空——主都会放出地震、海潮或雷电轰出来。”因此，不可避免地，他就要面对那众目睽睽之下的审判了。想想吧，对于那充满了正义与惩罚的最后审判日有谁会欣喜而不害怕呢？约伯说：“主啊，请再给我一点时间，让我在进入那充满死之阴影、既没有法规又无秩序的黑暗和苦难之地前，先痛哭一场吧。”是啊，既然我主给了我们一生的时间来为我们的灵魂痛悔和赎罪，为什么我们不用它来行善而要去做那些恶事呢？要知道，与地狱之苦比起来，那生的苦难只不过是一点针刺般的痛罢了。要不信，请听我来详细地为你解说一下约伯这句话的含义。

他说，地狱是“黑暗之地”。这句既表明了地狱之门就像这大地一样是实实在在存在而不可避免的，还表明了那地方并没有神的光亮

[1] 圣安塞姆（？—1109）是中世纪欧洲神学家，早期经院哲学的主要代表，1093年任英国坎特伯雷大主教。

和温暖存在，有的只是让人终身痛苦的地狱之火。既然就像乌云遮住了太阳一样，地狱之火遮住了神的脸容，那我们又如何会得到救赎呢，所以，他称那为“死亡”之地。

圣安塞姆还说，那是一切充满了“苦难”的地方。确实人世间有三种幸福：荣誉、快乐和财富，而地狱里却没有。人们对“荣誉”所下的结论是位高权重、声名显赫和爱戴尊敬，在地狱里有三样东西和它们相对，就是地位卑下、声名狼藉和作践受苦。一个人，无论他在世的时候多么有权威，而一旦他被罚下了地狱，那么就是国王也要被抓来做小役，富人也要来承受饥寒之苦，而那些曾经蹂躏过别人的就要反过来被人家骑在头上了。因为神曾说过“可怕的恶魔是受罚入狱者的主人”。还说——这是神通过先知耶利米之口说的——“现在轻视我的人将会受到轻视”。

与世间的安逸财富相比，地狱里也没有可享受的东西，只有贫穷和困苦。这可以从四个方面看出来。一是地狱里没有钱财，因为大卫说：“死亡的时候就和降生的时候一样，手里不会握着钱财。”二是没有食物。无论是吃的，还是喝的，世间一切美味的东西都不能进入地狱，那里，正如摩西所说的，有的只是恶龙的胆汁和毒涎，而且魔鸟还要不断地来啄食它们那已经是饥瘦不堪了的身体。三是地狱里没有衣服可穿，所有的有罪之身都是赤身裸体，忍受饥寒或烈火的折磨，却只能用飞蛾垫身，以蛆虫为被。四是地狱里没有亲情或友谊存在。先知弥迦[1]曾说，在那儿“无论白天还是黑夜，都充满了叫喊和咒骂声，因为儿女们背叛了父母，朋友们出卖了朋友”。可见，无论那样的人在人世间曾有过多么亲近的血缘亲戚，有过多么挚诚的朋友，一旦到

[1] 弥迦也是《圣经》中的人物，为公元前8世纪希伯来先知（《旧约全书》中有《弥迦书》一卷）。

了那里，都会由罪恶的灵魂中生发出不由自主的再罪恶，从而不但远离了他们的朋友亲戚，还与之为敌。这话很好理解，可由先知大卫的话来作释。他说："犯罪就是背叛自己的灵魂。"想想吧，一个人连自己的灵魂都能背叛，那还有什么是不能背叛的呢？地狱之苦还有另外一个方面，就是与人世间的欢乐对比，那里也没有一切的娱乐。因为正如我们所知道的，一切的欢乐享受都要靠嗅觉、味觉、听觉、触觉和视觉来感知。但我主耶稣基督却说，"他们的鼻孔里都充斥着地狱之臭"，而"他们的嘴巴里全是恶龙的胆汁"——这是先知以奥亚说的。神还通过其他一些先知的口告诉我们说，他们的眼睛因为有浓烟和恶臭的熏烤所以装满泪水看不清东西，他们的耳朵因为整天听到的都是呼号咒骂之声而不得安宁。至于他们的触觉，我们前面已说过，除了飞蛾与蛆虫外，他们什么也不能得到，而这简直要让那些恶鬼欲死而不能。

注意，我这里所说的是"欲死而不能"。因为约伯说，那地方是"死亡阴影"之地，正像一切影子都不可能变成实物一样，地狱是死亡的影子，却永远也不可能有真正的死亡存在——这是对那些正在承受苦难惩罚的人所说的。他们就像圣约翰在《福音书》中指出的那样："欲罢而不能，欲死而不成。"因为他们既没有什么善行能使任何的神感到满意，也没有任何的东西能拿来为自己救赎。他们不能得到神的怜悯和帮助，也没有任何可以展示给神看的悔恨之物，更不能开口对神祈乞说宽恕我吧。所以他们只能得到神这样的判示：给那些可悲的囚徒不能死亡的死亡，不能挣脱的惩罚，不能改变的贫穷。由此看来，对于那些身背重罪而得不到宽恕的人，地狱即是他们在人世作恶的结束，也是他们下世受罚的开始。而这也可看出，善是有回报的，而惩罚却是永无休止的。约伯还说，地狱里没有任何的规矩和法则，天主啊，这是一句实话。神给了我们人世一切的自然规律和财富，但却既不给那些戴罪之人粮食也不给他们干净的水喝，还不给清新的空气以呼吸，以及吃的、穿的、住的一切东西，还有那能温暖身体、照亮前程的神火。就像主人们总是把肉留给孩子而骨头给了狗一样，神把一切光明和温暖的东西都带到了天上，给予地狱的却是那能令他们痛苦的黑暗之火。所以，对于这一切，圣约伯最后说："那里将有无休止的恐惧。"——既然如此，人们如何不为自己那所犯下的罪过而担心痛悔呢？因为所罗门说："还有一点头脑的人就应该为上帝给我们所准备的惩罚感到害怕，并从心底里悔恨。"

使人痛悔的第四个原因，是一种对毫无用处的善事的痛苦回忆，它包括两个方面，一种是对他无罪之时所做善事的回忆，一种是对他以戴罪之身所做善事的回忆。这两种善事，如果一个人没有真正忏悔，那么对他今后在世上以及在最后审判日都是无用的。事实上，一个人虽然在犯下重罪以前曾做过好事，但因为他屡屡犯罪，所以这些好事的功效就在恶的抗抵下逐渐消退了，直到最后，即使他在重罪之时仍在做好事，却已丝毫不起作用，我是说，对他以后获得永生完全不起作用，因为他的罪没有得到神的宽恕，他的善也得不到神的保佑和祝福。圣格列高利说："一旦犯下重罪，那时即使我们搬出以前所做的好事,也是没用的。""那时"就是指神在最后审判日叫每个人都出来"报账"的时候。这句话的意思是说，神对于那些做过好事却不真切地为自己的罪恶痛悔并忏悔的人，向来是不宽恕的，因为他们自一出生就带来的那种天赐的神典在他们做第一桩恶事的时候就已经终结，无论他怎么重新做好事，怎么重新祈求神的保佑都是无用的。在最后审判日，就像圣贝尔纳所说的，每个人"对于现世里所给予他的一切，以及他所给予现世的一切，都必须一一地报上账来"。只有那种从来没有踩死过一只蚂蚁或浪费过一个小时的人，才会得到神的友好的微笑。但如此说来，既然一个犯了重罪的人以前所做的好事在他犯罪之时已一笔勾销，而他以后所做的好事又丝毫不起作用，那么是不是说犯了罪的人从此不要做好事了呢？可以肯定地说，绝不是这样。因为那些善事对他们的永生来说可能是毫无作用的，但对于减少他们在地狱中所受之苦却是大有好处。而且，做这种善事，还可能给他们带来现世的财富和欢乐，或者就此而得到天上哪位神的同情怜悯，就此给他降下一点预兆,引导他通向那忏悔之路。更有可能的是,这种善事做多了，就形成了一种良好的习惯，从而增强他抵抗魔鬼对他引诱的能力。总之，我主基督既然教导我们要去做善事，而他又具有超出我们想象力的怜悯同情之心，所以他就不会让任何一个人的任何一件好事白白做过。神的恩典就像一团火，如果一个人用一盆恶的冷水将它浇灭，那么它就绝不会再起作用，除非他用那忏悔的热量把它烘干，重新获得燃烧的许可，否则就让他用自己的生命、快乐来偿还我们伟大的主所给予我们的一切吧。

使人痛悔的第五个原因，是对主基督耶稣为我们无端承受巨大之苦的深切感受。圣贝尔纳说：“只要我活着，我就要回想我们的主为了人类的罪过，而不是他的罪过所承受的巨大之苦。他走过许多艰难的地方去讲道，恶魔在他斋戒时来引诱他，人们在他讲道时把口水吐在他脸上，还用恶毒的目光、无情的拳头和那些污言秽语投向他。但他为了人类的那种罪却甘愿忍受一切痛苦的折磨和所有的羞辱，就是被钉在了十字架上，还在为人们而祈祷，还在流下他那同情的泪水。所以，只要我活着，就要记住这一切，并时时为它们而痛苦。”罪孽的人们啊，你们可曾知道，一旦人犯了罪，神所赐予我们的一切秩序和规律就全都乱了套。我们的俗世生命本来是受到四方面制约的：神—理性—感官—肉体，它们互相影响，却是由上而下绝对制约，就是说神的意志主管着我们的理性，而理性又控制着感官，在感官的引导下我们的肉体才能知道一切的欢乐与痛苦。但自从我们犯罪，这样的秩序就被颠倒了，从上而下变成了从下而上，我们肉体的快乐与幸福不再受到感官的引导，也就失去了理性的掌管，最后便失去了神的祝福和保佑，这样，到我们回到最后审判日的那一天，我们的灵魂就再不可能得到永生。我们的主为了这种颠倒，甘愿替人类受罪付出了巨大的代价。因为理智背叛了神，所以忧伤和悲苦的恶魔便时时来骚扰它，为此人类活该受到感官上的和肉体上的痛苦。为了解赎这种罪，基督耶稣被其门徒出卖，受到人类的鞭打，“以至于他双手的每根手指都渗出血来”——圣奥古斯丁说——还被人们牢牢地捆在那里，最后钉到十字架上。不仅如此，当人的理性背叛了神的引导时，也就失去了它对感官的控制，为此丧失了善的理性的人们便把口水、辱骂与一切淫秽的词加诸我主基督身上，让他替人类承受这巨大的羞辱。再进一步，由于人的感官失去了对理智的信仰，自然也就丢失了对肉体的支持，这时肉体的人类便活该走向死亡，这在我主基督身上有很好的证明：他为了替人类赎罪，被钉在十字架上，最后走向了死亡。我主基督曾说：“我没有犯罪，却为犯罪的人们受尽了酷刑和羞辱。”以赛亚[1]也说：“为我们做的错事他受惩罚，为我们犯的重罪他受羞辱。”事实上，从人类的先祖受到魔鬼引诱的那一刻起，这一切就已经是注定了。天上的父降下圣灵产下圣子，让他来这世上走一遭，就是为了替人类受罪。那些罪恶的灵魂受到现世贪婪和快乐的诱惑就出卖灵魂给魔鬼，在俗世的困扰中就把理智交给了急躁，这种罪恶本来就是应该受到惩罚的，但我们的天父有无上的宽容和怜悯之心，由此他放出他的圣子前来为我们赎罪，他那原先受天使们仰慕的脸遭到了人们的唾弃，他那流动着圣血的身体没有受到人们的供奉却受尽了苦刑折磨，这一切啊，那些得了机会的罪人不时时地回想起，并为之感到感激和痛苦，

[1] 以赛亚为公元前8世纪的希伯来先知（《旧约全书》中有《以赛亚书》一卷）。

还能做什么呢？否则等待他们的就将是那永不得翻身的地狱之苦。

使一个人痛悔的第六点，是对三件事所抱的希望：宽赦罪孽，获得重生，获得永生。一个人在没有痛悔并做出坦白之前，是不可能再得到清白之身的。本来，从他出生起，神已将这三件事情赐给了他，但却因为他的罪恶而终止。所以，这个人要想重新得到这三样东西的赐予，就必须在重行善事之前，先痛悔自己的罪恶，并为之祈求我主的宽赫。我主基督被称为是“犹太人的王，拿撒勒人耶稣”。意思就是说，他是人类的救星，因为“耶稣”一词的意思就是拯救者或救星。所以天使对约瑟曾说过：“你得叫他耶稣，因为他将是人类的拯救者。”圣彼得也说：“除了基督耶稣，没有哪个名字能把我们拯救。”“拿撒勒”是“开花”的意思，开了花自然就会结果，所以痛悔之人的第二个希望就是能获得重生，也就是得到神的恩典，在被宽恕后能得以继续行善，这样才会结出善的果实，也才会重新得到神赐之果。耶稣说：“我欲进入你们的心门，谁打开它，就能得到我的宽恕并与我一同进餐。”这话表明，在得到以上两个恩典后，这个人如果继续行善，那么将来在最后的日子里就得到他的允许，与他一同进餐，也就是共享天堂。

下面，我们说痛悔的方法，也就是一个人应该怎样痛悔。在我看来，应该是深入的、全面的，因为圣奥古斯丁说过：“神与一切罪人为敌。”在我们的犯罪中通常有两种情况，一种是隐性的犯罪，一种是表性的犯罪。隐性的犯罪就是指我们长期沉湎于一种对现世兴趣爱好的快乐之中，而忘了神为我们赎罪时所忍受下的一切痛苦。据有些明智的人说，这是非常可怕的。因为那种明知我们有罪有痛苦的感情却受不到理智的控制，最后必然会导致我们做出表性的犯罪。或者，用另一句话说，就是那种明明有犯罪心理的人，虽然并没有做出什么能让人人都看见的罪恶，但因为它本身是违背了神的善的教诲的，因此，那也是罪孽的。由此看来，一个人在痛悔的时候，不仅要为自己已经犯下的罪孽痛悔，还要为心底里存在的、可能会犯下的罪孽而痛悔。一个人在痛悔的时候也不应该只单单为一件事情而痛悔，或者反过来，只为那其他的罪孽而痛悔，却不为这一件事情做忏悔。这两种情况，根据圣奥古斯丁说的话，都是不可饶恕的。因为正如我们前面所说的，在一个人的一桩罪孽得到神的宽恕之前，他的其他罪孽甚至是善事也是不会得到神的恩典的，而他在为一桩罪过痛悔的时候，也应该时时记起他以前所犯下的罪过，这样才会心灵痛苦，备受折磨——我主对经受着巨大折磨和痛苦的人总是仁慈的，或者说，哪个人最痛苦，受到的折磨最大，神才会越眷顾他。痛悔之人还必须有持久的耐力，要在寻求宽恕的道路上不断行走，边走边更正自己的俗世之路，这样才会在长久的习惯中培养出那种可以抵抗恶魔的能力。大卫说："敬奉神痛恨罪恶吧！"俗人们，请相信圣人或先知的教诲，为了你们的永生。

关于痛悔，还有那最后一点，就是痛悔的作用或好处。《圣经》上明明白白地写着，痛悔有以下诸多好处：它首先可以使一个人心情平静，从易怒或邪恶的感情下走出来。其次它能让一个人的生命从此发生改变，远离那些魔鬼正在驻足窥视的地方而朝着神圣的宝殿前进。第三，痛悔是一切罪恶得到宽恕，一切善事得以重生的机会。大卫说"主啊，接受我的忏悔、恕了我的罪"，要是一个人没有抓住痛悔的机会，那么他以后的坦白赎罪都是无用的，丝毫也不能让神赐予他另一个时间的永生。最后，痛悔的根本目的和好处，还是能得到神的宽免，重新赐予他善的神果，这样就能削弱那地狱折磨对他造成的痛苦，还能把他从一切的邪恶奴役之下解脱出来并回归于神圣教会的光辉之中。就像我们在一开始所说的，主要我们"访问古道，那是善道，便行在其间。这样，你们心里必得安息"。

二、告罪

深切的痛悔之后，就是坦白的告罪。一个人应该把自己所犯下的所有罪孽，以及对此有关的一切事情都毫无遮掩地告诉教士，然后祈求他们为自己的罪过而向上帝祷告并求之宽恕。这里所说的坦白的告罪，就是要把所有隐性的或表性的罪恶全都说出来，说的时候既不能有隐晦、辩白或轻视，也不能用其他好事来为我们开脱。这样，一个人的告罪才称得上是真正的告罪。

下面，我们就说说与告罪有关的几件事情。

首先是关于罪孽形成的原因。神通过圣保罗之口，告诉我们说："由于一个人的过错，罪孽由此而生，并导致了死亡。"这个人就是人类的先祖亚当。他由于受了夏娃的诱惑——她又是受了化身为蛇的魔鬼的诱惑——而违背了神的告示，从此罪孽就进入了他的肉体，并生生息息地繁衍下来，就是说，一代又一代，肉体虽然能够死亡，这罪孽却是永生不灭。人类因为亚当的罪孽背负了所有的痛苦和磨难，又因为他的罪孽而脱离了永久的天国，一代一代必须死亡。那亚当与夏娃又是如何受诱犯罪的呢？这就要说到那可恶的毒蛇了。在我主创造的一切生灵中，这是最可诅咒的一种东西，它盘在树上，伸出那具有毒液的红舌来，问夏娃说："你们为什么不吃园子中央那棵树上的果实呢？"女人回答说："我主吩咐过，我们可以吃这园中任何一棵树上的果实，只要我们感到饥饿，但却绝对不能去碰这中央那棵树的果实，因为它会让我们自找灭亡。"毒蛇于是就引诱夏娃说："那是神在欺骗你们，因为他不希望这世上也出现一个和他一样眼睛清明，能分辨是非的人。"这叫夏娃的女人受不住蛇的诱惑就吃了那树上的果子，还让她的丈夫也吃了，于是他们很快就认清了他们赤身裸体的羞辱并马上采集一些树叶做成了遮羞布。由此可见，人类罪孽的繁生首先就是因为受了蛇的诱惑，而后又有了亚当所表现出的那种隐性罪恶，就是明知不对却还要做的默许，再后就产生了贪恋肉欲的情色之欢。亚当是我们罪孽的始承者，他首先被赶出了伊甸园，从此，遭受衰老、瘟病等一切的痛苦，而我们作为他的后代，既要在出生时给予女人以惩罚，还要终其一生继承他所背负的罪孽。这种在灵魂进入肉体时就已注定了的罪孽，如果我们处理得稍有不当，就成了神给予我们的惩罚。不过，幸好我们还有忏悔受洗这一说，才能从原来的罪过中稍稍脱身出来，为我们以后的永生多做一些善事。但愚蠢的人们啊，总有是那么多承受不了这原罪带来的诱惑和惩罚的人，首先就是那性欲之欢。

情欲之欢，我们现在来说它。从神创造它的初衷来看，本来是正确而合理的，但自从亚当和夏娃做了那罪孽的事情之后，它就成了背叛神的第一表现。因为既然亚当和夏娃犯下了那样的罪孽，主就要叫他们以后的子孙时时遭受这种罪孽的诱惑，以此来折磨和惩罚他们。虽然，我们前面说通过忏悔和赎罪，人们可以得到神的恩典而免除一些罪恶，但这种情欲之欢的诱惑却是时时存在的，除非他的肉体因为遭受疾病、巫术或麻醉剂的破坏而失去了做这事的能力，否则，就如圣保罗说的，我的肉体总是和理智相对。为此，这位圣人在水面上和陆地上进行了忏悔并用苦行来赎罪，还差点因饥渴和危险而丧生，但最后他还是说："主啊，把我这罪人之身解救出来吧。"看，肉体的贪恋在他来说也是不可避免的。还有圣哲罗姆，他在沙漠里住了很长时间，没有伙伴，没有食物，只有饥寒和野兽带来的危险，但他还是说，我的体内充满了性欲之火。看看主是怎样惩罚我们的！有人说，我的肉体从来就不受邪欲的诱惑，这样的人，由我看来，本身就是受蒙蔽的，因为圣约翰有言："说自己不受诱惑就像说我们没有罪孽一样，本身就是种欺骗。"所以，每个人都应该时时警惕那性欲之欢的罪孽对我们的诱惑。

魔鬼的诱惑加深了我们的罪孽。在我们的肉体经受那种情欲之欢的惩罚和诱惑时，魔鬼也在一旁鼓动他们的吹风扇，如果我们能够经受得住这种诱惑的诱惑，那么我们还能保有我们的神赐之果，但一旦我们在这种诱惑之下屈从了，那么就会落到默许犯罪的地步，也就是说，以后就会隐性地认为这种罪孽是可以容忍的；甚至还会落到实践犯罪的地步，就像亚当和夏娃所做的那样，叫作事实性犯罪。看看对于这样的事，魔鬼是怎样说的吧，这样就会明白我们在赎罪道路上走得是多么艰难，处处有诱惑，处处有陷阱。神通过摩西之口说出了魔鬼的意愿，他说："我要用邪恶的诱惑追赶人，用怂恿的方法抓住人，用犯罪的剑杀死人。"好天主啊，受到诱惑—寻求情欲之欢—默许，就是我们犯罪的全过程啊。

人们所犯的罪孽，按其种类可分为两种，一种是重罪，一种是轻罪。重罪就是一个人爱其他的东西更甚于爱我们的主基督，轻罪就是一个人虽然爱我们的主基督，但却因为屡屡犯罪，而削弱了这种爱。就像无论是让大海浪打船，还是在船上凿一些小孔，都会让这船沉没一样，无论是重罪还是轻罪，虽然它们在程度上是有区别的，但结果却是一样。犯了轻罪的人是因为他把他本应该全部都奉献给神的爱——因为他的全部本身就是神所赐给的——却分成许多份送给了其他东西，这样，给予其他东西多少爱，便少给了神多少爱，所以他是在犯罪。而犯重罪的人，就像圣奥古斯丁说的，"是将他的灵魂交给了那一切可能变化的东西，却没有交给创造他的、永恒的神"。这样的人，必然要受到神的重罚。很多人看重重罪，忽视轻罪，但实际上，轻罪或与轻罪有关的许多事情都是值得忏悔的。我们所说的轻罪或与之有关的一些事情，包括很多方面，比如过量吃喝，超过了他的身体所需，这是犯罪；同样，说话过了头，说了他不该说的话，也是犯罪。一个人身体很好本应斋戒，但他却不去斋戒，这是犯罪；一个人本来有时间倾听穷人诉苦却说自己很忙，这也是犯罪。一个人睡觉太多，而感到头痛，或睡过了头，忘记了去教堂，这都是犯罪；而一个人与妻子（或丈夫）同房时，不能听从那神对他的安排，尽心尽意为生儿育女繁衍后代而努力,或不想让对方尽他们自己的义务,那么这也是犯罪。还有，对穷人或囚犯忘记了探望，对乞丐忘记了施舍，对他人说了过分甜蜜、超过了他应该承受范围的话，或为自己的行为过分夸赞，这都是在犯罪。一个人爱他的妻子或孩子，胜于爱我们的主，这是犯罪，一个人对人许了诺言却不实现这也是犯罪。一个人诽谤了他的邻人，即使是出于无意的,这是犯罪,一个人对他人搞恶作剧,这也是在犯罪。总之，轻罪的种类有很多，一不小心，我们就都可能去承受它们。如果不及时通过领圣餐、圣水，通过施舍、弥撒或与大家一起做晚祷的话，这些轻罪就会越积越多，最后积累成犯重罪的基础。重罪，主要有七项：骄傲、妒忌、愤怒、懒惰、贪婪、贪吃、好色。现在我们就来说说它们，以及与之有关的各项罪孽。

1. 骄傲

这是一切主要罪孽中最根源的罪孽，从它身上派生出许许多多的罪孽，包括其他六项重罪，还有固执、夸口、虚伪、轻侮、自大、无耻、自满、急躁、好斗、自负、虚荣、争强好胜等等一切的细枝末节。现在我们先细细说说这后面的罪孽是怎么一回事。固执，就是一个人有意不听从神灵的指导，我行我素。夸口，是一个人为他所干的、自认为了不起的事情吹嘘夸张。虚伪是一个人有意做出一些有违自己本相的事。轻侮是指一个人瞧不起他周围的一切人和事，而自认为高明。自大，是指一个人眼界错误地过高，在没有那种能力或美德的基础上自认为拥有了它们。厚颜无耻，是指一个人不再为自己的罪孽感到羞耻。自满自喜，是一个人为他所做下的坏事而心底里高兴。傲慢，是指一个人自认为比他人高过一筹，于是就看不起他们。自命不凡，是指一个人目空一切，容不下他人。急躁冒进，是指一个人不服从别人的批评或建议，冲动地去做一些他认为是对的事。好斗，是指一个人不顾及地位与身份的限制，冲撞他上面的人。自负，是指一个人为自己定下的目标远远超出了他应该以及他能够达到的地步。虚荣，是指一个人喜欢俗世的财富或权位超出了他对神的爱戴。唠叨，是指一个人说出了多于自己应该说出的话。争强好胜，则是指这个人总爱出风头，要排场，比如他总喜欢走路走在人家前头，行礼行在人家后头；接受洗礼的时候，他抢先跑在前面，给人施舍的时候却总是躲在后头。骄傲，从根本上说可以分为两种，一种是显性的。一种是隐性的，隐性的，包括我们前面所说到的许多罪恶，都是深藏在心底，虽然不能被人直接看见，却能通过他们的穿着打扮或言谈举止表现出来。显性的骄傲就是指那种一眼就能让人看出来的骄傲，也包括许多的方面和内容。就像通过酒店外面的招牌我们就能知道这是一家酒店一样，一种骄傲的出现总是预示着另一种骄傲的存在。我主在《福音书》里谈到了哪个有钱人，首先就从他的衣着上找出了许多话题，由此可见，一个人的内在东西首先就可在衣着上表现出来。圣格列高利说，穿华贵的衣服是有罪的。这话也是很好的训诫。因为这些衣服首先因为用料过多会造成物价上涨，这就给老百姓带来了灾难，而那些衣服在制作的时候，不仅需要精心的裁剪，刺绣，描边，加修饰，染色，而且还需要派出人工先去为那些贵人测量身体，最后才能缝制完成，这样就给老百姓又增加了许多负担，使他们的时间都浪费在这些事情上了。而且，人们在做衣服的时候，还常常为它们加上衬里，做上围领，或者在上面剪去一块，做成好看的开衩式样，这样就很浪费布料。有些贵人的衣服总是做得很长，让下摆在地面上拖来拖去，逐渐磨得经纬毕露，这样，不仅把布料浪费了，还浪费了当时老百姓们用一针一线把它们缝制起来的时间和精力。衣服的颜色越鲜艳，式样越多，这表明老百姓在上面花的心思越多。有些贵人愿意把那些磨破了下摆的衣服或剪了新式样的衣服送给穷人穿，但他们却因为大小不合适或对做农活不适合而不能穿上，这么看来，就更是一种浪费。当然，也有人把那种穿在外面的衣服做得很小很紧，我们就来看看它们有什么“好处”吧。那些骑马的或为了追求时髦的人穿着短小的上衣紧身的裤子，但却不知道，那些东西连他们那最为羞耻的部位也不能盖住。那鼓鼓囊囊的地方就像是得了浮肿病一样，有时从后来看起来还像是猿猴的两瓣屁股。这部分东西，有时他们在两边各衬有两条不同颜色的条纹，因此就使它们更突出来，简直到了不忍目睹的地步。这和我们主以及他的使徒们是多么不同啊——他们只把它看作可让人蒙羞的臭乎乎的排泄之处，却不要它们归位到人类的体面和荣誉之中。还有那些女人的衣着，有位很有见地的人说过：不要看她们的脸面或身份，而要看她们的衣着判断她们是端庄还是淫荡。这话真是不错。

有些人为了贪图享乐，还在马厩里养了许多肥胖的骏马，这也是罪孽的表现。因为那些良好的马料、精美的饰品与价格昂贵的马鞍，不仅花费了许多百姓的心血和金钱，而且还把那些本来可以干许多重要的事的骏马变成了只知吃食的驽马。这些人就像先知撒迦利亚[1]说的“都应该被罚下地狱”。他们怎么就没有想想我们的主骑的是什么东西呢？除了一头光无一物的驴子，我从来没有听说他骑过其他的牲畜。而且他的马服也只是一袭门徒的旧大氅，而非那些做工精制的华贵服装。骄傲的另一种表现就是一所小房子里养了一大群奴仆。这在那些

[1] 撒迦利亚为公元前6世纪时的希伯来先知，曾劝犹太人重建圣殿。《旧约全书》中有《撒迦利亚书》。

富有或有店面的主人家那里常可看到。如果不是必需的，他们养了许多的仆人，那么他们的目的就不外乎以下几种：要么是放纵他们对老百姓仗势欺人，要么就是为了危害百姓，还有，也可能就是怂恿他们去偷去盗。不管怎样，就像先知大卫说的一样，“这样的人必然会因为他们屋子中的罪孽而受到上帝的惩罚入了地狱”。那样的主人，因为他们的仆人把他们的灵魂已经交给了魔鬼，所以即使他并没有亲手去做，却已经因为心底的默许和放纵而犯了罪，天主是绝不会怜悯他们的，就像神会给忠诚于他的人降福一样，也会把那些人诅咒。

骄傲的另一个表现是在餐桌上。看那些家庭里的宴会吧，一道道被削去头和尾、被去了内脏又剥了皮还做成动物或其他形状的菜端了上来，这是多么大的浪费啊！而且，它们还只供富人们享乐，却不供穷人们填饱肚皮，就才是更大的罪孽。

有的人家总喜欢摆设或使用一些华贵的器皿，这种贪图舒逸的心境不但能使他们从对神的喜爱中逐渐脱离出来走向物欲的爱，还会由此而导向寻欢作乐。这就成了重罪。

我想，不管是自愿的还是无意的，一个人只要因为骄傲而产生了以上种种罪孽，或只是一种，都是重罪。但如果他们能及时清醒，及时悔过，还不算是重罪。

骄傲是怎么产生的呢？下面我们来谈这个问题。总括地说，骄傲的来源有三个地方，或者说这三种条件是骄傲的基础。一是得自先天的优越性，二是得自命运女神的恩赐，三是后天自我得来的优势。先天的优越性包括两方面，一是身体上的，比如身体健壮、灵活，容貌出众，父辈给予了他好的血统和继承权。二是心灵上的，包括天资聪颖、反应快、有很强的记忆力等。得自命运女神的恩赐，是指在俗世上的财富、地位、特权等等。后天自我得来的优势包括从教育和实践中得来的知识，在长期做善事中积累起来的对邪恶与诱惑的抵抗力等等。这任何一方面中产生出来的骄傲，对明智的人来说都是不可理解的，对那创造了我们的神来说，都是不受欢迎的。因为那得自先天的东西，比如身体上的，本就是和灵魂相对抗的，越是身体上喜欢的事，越是为我们的灵魂所排斥，越是身体上渴望的东西，越应该靠灵魂的指挥远离它们，否则，我们的理智就将脱离那神的指导而受到感官和肉体的奴役。再有那命运女神所恩赐的东西，正如我们前面所说的，命运女神本就是凭靠她一时的高兴或愤怒而改变人的命运的，所以这种骄傲实在是不可靠的一种骄傲，而且越是享有高权巨财的人，摔下来的时候越是惨痛。还有后天的优势。无论是知识也罢、高尚的品行也罢，本来都是用来更好地敬奉神的，但如果有人拿它出来炫耀，那么无异于是直接和神对抗，而且这种为高尚而骄傲的人也不能再称为高尚。

当然，有些高尚的东西还是值得人们效法的。比如说对人谦恭有礼、慷慨大方、仁慈怜悯、做事公正明断谨慎而勇敢等等；还有把人家的恩惠牢牢记在心里，时时想着回报；或者对待自己的下属或其他低位的人平和有礼，能耐心倾听他们的诉说等等——塞内加说“高贵的特征就是仁慈宽厚、谦恭有礼和富有同情心”就是这个意思。人们都知道，那做蜂王的总是一些没有尾刺的蜜蜂，同样，一个人在内心里高尚，凭靠了他的聪慧才智而不是飞扬跋扈的气势，才能真正得到人们的尊敬和神的喜欢。那些为了一点先天的或后天的或神赐予的东西就骄傲的人实在是不明智。

那么，赎救骄傲之罪的办法是什么呢？我说，那就是谦虚。谦虚作为一种美德，是骄傲之罪的最大敌人，可以分为三种。一是心灵上的谦虚，二是言辞上的谦虚，三是行为上的谦虚。心灵的谦虚有四种表现，一是永远把对神的敬畏放在第一位，把自己看作他面前一文不值的小苍蝇。二是永远把他人放在自己之前，不要轻视任何人。三是对别人的轻视不放在眼里。四是不为别人对他的轻侮而难过。同样，言辞的谦虚也有四种，就是不对别人的缺点横加指责，而努力赞扬他的优点；不为别人对自己的指责而强词辩解，而是谦恭接受，还要表示感谢；对无论是高位还是低位的人说话时，都温和有礼、平易近人，无论何时开口，都把神放在那最高的位置。行为上的谦虚的四种表现是：一、走在别人的后面；二、坐在别人的下面；三、处在别人气势的下风；四、把自己放在受支配的地位。尤其是后点，我们强调：最好能听从长辈或比自己地位高的人的教导。

2. 嫉妒

下面我们来说说那最与神圣对抗的一种罪恶：嫉妒。虽然说别的罪过也都是为神所不容，但嫉妒这种罪孽却完全是与神灵相反的。神教导我们，要为别人的痛心事而痛心，要为别人的高兴事而高兴，但就圣奥古斯丁说的，嫉妒却是要我们为人家的幸运而痛苦，为人家的苦难而高兴。这样的罪恶完全背离了善意的教诲，出于恶意。

造成嫉妒的原因大致有两种，一种是这人天生就是受恶魔控制，心性比任何人都坏，这从他小时候的诸多事情中就可看出来。二是这人由于自己的不幸就怨恨别人的好运。这样的人只有在自己走运的时候才会不嫉妒别人的幸福。嫉妒因为是同一切善意对抗的，因此就大不相同于其他罪恶，是所有重罪中最重的罪。而且，它也由于是对别人幸运的对抗，因此就永远也不能让自身得到快乐。嫉妒通常表现为两种相关联的情况；一是对别人好运的难过，二是对别人痛苦的高兴。这两种事情，一种是违反天理之道的，另一种是受恶魔奴役的。而由这两种情况，还可产生一系列的相关事项，首先是诽谤，就是从背后说人家坏话，而不是当面的，这样人总是避开那当事人，对人家一点点的情况就在别人的面前妄加断言，而且这其中还多是不实际的东西。这样的诽谤通常是由以下几种形式表现出来的。一种形式是变质的赞扬,即是在一大堆无用的好话之后来一个转折,说“但是”——这与其说是赞扬不如说是诋毁。第二种形式是故意颠倒是非,把对错、好坏、黑白反过来说。这样的话常常在那些不明真相的人那里起到作用。第三种形式是给别人的善行或好品德给予不恰当的评价或故意曲解。第四种形式是拿另外一个人来和人家正在夸奖的人相比，说“他（指第二人）总是不如他（指第一人）”。第五种形式是比较直接地在人家说某人坏说时愉快地附和。这种种诋毁完全是因为他嫉妒别人的好而想破坏人们对他的尊敬或赞扬，因此是受到神的诅咒的。

诽谤之后紧跟着便是抱怨，一种是对神的抱怨，一种是对人的抱怨。对神的抱怨是因为他不能理解神为什么要对别人作如此的安排——这样的抱怨实在是不值得的，因为这世上没有哪一个人的智慧或理解力以及预示力能超过我们万能的主。对人的抱怨是因为以下几种情况：一是贪婪，就像犹大抱怨抹大拉的马利亚[1]把香膏敷在我主头上一样，他也希望自己能够得到这种好运。二是骄傲，这种人总是妄自尊大，不认为别人会比他好或应得到神的眷恋，因此总是在别人走运的时候发出不满，就像在我主对在他脚下哭泣的抹大拉的马利亚赫罪时，法利赛人西门所表现出来的那种不满一样。三是出自嫉妒，因为他不能容忍别人比他更受到他人的赞扬或命运的天赐。四是出于害怕。就像有些仆人对他们的主人一样，因为害怕他们不能公开指责主人的不是，于是就像魔鬼在地狱里念祈祷书一样，在背后发牢骚。有时候，抱怨来自一时的愤怒和不满，因为别人没能顺了他的意，他

[1] 抹大拉的马利亚是个女罪人，她诚心忏悔自己的罪孽，于是她的罪得到了耶稣的赦免。事见《新约全书·路加福音》第7章36—50节。

就开始嘟嘟囔囔指责别人的不是。抱怨还可能来自怨恨或不和。因为二人之间关系不好，这人就极尽所能地表示对他的不满。最后一种最恶毒的抱怨，就是出自天生的坏心眼或仇恨。这样的人如果不找一些邪恶的方法，比如暗地里加害别人的家人或本人，或破坏他的财产等，就绝不会罢手。因此这种重罪有时和杀人放火是不相上下的。

有了以上这种种对嫉妒之罪的分析，我们就应该明白，对于嫉妒一定要及时赎救。根本的方法就是要听从神的指导，像神爱我们每个人一样爱其他的任何人。对我这话，也许有人会说："如果让我们去爱那有血缘关系的父亲或有良好关系的朋友，我们可以做到，因为他们一个是赐给了我们肉体，一个是给予了我们快乐和帮助。但是对于敌人我们也要爱吗？"是的，应该这样。我主基督曾说："爱你的邻人要像爱你自己一样。"这邻人之中就既有朋友又有敌人。对于朋友，我们要从口头上去爱他：对他的错误加以善意的指责和劝诫，对他的烦恼给予适时的安慰，对他的行动给以祝福和祈祷。我们还要从行动上去爱他：为他的不幸而四处奔波，为他的高兴而祈祷天主。但对于敌人，因为他们也是神所喜欢的人或爱的人，所以我们也应该因为爱神而爱他们。对于敌人，这种爱固然来得艰难，但却由此而价值更大，作用也更大，能够比朋友给予的爱还更有力地抵抗恶魔的困扰。对敌人的爱有三种形式，我主基督说："要爱你的敌人，为咒骂你的人祈祷，为怨恨你的人祈祷，为迫害你的人祈祷。"这话的意思就是说，对敌人的爱要采用与他们对你的恨相反的方式，即当他们咒骂你的时候，你要从心底里赞扬他们；当他们仇恨你的时候，你要从心里去关爱他们；当他们迫害你的时候，你要以德抱怨，而不是相同地也去损害他的家人或他本人的身体、名誉、财产和心灵。事实上，我们这些人都是亚当和夏娃的后代，有同一个祖先，因此也就有共同的血缘，既然天性让我们爱父母兄妹，就应该也从心底里分一份爱出来给我们的敌人。

想想吧，我们的主为了对他的敌人的爱能甘愿受苦去死，我们还有什么人不能爱呢？

3. 愤怒

神在七项重罪中把愤怒归位第三，是因为它通常是前两种罪恶的派生，即愤怒来源于嫉妒也来源于骄傲。

据圣奥古斯丁说，愤怒是一个人心中的恶意，通过言辞或行为表现出来。愤怒的人由于心血澎湃，所以理智受到身体的控制，做出有违神意的事来。不过，我们应该看到，愤怒有其坏的方面，也有其好的方面。

愤怒可以分为善的愤怒和恶的愤怒。善的愤怒，即是一个为善的人对邪恶之事的愤怒——注意，这里是对“邪恶之事”而非“人”的愤怒，也就是说善人的愤怒是因为有人做了违背神的意愿的事，而不是因为他是一个做了与他的意愿不相合之事的人。这样的愤怒是为了维护神的意志、对抗邪恶的侵蚀，因此它是可以为神所容忍的，所以神通过先知大卫的口说：“你可以愤怒，但不能犯罪。”这“犯罪”指的就是那第二种的愤怒，即恶意的愤怒。这种愤怒是一个人对善的事情或为善之人的愤怒，虽然也是不可容忍的罪过，但这之中还是可以分出轻罪和重罪的。轻罪就是指一个人因突发的愤怒所犯下的罪，这种愤怒由于是一时的心潮澎湃，或如人所说的“气极而愤”，所以会暂时脱离理智的控制而做出不当的事来。因为它并不是有意的，也就是说过后当它重新接受了理智的控制时，这个人也会为自己的行为而感到痛心，那么对这种行为，神认为是可以宽恕的，通过痛悔与告白之后还可以继续行善。但有那么一种愤怒，它虽然是受着理智的控制的，但由于这种理智本身是一种恶意的理智，所以它就成了这个人从心底里自愿犯下的罪孽。这样的人，明知他的愤怒是来自一颗邪恶的心，却不听从神的劝告，非以对别人做出不利的事为发泄才作罢。这样的人，我们说，是完全受了魔鬼的控制，所以它属于最不可饶恕的重罪。

魔鬼对愤怒之人的控制，是通过他心中原本就存在的那种对神的敌意来实现的。就像一堆熄灭的火一样，虽然它当中的所有枝条都已经熄灭，但那枝条的当中总是还有一些小火星存在，只要我们对它吹吹气，再在那上面加一块木炭，它就会重新燃烧起来。同样道理，一个人由于天生就容易对人不满或过于骄傲而产生敌意，那么这种敌意即使很长时间都没有爆发过，但总有那么一天，也就是当魔鬼选中他做他的奴仆的时候，这种敌意会通过愤怒而显露出来。火星不可能无故存在，如果没有木炭或其他可以燃烧的东西，也就不会有火星这种东西，同样，愤怒也不可能无故而发，如果没有骄傲或敌意，这种东西就将永远是一片死亡。

魔鬼总是与神作对，所以他不惜四处游荡，捕捉那些可能与神作对的人。一个人一旦心中有了敌意，就像树苗会长大一样，首先就把那愤怒之根植在了他心中。这时，如期而至的魔鬼就会拿出他那三种邪恶的力量从旁相助，把那邪恶之火吹起来。这三种邪恶的力量是：骄傲——它用咒骂和轻侮煽风；嫉妒——它像烙铁一样把愤怒之火深深烙在人的心灵上；还有表现在言辞上的恶语相向，这使得愤怒显现化。唉，愤怒的人啊，你们怎么就不能想想我主对待他的邻人们是怎样一种态度呢？愤怒使得朋友间生出误会，使得敌人间恶意更深，而且还往往通过罪恶的行为使得人心灵犯罪，打乱人的精神平和，这一切有什么好处呢？就像骄傲和嫉妒可以产生出一系列恶的事情来一样，愤怒也是很多罪恶的起因和基础。愤怒可以产生不和，就是使朋友分手、邻居变成敌人，愤怒可以产生矛盾和冲突，就是两方人相互对立并互相伤害。愤怒还可以产生杀人这种极大的罪恶。我们知道，杀人有很多不同的种类，有心灵上的，有肉体上的；有有意的，有无意的；有必要的，也有非必要的等等。心灵上的杀人，有以下几种情况，就像所罗门说的：“他们有两种武器可用来杀害别人。”就是用仇恨和诽谤。圣约翰说：“谁恨他的兄弟，谁就在杀人。”同样，诽谤别人的好名声也是杀人。还有给别人出坏点子、教唆人做坏事，或者当主人的不给仆人合理的工钱、富有的人不给穷人施舍等等，也是杀人。肉体上的杀人有间接的和直接的两种。间接的就是经过你的口下令让刽子手把人杀害，或你通过一些不正当的方法，借别人的手把人杀害。直接的杀人就是你亲自动手把人杀死。就这两种杀人来说，又分很多种情况。第一种是法官断案判处人杀人，这样的情况下，法官一定要公正廉明，根据法律行事。第二种是一个人出于自卫或其他原因，不杀人就不能保住自己性命。第三种是一个人在不必要的情况下杀了人，这又分两种：因为用力过当或其他类似原因杀人；因为不知道前面或周围有人，比如用箭射鸟时，不小心杀了人。第四种情况，是出于疏忽杀了人，比如睡觉时把婴儿压死了。第五种情况是贪恋欢愉，让女人不幸流产。第六种情况是为了一些原因给女人吃药或鞭打她的肉体让她流产。第七种情况是女人为了不要孩子而故意使用一些方法使得胎死腹中。以上这种种情况都是杀人，是事实上的、肉体上的杀人。

另外，愤怒还可以产生发伪誓或毒誓这样的罪恶。比如一个人在赌博时，由于愤怒就说出一些很厉害的誓言来，但任何有头脑的人都知道，这些誓言不仅是过于必需了，而且也往往办不到，这就构成了伪誓和毒誓。有些人在发誓的时候，还喜欢凭借着我主的身体、灵血或四肢等身体部位，却不知犹太人已经把我主分解得体无完肤了，而且我主还有教导说：“不要妄称我名。”所以，我们在说一些话时最好用“是”或“不是”来说，而不要随便发誓。有时，是法律要求我们为所说的话或行的事发誓，这就要遵从圣耶利米提到的三原则，即发誓要讲真话，要讲正义，要讲公正。我们应该为真实情况而不是虚假情况发誓，应该为伸张正义，为维护神的恩赐发誓，而不是为作恶，比如索取报酬或发泄私愤等发誓。而且发誓之人应该站在公平合理的一方，而不能帮助不公平的事继续不公平下去。

“不要妄称我名”，这话是有道理的。看看圣彼得是怎样说的吧，他说：“除了耶稣，天底下没有其他名字。”也就是说，这世上一切名字之中，只有“耶稣”是最珍贵的。圣保罗在《腓立比书》中说：“因耶稣的名，叫一切在天上的、地上的和地底下的无不屈膝。”可见，连地狱里的魔鬼听了它都要发抖，那些仗了他的名义乱发誓言的人则比魔鬼还要可恶。发伪誓、假誓、毒誓——这后一种誓言也许是出于个人的习惯或为了显示自己的雄风气概，尽管有时那些誓言所对的事连一只蛆虫的价值都不值——都是为神所禁止的，而另一种与发誓有关的情况，则更为神所不允许，那就是反基督的凶誓。这样的人，或凭借烧过的木炭，或凭借裂开的门板，或是以梦等一类事物来对人占卜，预测凶吉，却不知道，天下一切事情的安排都在我主的神智里，除非他愿意通过先知或圣人之口告诉我们一些事情，否则没有人会知道接下来将发生什么事。那么由此看来，这些占卜之人所说出的话不是假话便是奉承话。

现在我们说说假话，也就是撒谎，通常有以下几种情况：一是故意撒谎，比如说为了取乐就编造一些虚无的故事；或者为了保护自己的利益就欺骗他人。二是无意撒谎，这是指那些易于愤怒、易于冲动的人不经理智的思考就说出一些虚假的话来，为了在当时保护一些人或损害一些人；而这样做的后果又往往是由无意转向有意——或为了保住第一个谎言不被戳穿而再编一些谎言，或变成习惯性撒谎——因此，也是罪恶的。再来说说奉承。所罗门说：“奉承比诽谤还可怕。”这话一点不错。奉承人的话不是因为害怕就是因为心怀恶意才说，但不管怎么说都是对人有害的。因为诽谤的话还可能引起别人的反省，从而使得谦恭的人更谦恭，骄傲的人丢弃骄傲，但奉承的话却让谦恭的人从此后沾沾自喜从而走向骄傲自大。而那些因为心怀恶意、故意奉承人的人更是罪恶，因为他们往往是为了贬低一人才奉承另一个人的，也就是说，这些奉承人的人并不是真的为某人的美德所折服，而是为了寻求与另一人对抗的同盟者。所以说，说奉承话的人就像犹大把耶稣出卖给敌人一样，也把被奉承人的灵魂出卖给了魔鬼。

愤怒还能产生出其他一些罪恶，比如诡辩。有的人在忏悔时，因为受了教士的指责——这种指责当然也是罪恶的——就变得愤怒起来，为此他不惜为自己犯下的错误找出种种看似合理的理由，比如说是自己的肉体太软弱，或伙伴的诱惑，或受到魔鬼的引导，或因为年龄的原因，或那是命运的安排，或那是受到不好教育的结果等等，这都是诡辩。要我说，既然一个人自认为他犯的罪是可饶恕的，那恰恰相反，神就绝不会饶过这种罪，因为不知悔改也是一种罪。

愤怒的下一步还可能有诅咒。根据圣保罗的话，诅咒是一种非常可怕的恶行，因为它常常是先将诅咒者放在了可能受到危害的地步才得以发出，而它又通常让被诅咒者不得进入天堂。为此，诅咒的人应该谨记谨慎行事，更不能把孩子或某人后代的灵魂送进地狱。

愤怒与责骂也是亲兄弟，这可以从三个方面来说明。首先，愤怒的人最先发泄怒气的地方就是嘴巴，其次才是行动。其次，责骂别人的人其实就是在责骂我主基督。因为无论你说他什么“得了瘟病”“你是聋子”或“你是倒霉的预兆”“你是蠢货”等等，事实上，这些都是神按照他的意愿给的，是那些人应该得的，因此，你骂他们就是在骂神。第三，你说这些话的时候，会惹得神不高兴，却能令魔鬼开心，因为他就是喜欢看着这些人受苦，喜欢他们受到人嗤笑或责骂。从另一个方面来说，愤怒的人很难在发怒时接受别人的劝告和和解，责骂人的人也很难让被责骂者心平气和。其实，言辞是心灵的表现，只有有罪之人才能说出那些指责别人的话来，因为指责别人不仅损耗自己的生命力，也无异于在别人的生命力上泼冷水。

不过，不管是什么样有罪的责骂，在夫妻之间这一规则却是不成立的，因为就像所罗门说的："一个爱吵闹的妻子，一间漏雨的屋子，没有多大差别。"夫妻之间总是会因为一些事情而不断地吵闹，但这种吵闹的结果通常不是在他们的心里滋生罪恶，而是更加让他们能够容忍对方，忠爱对方，所以圣保罗说："女人们，爱你们的丈夫；男人们，也要深爱你们的妻子。"

下面，我们说对人讥讽。就像魔鬼不喜欢神一样，讥讽别人的人往往因为嫉妒或骄傲就拿针来刺别人，结果是别人不开心他就高兴，同魔鬼一样。出坏主意的人也是在犯罪，因为他不仅背叛了自己的灵魂，还把别人引上了犯罪的道路。所以，听我一句话，对那些向你出坏主意或易于发怒生气，或把自己的利益看得过高等等这样的人，千万不要听他们的话。下面，我们再谈谈其他几种罪孽：

制造事端：这样的人忘了基督在世时的目的，即使人类和睦相处，却不停地在人与人之间挑拨离间，因此他们是罪恶的。

口蜜腹剑：这样的人表面上服从我们的神，其实心底里却把魔鬼当作他的上帝。

失信于人：这种行为不仅有损自己的名声，还损害了那把你当作朋友的人的利益。

仗势欺人：这种人实际的力量总是比表现的力量小，或心里害怕，表面却装出一副不容侵犯的样子。

唠叨：这既浪费说话人和听说人的时间和精力，还引起人心里的烦躁。

饶舌：这种人既为别人的事而操心，又得不到别人的赞扬。

耍丑逗乐：这些人不牢记基督的教诲，用纯洁而虔诚的话开导人，却学猴子的模样在那里扮丑搞笑，既玷污了神的形体，即人的形体，也违背了上帝的意愿。

——以上都是借由嘴巴犯下的错，是因为愤怒或其他一些罪孽引起。下面我们讲愤怒的赎救办法。

这赎救办法要从两个方面说起，一是品德上的，即温柔善良的品德，二是性格上的，即要有忍耐性。品德上的温柔善良，用圣哲罗姆的话说，就是对一切事物抱有爱的情感，要以对神的爱来回报他们。“不伤害任何人，绝不损害任何人的财物或名誉；即使人家这样对待了自己，也要因克制而平息怒火。”他还说：“人天生就有温和性和趋善性，温和与宽容结合起来，是更高尚的品德。”这就是说，对于怒火的最好救赎办法，首先要从神给予我们的恩赐中去找，就是那天性的趋善趋和性，这两样东西可以让我们在不公平的待遇中忍耐下来，并用爱的眼光看待它们，这样就不会失去理智去发怒，从而犯下罪孽。忍耐性也是愤怒这种罪恶的天敌。圣哲罗姆对它也有训述，说：“耐心是一种美德，是能对一切逆境抗拒的好品德。”还说：“对敌之策，忍耐为先。”按照基督的说法，忍耐力是战胜心中恶魔的能力又是让那对你发怒的人平息下来的好方法。这样的人都能得到神的喜欢和保佑。

外界逆境一般来说有四种，因此一个人也应该有四种耐性与之抗衡。第一种是外来的诽谤和说坏话。看我们的主基督耶稣是怎么做的：犹太人对他横加指责，诬蔑诽谤，但他都承受了，因为他知道，同一个愚蠢的人争辩，就等于是自愿在心中点燃愤怒的火。第二种逆境是财产的损失。基督所有的东西（其实只有衣服），都曾被人抢去，但他同样耐心地忍受下来了。第三种逆境是肉体遭受痛苦。基督曾被钉在十字架上，“他的十根手指全都渗出了血”。但他既没有喊叫也没有求饶，更没有心中痛苦，而是以一种顺从的心接受了世人对他的折磨。

第四种逆境是过度劳动的痛苦。基督曾被要求永远背负那沉重的十字架，对此，他既没有发怒，也没有抱怨，而是甘心把它扛在肩臂上。在我们这俗世，许多基督徒让他的仆人干超出他们体力范围的活，或时间上无休止地延长，连他们的休息日也要剥夺，这其实就是在犯罪，和那些异教徒对基督犯下的罪是一样的。但既然天父之子能用温顺的心和对那些异教徒的怜悯的爱来承受这一切，那么我们基督徒就应该也能把这些不公平的事忍耐下来。事实上，即使是反基督的异教徒也非常赞成有耐心这种品德，并身体力行。

曾经有一位哲人因学生办错了事就要拿棍子打他。这时学生问为什么，哲人说："因为你必须改正。"学生说："因一件外在的错事你就发怒，还举起那罪孽的棍子，你才真的需要改正。"哲人一听，忙扔掉棍子，流了泪说："你用它惩罚我吧，我犯了愤怒和心底里想伤害别人的大罪。"由此可见，没有耐心就会犯愤怒以及其他一些大罪，甚至杀人放火。而有了耐心，就可以理智地控制自己的感官、肉体，从而能把神的教导真正贯彻到行动中去。耐心是顺从的前提条件，一个耐心的人才能服从神所对他安排的一切事，不管这事他能否理解；也才能高高兴兴、平心静气地把所有长辈或地位比自己高的人的命令贯彻到行动中，因为这些人都是我们应该尊敬并服从的。

4. 懒惰

在嫉妒和愤怒之后，就是懒惰。这种罪孽不仅是对神按照他的形象所创造的"人"是种损害，也是对神所创造的这个世界是种损坏，因此它是受到神的讨厌和诅咒的。懒惰是勤奋的大敌。天主创造这个世界的时候，本来是想让人们勤勤恳恳地工作劳动，然后用他们的劳动成果来敬奉神，但懒惰却像一个贪得无厌的魔鬼一样，不仅夺去了一个人灵巧聪慧的心理，还夺去了供奉在神坛上的祭品。如果说，嫉妒和愤怒可以增加一个人心中的恨，那么懒惰可以减少人心中的善，这可以从以下几方面说明。

首先，就人的三种境况来说，懒惰都是它们的大敌。第一种情况是清白无罪，就像亚当和夏娃生活的那个时期一样，人们心无杂念，一心只敬奉我们的神。第二种情况是戴罪之时，就像忏悔的前两个步骤一样，人们都应该因为自己的罪孽而不停地向上帝祈祷，请求它能宽恕。第三种情况是赎罪之时，人们要努力劳动，多行善事，用自己的所得敬奉上帝,求他宽赫我们的罪恶。这三种情况,无论是有罪无罪，都要求我们用诚实和勤劳来敬奉神，因为他们创造了我们，但懒惰却阻止了人们去做这样的事，它不仅令人行为迟缓散漫，心智呆滞迟钝，还让人心里生出许多的牢骚、不满和怒火，并且它还夺走了我们赖以维持生命的食物、衣服、住所等东西，让主赐给我们的血液白白流掉。所以主说:“谁不全力侍奉我，谁将受到诅咒和惩罚。”

“地狱的看门人都是懒汉。”因为神罚他们下地狱，就是为了让他们不能动弹，不能干活，只躺在那里承受地狱之火的折磨。这世上的懒汉就像那地狱里的恶鬼一样，因为懒惰使得他们行为不便，不能像他们应该做到的那样好好侍奉神，因此神会讨厌他们。

懒惰的人有几种结果。首先，就像所罗门所讲，懒惰使一个人的身体变得娇弱，心灵也失去忍耐心，因此他们即使想去做一些什么事，也往往因为承受不了身体和心灵上的折磨而放弃。对于这样的人，我们应该用神对善者的眷顾来教导他们，因为神对于无论多么小的善事都会有回报，而无论多么小的恶事或根本就无所事事，则会遭到神的惩罚。对于这样的人，还应该帮助他们养成坚定和辛勤的品性和习惯。因为正像圣贝内纳所说，勤劳使一个人的肉体变得结实，就能增强他们的忍耐力。

懒惰的另一个结果就是多疑。懒惰的人因为害怕会付出更多的汗水和心思，因此就会在干每一件事以前都瞻前顾后，考虑它们是否需要花费他太多的力气或精力。这样的人，让圣格列高利来说，是多疑而无所事事。懒惰也会造成一个人的绝望，就是对神的绝望。因为懒汉总是从心里知道自己做了哪些事，自己没做哪些事。对神的敬奉不力，在他们心中一清二楚，因此每当他们真正想要去做一件好事的时候，却因为懒惰造成了疑虑，于是就在心里衡量：是否这件事能减轻自己的罪过呢？长久的忧虑，最后下去就是绝望，即是认为无论自己再干什么善事也并不能解除以前自己的罪孽，因此他按照那些长者对他的教导，知道在为一件罪过，即懒惰赎情之前，再做多少的好事都是无用的——他就在心里横下一条心来说，犯一条罪和犯十条罪没什么两样。这样就开始毫无节制地犯罪下去。这样的孽罪，与忧虑或娇弱比起来，最是可怕。其实，就神的宽恕来说，绝望完全不必要，因为神对于任何一个忏悔者都是仁慈宽宏的，神的恩典绝不吝于那些真正忏悔的懒汉，在《路加福音》里，基督说：“一个悔改罪人和九十九个无罪的人一样受到神的欢喜。”就在那一章里，那个一度为犯罪的儿子而伤心的人不是也因为儿子的悔改而大摆筵席吗？在《路加福音》里，还讲到一个故事，说一个和基督一样钉在十字架上的盗贼对身边的基督说：“主啊，天国之旅不要忘了我。”基督说：“今天你将和我同在天国。”看，我主基督的胸怀是如此仁慈慷慨，只要凭着他为人类承负的一切苦难和痛苦，我们就能靠忏悔来赎罪，那对一个懒汉或其他罪人来说，绝望又有什么必要呢？

下面讲懒惰的另一个表现，就是肉体和灵魂呆滞无力，眼睛之窗屈服于睡魔的引导。对一个正常的人来说，贪睡是罪恶的。因为就像所罗门说的：“早晨醒来寻找我的人，就能找到。”对神忠心侍奉的人应该从一天的最早时刻就开始对神祈祷，在心中默默求神保佑，并在行动上通过施舍来赎罪。

下面讲马虎，就是对一切事情都含混不清、大而化之。这种人无疑是罪恶的亲兄弟，不真正从心里关心有关神的一切事情，他们要想进入天国，和上面所说的那些贪睡之人一样，除了要进行忏悔之外，还必须用辛勤细致的劳动来赎罪，这样就符合一句话："敬畏神的人不会不尽自己的所能。"

下面讲无所事事，懒汉是魔鬼的看门人，这无所事事的人最容易受魔鬼的奴役，因为他就像是一所没有围墙的院子一样，抵抗不住魔鬼从四面八方的进攻。这样的人，对神有益的一切善事他从来不关心，也不主动去做，而是在脑中装入一些卑鄙的闲言碎语或鸡毛蒜皮的事，装入一些乌七八糟的邪恶思想。这样的人，就像先知大卫说的"不来做就不能收获"，是绝对不会进入勤劳者的乐园天国的，而一定会下地狱受到魔鬼的折磨。

下面讲磨蹭，就是人们所说的慢脾气。这种人由于在思想里总是存在着一种侥幸，认为任何事都会好起来，不管我们做不做，是快做还是慢做。但实际上，正是由于他们思想呆滞，行动迟缓，所以才不能达到尽心尽力侍奉神的要求，由此，也是要受到神的惩罚的。

接下来还有三种罪孽：放纵、冷漠和无稽之忧。放纵，或者说怠慢，都是懒惰的结果。这种人对于一些人或事，本来从思想里认为是该管一管或做一做的，但由于那存在于他们灵魂中的懒惰，使得他们自认为一切事不用管不用做也会好起来的。这就像一个牧羊人明知林中有恶狼，还是放任自己的羊群到那里去吃草，认为它们不一定能遇上狼，结果不仅丢失了羊群，还助长了恶狼的胆量。有些人放纵另一些人干坏事，或对他们处理不力，比如那些头脑昏庸的法官，这不仅危害了他人的生命和财产，也是对神敬奉不力的表现，因此，他们活该下地狱遭受磨难。冷漠是一个人对任何人或事都不关心，只注意现世中自己的一切。这种人由于冷漠就表现出对其他事的讨厌，包括对敬奉神的冷淡，进而是灵魂的消沉，不再到教堂去念经文做弥撒，也不再在晚饭之前做祈祷，最后，由于行动上缺乏锻炼，思想上不常运行，就变得迟缓武断。并且冷漠的人不能和周围人和睦相处，也造成他们孤僻乖戾，易发脾气，固执和容易从心里产生对他人的嫉妒和仇恨。与冷漠的人恰恰相反，有一种人是惯于为任何事担忧。他们意志薄弱，对任何事都抱着怀疑和忧虑的心态。其实，这样的人并不是虔诚地相信我们伟大的主，而且，由于顾虑重重，心力交瘁，还能加速他们肉体的消亡，从而不能安享晚年。我们已经知道了懒惰的种种罪恶，接下来讲一讲怎样赎救懒惰，有一种美德称为 Fortitudo[1] 即坚定的意思，它是一切懒惰之罪恶的天敌。这种美德，可以使人目标清晰、意志顽强、做事果断，对敬奉神以及抵抗恶魔的侵扰是非常有用的。

这美德包括几方面，一是心胸阔大。心胸阔大的人不会因为一些小事或困难就忧虑忡忡，失望绝望，也不会轻易拒绝去做那些其他人看起来也许是非常难办的事。这种人因为对一切事情都看得开，拿得起，所以恶魔很难挑起他们心中的怒火或怨气，由此引导他们犯罪。这美德的第二个方面是信心。这信心不仅是对自己的智慧和能力有坚定的肯定，而且也是对我们伟大神的英明有虔诚的信任。这样的人，总是怀着希望，努力去干自己手中的善事，由此就能得到神的喜欢。这美德的第三个方面就是果断，即对自己所要做的事的价值毫不怀疑，在做事情时也不会拖沓推延。第四个方面是慷慨。因为神对一切人都是仁慈而慷慨的，那么我们基督徒也应该不吝于对穷人施舍，不吝于去关心邻人，不吝于对神敬奉。接下来的美德是忍韧力，也就是做事要持之以恒。这由一个人心中对他的信仰的坚定性所决定。只有虔诚

[1] 拉丁文。

地相信我们的神，并相信我们自己，并且具有对抗罪恶与困难的勇气，我们才能把善事做到底。

除以上美德外，对付懒惰还有很多方法，比如时时回想地狱的痛苦和可怕，对比天国的幸福和快乐，这样一个人就情愿做一个勤劳、公正、谨慎的人，而不愿做一个懒汉。

5. 贪婪

圣保罗讲："贪财是万恶之源。"（见《提摩太书》第6章）贪婪就是一个人失去了对神的敬仰和信心，而把希望全寄托在那些俗世的东西之上。贪婪可以分为两大类。圣奥古斯丁说，贪婪就是一心想要尘世间所有的东西，包括钱财、地位、土地甚至荣誉等，不管他们是不是应该属于自己。而另一些人说，贪婪就是一种欲望，是对自己的慷慨和对别人的吝啬。这两种说法正是贪婪的两大表现。首先，贪婪表现为一个人对自己已有东西的保守和吝啬，总是想永久地、越多越好地拥有这些东西，而不愿施舍给别人一点。其次，贪婪表现为对别人东西的一种窥视，是希望从别人那里得到自己所没有的东西，不管这东西应不应该归属自己。实际上，贪婪这种罪恶是非常受神讨厌的，因为它严重地伤害了基督耶稣本人。人们本来应该为了基督耶稣为我们所承受的种种苦难和不幸而对他敬仰、爱护，但贪婪却使一个人对俗世的东西大有所受，对基督耶稣却怠慢冷漠，这就使神很痛心。另外，正如圣保罗说的："贪婪的人必受偶像崇拜的奴役。"一个人如果对尘世的俗物，比如金钱，抱有太大的欢喜和信任，就会把他对基督耶稣的那种爱转移到这些东西的身上，从而把它们塑为偶像形象。这就违背了神在他的十条戒律里所说的那条："除我之外，不可有别的神或偶像。"从而符合了圣保罗所说的"偶像崇拜者"。

不过，偶像崇拜者和贪婪的人还是有区别的。因为一个偶像崇拜者可能会有一两个偶像在心中，但一个贪婪的人却可以有无数的偶像，比如他钱柜里的那些金币，他所拥有的那些土地或声誉等其他东西。对自己的东西保守，会造成一个人的吝啬，对别人东西的窥视则会产生掠夺，农奴制的存在就是这个原因。农奴们得交给他们的主人超出他们承受能力以及农奴主应承受能力的苛捐杂税，这与其说是一种正当的行为，不如说是一种非法掠夺，因为有很多东西是农奴们从神那里得到的，而不是从他们的主人那里。但还是有人辩解说，尤其是那些农奴主和这制度的维护者，说农奴在人世间的一切都应归于他们的主人，这是为什么呢？应当看到，农奴们之所以成为农奴首先是因为他们的罪孽应该使他们受到惩罚，但这并不是说，农奴主就可以对他们的手下横加掠夺，就可以为自己奴役别人的地位而感到光荣。塞内加说过一句话："仁慈使你们与奴隶和睦相处。"要知道，那些奴仆并不是天生就是奴仆，而是因为神要罚他们做奴仆，同样道理，奴隶主也不是天生是奴隶主，而是神要他们做奴隶主。而那卑下的奴仆与我主基督又是很好的朋友，因此，看在同是神的安排与恩赐的分儿上，听我一句劝吧，对那些身处低位的奴仆们宽厚一点！我承认，人应该有尊卑高下之分，也应该有付出与收回之理，但是再想想，如果是你处在地位低下的奴仆位置，你会希望你的主人怎样对你呢？就以那种希望的情况来对待那些奴仆吧，因为你们同为神的子民，同是一个祖先。

尊卑高下，在神创造这个世界的时候并没有安排，后来是诺亚在诅咒他那做错了事的孙子时说"你们的子孙得给其弟兄的子孙当奴仆"，由此，神才大大开恩，让这个世界有了主人和仆人之分。但是，当诺亚诅咒他的孙子时，除了说他们应该受到惩罚之外，并没有说那些做了主人的就可以对他们的奴仆横征暴敛，妄加迫害。也就是说，神对那些位高权重的人赐恩，是要让他们用这权势来更好地护卫神圣教会，而不是让他们来掠夺教会。谁要是这么做，谁就是违背了基督的意愿，是塞内加说的那句“谁杀害耶稣之羊，谁就是魔鬼之狼”。而且，要我说，比狼还可恨，因为狼还有吃饱了不伤生的时候，但贪婪掠夺之人却永远没有满足的时候。

既然罪孽是奴役的原因，那么也可以这样说：如果这个世界一直有罪孽存在，那么奴役的情况就永远不会消失；或者说：奴役存在是因为这个世界仍然有罪。神对这个世界高低卑贱的划分，是按照他的意愿来的。他让那些身份高的人买来奴隶并征收税款，是为了让他们更好地管理这个世界，维护公众的安宁和团结，而不是为了让他们毫不留情、毫无节制地打击欺压百姓，由此看来，那些横征暴敛的奴隶主都是有罪的。当然，如果一个奴隶主在公平合理的范围内按照神的意愿掌管了这个世界，比如说允许那些入了教的奴隶摆脱他们奴隶的身份等，那么在他所掌管下的奴仆也应该拿出同等的东西来对待主人，就是勤劳、服从和爱戴，否则，他们就不能偿还他们因罪恶而招得的债。

贪婪，有时候通过买卖交易表现出来。买卖交易表现为两种，一种是物质上的，一种是精神上的，或者说，一种是合法的，一种是违法的。物质交易，我们知道通常是在商人和商人之间、地区和地区之间进行。我主因为一些原因让一些地方或王国相当富裕，于是这些地方和国家的人就通过买卖交易这种方式把货物接济给别的地方或王国，就此事说，商人的存在是合理的。但还有另外一种买卖交易，是属于精神上的贪婪所致，用的是虚假的，伪造的、背信弃义的或其他不正当性的手段，因此，是不合法的，也是亵渎神圣的。这种精神上的买卖主要是指买卖圣物或圣职，因为它们是神通过圣灵赐给人间的恩赐，能够治疗人的病痛和灵魂，所以，有很多人都希望得到它。但如果这些人是通过正当的手段，比如说是通过辛勤的劳动，并且这人很有智慧，能够胜任这一圣职，那么他的主人把它作为奖赏与回报赐给他，那么这种报酬性圣职交换是合理的，不算买卖圣职。但如果有些人，并没有能力，也不是出于更好地侍奉神这个目的，却想通过财物、央求或朋友说情得到圣职，或者已经得到，那么他们就是不正当的，是属于买卖圣职罪，就像西门尼[1]欲通过财物购买圣彼得从神那里得到的恩赐一样，是罪恶和可恨的。圣达马苏斯一世[2]说："同这一罪孽相比，世上再没有更重的罪。"从结果上说，买卖圣职罪是非常可怕的，就像路济费尔和敌基督[3]的罪孽一样。因为人们一旦犯了这种罪，就等于是把那神圣的事务交给了不配担当它们的罪人，这样一来，那些盗贼就会进入教堂，把神圣的灵器和其他东西占为己有，并且，为了便于自己行事，还会把那些真正敬奉基督的教徒赶出门外，在他们的位置上安上魔鬼的使徒，这样造成的后果就像是把放牧的羔羊送给恶狼一样，让魔鬼来控制世界，让那些本就无知的人从此更对我主基督失去了信心。这样说来，这种大罪真是不可饶恕。

赌博也是由于贪婪。像巴加门和拉弗尔斯[4]，人们在那些场合只想着从别人那里得到不属于自己的东西，为此不惜把时光、财产、精力交给运气去做决定，而且还在口中说出虚假的誓言或凶言，要么是在行为上欺骗，耍鬼把戏，更有甚者，还会导致杀人、抱怨、诽谤、嫉妒、怨恨、愤怒与一系列大罪。这样的人，如果继续陷在对金钱的崇拜上，就再也无药可救。

---

[1] 西门尼为英语 Simony 的音译，意为买卖圣职或圣物（罪）。

[2] 圣达马苏斯一世（304—384）为意大利人，曾当教皇，382 年宣布罗马教会为一切教会之首，并责成哲罗姆修订《圣经》拉丁文本。

[3] 敌基督：据《圣经》称，敌基督是基督之大敌，因为他在世上传布罪恶，但终将在救主复临前被救主灭绝。

[4] 巴加门，一种赌博的音译，即十五子棋。拉弗尔斯是一种古老的掷三粒骰子的赌博，凡掷出三粒骰子为同一点数者就是赢家。

贪婪还可能造成撒谎和偷盗。撒谎包括做伪证、发伪誓等种种事情，总之是一种欺骗性的罪恶行为。因为做伪证就可能使得应该受到惩罚的人平安无事，而不应该受到惩罚的人却因此而丧失了财产、地位、名声或其他东西，有时候还能丧失性命。所以，我在这里提醒那些法官，千万注意做伪证这种罪过，不要让苏姗娜和她的朋友长久痛哭。发伪誓同做伪证一样，都是为了泄愤、嫉妒、帮助坏人或贪婪，这其中那种凭着我主的圣血、圣骨或其他圣物发伪誓的人，尤其应该受到重罚。偷盗罪分为两种，一是物质上的偷盗，二是灵魂上的偷盗，都是大大违背了神的训言的。物质上的偷盗，就是未曾通知或不经主人同意就私自拿走人家的财物，或者有人借了人家的东西不想着归还，或者用缺斤短两的办法克扣别人的东西，这都是犯了偷盗罪。灵魂上的偷盗是指对我主神灵犯下了偷窃或欺诈的罪行，就是亵渎神灵。这也包括两方面。第一方面，就如我们前面所提到的那种买卖圣职的罪一样，这样的人不经神圣教会的同意，或根本没资格担负，就霸占了教会里的一切，这是犯了违背神灵亵渎神灵的罪；另一方面，在教堂或别的神圣的地方做出杀人放火、欺骗撒谎等罪行，或在别人做晚祷时对他下毒手，这样的行为也是亵渎神灵，犯了与偷盗一样的罪。总之一句话：亵渎神灵就是从神圣的地方偷盗神圣的和不神圣的东西，从不神圣的地方偷盗神圣的东西。

贪婪的救赎之道只有两条：仁慈与慷慨。仁慈就是一个人心地善良，具有同情心和怜悯心。贪婪的人通常对自己的财物看得比一切都重，对别人的不幸与痛苦却视而不见。据一位哲人说，怜悯与同情是救赎贪婪的好办法。因为同情别人就把别人的苦难放到自己的身上来考虑，由此触动相同的感情，这样才会因怜悯而去帮助他或接济他。想当初，正是基督耶稣同情和怜悯我们这背负罪孽的世人，因此才甘愿来这世上走一遭，替人们赎罪，那我们作为他的子民，不是也应该这样吗？而且，我主基督曾说，像我者入我天国。对他人同情和怜悯就能促使一个人多做善事，包括对穷人施舍、借贷、赠送或对受到不公平待遇的人安慰开导等等，这些事情都能替我们赎清在这世上的罪孽。当然，有时候怜悯与同情也是通过一些严厉的方式表达出来的，比如教训、惩戒等等，这不是在犯罪，而是从特殊途径帮助那些犯了错的人认清罪孽。赎救贪婪的另一个方法就是慷慨。如果一个人只有怜悯与同情的心理，却没有慷慨的行动，那么这个人并不算是一个值得人们称赞的人，而是与那些贪婪者一样冷漠。对慷慨我们要记住三点，一是一个人与财富、地位等的关系。神创造我们的时候只给了我们肉体和灵魂，因此收回时一个人所能拥有的也只是肉体和灵魂，而不是俗世的什么东西，所以慷慨的人不能顾忌他财产的减少，而应该想到，除了他的善事，神不会记住他的其他东西。另一点，是对那些别有用心的慷慨者来说的，或者说我们应该警惕那些过于慷慨的人，看他们是不是真的因为仁慈和怜悯把自己所有的东西都送给了别人，或者只是想让别人记住自己的施舍，或只是想表演给人看，或是为了让别人为自己树节传名所以把东西送给了那些游走诗人。如果是上面这几种情况，那么我敢说，他们不是在行善事，而正相反，是在犯罪，这样的人，在最后审判日的时候，肯定会听到对他们严厉的判词。最后一点，我要提醒诸位，慷慨要有节制，还要有头脑。不能把东西大方地送给那些不该得到它们的人，否则就是促使他们去犯罪或增强了他们犯罪的基础。

6. 贪食

贪食和贪婪一样，也是公然违背神的训诫的。亚当和夏娃就是因为犯了贪食的罪，才被赶出了伊甸园，从此历经苦难。贪食的人喜欢暴饮暴食，又馋又贪，因此往往是许多其他罪恶的起源。

圣保罗曾说："把肚子奉为上帝的人必然灭亡。"确实，染上贪食这种罪孽的人就像染上赌博一样，到最后肉体和灵魂都受到极大损伤的时候，是很难停住的。一般说来，贪食分为两大类，一是贪酒，二是贪吃。贪酒也有几种情况。有的人视酒如命，我们把此称为酗酒，把那些人称为酒鬼。这样的人既然把酒视为上帝，那么魔鬼自然能控制他的灵魂，这是一项重罪。有的人贪酒，只是因为遇到了高兴的事，或因为劳累身体抵抗力减弱以致醉倒，或者是由于意志力不够坚定受了朋友的诱惑，所以一喝便醉，使理智暂时由魔鬼来掌管，那么这样的人我认为是犯了轻罪而非重罪。还有的人虽然不酗酒，但长期喝酒，这样就导致记忆力下降或身体变弱，这也是重罪。贪吃可分为以下几类：一是暴饮暴食；二是不到吃的时候就吃；三是过于挑剔好的食物，不喜欢粗糙的食物；四是在吃饭的事情上讲究精烹细做；五是吃相过于贪婪。

这五大罪过就是魔鬼的五根手指，他用它把人抓进地狱。既然贪食有几大方面，那么与它相对，赎救的办法也有几个。首先就是量上的节制，不要"酗"，而要折中。其次是适当的原则，把吃喝的量与质控制在理性的范围之内。三是对欲望的控制，不要老想着大吃大喝，而要去做一些有用的事情。四是时间上的节约，不要为一顿饭花费太多的时间，也不要舒舒服服地坐在那里吃个不停。五是心灵上的节制，俗话说："知足常乐。"要对吃喝到的东西有所满足，不能与人攀比或为了虚荣而炫耀。这样说来，对付贪食的办法就是"节制"。我认为，要是一个人只为了自己的身体健康而节制那么这不值得颂扬。圣奥古斯丁说，节制的目的是美德。所以要我说，真正为神所赞许的节制应该是一个人为了行善事、修品性进天堂而控制自己的食欲和行为。

7. 好色

把好色放在贪食之后，是因为它们二者之间有很大的共同处。贪食是对物质的一种贪婪，好色是对肉体快感的贪婪，所以二者都是重罪。神亲口说过："不可好色。"所以在古代的法律中，人们对这种罪孽定下了非常严厉的刑法。如果一个女奴犯了罪，就要被乱棍打死，如果一个贵族女儿犯了罪，要被石头砸死，而一个教主的女儿犯了罪，则要被活活烧死。不仅如此，当初神为了惩罚人类的这种罪，就曾水淹世界，电劈王城，可见神是非常讨厌这种罪的。

好色可以使人们犯下很多种罪，具体说来如下。首先是通奸罪，就是一方结了婚的和另一方没有结婚的，或两方都结了婚的人苟合在一起。圣约翰说，通奸要进地狱，要待在有硫黄的大火里，因为他们既犯了罪，身上又散发着恶臭。圣马太在《福音书》中记载："人要离开父母，与妻子连合，二人成为一体。"这种训诫表明婚姻是神的意愿，是他在伊甸园中就规定了的，所以破坏别人的婚姻是一种可怕罪行。通奸不仅是行为上的，对人家的妻子动了心也是奸淫罪，因为圣马太在《福音书》中说："凡看见妇女就动了淫欲的，是心里犯奸淫罪。"如此看来，一个人只要有了想与人通奸的愿望就已经是犯了这好色的大罪了。

其实，贪色对一个人本身并没有什么好处。对他的灵魂来说，因为违背了神的约束，所以便陷入了万劫不复的地狱；对他们肉体来说，不仅损耗了力量，还损害了神在那身体里蕴下的精气；对这个人的财产来说，男人为了女人往往要花费许多金钱，这是犯了浪费罪，不珍惜主赐给他的东西；而女人如果拿出钱财来给男人，则更可耻，因为那钱财本来是她丈夫的，她不但犯了奸淫罪还犯了偷窃罪。先知说，这种罪孽，爱护声誉的人是不会去犯的，因为它是对神圣戒律的违背，是拿自己的灵魂作为礼物送给魔鬼。

我们在前面说过，魔鬼的一只手是由贪食的罪恶做成的，那另一手则是由好色的罪恶做成的，第一个手指是男人与女人之间那种眉目传情，就像蛇怪[1]的目光一样，这目光能引起他人心中的欲念。第二根手指是邪恶的碰触。所罗门说，碰触女人就等于和蝎子拥抱，它能令人中毒身亡；或就像沥青一样，弄脏人的手。第三根手指是轻佻的挑逗话，这是炉子的引火器，能立刻就让人的血液膨胀起来。第四根手指是亲吻，一个人张开了地狱之口，另一个人甘愿陷进去。接吻会弄脏一个人的嘴，这样的人再不配从那其中说出敬奉神的话。还有一种人特别值得一提，就是那些人老心不死的老色鬼。这样的人，就像狗跑过玫瑰花丛时即使不撒尿也要抬一抬后腿一样，已经过了那享受肉欲的时候，却还不死心，因此是要受到人们唾弃的。还有的人认为和自己的妻子亲热没有什么关系。当然，就上帝创造女人时，就是为了让她和男人合二为一，繁衍人类，但是要注意的是，就是爱自己的妻子也要有节制，不能让那种爱超过对神的爱，否则就犯了偶像崇拜罪，把爱欲奉为了偶像。那魔鬼之手的第五根手指就是淫秽不堪的动作。事实上，魔鬼是一手插进人的肚子，一手抬起人的腰部，把他们扔进了熊熊燃烧的地狱之火中。

好色还有第二个罪恶结果，就是私通，即没有结婚的男女之间犯下的罪孽。这罪孽圣保罗说应该送到炼狱中去受苦，因为他们不仅违背了神的婚姻条律，也违背了他们父母的训导，给亲戚朋友的名誉上蒙了羞。好色的第三个恶果是强奸。就像《圣经》中把处女的童贞称为“百果”一样，它是女人最最高贵的圣洁的东西。一个人一旦破坏

[1] 蛇怪是传说中的怪物，由蛇从公鸡蛋孵出，状如蜥蜴，有一双可怕的红眼睛，人触及其目光或气息即死。

了它，就等于把神的祭坛前最有价值的东西损坏了；而一个女人一旦失去了它，就像失去了手臂一样，再也不能把它找回来，除非诚心忏悔，否则就得不到上帝的宽赦。

现在讲讲由通奸派生出的许多罪恶，拉丁文中，通奸是“走到别人的床前”之意，既然是别人的床，那走近的人就一定是怀有邪恶的念头的。首先，通奸破坏了人对基督的信仰，使得基督徒从此成为偶像崇拜者。其实，通奸者也犯了偷盗罪，无论是男人还是女人，他们未经另一方的同意就将身体给了另外的一个人，或将它据为己有，这无疑和我们前面说到的偷盗罪没有两样。不过，这种偷盗罪应是偷盗罪中最重的罪，因为那些通奸者从别处那里偷得的不是简单的圣物或圣品，而是一个人的肉体和灵魂，并且一方总是把另一方的灵魂送到地狱里，所以是属于重罪，当初约瑟的女主人要求约瑟与她做那样的罪孽，约瑟就这样说：“女主人啊，主人很信任地把一切都交给了我，只除了他的妻子你。我不是更应该遵从他吗，否则就要受神的惩罚。”可见，神对这种事是禁止的。通奸还破坏了我主基督的名誉，因为既然是他在伊甸园中规定了男人和女人要通过正当的途径结合在一起，那不正当的通奸就是对基督这种规定的嘲笑，主会送他们入了监狱，或剥夺他们那非法的孩子进入天堂的权力。通奸，在十条戒律中，被放在偷盗和杀人之间，这是有原因的。因为偷盗人家的肉体和灵魂是罪孽的，而把人家合二为一的身体拆开就等于是从一个人的腰部斩断，这和杀人罪没什么两样。不过，我主基督的仁慈是无边的，只要这些罪人忠心忏悔，我主会说：“去吧，不要再有犯罪的念头。”

好色还导致一种情况，就是卖淫。这可分为两类，一类是被迫卖淫，一类是自愿卖淫。那些老鸨或妓院老板拿别人的身体来做交易，首先就是将自己的灵魂交到了魔鬼的手里。那些自愿卖淫的女人更是把自己的灵魂打入地狱，万劫不复。而对于那些嫖客，应该认识到：

妓院就像那供人排泄的粪坑一样，是臭不可闻的。

现在说说犯了奸淫罪的人中最邪恶的人，就是那与圣职有关的人。有时候他们中的一方或两方可能是已担任了圣职的，或正在代人行使圣职的，这样的人犯下奸淫罪比一般人犯下更为可恶，他们在圣职中的地位越高，罪孽也就越大。因为首先他们破坏了自己的誓言。任何一个担任圣职的人在就职以前都是要发誓忠心侍奉我主的，这样看来犯了奸淫罪的人也犯了发伪誓的罪。其次，圣职是神的宝库中最为珍贵的东西，是纯洁的事物中最为纯洁的事物，担任圣职的人是最接近神的恩赐的，这样的人如果违背了天主的训诫犯下奸淫罪，无疑是像敌基督或以利、彼勒[1]一样，是天主的敌人。所罗门说："撒旦自己就化身为光明使者。"确实，那些犯了奸淫罪的圣职人员和假装为天使的魔鬼没什么区别，他们自以为做得高明，地位有利就可以任意胡为下去，但却不知道我主在天可以看见一切，最后的日子里那最严厉的判词定是对他们说的。这种人就像牧场上的公牛一样，越少越好，否则，对一个教区来说，根本就是一种祸害，当然，那些和圣职人员通奸的女人也是犯了极重的罪，因为她们不仅违背了上帝，违背了自己的灵魂，而且还使这个教区失去了一位好圣职人员。对这样的罪过，天主是会通过神圣法庭免去他们教民的资格，并驱逐出他们生活的那一个地区，从此变成无家可归的流浪人。

有时候，通奸罪也犯在夫妻之间，圣哲罗姆说，他们只想着做那样的事，犯了崇拜偶像的罪过，也因为心中忘了上帝基督，就成了魔鬼最好的猎物。

亲人之间通奸更是大罪。这亲人包括血缘上的和精神上的。血缘

---

[1] 以利是以色列先知撒母耳幼年时的大祭司兼士师，他的两个儿子与妇人苟合，见《旧见约全书·撒母耳记上》。彼勒是《圣经》中魔鬼的别名，也就是撒旦和敌基督（后来的大诗人弥尔顿也以此作为一堕落天使之名）。

上的指亲生的父母或兄妹，精神上的指被承认了有父女关系的教父教女。好色还可能造成以下几种罪过，第一种就是那种自己取悦自己的罪过，这在《圣经》或其他圣哲人口中，都几乎鄙视得不能开口讨论了。二是遗精，这或许是因为一个人太过劳累，理智不能控制肉体，也可能是一个人在睡梦中犯了奸淫的罪而在外部表露出来，不管怎样，这些都是极大的罪过。

下面我们讲讲赎救好色之罪的方法，一是心灵上要树立对神的敬仰，对任何男人或女人的爱都不能超过对神的爱。二是要自我克制，洁身自爱。婚姻，是神在伊甸园中庄严地定下的法则，即一个男人一生只能有一个女人，一个女人一生只能有一个男人；男人和女人天生是要合二为一的；他们的结合要经过正当的途径；结合后要终生信守誓约。为了使这几项约定成为人们必须尊重的规则，我主基督首先让自己成为婚生儿[1]，并且特意参加了一次婚礼，在那婚礼上显示了他在人间的第一个奇迹。这样说来，男女通奸就是违反了神所定下的自然规则，将人类的圣洁灵魂统统打上了罪恶的烙印。

好色之罪不仅是婚姻的终结，也使得这世上的继承人因不合法而得不到应有的财产或天主的保佑，因为一个女人本应只有一个男人——因为男人是女人的头——但如果她把身子给了不同的男人，那么他们生下的孩子就是不确定的，不正当的。

下面我们谈谈男人应当怎样对待自己的妻子。上帝当初创造女人的时候不是从亚当的头部取下一点东西，因为他认为女人不应该占有高高在上，或与男人同等的地位，那样她们就会生出许多事来，而且会和男人发生争执。上帝也没有用亚当的脚的部分创造女人，因为他认为女人生来是做男人的伴侣的，而不是被踩在脚下的奴仆。因此他

[1] 这是指基督虽然是由童贞女马利亚所生，但她本身是有丈夫的。

选了亚当的肋骨部分，用它造出和亚当相厮守的女人来。可见，对待妻子，男人应该像对待自己一样亲密，应该像圣保罗说的，爱她并且信任她，还要像基督为教会献身一样为她献身。

那女人应当如何对待自己的丈夫呢？要忠心，还要顺从。女人天生就不能做男人的主，也不能与他们平起平坐，而应该忠心侍奉他们，听从他们的安排和意见，除非丈夫同意，不得擅自开口下结论。忠贞的女人不是靠外表而是靠行动来表现她们的忠贞。华丽的衣服对女人来说，是她们虚荣心的表现而不是为了取悦丈夫。男人们喜欢的妻子应该是穿着朴素、行为端庄、说话有礼有节。这种女人当然配得到丈夫的欢心和爱护，她们也要真爱自己的丈夫。男女同房有几个原因，一是为了生儿育女、繁衍人类，这样才能生生不息，有侍奉神的奴仆。二是为了夫妻双方互相还债，因为人一出生就是有罪的，而男人天生欠女人的，女人也天生欠男人的，他们必须在得到对方的同时也为对方奉献。第三个原因是为了避免对方犯奸淫的罪。第四个原因则是为了贪恋肉体上的快感。就第一个原因来说，是值得赞扬的，男人和女人在做那事的时候，心中一定要时时想着神的恩典。第二个原因也是正当的，因为女人为妻就应该这么做，不管她愿意不愿意。第三个原因是轻罪。第四个原因则是重罪，这在前面我们已经说过。

值得称赞的女人还有以下几种：一是寡居之人，应完全避免与男人的拥抱和接触。二是以前犯过奸淫罪，后来悔改了的女人，这些人因为忏悔而得到上帝的宽恕。三是保持贞洁的结婚女人，这种人如果得到丈夫的同意仍然保有童贞之身，那真是对上帝最好的奉献，因为他就是由保持贞洁的圣母所生。四是童洁的少女。她们是天主座前的天使，有着高贵的灵魂。

防止犯下奸淫罪还有两个办法，一是尽量避免去可能会把自己陷入淫欲的环境，比如安逸享乐，在安静的环境里睡觉。二是尽量避开那些可能挑逗自己或吸引自己的人，因为就像蜡遇火会变软一样，男人或女人遇到挑逗通常都不能把持住，除非他们有参孙之勇、大卫之洁、所罗门之智。现在，我已经讲完了七条重罪以及一些与它们有关的罪孽，本来还有十条戒律也可一并谈谈，但其中内容太多，我们就不说了，下面再接着说那忏悔的第二步：言辞上的坦白。

我们在痛悔与坦白之时，不得有所隐瞒，要全面周到地想想自己犯的那些罪。是通奸还是乱伦，是杀人还是偷盗，是在别人的屋里还是在圣殿上，是犯过罪很长时间了还是刚刚犯罪，是清醒时犯了罪，还是酗酒后犯了罪，等等。我们还要考虑犯罪的动机什么，是为了争取自己的利益还是因为发怒等。还要考虑犯了几次罪，因为对一个屡屡犯罪的人来说，神的恩典因为太易得到也就不再放在他的眼里了。还要考虑我们犯下罪的方式是什么等等情况。只有明白无误地告诉了听忏悔的教士，他们才能有区别地为我们祈求上帝的宽恕。一个真正忏悔的人还要做到以下四点，才能得到神的宽恕。首先是心里深切的痛悔。这有五个标志可被听忏悔的教士看出来，一是面容上的愧色。圣奥古斯丁说："犯罪之人应该从心里感到羞愧。"我们的灵魂因为犯了罪，所以很不受神的喜欢，而这个人在忏悔时如果不能毫无遮掩地全部坦白自己的罪行，或者竟然敢于直视我们天上的神，那么他就更不受神的喜欢。那位哲人还说，面显愧疚的人容易得到神的宽恕。在这一点上古罗马的那个税吏做得很好。他忏悔时因为羞愧都不敢抬一下头，所以我主很快就宽赦了他的罪过。第二个标志是谦恭。这不仅是心灵上的，也是行为上的。因为我主的地位是高于一切的，所以那所有的生灵或人都应该在他面前保持低位。而听忏悔的教士是居于神和人之间，作为神的信使出现的，他会把我们所说的忏悔的话汇报给我主听，所以在他面前，我们也要像对神那样对他谦恭，更何况我们还是有罪之人，就更不能和他们平起平坐了。有人和另一个人发生了争端，现在来求人家宽恕，如果这个人一进来就坐在主人身边那身份平等的椅子上，那么众人就会认为他太放肆，求和的心理并不真诚。同样道理，我们忏悔的人如果不能表现出他的谦恭，跪在教士的脚下或面前，那么也不会得到神的宽恕。第三个标志是流眼泪，有两种情况，一种是泪腺发达的人，可以在忏悔时就流出眼泪来；一种是肌肉很难发酸流泪的人，要在心里痛哭，就像圣彼得当初那样。四是忏悔之心不可动摇。有人认为当着那么多人的面说出自己有罪是件非常丢脸的事，看看那位抹大拉的马利亚是怎么做的吧，她不是当着许多吃饭人的面就去找我们的主基督耶稣了吗？最后一个要求是要顺从地接受自己的惩罚。我主为了我们的罪孽曾经没有说任何抱怨或不愿意的话就接受了死亡，那么无论是男人女人、老人小孩，我们都应该顺从地服从对我们的惩罚。第二个要求是忏悔要及时。就像我们的伤口要及时医治一样，如果耽误了最佳时间，那么就有可能导致死亡。忏悔的人应该认识到，如果我们不及时忏悔，那么在将来的某一天，我们就可能因为另外一些事而忘了今天犯下的罪过，这样也就不会再做忏悔。并且，谁也不能预料我们的主什么时候给予罪人以惩罚，如果我们在他给出我们惩罚之时或之后才去忏悔，那么很明显，这样做是无用的。就像你在病危时再施救已经没用了一样，一个人在最后的审判日时才向我主大声呼救，那我主也是听不到的。所以一个人要及时忏悔。及时忏悔要注意几个细节方面，一是忏悔前的考虑。一个人在忏悔之前一定要先想清楚自己所犯下的所有罪孽，不要遗忘了哪一方面；二，忏悔的时候要全面集中。要把自己犯了什么样的罪，比如是愤怒、嫉妒或骄傲等，统统说出还要坦白说出犯了几次罪，什么时间犯下的，为什么当时要犯罪而且当时不能来忏悔等。我们只有坦白得细致，才能表现出我们忏悔的真诚，表明我们对我们所犯下的罪心里很清楚，这样就会在得到神的惩罚时不会产生任何的怨言。三，忏悔并不等于只让我们心里痛苦、面容惭愧，而且还要有坚定的悔改之心，要从口中亲自发出誓言说：誓从今以后再不去碰这些罪孽。忏悔需要注意的最后一个细节是集中，这是指我们所找的听忏悔教士。有些犯下很多罪的人出于羞愧或其他原因，不喜欢把所有的罪过都让一个教士来听，而是选择这个教士听一种罪过，那个教士听一种罪过。其实，他们不知道，就像我们要么不忏悔，要忏悔就要彻底一样，我主也是要么不惩罚，要惩罚就是为所有的罪过而惩罚。无论你犯下多少的罪，要是能一次而集中地对一个教士坦白出来，那么就越会显出你的诚心和悔改。当然，有的时候，因为教士们的原因使我们并不能完全固定地把罪过都只对一个人说，或者有的人出于谦恭也不介意把第一次对教士忏悔的内容，再对另一个教士说一次，那么这两种情况都不能算是坏事。

忏悔还有自愿的要求。一个人犯罪时既然是自愿的，那么忏悔也应该是自愿的，不能因为被人强迫，或是因为别人都知道了而指责他，他才想要忏悔。忏悔之人也不能请人代替或让人来请，而要亲自去找教士。忏悔的人不应该因为教士说他罪孽深重就对教士发火或怀恨在心。真心忏悔的人和听忏悔的人应是真正虔诚的基督徒，我是说，他们不能像该隐与犹大[1]一样，是一些根本不该饶恕的人。忏悔是对自己罪过的忏悔，所以在向教士坦白的时候，一个人还要把所有罪过都归咎到自己身上，而不能把责任或过错推到他人之身。当然，有时候我们犯罪是因为受了一些人的诱导或强迫，这时候，为了表明我们忏悔的诚心和彻底也可以把那些人说出来。

俗话说："好事情过了头也会变坏。"我们有些人在忏悔时为了表

[1] 该隐事见《旧约全书·创世记》第 4 章 1—17 节。犹大原是耶稣的门徒，但为了金钱而出卖耶稣。

明自己的极其谦恭和真诚，有时还会信口开河地说一些他从来没有犯过的罪，要我说，这样子并不能减轻我主对他的惩罚，并且恰恰相反，他这真正是在犯罪，是犯了撒谎与欺骗的罪。不过，他所欺骗的只是他自己，而不是我主，因为他对我们世人的一切知道得总是清清楚楚。忏悔不能撒谎，不能夸大，不能缩小，不能伪善，也不能轻松快乐，如果一个人心里真正敬拜我们的主，那么他忏悔时就一定会是真心而有效的。

三、赎罪

心里痛悔与言辞上坦白之后就是赎罪，这是忏悔的三个部分，现在我们来说最后一部分：赎罪。

一般来说，赎罪是指行动上的——当然，行动与心理永远是不可分开的。赎罪的方式包括外在的和内在的，即外在的施舍和肉体上的受磨难。施舍有以下三个方面，一是心中痛悔，因此甘愿把自己献给神；二是在心里不吝于对别人表示出同情；三是在行为上主动对别人提出忠告、劝说，或物质帮助。圣马太在《马太福音》中曾说：一盏灯，如果放在头罩之下就只能照亮它那一小块地方，而放在桌面上，就能照亮周围所有的角落。同样道理，我们付出同情心与怜悯，对我们自己来说并没有损失，但对别人来说，却能温暖他们的心或者在他们最苦难的时候有所帮助。物质上的施舍，通常指给人食物、衣服或提供住所。这是一个人最需要的三样东西，对这样的人的审判将在最后的日子里被大声宣读。对人施舍要用自己的东西，及时而且不为沽名钓誉。用别人的东西施舍，如果不经主人的同意，这无疑是在犯罪，是犯了偷窃的罪；如果自己有东西不用，即使别人同意了你拿他的东西来施舍，那么你的施舍行为也不属于诚心的施舍，而且，这只不过是在替别人施舍罢了，却不是在为自己赎罪。当然，有时候我们施舍的场合中也会不可避免地有许多人在，这时，只要你的心中没有沽名钓誉、做给人看的思想，那就可以在众目睽睽之下尽得施舍。

肉体的磨难主要有祈祷、守夜、斋戒、接受训诫和苦行。祈祷就是要向上帝坦白自己的罪过，并请求他对我们宽恕或求得他对我们物质上的帮助。做祈祷念主祷文[1]是最好的了。它不但是我们神亲自定下的，有很大的作用，而且这祷文又短又好读，不会使人生厌也不会让人忘记。读它其中的东西，谦恭地向上帝祷告，让自己万分顺从地听从神的惩罚和安排，做到光明正大落落大方，我们的灵魂就会从罪恶中脱离出来。祈祷之后就是行善和守夜。行善是对别人做的，就是我们前面所说的施舍。守夜是对我们罪人自己说的，就是要在祈祷之后彻夜不睡，以免让邪恶来侵扰我们。

斋戒是指不进饮食。其实，这只是浅层的理解，就我们主的意思来说，它应该不仅仅只包括不进饮食，还应包括精神上的斋戒，就是远离尘世财富或快乐的诱惑，远离一切罪恶的东西，远离愤怒或嫉妒等犯罪念头。斋戒的人要让自己无论肉体还是灵魂都清清白白，在饮食上有所节制就自然是该做的了。

接受训诫有三个方面：从别人的口中，从书上，从别人的行为中。同样，接受训诫的结果也应该有三个方面：口头上的，心理上的，行为上的。苦行是指穿用坚硬的马毛做成的衣服或干脆穿锁子甲，用锤子捶打自己的肌肤，接受别人的耻笑，忍受病痛折磨和丧失财产等惩罚。这些东西都能让一个人认识到他所犯下的错有多么严重，从而靠苦行折磨减轻自己的罪过。不过，做这些事情的人一定要自愿，要有

[1] 主祷文是耶稣传给门徒们的祷告词，通用于基督教礼拜仪式。

坚强的忍耐力，否则，情愿扔掉它们也不能让自己心里讨厌或心生怨恨，因为这同样也是在犯罪。

进行忏悔和赎罪的人还应该认识到可能妨碍他们进行苦修的几个方面：恐惧、羞愧、侥幸和绝望。恐惧是一个人对自己即将承受的肉体痛苦抱着害怕的心理，认为自己可能不会坚持下来。要我说，想想你们以后会在地狱里接受什么样的折磨吧，那样你就会知道比起以后的痛苦来，这一点点的苦行实在算不了什么。羞愧也会让一些人止步不前，那通常是一些平时被人们称赞的“好人”。他们害怕因为突然的忏悔和赎罪就暴露出自己的真面目，或从此以后再也不能得到别人的称赞和尊敬，但我们应该知道：对我们的罪过，我主在天上是看得清清楚楚的，要是等到他要求我们赎罪的时候再赎罪，那就为时已晚。而且，一个人既然能不顾羞耻地办下罪恶的事，又有什么必要在我们就要做正当的事的时候而感受到羞耻呢？侥幸是指一个人抱着无望的希望。有两种情况：或者是因为他认为自己的罪过很小，不会受到惩罚或不用忏悔也会得到宽恕，或者是因为他以为这罪过以后忏悔不迟，现在只需要及时享乐。对前一种情况，我要提醒那些人的是，要知道我们不忏悔不赎罪本身就是在犯罪，这样长期下去，小罪也会积累成大罪；而且在一件罪过没有得到宽恕之时，就是再做多少的善事也无助于消除我们的罪孽。对于后一种人，我要这样说：尘世的一切快乐都没有将来我们在天国里享受到的乐趣大。况且，生死由天，我们并不知道我们什么时候就会死去，到那时才想起来忏悔赎罪已来不及了。绝望也有两种，一种是对神的绝望，一种是对自己的绝望。对神的绝望是指一个人认为自己的罪恶很大，时间很长，而且又犯过很多次，因此神是不可能宽恕他的。其实这种人最好能想想我们主基督耶稣的伟大仁慈心和宽赦力，只要他愿意，这世上就没有什么罪过是不可饶恕的。对自己绝望的人，通常是认为自己没有能力能够在得到宽恕之后坚持做好事，认为自己因为在罪孽的深渊里浸染已久，所以身上已经有了罪恶的根子。要我说，上帝总是仁慈的，魔鬼总是软弱的。一个人只要真心承认自己的罪过，并顺从地接受对自己的惩罚，那么上帝和神圣教会就一定会给以他力量和帮助，让他在苦行中坚持下来的。

说到这里，我们还没有说这一切折磨的好处是什么。根据我主基督的话说，天国里的世界就是无穷无尽的快乐和幸福，没有烦恼，没有忧愁，没有疼痛，没有压迫，没有饥饿，没有寒冷，也没有一切恐惧和担忧。在那里，大家互相祝福，互相问好，周围环境又美丽又平和，我们就那样在清明的心智中得到永生。

教区主管的《思想录》到此结束。

作者杰弗里·乔叟的告辞语

洋洋洒洒我把这许多小故事讲给了大家听。如果其中有你们所喜爱并赞成的，那么感谢我们伟大的主吧，是他在暗中让我讲了这些话；如果有一些人对我其中的一些东西既感到讨厌又难以接受，那就请毫不犹豫地对我提出指责吧，但千万不要连着我的好心愿一起骂。因为在我的心里是多么地想给大家讲出来一些既优美动听又具有教育意义的故事啊，只是心大才疏，难免有不尽人意的地方。我主基督曾说：写东西要能让人有所收益。我的心愿就是这样。愿他能看在这一点的分儿上对我降福，并宽恕我以前的罪恶——在此我特意声明收回以前的那些书，有《特罗伊勒斯之书》《荣誉书》《十九贞洁女》《公爵夫人的故事》《圣瓦伦廷节百鸟会议书》等等，还有我这本《坎特伯雷故事》中的一些粗俗的或有犯罪倾向的内容，以及我曾写过、现在却已记不清了的淫词艳句。不过，在我主的感召下我也曾有过好的贡献，比如那本翻译作品《哲学的慰藉》，以及一些有关道德和我主盛威的书。正是因为有了这些东西，我今天才敢在这里卖弄一些心得和理解，请主宽恕我这种狂妄和不自量力。

愿主保佑我在今后的道路上时时忏悔自己犯下的错，并希望在将来的那一天，我是站在被赦者行列中的一个。同天父在一起……[1] ——阿门！

---

[1] 这是一篇祝祷词的开头。

FONGHONG
凤凰联动出品